魅丽文化　桃天工作室

其实喜欢你呀

xiong ting works 熊婷——著

东方出版中心

图书在版编目（CIP）数据

其实喜欢你呀 / 熊婷著 . -- 上海：东方出版中心，
2019.12

ISBN 978-7-5473-1581-1

Ⅰ . ①其… Ⅱ . ①熊… Ⅲ . ①长篇小说－中国－当代
Ⅳ . ① I247.5

中国版本图书馆 CIP 数据核字 (2019) 第 276768 号

《其实喜欢你呀》

出版发行： 东方出版中心
地　　址： 上海市仙霞路 345 号
电　　话： （021）62417400
邮政编码： 200336
经　　销 全国新华书店
印　　刷 湖南新华精品印务有限公司
开　　本 880mm×1230mm　1/32
印　　张 11
版　　次 2019 年 12 月第 1 版第 1 次
字　　数 342 千字
书　　号 ISBN 978-7-5473-1581-1
定　　价 36.80 元

东方出版中心邮购部 电话： （021）52069798

目录
CONTENTS
/////////////////

目录
CONTENTS

/////////////

第 1 章
为了成为体育特长生中
的智商担当，我拼了！

周一奇打来电话的时候，龙琪琪正坐在教室最角落的位置，努力缩成一团，试图降低自己的存在感。

龙琪琪压着嗓音，就像是在做贼："有事启奏，无事退朝。"

电话那头的周一奇沉默了一瞬："你在干什么？怎么声音这么小？"

龙琪琪看了一眼讲台上方悬挂着的钟表，还差两分钟就要到上课的时间，她含含糊糊道："我在修身养性，做一个文武双全的美少女。"

周一奇无语道："行吧，我打电话就是来提醒你，你答应的事情可别忘了，地址我已经发你微信了。还有，我那个哥们儿个性内敛、喜欢安静，你可千万别吓到他了。"

龙琪琪不耐烦道："知道了，知道了。一个大老爷们儿还能被我吓到不成？"

电话那头的周一奇还在说着什么，龙琪琪一个侧头，就看见自己的同桌正吸着鼻涕睁着一双水汪汪的大眼睛看着她。

龙琪琪："……"

同桌吸溜一声，将快掉下去的鼻涕成功拯救，吸了回去。他指了指讲台，声音软糯："妈妈说，好孩子不能上课玩手机。"

龙琪琪："……"

周一奇似乎也听到了这边的动静，疑惑道："喂？你听见我说话了吗？你那边为什么会有小孩子的声音？"

龙琪琪顾不得周一奇，一抬头瞧见方才还空空如也的讲台上不知何时站着一个人。那人戴着一副平光金丝眼镜，好一副斯文败类的模样，他推了推眼镜，笑吟吟地看着龙琪琪："这位同学，要上课了哦。"

龙琪琪手忙脚乱地挂了电话，看着讲台上那个熟悉的身影，心像是掉进了寒冬腊月的冰窟窿里。

怎么会在这里遇到他！

龙琪琪这副见了鬼的模样显然取悦了顾禾，顾禾脸上的笑意更浓，双手一摆："那么现在，开始上课。"

"老师好！"

教室里的这些学生还处于比较会"尊师重道"的年纪，在他们看来，老师的威慑力不亚于会将坏孩子抓走的虎姑婆。顾禾一开口，他们便无比乖巧地起身问好。

龙琪琪受到这个气氛的感染，情不自禁地也跟着站起身来，在这一群平均身高不到一米二的学生中，身高一米六二的龙琪琪无疑是鹤立鸡群。

顾禾笑眯眯地示意大家坐下，用哄骗小孩子的温柔语气开口道："看来喜欢数独的小朋友很多哦。"他顿了顿，补了一句，"嗯，还有一位喜欢数独的大朋友。"

坐在这充满着童声笑语的教室里的"大朋友"龙琪琪捏了捏拳头，看着周围这一群平均年龄只有六岁的同学，陷入了深深的迷茫。

她到底是脑中哪根神经没搭对，才会跑来参加这个劳什子的数独培训班？

而且还是适合儿童的初级班！

可恶！早知道会这样，她当初咨询报名的时候，就不应该听信那个长得很漂亮的前台小姐姐说的话，说什么以她的资历，需要先打好基础，这个初级班最适合她了。

更见鬼的是，顾禾为什么会是这里的老师？他一个大一的学生，有能力当这里的老师吗？

顾禾的声音温柔又好听，哪怕是正处于调皮年纪的小孩子也被他哄得一愣一愣的，都老老实实地坐在座位上听着他讲解有关数独的基础知识。

但孩子毕竟是孩子，安静一会儿就不行了，龙琪琪看见坐在她前排的两个小孩说起悄悄话来。

"这个好看的老师我认识！"

"哼，等我长大了，我一定比他还要好看。"

"我哥哥也是数独迷，他之前给我看过老师的资料，因为老师长得好看，所以我记得特别深。这个老师是前几年数独世锦赛少年组的亚军哦，好像那时候他才十三岁呢！"

"哼，等我长大了，我也要当亚军……等等，为什么不是冠军？"

小女孩绞尽脑汁地回想："那一年的冠军也是个中国人，好像姓程，长得也很帅，但是没这个老师帅，所以我只记住老师啦。"

小男孩气呼呼："哼，你们女孩子就是肤浅！"

龙琪琪对于数独并没有什么天分，来参加数独培训班也纯属赶鸭子上架，一时冲动就来了。哪怕讲台上的顾禾讲得再好她也听不进去，越听越昏昏欲睡，还不如听前排那两个小孩子的悄悄话来得精神。

她听得直撇嘴。

哼，顾禾也就只能用那张脸来骗骗女孩子了，不过她这种成熟的女性是不会被他骗到的！

世锦赛 U18 的亚军又有什么了不起？她当初还是小区拳皇争霸赛少年组的第一名呢！

龙琪琪正腹诽着顾禾，冷不丁就被点名了。

顾禾语气温柔："黑板上现在有一道入门级的数独题，有没有哪位同学愿意上来试一试？"

话音刚落，龙琪琪前排那个方才还在说悄悄话的小男孩就迫不及待举起了手："我我我，我来！"

顾禾又道："数独是一种趣味填数游戏，但是现在国际上已经把数独列入脑力竞技比赛项目，既然是竞技比赛，那就最好来个对手。"

顾禾随手一指，指向龙琪琪："不如就请这位大朋友也来试试？"

龙琪琪："……"

面对着一教室小朋友炙热的眼神，龙琪琪说不出拒绝的话，只能硬着头皮上台。

不就是一道数独题吗？好歹也是个大学生，还能输给一个六岁的小孩子不成？

秉持着尊老爱幼的原则，龙琪琪视顾禾为空气，面无表情地与顾禾擦肩而过。走到小男孩身边时，她自认"和蔼可亲"地摸了摸小男孩的脑袋："待会儿输了不要哭哦。"

小男孩翻了个白眼，一巴掌拍掉龙琪琪的手。

十分钟后，龙琪琪看着黑板上还空着十个格子的九宫格，再一次陷入了深深的迷茫之中。

她究竟为什么想不开要来和一群小屁孩一起学数独？

龙琪琪扭头，小男孩的那个九宫格已经被填得满满当当，顾禾在一旁宣布："这场比赛，韩希胜。"

被称为韩希的男孩子矜持地点了点头，眼睛里却是藏不住的得意和欢喜。

顾禾似乎是嫌龙琪琪的迷茫还不够浓烈，再一次开口道："友谊第一，比赛第二。竞技的根本精神不能忘，比赛结束后双方要友好握手。"

龙琪琪怒目瞪了顾禾一眼。

她觉得自己的拳头跃跃欲试，迫不及待地想要在顾禾那张小白脸上留下一个印记。

顾禾笑眯眯地看着龙琪琪，像是在看一个无理取闹的小孩子："哪怕输了也不用气馁哦……"

而韩希深谙"竞技之道"，主动朝龙琪琪伸出了自己的小手。

龙琪琪："……"

龙琪琪忍辱负重，平生第一次和一个身高刚到自己腰际的对手来了一次"友谊的握手"。

龙琪琪不知道自己是怎么熬过这堂课的，她只知道自己在顾禾宣布下课那一瞬间一个箭步就冲出了教室，直奔一楼办公室，大声宣布："我要退钱！"

建议龙琪琪报初级班的前台小姐姐笑眯眯道："不行的哦，已经上过课就不能无理由地退课的哦。"

恰逢这时顾禾也走了进来，龙琪琪愤怒地指向他："你当初跟我说这里的老师是最优秀的，可是他哪里优秀了！"

小姐姐继续笑眯眯道："十三岁就得了数独世锦赛少年组亚军，还不够优秀吗？"

龙琪琪一时之间竟无言以对。

她向来不擅长和别人动嘴皮子，尤其是和这种看起来漂亮又柔弱的小姐姐争论，龙琪琪一张脸涨得通红，沉默了半分钟后转身就走。

大不了……大不了这培训费她不要了！

顾禾悠然自得地跟在龙琪琪后面出了这栋楼，在街道拐角处，龙琪琪愤怒地转身："不许跟着我！"

顾禾伸手扶了扶鼻梁上的眼镜。

顾禾并不是近视，但是有时候，一副眼镜能够帮助他掩饰眼里的情绪，更何况，顾禾戴着这副金丝眼镜是真的好看。就连龙琪琪都不得不承认，顾禾戴上眼镜更有味道了。

顾禾道："我怕你想不开。"

"我是那种人吗？"

"那你还来上课吗？"

"哼，我就是躺在这条路上让你跨过去也不会再去上课！"

顾禾一摆手，摆出一副苦恼的模样："哎呀，这要是让同学们知道，立志要当体育特长生里的学霸的龙琪琪竟然因为输给了一个六岁小孩子就闹着不肯去上课……"

"闭嘴！"龙琪琪恼羞成怒，冲上去一把捂住了顾禾的嘴。

顾禾愣了愣，竟然没有反抗，他嘴巴动了动，呼出的气息扫在龙琪琪的掌心，暖暖的、痒痒的，龙琪琪立马像触电一样把手缩了回来。

顾禾笑了起来："一日为师，终身为……"

他顿了顿，将最后那个"父"字咽了回去，改口道："龙琪琪，这就是你尊师重道的态度吗？"

龙琪琪"呸"了一声："你还想当我爹？多大脸！而且你也没有多厉害嘛，我听说你当年还是什么世锦赛的亚军。你要是真那么厉害，为什么比不过那个冠军？"

顾禾脸上的表情僵硬了，但只是一瞬，他就调整好了自己的表情，挂上了更加灿烂的笑容："你这么厉害都比不过六岁的韩希，那我拿个亚军也不是什么丢人的事情吧。"

"喂，不准再提韩希！"

龙琪琪一不做二不休，既然堵不住顾禾的嘴，她索性用暴力镇压，直接一脚跺上了顾禾的右脚，末了头也不回地"畏罪潜逃"。

留下顾禾站在原地，盯着自己原本干干净净的白球鞋上那个脏兮兮的脚印，好半晌，他才皱着眉头自言自语道："龙琪琪，你不知道我这个人很小心眼吗？"

放在几天前，龙琪琪还想不到自己堂堂一个"霸王龙"竟然会沦落到如今这副苦学数独的地步。

打从学会走路起，龙琪琪就是自家那片小区里有名的小霸王，手下小弟无数，号称"华东路霸王龙"。而龙琪琪也没有愧对这"霸王"之名，在她那开着拳馆的父母的谆谆教导之下，她成功走上了四肢发达、头脑简单的体育特长生之路。

好在龙琪琪属于那种脱衣有肉、穿衣显瘦的体质，手臂上的肌肉虽然结实有力，却并不夸张，远远看去就像一个普普通通的无害小女生，但是一旦她动起手来，那可算得上是"天地为之变色"。

好在龙琪琪年纪大了，懂点事了，也懂得体贴父母赚钱不容易，不应该都拿来给她擦屁股，等上了高中之后她就"金盆洗手"，轻易不动手了。

龙琪琪本以为自己的人生会过得简单快乐，会以体育特长生的身份考上大学，安安稳稳拿到毕业证后就回家继承拳馆。可是她万万没有想到，在刚踏进大学这个社会的小熔炉的第一年，她就面临着一个艰巨的考验——她一时冲动，放话要证明自己的脑子，做一个文武双全的体育特长生。

龙琪琪所在的启元大学虽然算不上国内数一数二的大学，但是整体排名几乎每年都能挤进前十，能进入这所大学的基本上都是全国各地的佼佼者，换句话而言，这所大学算得上是学霸聚集地。

龙琪琪运气好，今年启元大学对体育特长生有着丰厚的优待政策，才让她得以走进这个学霸聚集地。

年轻人总是充满活力的，尤其是在一群刚踏入大学，认为自己厉害到能怼天怼地的年轻人之间，最容易产生矛盾。

于是以龙琪琪为首的体育特长生们和以顾禾为首的学霸们就这样擦出了针锋相对的火花，谁也看不惯谁。

龙琪琪自小就是大姐大，还从来没有遭遇过这种待遇，她一时冲动，就放下大话，要向那群学霸证明自己哪怕是一个体育特长生，脑子也是够用的！

好在学霸们也没有太过为难龙琪琪，只道龙琪琪能够加入学校任何一个智商型的社团，就向体育特长生们道歉。

龙琪琪本以为这事儿很简单，便一口答应。可是她万万没想到启元大学这么变态，只不过是参加区区一个社团竟然搞得像找工作一样，居然还需要笔试、面试！

龙琪琪揪得头发掉了一大把，才从一众社团里挑出了一个她认为自己努努力还是可以拿下的社团——数独社。

不就是一个填数游戏吗？一共就九个数字，她挨个试总能做对的吧。

于是，就是这股盲目的自信让龙琪琪做下了她这辈子最错误的一个决定。

三天前，龙琪琪收到了数独社的面试通知，欢天喜地地按照约定时间前往A栋B250教室，并信心满满想要一举拿下这个社团，然而在看到她的面试官时，龙琪琪傻了眼。

龙琪琪没想到一个社团的面试这么正式，弄成了"三面一"的形式。

坐在她对面的是一个御姐型眼镜娘学姐，一个娃娃脸学长，以及顾禾。

龙琪琪一拍桌子，指着顾禾，当即说出自己的不满："你们俩面试我，我没意见，但凭什么他也坐在这里！"

眼镜娘淡定地扶了扶眼镜："这是我们副社长。"

龙琪琪震惊道："可是他才大一！"

眼镜娘笑道："我们社向来是靠实力说话。"

顾禾笑眯眯地看着龙琪琪，语气和蔼可亲："这位同学，你为什么想要来我们数独社？"

龙琪琪："……"

她为什么要来数独社，顾禾难道还不清楚吗？还不是为了打他们这群学霸的脸！

龙琪琪看着顾禾的笑，越看越觉得他是故意的。龙琪琪并不傻，她要是真这么回答了，接下来的面试也就不用继续了。龙琪琪只得言不由衷道："因为我对数独爱得深沉。"

顾禾问道："那你说说看，去年的数独世锦赛冠军是谁？"

龙琪琪："……"

顾禾继续问道："前年的呢？"

龙琪琪："……"

顾禾装模作样地叹了一口气："这就是你对数独的态度吗？连影响力最大的赛事结果你一点都不关注？"

娃娃脸插了一句："我们社团并不仅仅是一个兴趣社团，大家聚集在一起的目的就是为了互相切磋，互相进步，希望能够被选拔进今年的世锦赛中国参赛队伍里。"

眼镜娘点了点头："如果你只是想来玩玩，那还是算了。"

龙琪琪觉得自己的脸都要被烧红了。

顾禾做出一副"再给你最后一次机会"的样子，向龙琪琪推过去一张 A4 纸，纸上赫然印着一道数独题："看在你是我同班同学的份儿上，我就再给你一次机会，你能够在五分钟内做出这道初阶数独题，我就收你入社。"

娃娃脸瞪大了眼："哇，副社长，你这样以权谋私，还这么理直气壮，真的好吗？"

龙琪琪唯恐顾禾后悔，连忙抢过那道数独题："不不不，他这不是以权谋私，而是因材施教！"

顾禾意味不明地笑了一声。

一分钟后，龙琪琪对顾禾难得生出的那一点心怀感激变成了咬牙切齿。

三分钟后，龙琪琪对人生产生怀疑：她是谁？她为什么要坐在这里？

五分钟后，龙琪琪觉得自己感悟了人生的真谛：就当一个四肢发达、头脑简单的体育特长生不好吗？她为什么想不开要证明自己的智商？

顾禾看了眼龙琪琪瞎填的那些数字，再一次叹了一口气："就你这样，都不给我以权谋私的机会啊。"

龙琪琪像一个游魂一样离开了这间面试教室，等在她身后进去面试的同学看到她这样子，嘀嘀咕咕道："不愧是启元大学最有含金量、最难进的社团。"

龙琪琪离开后，顾禾伸了个懒腰站起身来："我有事就先走了。"

娃娃脸连忙道："接下来的面试你不看看吗？我之前看过简历，好像有几个不错的数独苗子。"

眼镜娘也开口道："一个月后是我们学校和东齐大学数独社的友谊赛，按照往年的惯例，每边派出的五个选手里必须有三个是新生选手。"眼镜娘顿了顿，补了一句："听说今年东齐大学请到了那位原大师作为裁判。"

明面上说是友谊赛，但是启元大学和东齐大学一向不合是大家心知肚明的事情，谁取得了这场比赛的胜利，就代表着谁可以在接下来的一年压在另一方的头上。

顾禾一咧嘴："为社团选拔优秀的数独选手是社长该做的事情，我这个副社长呀，干点以权谋私的事情就好了。"

龙琪琪一回忆起三天前的那场面试，心中对顾禾的仇恨就又增了一分。

如果不是被顾禾刺激，她也不会放下豪言要证明自己，更加不会花那么一大笔钱去报一个数独培训班！

龙琪琪回到家，看了一眼自己银行卡里所剩不多的余额，越发觉得心痛得厉害。她母亲大人以怕她出去惹是生非为由，克扣了她的零花钱，她若是想多要点零花钱，还得给她母亲大人打个申请说明缘由。

前两天龙琪琪以报班为由，企图让她娘给她报销培训班的费用，可是钱没落着，反而落了一顿骂。

她娘的理由很简单粗暴："数独？你想编个理由好歹也编个像样点的，哪怕说你把别人腿打断了，要赔医疗费也比这个可信！"

龙琪琪没要到钱，只得掏出自己的私房钱，为此她还答应帮周一奇的忙，去当劳什子的护花使者。

按照周一奇所说，他有个叫作程侑的好哥们儿，性格内向，长得又好看，因为身体原因打小就被家里保护得很好，不知世道险恶。哪知刚回国的时候就被一个可怕的女人看上，死缠烂打非要当他的女朋友，程侑不善与人交际，更不懂得拒绝，面对如此热情的攻势自然是手足无措。程侑的一众哥们儿知道这事后同仇敌忾，恨不得替程侑亲手解决这个麻烦，奈何他们一群大老爷们儿也不好意思对一个娇滴滴的姑娘出手，于是周一奇出了个馊主意：找个更彪悍的女汉子当程侑的保镖，以暴制暴。

周一奇的原话是这样的："我一想，嘿，这世上再也找不出比你更彪悍的女人了啊，这活简直就是为你量身定制的，这个忙你必须帮啊！更何况肥水不流外人田，酬劳好商量！"

龙琪琪不当霸王很多年，本来是不想帮这个忙的，奈何她缺钱。

龙琪琪那个数独班一周四堂课，每周一、三、五、七的晚上从七点上到八点半。第一堂数独课的隔天刚好是周六，龙琪琪学校也没课，便按照周一奇所给的地址去"走马上任"。

程侑住在 A 市有名的富人区，他所住的小区是别墅区，小区里大多都是独栋的欧式小别墅。

龙琪琪站在程侑家门口，再一次开始怀疑自己的人生。

程侑家大门和别家的不太一样，他家大门没有门铃，反而镶嵌着一个平板电脑大小的显示屏，显示屏正中央滚动着一行字：五分钟内解完这道题，开门密码为红色框选的六个数字。

龙琪琪按了一下屏幕，显示屏上刷出来一道数独题，其中有六个被红色框选的空白格，数独题的正上方还有一个五分钟的倒计时。

龙琪琪："……"

她这辈子，是不是就和数独过不去了？

她只是来当个保镖，没人告诉她还要做数独题啊！

龙琪琪苦大仇深地绷着一张脸，但想起周一奇告诉她的丰厚的报酬，终于忍住了砸门的冲动，老老实实做起数独题来。然而大多数空着的格子还没填满，显示屏就跳出了一个炸弹，爆炸的特效过后，屏幕又恢复了一开始的滚动字幕的样子。

于是龙琪琪开始砸门。

砸了半天门仍旧没有动静，她怀疑自己可能被耍了，怒气冲冲地拨通了周一奇的电话："周一奇，你最好不要骗我！"

那头的周一奇睡意蒙眬："怎么了？"

"你这个兄弟家的大门密码是数独题答案！"

"呃，这是他的一点小爱好。"

"那你快把答案告诉我。"

周一奇有些为难："程侑自己编写了程序，他家大门的密码五分钟一换，我也不知道是什么啊……"

"那你给他打电话，让他给我开门！"

"这个点他估计还没睡醒呢，我不忍心吵醒他……"

"那我很忍心打断你的腿。"

周一奇连忙求饶："别别别！不过我是真的不忍心吵醒他……这样吧，你就在他家门口等着，他一睡醒，我立马让他给你开门，今儿的工资我让他给你加倍！"

龙琪琪还能怎么办呢？当然是选择同意。

这一等，就从早上八点等到了十点。

好在日头不是很大，再加上这片小区的绿化做得相当到位，龙琪琪找了个阴凉处窝着，倒也不觉得难受。

日头渐渐高了，眼瞅着快到十点，程侑家门口来了一个人。

那是一个穿着蕾丝公主裙的小姑娘，瞧着年纪和龙琪琪差不多大，打扮得十分精致，就像是从电视里走出来的公主，无论是衣服还是发型都打理得服服帖帖的，踩着高跟鞋，手里还挽着一个粉红色的包包。

龙琪琪蹲在一旁的角落，"公主裙"一时之间也没有注意到龙琪琪。

"公主裙"点了下大门上的显示屏，龙琪琪抻长脖子等着看她的结果，终于在五分钟后心满意足地看到显示屏上出现了一个炸弹。

所以并不是因为她笨，而是这道题太难！龙琪琪喜滋滋地想。

下一秒，"公主裙"开始砸门。

龙琪琪都敲不开的门，"公主裙"自然也不可能敲开。

她敲了一会儿，兴许是觉得累了，拿出手机"啪啪啪"发出去一条信息。

龙琪琪自然是看不到"公主裙"发出去的消息，她本以为这人敲不开门就会离开，可是没想到这人似乎是有备而来的。

"公主裙"手里挽着的包瞧着也不大，可就像是哆啦A梦的口袋一样，龙琪琪眼睁睁地看着她从里面掏出一条方方正正的丝巾，又掏出一块包装精致的小蛋糕。

"公主裙"理了理自己的衣服，将丝巾铺在门口，挺胸抬头像个高傲的公主一样坐在了丝巾上，拆开小蛋糕的包装盒，一口一口地吃了起来。

看得出来，这个姑娘家教不错，哪怕坐在人家大门口吃着小蛋糕，也摆出了在西餐厅吃甜品的气势。

龙琪琪咽了咽口水，早上出门太急，她都没来得及吃早餐。

日头越来越高，龙琪琪本来待着的那片阴凉地儿也被阳光所笼罩，那个"公主裙"却不慌不忙，从包里掏出了一把小巧的洋伞撑了开来。

龙琪琪："……"

很好，这人经验老到，一看就是惯犯！

龙琪琪热得有些受不了，站起身时，吸引了那小姑娘的注意力。

"你……"她皱着眉，刚说出一个字，就被龙琪琪抢白。

龙琪琪输人不输阵，上前一步大喝一声："你是谁？偷偷摸摸站在人家家门口想干什么？"

"公主裙"被龙琪琪问蒙了："你又是谁？"

龙琪琪反应奇快，信口胡诌道："我是这小区的保安，刚刚接到这家的业主电话投诉，说有个跟踪狂骚扰他，不会就是你吧？"

龙琪琪越说底气越足："你说你这个姑娘长得水灵灵的，干啥不好，非要学人家当跟踪狂。"

龙琪琪的脑子在这一瞬间转得奇快无比，她想起周一奇之前提到的程侑遇到的麻烦事儿，似乎就是被一个花痴给缠上了。

龙琪琪并不傻，看这"公主裙"熟门熟路的架势，一准就是周一奇口中所说的"可怕的花痴"。

拿人钱财替人消灾，一想到周一奇说的，如果她能尽早解决掉那个花痴的话，除了一开始答应的酬劳以外，还会额外给她包一个丰厚的大红包，龙琪琪就格外来劲儿。

"公主裙"话还没说完，身后的大门"嘀——"的一声从里面被打开，程侑提着一袋东西愣在了门口。看到门口站着的"公主裙"的身影那一刻，他下意识就想关上门往里面缩，显然是被她给吓怕了。

"公主裙"显然经验十足，立马用手中的小洋伞卡住大门，正想扑过去给程侑一个爱的抱抱："程侑，你可算出来了！"

"原初悦，你……"程侑惊慌失措，不知该如何是好。

而就在这时，英勇的"骑士"降临，龙琪琪比原初悦的动作还要快，瞬间就冲到了原初悦和程侑的中间，原初悦这么一抱，将龙琪琪抱了个满怀。

原初悦没想到半路杀出个程咬金，下意识抱紧了龙琪琪，双臂甚至还能感受到龙琪琪手臂上结实的肌肉。

原初悦："……"

程侑趁机后退一步，拨开了原初悦的那把小洋伞，迅速将门一把关上。

原初悦怒道："喂！"

也不知程侑是怎么想的，过了大概三秒，他又悄悄把防盗内门打开，透过铁纱看着门外的情形。

龙琪琪觉得自己身为"护花使者"的豪情油然而生，她一把捞住原初悦的腰，将原初悦拦腰扛在肩上。

原初悦挣扎道："浑蛋！哪里来的疯子？快放我下来！"

她还要不要面子了！

龙琪琪扛着原初悦转身，还体贴地替她压下了裙子免得春光外露，一转身却看到了防盗门内的程侑。

在对上程侑视线的那一刻，龙琪琪有点恍神。

有那么一瞬间，龙琪琪觉得整个世界都安静了，所有的一切都失去了颜色，只有眼前的少年浑身散发出温暖和煦的光芒，像是一尊水晶玻璃瓶，美好而又脆弱，看得龙琪琪心神荡漾。

程侑长得十分好看，只不过脸色并不算红润，有些苍白的唇色看着令人十分疼惜。

但凡熟悉龙琪琪的人都知道，身为"华东路霸王龙"，龙琪琪自小就有一种浓烈的英雄情结，对一切脆弱美好的事物都无法置之不理。

龙琪琪极其生硬做作地伸出左手打了个招呼："嗨。"

左手挥了挥，她顺势又握成拳头用力捶向自己的左胸膛。

心脏拜托你轻点跳……

淡定，要淡定！

程侑紧蹙着眉头看了龙琪琪一眼，突然伸手将防盗门给关上了。

龙琪琪："……"

哼，一定是原初悦吓到他了！

龙琪琪觉得自己干劲十足，顿时头也不疼了腿也不酸了，哪怕肩头扛着一个人也能健步如飞，她扛着原初悦快步朝小区外走去。

却不料，冤家路窄，龙琪琪在小区门口和顾禾狭路相逢。

龙琪琪没想到会在这里遇到顾禾，很显然顾禾也是一样，他露出了微微吃惊的表情。

原初悦还在龙琪琪肩膀上奋力挣扎，艰难地抬头看见顾禾，脸上露出狂喜的表情，仿佛见到了救星："哥！这里有个疯女人，你快救救我！"

哥？

这个花痴是顾禾的妹妹？

龙琪琪还没来得及惊讶，顾禾在原初悦喊出那声"哥"后，脸上的表情忽而冷了下去："你怎么会在这儿？"

原初悦还在哭哭啼啼："哥，我来找程侑……"

提到程侑，顾禾脸上的表情更加阴沉："说了不要再喊我哥。"

龙琪琪敏感地察觉到顾禾和原初悦之间有什么不对劲，她上前一步走到顾禾面前，语重心长道："顾禾，你管管你妹妹，好好一个姑娘不学好，怎么学别人当痴汉呢？"

她顿了顿，拍了拍原初悦的屁股，又补了一句："也就是遇上我人好，懂得怜香惜玉。"

龙琪琪觉得自己陷入了爱情。

送走原初悦和顾禾后，龙琪琪又回头去找了程侑，然而龙琪琪做不出数独题打不开程侑家的大门，也不知道程侑是不是被原初悦吓到了，龙琪琪在他家门口蹲了大半天也没能蹲到他出门。

当晚，龙琪琪便给周一奇打了个电话。

龙琪琪生平第一次春心萌动，难免有些扭捏，不好意思开门见山，只能迂回地问道："我看那个原初悦挺可爱的啊，程侑为什么不喜欢她？"

"大概是八字不合吧。"

"那程侑喜欢什么样子的姑娘？"

"这我还真不知道，没听说过程侑喜欢什么女孩子。"

龙琪琪内心狂喜，这句话表明她还有机会！

周一奇又补了一句："不过我猜程侑应该喜欢聪明的女孩子。"

龙琪琪："？？？？"

"程侑不喜欢出门，说白了就是个死宅，喜欢的恐怕也就是数独。我猜他以后应该会找一个能和他有共同话题的女朋友，比如能够一起做数独题什么的。"

龙琪琪无语道："我还有事，先挂了。"

数独，又是数独！

龙琪琪突然有点理解原初悦的心情了，喜欢上这么一个不解风情，只喜欢做数独的死宅，除了死缠烂打蹲在他家门口，仿佛也没有什么别的法子。

　　龙琪琪有心想要效仿原初悦，但是转念一想，看程侑对原初悦的态度，那简直就是避若蛇蝎，有了这个前车之鉴，她立马打消了这个念头。

　　龙琪琪咬了咬牙，思来想去，只能好好学数独了！

　　不管是为了她的爱情，还是为了她体育特长生的学霸身份，她都必须拿下数独！

　　她要用数独打开程侑家的大门，继而打开他的心门！

龙琪琪自觉找到了顾禾的一个软肋——学霸顾禾竟然有一个当痴汉的妹妹，虽然这个软肋对顾禾而言有点勉强，但是一直在顾禾面前处于下风的龙琪琪只能靠这个找回一点脸面。

看，无所不能的顾禾也并不是那么十全十美嘛，至少他的妹妹就不那么完美！

龙琪琪有了底气，以至于周一上公共课的时候，她还主动坐到了顾禾的身边。

顾禾今天的脸色不太好，眼睛下面还有一点黑眼圈，整个人散发出一种"生人勿扰"的气场。

龙琪琪猜测这大概和他妹妹有关系，毕竟，有一个当痴汉的妹妹并不是一件光荣的事情。

她撞了撞顾禾的手肘，压低嗓音说着悄悄话："哎呀，小孩子不懂事就慢慢教嘛。"

顾禾："？？？"

龙琪琪是个独生女，她从小做梦都想要一个软萌的妹妹。龙琪琪想着自己要是有个妹妹，肯定会把她捧在手心里哄着疼着，绝对不会让她受到一点委屈。

而事实上，在十二岁以前，龙琪琪都一直在努力说服父母给自己添个妹妹，实在不行，弟弟也行。奈何龙琪琪父母在教导龙琪琪这个女儿上已经费尽了心血，说什么也不愿意再生一个孩子来让自己操心。

龙琪琪对此深表遗憾。

龙琪琪又看了一眼顾禾，顾禾的脸色阴郁，想来是因为被她撞破了他妹妹的痴汉行径，所以觉得没面子。

哼，看来学霸再厉害也是有短板的嘛。龙琪琪这个独生女也不知道打哪儿来的自信，生出了一点要教顾禾如何教导妹妹的心思，掰着指头道："教妹妹会吗？不会不要紧，我教你！"

"妹妹是要宠的啦！你妹妹要是真喜欢那个程侑，那也不能让她当痴汉自己上啊！你当哥哥的就不能替她去当痴汉吗？一个女孩子落得个痴汉名头，说出去多难听啊。"

"还有还有，你妹妹昨天跟你求救，你那是什么脸色？"

龙琪琪说得头头是道，顾禾抽了抽嘴角，开口打断："我没有妹妹。"

龙琪琪教育道："有你这样当哥哥的吗？不能因为自己妹妹有一点缺点就不认啊！"

顾禾再一次强调："我没有妹妹。"

龙琪琪正想要继续开口，冷不丁对上顾禾的视线，她打了个哆嗦，想要说的话被她咽了回去。

龙琪琪抿了抿嘴。

看来顾禾对于他妹妹是个痴汉这件事真的很生气啊。

龙琪琪改口道："放心啦，我是不会把你妹妹的事情到处说的。"她顿了顿，又补了一句："前提是你必须对我好一点！"

顾禾斜了龙琪琪一眼，将自己的手往回缩了缩，周身的冰冷气场收敛了些，他勾了勾唇，笑意却没有达到眼底，开口道："怎么对你好一点？"

"呃……"这个龙琪琪倒是没有想过。

龙琪琪摸了摸鼻子，嘀嘀咕咕道："不然你给我开个后门，让我加入你们数独社？"

顾禾轻笑了一声："怕是开个门都不顶用，得给你凿穿一堵墙才行。"

"哪有那么夸张！"

顾禾摘下平光眼镜，捏了捏鼻梁，突然道："这一次新人并没有招满，社长说一个礼拜后再招一批。"

"啊？"

"钱总不能白花不是？这段时间你若是去培训班认真学习，我就再给你一次开后门的机会。"

"真的？"龙琪琪喜出望外，正要确认，耳旁却传来下课的铃声。顾禾迅速收拾东西，不等龙琪琪开口询问就走出了教室。

龙琪琪扁了扁嘴，慢慢地收拾起自己的东西。教室里的人走得差不多了，她刚站起身来，就看见教室前门有个人探头探脑的，似乎是在找什么人。

瞧着还有些眼熟。

龙琪琪正绞尽脑汁地想着自己究竟在哪里见过这个人，那人就露出惊喜的表情朝着她跑过来："咦，你不就是上次副社长想以权谋私招进来却没成功的龙琪琪吗？"

龙琪琪："……"

哦，那天面试的娃娃脸。

娃娃脸问道："副社长呢？他手机一直关机，我都联系不到他。"

龙琪琪努了努嘴："你来晚了，他一下课就开溜了。"

娃娃脸嘀咕了一句："真是的，明明是他说之前招募的新人质量不行，要再重新招一批，怎么可以光提想法不行动呢？"

娃娃脸转头要走，不知道想到了什么，又扭头上下打量着龙琪琪。龙琪琪被他看得浑身起鸡皮疙瘩："你看我干什么？"

娃娃脸开口道："你是真的想加入我们数独社吗？"

"当然！"

娃娃脸拿出手机，指了指一个叫作"合页数独"的应用程序："以你现在的水准，怕是进不了我们社团，估计也就只有勤能补拙这一条出路了。这个在线数独应用是我们社团创始人研发的，里面不仅有丰富的题库，还有一些数独玩家自己写的经验帖，你没事可以多学习学习。"

龙琪琪警惕道："无事献殷勤，非奸即盗！你有什么企图？"

娃娃脸翻了个白眼："我只是不想看见我们副社长想开个后门都开不成。"

合页数独应用虽然是启元大学的学生研发的，但是这几年里也受到了外校大学生的欢迎，可以说，在大学生团体当中，只要是喜欢玩数独的，十个人中有九个都用过这个应用。

为了增强竞技的氛围，合页数独不仅有单机练题模式，还可以选择在线 PK 模式，许多数独玩家私下 PK 也会选择用这个应用。不仅如此，合页数独应用最近还新增加了段位模式，根据玩家在 PK 模式中获得的胜利局数累积分数，达到了一定分数就会增加一个段位，反之就会掉到下一个段位。

瞧这模式倒是和当下许多流行的游戏有些类似。

有关于这些玩法，龙琪琪一时之间也捉摸不透，她闲来无事研究着这个应用的功能，手指在屏幕上滑动着，也不知道点到了什么，就进了一个名叫《扒一扒 C、Y 那些年的恩怨情仇》的八卦帖子。

咦？一个玩数独的应用也会有这种八卦的帖子吗？

这个帖子勾选了匿名发帖的功能，所以无论是楼主还是回复的人都看不见发帖人的 ID。

主题帖：但凡在数独圈里混得久一点的人，应该都知道 C 和 Y 这两个人吧。都说一山不容二虎，除非一公和一母。自从几年前那场比赛之后，也不知两个人是不是商量好了，之后大大小小的赛事，都没有看见这两人对上过。

1L：C 和 Y？这是什么代号？

2L：楼上的，你是新来的吗？怎么会连 C 和 Y 都不知道是谁？

······

6L：关于 C 和 Y 的这些事情，以前论坛里不知道有多少个帖子提过了，这种陈年老料还拿出来说，楼主是真的无聊。

楼主：楼主夜观星象，今年 C、Y 必定会再次迎来一场世界对决！

7L：洗洗睡吧，这个楼主疯了，C 已经多少年没有出来比过赛了，哪来的世界对决？

8L：就是，楼主这么无聊，还不如多做几道数独题，多去 PK 大厅转一圈，搞不好还能受到菜鸟大神爱的调教。

······

13L：什么叫作"菜鸟大神爱的调教"？

14L：看来最近来了很多新玩家啊，怎么会连赫赫有名的菜鸟大神都不认识？

······

20L：【截图】看到了吧！九连胜，再赢一局我就可以冲击白金段位了！本楼心情好，就为新人小白科普一下什么叫作菜鸟大神爱的调教。如果在 PK 模式里遇到了 ID 名为"一只菜鸟"的对手，那就别挣扎了，直接点投降吧。"一只菜鸟"江湖人称"菜鸟大神"，又称菜鸟杀手，最喜欢混迹在 PK 大厅里寻找那些学艺不精的菜鸟。如果你能在菜鸟大神爱的调教下还能坚持不卸 APP 的话，那么恭喜你，你就是未来之星！

……

30L：【截图】【哭泣】刚说完……为什么就让我遇到了菜鸟大神？我的十连胜，啊啊啊！

31L：喜大普奔。

32L：喜大普奔 +1。

帖子里有许多术语龙琪琪都看不太懂，更别说 C 和 Y 两个代号了。她匆匆扫了一眼就关掉了帖子，等她放下手机抬头，却发现自己不知何时走到了数独培训机构的那栋大楼面前。

"呃……"龙琪琪可没有忘记她之前说出的那句大话——我就是躺在这条路上让你跨过去也不会再去上课！

龙琪琪低头看了一眼，石子路上干干净净，肉眼看过去并没有什么脏东西。龙琪琪又环视了一下四周，眼下这条小路并没有什么人经过。

"去不去上课……"数独社半个月后会重新招募新人，她总得想办法通过吧。而且，她还指望着用数独俘获程侑的芳心呢。

更何况，培训费用掏都掏了。

龙琪琪一咬牙一跺脚，眼一闭就躺了下去。

她只打算躺一会儿就爬起来，神不知鬼不觉，谁知她刚躺下，石子路的那头就出现了两个身影。

顾禾歪了歪头，右手还牵着一个小朋友。小朋友学着顾禾的动作歪了歪脑袋，好奇地打量着龙琪琪。

糯糯的童音响在龙琪琪耳边："老师，她在干什么？"

顾禾意味深长："她啊，在身体力行地证明，人呢，轻易不要说大话。"

龙琪琪："……"

顾禾故作苦恼："躺都躺下来了，所以我要不要给你一个机会跨过去呢？"

顾禾最终还是没有从龙琪琪身上跨过去。

"天将降大任于斯人也，必先苦其心志，劳其筋骨，饿其体肤……"龙琪琪觉得，为了成为体育特长生中的智商担当，她什么都能忍！

不就是去上顾禾的数独培训课吗？不就是同班同学都是一群六七岁的小孩子吗？这些都不是事儿，龙琪琪表示她都能忍！

一堂课听得云里雾里，打从顾禾见到龙琪琪躺在石子路上那刻起，龙琪琪就豁出去不要脸了，甚至于主动在下课后找上了顾禾。

龙琪琪拿着一张照片去问顾禾，那是她之前去程侑家门口，偷偷拍下的数独题。

龙琪琪问顾禾："你说这种题，我得练到什么程度才能够在五分钟之内解出来？"

顾禾凑过头看了一眼，神情复杂地看向龙琪琪："这是谁给你的题？那人就算想要羞辱你，也不应该拿这么难的题吧，普通的初级数独题就足够用来为难你了。"

龙琪琪："……"

龙琪琪瞪了顾禾一眼，顾禾才慢吞吞回道："也不是很难吧，你再练个十年八载的，或许能够解出来。"

龙琪琪："？？？"

"或者在咱们数独社里历练个一两年，或许也能解出来。"

启元大学的数独社虽然只是一个社团，但是在数独业界内的评价非常高，而且数独社内部的考核机制非常变态。在业内甚至有这么一个说法，如果有人能够在大一入社，并且能够在这社团里顺利待到毕业，那么他的水准不说去参加国际赛事，也足以参加国内的数独锦标赛。

当然，眼下的龙琪琪还不知道就算是她能够进入数独社，也有巨大的考验正在等待着她。

她满心想的都是顾禾那句话，在数独社里历练个一两年就能够解出程侑的数独题？

看起来，她说什么也要加入数独社了！

"我觉得这数独初级培训课不行。"龙琪琪苦大仇深道，"别说一个礼拜，就这样听一个月，我都没办法在规定时间内做完你当初出给我的那道数独题。"

顾禾轻飘飘地看了一眼龙琪琪："初级班是为六岁以下的孩子设置的，你能指望这个进程有多快？你要是想快速掌握数独解法，应该去高级班。"

"可之前的那个小姐姐建议我去初级班！"

"那大概是她认为你的智商适合初级班吧。"

龙琪琪："……"

顾禾又看了一眼龙琪琪，漫不经心道："数独看起来简单，谁都能做，但是想要在短时间内完成一道题，并不是谁都能够做到的。想要学好数独，天赋是一方面，积累是一方面，以你的智商，指望天赋是不可能了，只能靠勤能补拙了。别想着一步登天，慢慢学吧。"

顾禾难得跟龙琪琪说这么一大串话，虽然话里带着刺儿，但都是些大实话。

龙琪琪皱着一张脸："不然就出上次那道题，我半个小时内做完，你就算我过？"

龙琪琪研究过，顾禾给出的那种题型处于初级难度，一般人解这种题型的数独题需要花十几分钟，龙琪琪觉着，为了以防万一，还是要半个小时比较妥当。

顾禾笑了起来："那给你一天时间好不好呀？"

龙琪琪点头如捣蒜："好啊，好啊。"

顾禾没说话，笑吟吟地看着龙琪琪，用自己的眼神一层一层地剐下龙琪琪那厚脸皮。

龙琪琪撇了撇嘴，难得生出了一丝小女儿姿态，嘟着嘴抱怨道："我又不像你们，都是天才，要学什么东西随便学学就会了。"

顾禾脸上的笑意淡了一些："没有谁生来就是天才……至少，至少我不是。"

顾禾的声音很轻，龙琪琪一时之间没有听清楚："你说什么？"

顾禾抿了抿唇："没什么。"

龙琪琪正要继续开口，耳边冷不丁就飘来一阵若有似无的啜泣声，她打了个哆嗦，鸡皮疙瘩起了一身："你有没有听见什么？"

顾禾皱了皱眉，循着声音的方向走了过去，龙琪琪想要喊住顾禾，一般恐怖电影里死得最快的就是像顾禾这种好奇心重胆又大的人。

龙琪琪没有喊住顾禾，跺了跺脚，犹豫了一会儿，只能跟上顾禾。

她堂堂霸王龙，总不能畏首畏尾让顾禾一个人陷入危险当中吧？

声音的来源是身后那栋大楼，龙琪琪赶到的时候，正看见大楼门口的楼梯上坐着一个小小的身影，顾禾正温柔地坐在他的身边摸着他的西瓜头。

龙琪琪挑了挑眉，巧了，这孩子她也认识，正是她那个喜欢流鼻涕的西瓜头同桌，好像叫严……对，叫严小北。

龙琪琪蹭过去的时候，正巧听见严小北抹着鼻涕，抽噎着说："我妈妈说我笨。"

龙琪琪挨着顾禾坐了下来，想到她娘林翠华同志也经常嫌弃她笨。

严小北哭哭啼啼："上次考试成绩出来，我考了全班倒数第二。"

龙琪琪默默点头，这孩子比她强，她当初上小学一直都保持着年级倒数第一来着，从未退步也从没有进步。

顾禾一直安静地听着，用一种极其温柔的眼神看着严小北，没有打断他的话。

也不知道是这安静的气氛鼓舞了严小北，还是顾禾和龙琪琪这两个人太适合当倾听的听众，严小北的哭泣渐渐止住了，絮絮叨叨地开始数落起他妈妈来。

这个年纪的小孩子嘛，抱怨的无非就是家长管得太严，不让玩游戏，不让随便吃零食，总是拿别人家的小孩子来教训自己。

严小北也不例外。

更何况，相较于其他的孩子，在某些方面他的确是有些不足，家长恨铁不成钢难免会给他带来一些负面情绪。

严小北情绪低落："我是真的很喜欢数独，可是我妈妈说，数独是聪明人才能玩的游戏，像我这么笨的，根本就不适合去学数独。顾老师，我妈妈说我的成绩再这样下去，就不让我继续来上您的课了。"

顾禾终于开口了："数独是聪明人才玩的游戏？谁说的？你看龙琪琪不也玩数独吗？"

严小北抬起了头，一双大眼睛泪汪汪地顺着顾禾的手指看向龙琪琪。龙琪琪莫名其妙，在这个时候提她干什么？

顾禾继续说："她一大把年纪了，连韩希都比不过，你觉得她聪明吗？"

龙琪琪："？？？"

严小北仔细思索了一下，老老实实道："确实不够聪明。"

龙琪琪瞪了他们一眼："喂！"

顾禾替严小北擦了擦鼻涕，声音温柔得就好像此刻的月色："连龙琪琪都不放弃学数独，你要是真的喜欢数独，那就更不应该放弃了，不是吗？"

龙琪琪觉得顾禾这话说得简直莫名其妙，什么叫作连她都不放弃？可是眼下这个时候，对上严小北那双眼，她说不出反驳的话，只能结结巴巴道："是……是啊，喜欢就不要放弃。"

龙琪琪不知道严小北在这个年纪能不能够理解什么叫作坚持，但她仍旧看见严小北用力地点了点头。

"小北，回家了。"

恰在这时，严小北的妈妈姗姗来迟，终于来接他回家。

严小北欢呼一声扑向他妈妈的怀抱。严妈妈对顾禾点了点头，牵着严小北的小手慢慢往外面走去，龙琪琪还能听见这对母子的交谈声。

"小北，那两个是你的老师吗？"

"那个好看的小哥哥是，旁边的小姐姐是我的同桌！"

龙琪琪："……"

龙琪琪看见严妈妈回过头，用一种很复杂的眼神看了她一眼。

龙琪琪冷静地看向顾禾："你为什么要拿我来安慰严小北？"

顾禾仰头看天："有现成的例子在身边，我为什么还要费尽心思去找别的例子来安慰他呢？龙琪琪你看，你的存在能够让一个即将对数独失去信心的小孩子振奋起来，你难道不觉得很开心吗？"

"谢谢，但是，我并不需要这份开心！"

顾禾和龙琪琪肩并肩往外走，四周安静了下来，良久，顾禾幽幽开口："数独是聪明人才玩的游戏，很久以前，也有人对我说过这样的话呢。"

龙琪琪下意识地接话："那然后呢？"

"然后……"顾禾低声笑了一声，抬起头看向龙琪琪，眼睛亮到胜过天上的繁星，"然后，我就努力成了他眼中的聪明人。"

龙琪琪眨巴眼："你难道还不算聪明人吗？"

以省状元的身份考入启元大学，十三岁就得到了数独世界锦标赛的少年组亚军，头顶着这些荣光，难道还不算天才吗？

"在他看来，不算。"

龙琪琪"啧"了一声："那他一定是没有遇到过我这样子的人。"

顾禾看着龙琪琪，突然就笑了起来，他喊道："龙琪琪。"

"干什么？"

"龙琪琪。"

"什么？"

"龙琪琪。"

"你到底要干什么！"

顾禾正要开口说些什么，从一旁的阴影里却突然跳出来两个手拿大棒的大汉。

"遇到我们算你们倒霉，快把钱包里的钱交出来。"

稍高的大汉边说边拿着大棒指向龙琪琪的方向，顾禾眼睛一眯，一把抓住龙琪琪的手腕将她往自己身后拉。龙琪琪猝不及防，踉跄了一步，被顾禾挡在了她的身前。

矮一点的那个大汉调侃道："哟呵，还想玩英雄救美不成？"

两个大汉步步逼近，在这个时候，再聪明的人恐怕都派不上用场，毕竟，想要收取保护费的人可不会因为你会做几道数独题就放过你。

顾禾握紧了拳头，可就在这时，龙琪琪挣脱了顾禾的禁锢，拍了拍他的肩膀，转而走到了他的身前。

"龙琪琪，你……"

龙琪琪开口道："睁大你们的眼睛好好看看，我的保护费你们也敢收？"

借着月色，可怜的大汉们终于看清了龙琪琪的面孔，顿时瞪大了眼惊慌失措："大……大姐大？"

一分钟后，龙琪琪带着顾禾拐出了这条小路："带你去吃小龙虾！"

昏暗的路灯下，顾禾看着龙琪琪得意扬扬的小模样，忽而低声笑了起来，笑得眉眼弯弯好不动人："龙琪琪，你是想要贿赂我吗？"

"是呀，是呀。"

小龙虾的力量是伟大的。

没有什么是一盆小龙虾解决不了的事情，如果不行，那就再来一盆。

龙琪琪觉得，自从那晚吃过小龙虾之后，她和顾禾的关系发生了质的改变。之前两人身为体育特长生和学霸组的领军人物，说关系好那是不可能的，就连最基本的同学情都不可能维持。虽然顾禾每次遇见她都是笑眯眯的，但是这种笑总给龙琪琪一种"总有奸臣想害朕"的感觉——笑里藏刀。

而现在，龙琪琪觉得她好歹和顾禾有了"小龙虾之谊"，她再努力努力，搞不好就能收顾禾当小弟呢。

一想到学霸们的领军人物顾禾有朝一日会成为她龙琪琪的小弟，龙琪琪做梦都能笑醒。

当然，当务之急是先通过数独社的面试成为社团的一员。

龙琪琪这几日除了上课和上培训班，大把时间都花在合页数独上。这个应用设计得还蛮人性化，至少龙琪琪觉得挺适合自己，它会根据你的水平来给你推荐合适的数独题库。

这日，龙琪琪正在数独的海洋里挣扎时，突然接到了一个陌生来电。

龙琪琪手指一滑，接通了电话。电话那头是一个陌生男人的声音，声音有些小心翼翼："请问，是龙琪琪吗？"

"你是？"

"我是程侑。"

龙琪琪："……"

完了，她最近光顾着和顾禾斗智斗勇拉近关系，都忘了"护花使者"这个活儿了，雇主都来兴师问罪了！

更何况，她都还没有学好数独呢！

龙琪琪有些慌张，想起了之前在程侑家门口的"惊鸿一瞥"，心跳不由得停了一拍："不好意思！我今后一定会更加努力的，我保证绝对不会再发生迟到、早退、旷工这种事了！"

龙琪琪这一通表忠心的话让程侑不知道该怎么接，电话那头安静了半分钟，声音才再次响起："没事，请问你现在有空吗？"

"必须有！"

"那你能来一下德基大厦吗？"程侑的声音听起来有些为难，"我遇到了一点麻烦。"

"马上去，飞奔去！"龙琪琪连忙收拾东西飞奔出门，"你现在在德基哪儿？"

程侑吞吞吐吐："六楼的男厕所。"

龙琪琪差点以为自己听错了："什么？"

程侑重复了一遍："六楼的男厕所。"他顿了顿，声音带上了一丝无奈和惶恐："我被人堵在男厕所里了。"

龙琪琪："……"

英勇的"龙骑士"赶到德基大厦六楼的男厕所门口时，正瞧见那条"恶龙"站在男厕所的门口，照旧穿着一身粉嫩嫩的公主裙，打扮得十分可爱，一点都看不出她的痴汉属性。

情敌见面，分外眼红，哪怕原初悦并不知道龙琪琪这个情敌的存在。

龙琪琪大步流星地朝原初悦走了过去。

原初悦看见龙琪琪登场，回想起那天被龙琪琪扛在肩头的恐惧，脸色一变，下意识后退一步，防备道："你怎么会在这里！难道你又跑来这个商场当保安了？"

很显然，原初悦还被龙琪琪当初随口一说的谎话蒙在鼓里，真以为龙琪琪是个保安。

龙琪琪嘴角一勾，摆出一副准备刁难的模样："家里穷没办法，只能多做几个兼职。我娘老说，以我这个脑子，只能靠出卖劳动力来维持生计了。"

原初悦神情慌张，这商场人流量很大，她真的怕龙琪琪又来那一招，她可不想当众出丑，她结结巴巴道："你……你别过来！我就是站在这里看看风景，可什么都没做！"

"站在男厕所门口看风景？你的爱好挺特别啊。"

龙琪琪一边调侃原初悦，一边给程侑拨去电话，刻意地让自己的声音听起来温柔一些："我到了，你出来吧。"

程侑刚踏出男厕所，原初悦便眼睛一亮，就像看见肥羊的恶狼，下意识要扑过去。龙琪琪怎么可能让原初悦得逞，拿人钱财替人消灾，她连忙抢先一步挡在了程侑的面前。原初悦一扑过去，就将龙琪琪抱了个满怀。

程侑紧紧抿着唇，唇色苍白，一米八的大个儿躲在了龙琪琪的身后，一言不发。

龙琪琪也不介意，周一奇之前就告诉过她，程侑身子不好，也不爱说话。她扭头偷偷看了一眼程侑，抿了抿唇，右手成拳敲了敲自己的左心房。

争气一点！

原初悦嘟着嘴，松开了龙琪琪，她又不是真的傻，看程侑和龙琪琪这样子，很快就明白过来："你不是保安！"

龙琪琪冲原初悦眨巴眨巴眼："保安和保镖差不多嘛，不要太介意。"

"保镖？程侑你特地找个保镖来防我是不是？"

程侑终于开口了，干净利落："是。"

龙琪琪觉得原初悦都快哭了。

原初悦眼睛里含着泪水，委委屈屈："你为什么不喜欢我？"

"你烦。"

"那我不缠着你，你就喜欢我了？"

"当然不。"

原初悦破罐子破摔："所以就算我不缠着你，你也不会喜欢我是不是？"

程侑话虽少，但一点也不拖泥带水，丝毫不懂顾忌原初悦的那颗少女心："是的。"

龙琪琪："……"

站在旁观人的角度来看，龙琪琪其实是有点同情原初悦的，但是站在情敌的立场来看，龙琪琪有点暗爽。

程侑对原初悦的态度越像冬日里的寒风一样凛冽，这是不是就证明了她更有机会？

原初悦显然已经习惯了程侑对待自己的冷漠态度，眼泪在眼眶里兜了一圈又被她逼了回去，她咬了咬唇："左右你也不喜欢我……哼，那我就继续缠着你，也不让你有时间去喜欢别人！"

态度这么嚣张？没看见自己还站在这儿吗？

龙琪琪回头问程侑："需要我动手吗？"

程侑犹豫了一下，终究还是拒绝了："你送我回家吧。"

龙琪琪喜滋滋地应了。

兴许是有龙琪琪在，原初悦不敢太过放肆，但是又不甘心，竟然不远不近地一路尾随着两人，直到程侑家门口。

龙琪琪亲眼见证了什么叫作真正的数独高手。

程侑只不过花了三分钟的时间就解答出了门口的那道数独题，期间没有停歇。龙琪琪只注意到他的手在屏幕上点了点，门就被打开了。

龙琪琪跟着程侑进了门，挠了挠头，程侑喜欢数独喜欢到就连进自己家都要做数独题吗？

看来她还需要更加努力才行。

就在龙琪琪发愣的工夫，程侑突然回头问："你有微信吗？"

龙琪琪连忙拿出手机和程侑互加了微信。程侑抿了抿唇，垂下眼眸，看不清他此刻的神色："以后若是遇到这样子的事情，我还能麻烦你吗？"

龙琪琪连连点头："我答应了周一奇要当你的护花使……不对，是保镖。我龙琪琪答应的事，就一定会做到。"

程侑余光瞥过龙琪琪的手机屏幕，刚好看见她退出微信的界面，屏幕上干干净净，只有一个合页数独的应用程序标志。

"你也玩这个？"

龙琪琪努力让自己看起来风轻云淡："是啊，我也很喜欢数独。"

程侑突然就笑了起来："真巧，我也很喜欢。"

龙琪琪心跳停了一拍。

她捂住自己的胸口，落荒而逃："那什么，我还有事，就先走了！"

龙琪琪觉得自己终于时来运转，可谓是爱情事业双得意。

她看着面前的三位面试官，又低头看了看桌上的数独题，内心一阵狂喜，脸上却努力保持波澜不惊。

龙琪琪镇定道："只要我在五分钟内做完这道题，我就能入社了吗？"

顾禾点了点头："是这样，没错。"

娃娃脸和眼镜娘对视了一眼，一脸的欲言又止，副社长出的那道数独题也太简单了吧。

"这个……"娃娃脸鼓起勇气，"这个放水放得也太过分了吧。"

顾禾推了推自己鼻梁上的眼镜："这是作为她英雄救美的奖赏。"

"英雄救美？"

顾禾一脸理所应当："她将你们英明神武的副社长大人从收保护费的混混手里救了出来，难道不值得奖赏吗？"

娃娃脸还要开口，就看见顾禾看了过来，他打了个哆嗦，连忙改口："值得，值得！当然值得！副社长大人可是我们社团最宝贵的财富！她守护了如此宝贵的财富，当然应该嘉奖。"

很好！

老天眷顾！

龙琪琪又偷偷看了顾禾一眼，他一定是不记得了，昨儿晚上的数独培训班上，顾禾就讲解过这道题，而且讲了足足三次！

龙琪琪信心满满地拿起了笔。

五分十四秒后，龙琪琪放下了笔，将答题纸递给了顾禾，眨巴着一双眼迫不及待道："怎么样？怎么样？我写对了没有？"

顾禾没有看，直接将答题纸转手递给了一旁的眼镜娘，靠在椅背上一副事不关己的模样。

眼镜娘神色复杂地扫了一眼答题纸，这题……真是简单到令人发指。

龙琪琪催问："对了没有？"

眼镜娘迟缓地点了点头："对是对了。"

眼镜娘又低头看了一眼手机上掐的秒表，上面分明显示着五分十四秒。而就在这时，一只手横空出现在她面前，抢过她的手机顺手将秒表清零。

顾禾勾了勾唇："哟，四分五十九秒，不错嘛。"

眼镜娘："……"

副社长大人，你这样睁眼说瞎话真的没问题吗？

龙琪琪不可置信地瞪大了双眼。

她做到了！

她马上就要成为体育特长生中的智商担当了！马上就能够和程侑肩并肩手牵手地一起做数独题了！

顾禾站起身来，慢悠悠地冲龙琪琪伸出手："恭喜你，现在是我们数独社的一员了。"

龙琪琪激动地就要握住顾禾的手，却在碰到顾禾指尖的那一刻，看到顾禾将手缩了回去，转而从自己身后抽出一沓大约拇指厚度的A4纸。

"我们数独社的宗旨是勤学苦练，三十天内，你需要把这堆数独题做完。"

龙琪琪："？？？"

顾禾双手撑在桌子上，居高临下地看着龙琪琪："另外，我们社团每个月会举行一次考核，考核不通过的人，抱歉，将被开除。"

龙琪琪："！！！"

"龙同学，要努力啊。"

第 3 章
你看这个火锅，像不像
你没做完的数独题？

"我错了，我从一开始就错了。那群学霸嘲讽我们没脑子，我直接动手揍他们一顿不就好了？为什么要以理服人，向他们证明我的智商？

"我越想越觉得自己很亏，他们也没有给我证明他们体力很行啊！

"哼，难怪都说聪明的人心眼都多。

"这么多数独题啊，我要是都能做完，那还算是个体育特长生吗？

"唉，怪只怪我这个人太单纯、太善良。"

坐在龙琪琪对面的周一奇终于忍不住了，挪了挪屁股开口道："不是，你要是不想进那个数独社不去不就得了？干吗为难自己？"

他大老远从城市的另一头跑来启元大学，可不是为了听龙琪琪的抱怨。周一奇又低头看了看自己面前的矿泉水瓶，抽了抽嘴角："而且，我大老远过来，你不请我喝杯奶茶也就算了，拿瓶一两块钱的矿泉水敷衍我算怎么回事？而且还是小瓶装的！"

龙琪琪正数着眼前这一摞数独题共有多少张，被周一奇一打岔，她又忘记自己数到哪儿了，只得从头开始数。她抬了抬眼皮："那我给你换个大瓶的？"

"不是，这不是大瓶小瓶的问题，这是你对我的态度的问题！"

"那你借我一百块，我请你喝奶茶。"

"我觉得小瓶装矿泉水也挺好的。"周一奇忍了忍，终究还是没忍住，"所以你的私房钱都花哪儿去了？"

"投资。"

周一奇大惊："现在A市的房价已经降到几十块一平方米了吗？"

龙琪琪终于放弃数纸，抬头指了指自己的脑袋："不是，投资这里。"

周一奇沉默了，好半天才小心翼翼开口道："A市的经济已经不景气成这样了吗？"

龙琪琪敲了敲桌子："我斥巨资请你来我们食堂喝矿泉水不是和你谈论经济形势的，你到底懂不懂什么叫数独啊！"

"我不懂啊。"周一奇答得理直气壮，反问，"那你懂吗？"

龙琪琪翻了个白眼，挺胸抬头："当然，我都加入数独社了！"

周一奇给龙琪琪画重点："一个月后你就要被劝退了。"

龙琪琪："……"

周一奇不理解龙琪琪："所以说，你放着那么多体育性质的社团不参加，为什么去参加数独社和自己过不去？就为了和那群学霸赌气吗？"

"也不全是……"龙琪琪叹了口气，"算了，你不懂。"

周一奇面无表情："我不懂，所以你喊我来这里做什么？"

龙琪琪幽幽地看了周一奇一眼："谁叫我的朋友里面就数你最聪明呢，我本以为聪明人能够理解聪明人的。"

龙琪琪本来也没觉得周一奇有多聪明，但是周一奇能够以智商在龙琪琪的朋友圈里取胜的决定性因素在于程侑。都说"近朱者赤，近墨者黑"，龙琪琪觉得，搞不好周一奇能够耳濡目染学到一些呢。

周一奇连忙双手比叉："别！'聪明人'这三个字实在是不适合用在咱俩身上。"

距离吃晚饭还有一段时间，食堂里也没几个人，龙琪琪带周一奇过来也就是图个清静。周一奇低头看了看手机："琪琪宝贝啊，我待会儿还要去看程侑呢，就不和你吃晚饭了。"

程侑？

龙琪琪耳朵动了动，稳住内心的波涛汹涌，装作漫不经心道："哦，你是来找他的啊。"

"不然专程来看你做数独题吗？"

龙琪琪决定不和周一奇一般计较："哎，奇奇宝贝，程侑到底是怎么样一个人啊？"

"聪明人。"周一奇答得干脆利落，还补了一句，"货真价实的那种聪明。"

周一奇提起程侑的时候，一双眼睛仿佛都在发着光："你是不知道，程侑有多聪明！当年我刚到国外上学的时候，连英文都听不懂，更别说上课了。是程侑不嫌我笨，王者带青铜，终于将我带到了高中毕业。"

周一奇同龙琪琪青梅竹马，自小就在一个院子里长大，初中毕业后周一奇被父母送出了国，因此认识了程侑。

周一奇就差双手捧脸，浑身上下冒着粉红色泡泡："程侑就是我人生中的指明灯！"

龙琪琪酸溜溜道："那你这灯换得可真够快的，早几年前你还说我是你的指明灯呢。"

顾忌着龙琪琪的情绪，周一奇连忙改口道："哎，你是指明灯的那根柱子，程侑是上面的灯泡，二者缺一不可！"

别看周一奇长得膀大腰圆，他生得壮汉身却有一颗少女心，从小到大但凡遇上一点麻烦事儿都会哭哭啼啼找龙琪琪帮忙。可以说，周一奇在龙琪琪成为"霸王龙"这条路上做出了不可磨灭的贡献。

龙琪琪一听，周一奇这是把她和程侑放在一起了呢，她立马又开心起来："所以程侑除了聪明，还有别的什么特点吗？我看他不怎么喜欢说话的样子。"

"程侑慢热，当初我也是缠了他好久，他才愿意教我学习。"

"还有呢，还有呢？"

"哦，他喜欢安静，不太喜欢别人缠着他。"

龙琪琪："……"

"对了，说起这个……"周一奇想到了什么，吞吞吐吐道，"有件事情我要跟你老实交代……"

"什么事？"

周一奇往后坐了坐，仿佛和龙琪琪多拉开一点距离他就多一点生命保障："就是之前护花使者那个事儿，其实我是瞒着程侑的……"

龙琪琪没听明白："你这是什么意思？"

周一奇一闭眼一跺脚，索性全坦白交代："其实程侑和原初悦的关系吧，有点复杂……所以他不能明摆着拒绝原初悦，更不可能找个人替他赶走原初悦，程侑是做不出这种事情的人。"

"等等……"龙琪琪越听越晕乎，"你的意思是，找我做护花使者这事儿不是程侑的意思。"

"没错！这其实就是我的主意，而且我也没告诉程侑……"周一奇小心翼翼看了龙琪琪一眼，"做兄弟的，自然要两肋插刀，程侑拉不下这个脸去拒绝原初悦，我便想着替他解决。可是后来程侑知道护花使者这事儿了，他说了我一顿，并让我不要再麻烦你了。"

龙琪琪："……"

周一奇哭丧着一张脸："琪琪啊，你能理解我吧！"

"那你的意思是……你说的丰厚报酬是骗我的？"

周一奇立马道："那钱我替程侑出还不行吗？！"

龙琪琪心里患得患失，这种陌生的感觉让她很不习惯，面对这种陌生的情愫，龙琪琪的解决办法就是将它压制住，可是心里仍旧是酸溜溜的。

这是不是意味着，以后她再也不能以护花使者的身份去见程侑了？

可怜她才做了两回护花使者就要失业了！

龙琪琪还要再问，周一奇却唯恐龙琪琪回过神来会怪罪他，抓起手机就要走："不跟你说了，程侑发微信催我了。"

说罢，周一奇将指明灯的灯柱留在了身后，直奔灯泡而去。

龙琪琪没拦住周一奇，悻悻地转身，冷不丁发现隔壁桌不知何时坐了一个人。那人安安静静地看着她，平光眼镜片上反射出一道冷光。

顾禾不笑的时候还是挺能唬人的，浑身上下带着一股生人勿近的气场。

龙琪琪被吓了一跳："你什么时候来的？"

顾禾勾了勾唇，突然就笑了，这一笑就犹如冰雪融化，仿佛刚才那股冰冷的气场只是龙琪琪的错觉："在你说'你懂不懂什么是数独'的时候。"

龙琪琪："……"

顾禾起身，冲龙琪琪抬了抬下巴："走吧。"

"啊？去哪儿？"

"社团活动。"

说是社团活动，其实就是一群人吃吃喝喝，顺带认识一下新入社的社员。

往年的社团活动都是一群人找个安静的咖啡厅，点上几份甜点，然后安安静静地霸占咖啡厅的一角做数独题，谁先做出来谁就可以先吃。但是奈何社长大人不仅是个数独高手，还是个大胃王，往年三分之二的甜点都会落入社长的口中，所谓的社团活动便变成了"社员围观社长花样吃甜点"。

龙琪琪从娃娃脸口中听到这个活动惯例时，当即脸色一变。

那她会吃不到甜点的！

龙琪琪提出了抗议："这都到晚饭的时间了，吃甜点也吃不饱吧。"

顾禾瞄了龙琪琪一眼："那你有什么好建议？"

龙琪琪绞尽脑汁地想："社团活动嘛，咱们是数独社，当然要做点和数独有关的活动啦。我看吃火锅就很不错！"

娃娃脸凑了过来："火锅和数独又有什么关系？"

龙琪琪瞎掰扯，比画了一个大圆圈，又在空中画了井字："你没吃过九宫格火锅吗？"

娃娃脸："？？？"

龙琪琪继续道："你看这个九宫格火锅，像不像你前几天让我做的数独题？"

众人："……"

顾禾煞有其事地点点头："确实很像，所以那些数独题你做多少了？"

龙琪琪："……"

不好意思，一题未动。

龙琪琪据理力争，在掌管此次财政大权的副社长的大力支持下，终于取得了胜利。一行人往学校门口的火锅店走去。

数独社里常驻社员其实并没有多少，虽然每年都会招募新人，但是在每个月都要考核的严格标准下，不少人都被劝离了社团，留下来的社员总共也就十个人不到。

这次招募的新人包括龙琪琪在内共有四人，这么多人坐一张桌子有点勉强，于是分了两桌，社长带了一些人坐一桌，龙琪琪跟顾禾、娃娃脸、御姐、一个光头男还有一个新人坐一桌。

龙琪琪没忍住偷偷瞟了好几眼那个光头男，起初她还以为自己数独题做多了，看花了眼，那个光头男锃光瓦亮的脑袋上赫然文着一道数独题。

这是对数独爱得有多深沉啊？

大抵是被人瞧得多了，光头男稳坐如山，面对龙琪琪好奇的目光无动于衷。坐在龙琪琪身边的顾禾动了动，身体微微前倾挡住龙琪琪的视线，而隔壁桌的社长就在这个时候发话了："欢迎新加入的四位新人！"

按照惯例，接下来就是要做自我介绍了。

谁知社长话锋一转："自我介绍就不必了，谁知道一个月后还能不能见到呢？"

龙琪琪："……"

龙琪琪将到嘴的自我介绍咽了回去，社长话音刚落，坐在龙琪琪对面的那个新人就开口了："我叫周霖，我是要成为数独社社长的男人！"

新人貌不惊人，属于那种扔在人群里都找不出来的大众脸长相，奈何语出惊人。

社长被当众挑衅了也不生气，眼明手快地夹起刚漂起来的一块肥牛，一边嚼着一边道："哎，长得帅就是这点不好，每年都会有新人当众对我表白。"

龙琪琪："？？？"

拜托，这不是表白，这是下战书吧！

龙琪琪心里想的都写在脸上了，娃娃脸偷偷凑过来道："一看你就没看过《海贼王》。"

社长摸了摸自己的脸，对着九宫格的锅底自怜："可是为什么每年对我表白的都是男人呢？我明明喜欢的是身娇体柔易推倒的软妹子啊！"

社长挥舞着筷子指了一圈，最终指向了龙琪琪的方位，顾禾推了推有些滑落的眼镜，笑吟吟地看了社长一眼。社长筷子一缩，到嘴的话拐了个弯："偌大的社团，怎么连个女孩子都没有呢！"

御姐淡定地夹起一块豆皮，对社长睁眼说瞎话的行为置之不理。

龙琪琪心里说："社长，看我啊，我不是女孩子吗？"

大家对于这类事情似乎司空见惯，照旧该吃吃该喝喝。那个叫周霖的新人似乎也只是想表达一下自己的想法怒刷一拨存在感，对于社长给出的这个反应只能平静地接受。

但龙琪琪知道，这个平静只是表象。

龙琪琪起身去取自助调料的时候，周霖悄无声息地出现在她的身边，吓得她差点把手中的芝麻酱拍在周霖的脸上。

周霖丝毫不知道自己差一点就遭受了芝麻酱的洗礼，他目光沉沉地看着龙琪琪："听说你是副社长力荐进数独社的。"

龙琪琪："？？？？"

"能得到副社长的大力推荐，你一定有什么过人之处吧？"

龙琪琪觉得自己不能让周霖失望，艰难地点了点头："当然。"

周霖拿起调料碟，舀了大半勺花生酱，又将手伸向芝麻酱："你学数独几年了？"

满打满算一个礼拜。

龙琪琪淡定地道："四舍五入快一年了吧。"

周霖手一顿："学了才一年就能够进入数独社？副社长的眼光果然独到。"

龙琪琪："？？？？"

这和顾禾又有什么关系？

周霖舀起一勺芝麻酱，又倒出去一点："听温浪学长说，面试的时候，副社长亲自出了一道高阶难度的数独题，你只花了五分钟不到的时间就解出来了？"

周霖口中的温浪学长就是娃娃脸，龙琪琪并不知道娃娃脸为了维护顾禾这个副社长"大公无私"的形象，昧着良心编造了多少谎言。

龙琪琪惊道："那是高阶难度的题吗？"

顾禾还说是入门级难度的题？呵，竟然骗她！

龙琪琪转念一想，自己才学了数独多久，竟然就能够在短时间内解出高阶数独题，搞不好自己真的是一个数独天才。

龙琪琪按捺住内心的小得意，甩了甩手："哎呀，那种难度的题也就随便做做。就算他没有提前给我讲解这道题，我估计也能做出来。"

龙琪琪一不小心吐露了事实，周霖手抖了抖，又将勺子里的芝麻酱倒出去一点，皱着眉头道："提前？"

龙琪琪自知失言，连忙改口："我的意思是，他提前给我讲过类似难度的题！绝对不是原题哦！"

"他又是谁？"

"顾禾呗。"

"副社长教你数独？"

"是啊，我的数独是顾禾教的。"

虽然顾禾同时还教了一大帮六七岁的小孩子……当然，龙琪琪觉得这些话就不必说出来了。

周霖点了点头："不愧是副社长！"

等等……为什么这样也能夸上顾禾？

龙琪琪觉得有些不对劲，周霖那勺芝麻酱都舀了半天了，也没见他往自己调料碟里放："这芝麻酱有什么问题吗？"

"多了。"周霖蹙眉，又倒出去一点。

"少了。"他又重新舀了大半勺。

龙琪琪："……"

周霖解释道："分量相同的芝麻酱和花生酱才能调出适合九宫格火锅的调料，就像只有合适的数字填在合适的空格里才能正确解答出数独题。"

周霖终于舀出满意的芝麻酱，对龙琪琪点头："你之前说的那番话我很赞同。"

"啊？"

"数独如人生，这世间的万物都和做数独有共同之处，吃火锅也不例外。"

龙琪琪："……"

周霖也不在乎龙琪琪的反应，端起调好的调料碟："改天一起做题。"

龙琪琪还没回答，周霖表情突然变得严肃，双脚并拢，就差把右手举起放到太阳穴了，他挺胸抬头，就像是接受领导检阅的士兵，声音洪亮有力："副社长！"

好在火锅店热闹，大家也没注意到这边的动静。

顾禾冲周霖微笑着点了点头，周霖就如同梦游一般同手同脚地走开了。

龙琪琪也要走，顾禾不经意地挡在了她的面前："他跟你说了些什么？"

龙琪琪淡定道："他应该是在夸我。"

顾禾挑了挑眉:"哦?他还邀请你一起做题?"

龙琪琪一脸得意:"是啊,他对我的数独水平做出了真诚的夸奖,同为数独高手一起切磋做题有什么不对吗?"

顾禾意味深长道:"他是去年中国数独锦标赛的第三名。"

周霖在数独圈里也算小有名气,顾禾也有所耳闻,听说这人……嗯,脑子稍微有那么一点问题。不过,周霖竟然对龙琪琪发出"一起做题"的邀请,顾禾倒是有点意外。

周霖在启元大学也是属于"学霸"圈的,而对于这种学霸来说,一起做题在某种程度上就等于约会了。

龙琪琪听出了顾禾话里的意思,有些愤愤:"第三名怎么啦?我难道就不能和第三名一起切磋了吗?"

哼,她可是学了一个礼拜不到,就能够花五分钟解出一道高阶数独题的天才呢!

龙琪琪推了一把顾禾:"走开,别挡道。"

顾禾侧了侧身,在龙琪琪走出几步后,突然开口问道:"龙琪琪,你和程……"

龙琪琪回头:"什么?"

顾禾抿了抿唇:"没什么,快去吧,多吃点才有体力做数独题。"

龙琪琪化悲愤为食欲,一撸袖子又点了两盘肥牛,凭借一己之力将大家吃不下的全部解决。聚会临近尾声,这两桌还具备战斗力的也就只剩下龙琪琪和隔壁桌的社长。

社长一拍桌子,神色感慨:"我等了三年了!终于等来一个能和我一较高下的新人!"

娃娃脸不知何时坐到了社长那一桌,点头:"今年的新人实力确实不错。"

尤其是那个周霖,虽然情商有点低,竟然当众向社长下战书,不过实力确实是不容小觑。

社长道:"有对手才有竞争力,大家才能一起进步。"

娃娃脸继续点头:"的确,这就是竞技的魅力,相信咱们社团一定能再创高峰。"

社长叹气道："往年你们的实力都不行啊，害得我的水平也跟着严重下降。"

娃娃脸委屈道："社长，我哪里不行了？我明明这么努力！"

社长往嘴里塞进最后一块土豆，含含糊糊道："我以前一顿能吃六份涮羊肉的，就是因为跟你们在一起久了，我只能吃四份了。"

娃娃脸："？？？？"

"这下好了，有人跟我一起吃，相信我能重振一人一顿吃掉800块海底捞的雄风！"社长招手，"服务员，这里再来三份肉、两份土豆、一份油条！"

娃娃脸一脸震惊："等等，社长你说的有实力的新人该不会是龙琪琪吧？"

社长翻了个白眼："不然呢？"

社长嫌弃地推了推娃娃脸："你坐这儿干什么？看着你就影响我的食欲。琪琪啊，过来，你坐我这儿，咱们哥儿俩再吃一轮！"

"好嘞！"

娃娃脸游魂一般坐回了原本的位置，仍旧难以置信："不是……这龙琪琪到底是哪儿来的本事啊！先是迷得副社长给她以权谋私，然后这么快就又获得了社长的芳心？"

顾禾喝了一口柠檬水："她的本事，大着呢。"

得到了副社长大人的官方盖章，本事大的龙琪琪和社长吃得心满意足，通过这一顿九宫格火锅两人建立了深厚的革命情谊。

因为某些原因，龙琪琪并不住校，好在她家就在本地，打个车半小时的工夫就到了。她到家里时已经快十一点，刚躺下手机屏幕就亮了起来。

是顾禾发来的微信消息。

顾禾：今晚睡觉之前，上交十道数独题的答案。

龙琪琪：不是，这么晚了，我要睡觉的！

而且这么晚写数独题是想让她消化不良吗？

顾禾发来了一张照片，不知道是谁偷拍的，照片里的龙琪琪吃火锅吃得眉飞色舞。

顾禾：你看这个九宫格火锅，像不像你没做完的数独题？

龙琪琪：……

顾禾：希望你做数独题的时候也能这么开心。

龙琪琪：……

龙琪琪一抹脸，认命地起床和数独题做斗争，龙琪琪爹娘偶然路过龙琪琪的房间，见房间还亮着灯光，门没关紧，老两口透过门缝依稀能看见龙琪琪正在埋头写着什么。

龙琪琪她娘按捺不住好奇心："咱闺女这是在写啥呢？"

龙琪琪她爹猜测道："难道是情书？哎呀，闺女的确也到了该谈恋爱的年纪了。"

龙琪琪她娘翻了个白眼："我看是战书还差不多！"

龙琪琪她爹大惊："哎呀，咱闺女这是又要和谁打架呢？"

龙琪琪她娘终究是忍不住，蹑手蹑脚靠近龙琪琪，借着灯光，她看清了书桌上的那道数独题。

龙琪琪她娘转身走了出去，还体贴地关上了门。

"怎么样？怎么样？看清楚了吗？"

龙琪琪她娘一脸严肃："孩儿她爹，现在年轻人的战书都流行用数字来写了吗？"

"啥？"

龙琪琪并不知道背后发生的这一幕，她正在数独的海洋里遨游，就快溺水身亡了。

龙琪琪哀号一声，抓起手机决定先放松一会儿，打开了朋友圈却刷到了周一奇刚刚发出来的状态，是他和程侑的合影。

龙琪琪暗搓搓地滑动屏幕，截掉周一奇的那半边将照片保存了下来。

都这么晚了，还发朋友圈，难道还没睡？

龙琪琪犹豫了一会儿，鼓起勇气发过去一条消息。

手指按在发送键上，她猛地一惊，又退了出来，转而点开了自己的资料面板。

她的微信 ID 实在是太不少女了，换掉换掉！

头像也不少女，换掉！

龙琪琪翻了好半天相册，才勉强翻出一个 Q 版的卡通少女图像临时换上，一时半会儿也想不出好的微信 ID，她转而求助万能的度娘。

半分钟后。

小花猫与大黑龙：睡了吗【可爱】

程侑：？

小花猫与大黑龙：想请你帮个忙……能帮我做几道数独题吗？

程侑：可以。

小花猫与大黑龙：【图片】

龙琪琪本来还很忐忑，怕程侑继续追问，好在程侑并没有细问，十分钟后他将答案发了过来。

龙琪琪千恩万谢，怕打扰到程侑并不敢多言，谢过之后就将答案转发给了顾禾。

顾禾：你是谁？

小花猫与大黑龙：？

顾禾开启了好友认证：你还不是他(她)好友,请先发送好友验证请求,对方验证通过后才能聊天。

龙琪琪："？？？？"

莫名其妙，凭什么突然拉黑她！

龙琪琪真心觉得玩数独的没一个正常人，当然，程侑除外！

隔天上思政大课的时候，龙琪琪在教室里堵住了顾禾，质问他："你为什么拉黑我？"

教思政的老师聪明绝顶，人到中年就变成了个"地中海"，此刻正在讲台上讲得唾沫横飞，恨不得让底下的学生都能够接收到哪怕一点他的智慧，奈何他在学生们的眼中就是一颗会说话的安眠药，底下学生倒了一大片。

顾禾倒是没有睡，他面前摊放着一本教材，右手拿着一支笔有一搭没一搭地转着，闻言漫不经心道："哪有？我昨晚还在等你给我发作业呢，等到睡着了，你也没发过来。"

龙琪琪怒道："你别不认账，我昨晚明明给你发了！"

龙琪琪唯恐顾禾不信，还将自己的微信聊天记录调了出来。

顾禾故作惊讶道："这人是你啊？我还说微信里怎么多了一个奇奇怪怪 ID 的人。"

用着奇奇怪怪的 ID 的龙琪琪："……"

龙琪琪觉得自己的审美受到了质疑。

"你不觉得这个 ID 很可爱很少女吗？"龙琪琪愤愤不平，"就是可爱到让男生一看就想和你聊天的那种。"

顾禾用笔头指了指自己，没有说话，但是龙琪琪在那一瞬间仿佛明白了顾禾暗示的意思。

顾禾就是个男生，而他昨晚身体力行地告诉了龙琪琪这个微信 ID 的效果。

龙琪琪："……"

龙琪琪垂死挣扎："你跟他不一样。"

顾禾转笔的动作停了一瞬，又恢复正常："哪里不一样？"

不一样的地方多了去了。

程侑哪哪都好，顾禾哪哪都不好。

但是细说起来，两人也有那么一丁点的相似，比如都是学霸，比如都喜欢数独，再比如长得都还挺好看的。

平心而论，顾禾是挺好看的，但是龙琪琪是不可能把这一点说出口的。

龙琪琪决定不耻下问："那你们男生都喜欢什么样的 ID？"

顾禾打了个哈欠，随口瞎掰了几个："积极向上，又能契合自己爱好的。"

龙琪琪陷入了沉思。

五分钟后，顾禾手机屏幕亮了一下，他的微信收到了一个好友请求，ID 为：我爱数独。

顾禾："……"

还真是符合龙琪琪作风的一个 ID 呢。

下课铃拯救了这一室昏昏欲睡的学生，顾禾正要收拾东西离开，教室前门有人大喊了一声："顾禾，有人找你。"

龙琪琪下意识跟着顾禾一起往前门看去，却看见了一个熟悉的身影——原初悦。

顾禾在看见原初悦的那一刹那，脸色阴沉了下来，也不管原初悦正在门口看着他，转身扭头就往教室后门走去。

龙琪琪下意识拉了他一下："哎，那不是你妹妹吗？"

顾禾手一甩，没想到长久以来的练习让龙琪琪早就形成了条件反射，她身体一侧，左手抓住顾禾的肩膀，右手按住他的手臂，用力一扭，将顾禾压制在自己手下。

脸紧紧贴着桌子的顾禾："……"

这一动静吸引了教室还没散去的同学们的注意力。

有人窃窃私语。

"天啦，体育特长生当众殴打学霸了！"

"一直都听说咱们学校的体育特长生和学霸们特别不对付，原来这都是真的啊？"

"神仙打架，咱们这群算不上学霸又没有体育特长生那种体力的，就只能当吃瓜群众了。"

"你说顾禾打得过那个龙琪琪吗？"

"啧，难说！"

顾禾："……"

龙琪琪："……"

吃瓜群众看热闹看得心满意足，龙琪琪后知后觉地收回了手："我不是故意的！"

顾禾眯了眯眼，正要说些什么，余光瞥见原初悦正从人群中挤了过来，他二话不说扭头就走。

"哥！"原初悦喊。

顾禾走得更快了，一眨眼的工夫就消失在教室后门。

原初悦看见站在一旁的龙琪琪，下意识后退了一步，做出防备的姿态："你怎么在这里？"

龙琪琪笑眯眯："你哥都快不见了，你还不追吗？"

原初悦最终是在教学楼后面的一个小花坛边追上了顾禾。

原初悦扯上了顾禾的衣摆，顾禾挣脱不开，冷着一张脸转身道："你来干什么？"

原初悦试探着看了一眼顾禾的脸色，小心翼翼道："打你电话总占线……"

"那是因为我把你拉黑了。"顾禾不客气道。

原初悦哽了哽，没想到顾禾这么不给她面子："那我就只能来学校找你了。"

顾禾面对原初悦总有些不耐烦："找我做什么？"

"爸爸昨天回国了，我想着难得有机会，不如我们一家人一起吃个饭吧？"

"一家人？"顾禾勾了勾唇，突然笑了，"你姓原，我姓顾，这是打哪儿来的一家人？"

"哥……"

"我很忙。"顾禾打断原初悦的话，见原初悦还攥着他外套不松手，他索性两手一拧，将外套脱了下来，不给原初悦任何反应的机会，瞧着竟有壁虎断尾而逃的意思。

龙琪琪踱着步子大摇大摆走过来的时候，看到的就是原初悦手里拿着一件外套傻站在原地的场景。她看了看原初悦，又看了看原初悦手中那件眼熟的外套，恨铁不成钢道："顾禾也太过分了吧！"

原初悦没想到龙琪琪竟然会替自己打抱不平，还以为龙琪琪是看到了顾禾对待自己的冷漠态度有感而发，下意识解释了一句："我哥以前不是这样的……"

龙琪琪继续道："一个大男人，都这把年纪了，竟然还让妹妹给自己洗外套？"

原初悦："？？？"

龙琪琪还在自顾自道："他这样让洗衣机怎么想？"

原初悦："……"

龙琪琪右手握成拳捶了一下自己左手的掌心："都说智商高的人情商低，果然不错，没想到顾禾连一点基本的生活自理能力都没有！"

龙琪琪一边说着，一边伸手夺过原初悦手里的外套："妹妹啊，你别惯着他，这衣服让他自己去洗，我给你送过去！"

原初悦一副茫然的表情落在龙琪琪眼里就是受委屈的模样，龙琪琪最看不得像原初悦这样长得乖乖巧巧又无害的小姑娘受委屈了。虽然原初悦有痴汉的黑历史，但是这并不妨碍龙琪琪对她的"保护欲"。

"妹妹！"龙琪琪伸手搭上原初悦的肩膀，"这事儿就交给我了！"

原初悦："……"

等等，这个暴力女是不是脑子有问题啊？

龙琪琪在数独培训课后，将装有外套的袋子递给了顾禾。

顾禾站在讲台上，正收拾着自己的东西，余光瞥了一眼没看出来袋子装的是什么，漫不经心道："送我礼物？是想要贿赂我吗？"

龙琪琪翻了个白眼："你的衣服！"

顾禾收拾好东西，这才空出手来接过袋子，打开看了一眼，正是白天自己脱下来的外套。这外套是怎么落在龙琪琪手里的，顾禾没有过问。

龙琪琪开口了，语重心长："你怎么好意思让你妹妹给你洗衣服呢？"

顾禾用舌头顶了顶自己的牙齿，舌尖一滑，右边脸颊被顶出来一个小包。最近烦心事太多，顾禾觉得自己好像有点口腔溃疡，又好像是有点牙龈发炎，不舒服得很，听到龙琪琪这"教导"的话，他抬了抬眼："你在教我怎么做哥哥？"

"是啊！"

"龙琪琪，你是不是管太多了？"顾禾将背包甩在身后，一手提溜起龙琪琪送过来的袋子，大步朝教室外走去。

龙琪琪愣了愣。这还是顾禾第一次用这种语气跟她说话，虽然以前有时候顾禾会对她冷嘲热讽，但都是带着笑意的，龙琪琪听着也只会觉得恼羞，从没有一次像现在这样。

顾禾在和她生气？

龙琪琪愣在了原地。

龙琪琪其实并不擅长和别人相处，从小到大她只会惹是生非，聚集在她周围的小伙伴们都在她的庇护下过得安安稳稳，自然不会有那个闲工夫和她生气，所以也导致了龙琪琪并不擅长处理别人的情绪问题。

她自己情绪上出现了问题，只需要跑跑步打打拳，那些负能量就消失得比她肚子里的食物还快。

龙琪琪是个心大的人，这点不容置疑。

龙琪琪挠了挠头，有点不太确定，难道顾禾是真的在和她生气吗？

他凭什么和自己生气？

自己是好心呀！原初悦那么可爱又软萌的妹妹，不是每个人都能有的好吗？

而且她还专门给顾禾送来了衣服！

他到底凭什么生气？

难道……

龙琪琪脑中灵光一现。

难道是因为衣服没有洗？

龙琪琪自觉找到了症结所在，连忙一溜小跑，想要追上顾禾。

龙琪琪追上顾禾的时候，顾禾正站在公交站牌下等着公交车。等公交车的人并不是很多，顾禾一个人站在路灯下，光打在他身上，将他的身影拉得长长的。

龙琪琪快步上前，踩住顾禾影子的头部。

"顾禾！"龙琪琪喊。

也不知道是哪个没有公德的人将喝完的易拉罐随手扔在地上，龙琪琪没有注意，一个不慎踩上了易拉罐，脚下一滑，她下意识想要抓住什么却抓了个空，扑向了顾禾。

顾禾背对着龙琪琪，还没来得及反应，便感觉身后一股巨力袭来，将他扑得往前摔去。

顾禾的前方，正好是公交站的等位椅。

龙琪琪将顾禾当了人肉垫子，连忙站起身来，满脸歉意："不好意思，我不是故意的！"

顾禾趴在地上没吭声。

龙琪琪弯腰想要扶顾禾起来，借着灯光，竟然看见顾禾眼角挂着泪水。

龙琪琪如遭雷劈。

顾禾哭了？

龙琪琪结结巴巴："不……不是吧……不就是没帮你洗衣服吗？你至于哭吗？"

顾禾："……"

顾禾怒吼："龙！琪！琪！"

第4章
哄人
是个技术活

作为启元大学最具有含金量的社团之一,数独社的社团活动其实并没有像围棋社团那样,每周都会固定那么几天强制要求大家聚集在一起进行社团活动。虽然每个月都会举行一次考核,但是除此之外并没有什么强制性的活动,有些时候,社员们可能一个月也只能在月末考核那天见一次面。

但是这段时间不同,一个多月后启元大学会和东齐大学进行友谊赛,大家鼓足了热情想要在这次友谊赛上压过东齐大学一头。

很显然,这个"大家"并不包括龙琪琪。

社长在微信群里宣布,在和东齐大学比赛之前的这段时间里,每个周末的晚上都必须进行两个小时的题目训练。

周六的晚上,顾禾是最晚一个到达社团活动教室的。

周霖第一个发现顾禾下巴上贴着的那张创可贴,猛地站起身来,让椅子和地面摩擦发出了不小的动静。

周霖关心道:"副社长,你这是怎么了?"

娃娃脸惊叫:"副社长,你这是和人打架了吗?"

顾禾笑了一声,坐在角落里的龙琪琪听到这笑声,缩成一团努力降低自己的存在感。然而顾禾显然并不想放过龙琪琪,朝着她的方向努了努嘴,成功地将大家的注意力转移到了龙琪琪身上。

顾禾无语道:"不如问问龙同学?"

娃娃脸不知道想到了什么,声音提高了八度:"该不会……该不会是真的吧？"

社长一听有"瓜"可吃，放下手中的瓜子凑了过来："什么？什么？"

娃娃脸小心翼翼地看了一眼顾禾，有点担心当着副社长的面说出关于他的八卦会不会被穿小鞋，但是迎着来自社长的热烈的八卦眼神，他一咬牙说出口："我也是听别人说的啦……"

娃娃脸表示这并不是自己在编排副社长，而是他从别人那里听来的八卦。

"听说昨天上完思政的大课后，有个体育特长生当众殴打同班同学，好像是因为体育特长生和学霸之间的矛盾引发的……"

娃娃脸没有点名道姓，但是在座的各位都心知肚明。

龙琪琪忍不住了，出声辩解："我不是，我没有，别瞎说！"

娃娃脸继续道："本来我也是不相信的啦，可是今天副社长顶着这样一张'我刚刚遭受过校园暴力'的脸，很难不让人多想啊。"

龙琪琪委屈："我就是不小心……"

社长觉得自己身为一社之长，必须站出来说两句："琪琪啊，虽然顾禾有些时候说话是有点让人咬牙切齿……"社长看了一眼顾禾的脸色："……但打人还是不对的！在我们社团呢，有个规矩，社团成员之间如果有了摩擦，那就用数独来解决，不管之前究竟是谁的过错，反正谁输了谁就认错。"

龙琪琪："！！！"

真不好意思，在她们家的拳馆，不管什么事都是靠拳头来解决的。

作为受害人的顾禾始终一言不发，听到社长这句话时，他勾了勾唇。

龙琪琪识时务者为俊杰，真诚地对顾禾道歉："对不起，我错了！我不该欺负弱小，对你动手，你放心，下次我绝对不会再把你打到哭了！"

吃瓜群众："？？？"

等等，龙琪琪还把顾禾打哭了？

顾禾："……"

顾禾的嘴角虽然还上扬着，但是眼里却泛着冷光："怎么，有人想跟我一起battle（较量）吗？"

众人哀号："我错了！"

唯独周霖自告奋勇："我！"

顾禾的数独水平，从他身为大一新生就已经是社团副社长这一点就可以看出来，他的实力是大家心悦诚服的。而周霖的实力，混数独圈的多多少少也有所耳闻。不过周霖更像是一匹黑马，近两年才崭露头角，拿下那么多奖项，实力有，运气也有。

对于顾禾和周霖的对决，大家都很感兴趣，自发地将教室中间的位置让出来当比赛场地。

社长对这场对决的兴趣并不大，他拉过龙琪琪，在教室的角落对她谆谆教导。

"琪琪啊，你知道一个社团能够屹立不倒，最重要的是什么吗？"社长语重心长。

龙琪琪试探道："有一个英明神武的社长？"

社长笑道："你这马屁我就收下了，不过你答错了，是团结！社团说白了，其实就是一个规模更大的兴趣小组，咱们大家伙儿都是因为对数独的热爱才聚集到了这里，但是光靠对数独的热爱维系大家并不够，人多了事情也就多了。组成社团的是人，人心要是都散了，这社团还能走下去吗？"

读书多的人就是不一样，这一番大道理听得龙琪琪云里雾里："道理我都懂，社长你想说什么呢？"

社长咳了一声："你跟顾禾要是真的产生了矛盾，身为社长的我也很难办啊，你说我向着谁呢……当然是向着顾禾了。"

龙琪琪："……"

社长，你这么直接真的好吗？

"所以啊，你就服个软。"

"可是我已经道歉了啊。"

社长一脸意味深长："你不懂顾禾这个人，他小心眼得很，光道歉是不管用的，你得拿出点实际行动。男人嘛，哄哄就好了。"

娃娃脸不知道什么时候凑了过来偷听两人的对话，闻言大声冲着顾禾的方向喊道："副社长，社长说你小心眼！"

社长："……"

顾禾手中的笔在纸上划拉一下，画出一道长长的墨迹。

御姐翻了个大大的白眼："温浪这个墙头草两边倒！"

龙琪琪陷入了沉思。

昨晚顾禾的泪水对龙琪琪造成了很大的冲击，从小到大龙琪琪就见不得别人哭，更何况，那可是顾禾啊！每次见面顾禾脸上都带着笑，虽然那笑容落在龙琪琪的眼睛里，让她总觉得是不怀好意的坏笑。

龙琪琪心生愧疚。

其实仔细一想，顾禾对她也挺好的。

顾禾不仅教她数独，还特地开后门将她招进了最难进的数独社。

而且，社长都开口说了，总不能因为她的缘故，影响了整个数独社吧。

龙琪琪越想越觉得是自己的问题，她有必要也有义务担负起哄好顾禾的重任。

而那边，较量出了结果，同样难度的一道题，顾禾比周霖快了三十五秒解答出来，周霖输了却不气馁，反而看向顾禾的眼睛更亮了。

不愧是他敬佩的副社长！

顾禾惯用的是钢笔，刚才做题的时候没注意，结束了才发现刚刚不小心将钢笔的墨水洒在了白衬衫上，顾禾低头蹙了蹙眉。

龙琪琪觉得自己的机会来了，她一个箭步冲上去，凭借一己之力突破重围，挤到了顾禾的面前，双手抓住顾禾的白衬衫："脱下来，我给你洗！"

顾禾："……"

吃瓜众人："……"

顾禾整洁的白衬衫被龙琪琪抓得皱巴巴的，他忍了又忍，才保持住自己脸上的微笑："龙同学，你这又是在干什么？"

龙琪琪语气无比诚恳："哄你。"

顾禾："……"

很好。

哄人是个技术活。

社团活动之后，龙琪琪低眉顺眼地跟着顾禾到了他宿舍楼下。

顾禾上了楼，龙琪琪乖乖地在楼下等着。在大学里，女生宿舍楼下聚集着男生那是常事，而男生宿舍楼下出现女生的身影可就不多见了。

一般只有一种情况——送外卖的。

有男生骑着车路过，又倒了回来，探着头去和龙琪琪说话："美女，你是哪家外卖呀？留个联系方式，下次我也点你家外卖呀。"

"不是……"

龙琪琪还没来得及开口解释，一个身影就挡在了她的面前，顾禾挑着眉对那骑着自行车的男生说："你认错了，她不是送外卖的。"

顾禾顿了顿，补了一句："她是洗衣店的。"

龙琪琪："？？？？"

男生再没眼力见儿也意识到不对劲了，耸了耸肩，骑着自行车一溜烟跑了。

顾禾转身，将手里拎着的那一袋衣服塞进龙琪琪怀里："不是要哄我吗？"

龙琪琪："……"

"那至少得拿出点诚意来吧？"

龙琪琪忍辱负重："行！"

"还有，回去后上交二十道数独题的作业。"

"什么？"龙琪琪大惊失色，"刚刚不是已经做了两个小时的题了吗？"

顾禾斜眼看她："你是说一个小时一道题的速度吗？"

龙琪琪："……"

龙琪琪恨！

她讨厌做数独题，每次做题她都感觉是上天对她智商的一次羞辱！

二十道题，那就是二十次羞辱啊！

龙琪琪觉得自己脆弱的心并不能承受这无情的考验。

她面如死灰地抱着一大堆衣服回了家，将衣服尽数塞进了洗衣机，然后如同行尸走肉一般回到了自己的房间。

二十道数独题……她该怎么办？

找程侑？

不行不行，这样程侑肯定会烦她。

或许是天无绝人之路，这时龙琪琪的手机屏幕亮了一下。

周霖：晚上忘了和你切磋了，下次一起做题！

龙琪琪脑中灵光一现回。

我爱数独：不用下次了，就这次吧。

我爱数独：【照片】【照片】【照片】

周霖：？？？

我爱数独：今天就比这二十道题！

周霖：可是这不是入门级难度的吗？

我爱数独：……

我爱数独：怎么？入门级难度的数独题难道就不是数独吗？

我爱数独：难道没人告诉过你，想要学好一门技术，基础才是最重要的吗？

我爱数独：只有打好基础，才能更快更好地往上爬！

我爱数独：人就是要不断地超越自己，而有什么比超越过去的自己更难的呢？

我爱数独：你想想，以前你要花五分钟做完一道入门级数独，如果有一天你只需要花四分钟做完一道入门级数独，这难道不是进步吗？

我爱数独：真正的高手，就应该一直走在挑战自己、超越自己的路上！

龙琪琪的口才在这一刻突飞猛进。

周霖：我做这种难度的数独根本不需要五分钟，也不需要四分钟。

周霖：不过，你说得好像也有点道理。

我爱数独：来吧，让我们开始 battel 吧！

周霖：是 battle。

我爱数独：……不要在意这些细节！

龙琪琪对着镜子比了个剪刀手。

计划通！

接下来只要等周霖做完题将答案发过来，她照抄一份发给顾禾就行了！再随便编个理由告诉周霖，自己发挥失常输给了他。

能想出这么棒的主意，她搞不好真的是个天才！

男人真难哄。

龙琪琪这个十九岁的如花美少女，平生第一次发出这种感慨。

安静得只能听见笔尖在纸上摩擦的声音的教室里，往日里调皮到让父母不知该如何是好的小孩子乖巧地坐在座位上奋笔疾书。龙琪琪撑着下巴百无聊赖，眼下她对面前的数独题并没有兴趣，讲台上的身影显然更让她在意。

龙琪琪觉得顾禾还是不开心。

虽然顾禾还是带着笑，同他们讲题的声音依旧温柔，可龙琪琪就是觉得，顾禾不开心。

现在是练习时间，大家伙儿都拼着劲地想要更快一点做完数独题，好得到顾禾的一句夸奖。龙琪琪打了个哈欠，余光瞥见她的同桌严小北已经做完了一道题，她眼明手快地将答案照抄了一份，可怜的严小北同学丝毫没有察觉到自己的学习成果就这样被轻易地盗走了。

大概，还处于童真阶段的严小北并没有想到成年人会这么厚颜无耻、阴险狡诈，甚至抄小学生的作业！

龙琪琪丝毫不以为耻，她看了一眼时间，敲了敲严小北的桌子，小声提醒他："喂，你做快点，只剩下十五分钟了！"

一共五道题，顾禾给了四十分钟的时间，严小北还剩下两道题没做。

龙琪琪有点嫌弃，怎么做题这么慢啊，人家周霖做得就又快又好，她抄答案还需要一点时间呢。

严小北感激地看了一眼龙琪琪，心想这个同桌虽然年纪大了点、笨了点，但还真是个好人啊。

龙琪琪丝毫不知道自己在严小北心中的形象又高大了一点，她撑着下巴有一搭没一搭地偷瞄着讲台上的顾禾。

顾禾坐在讲台上，似乎在写着什么，嘴角无意识地紧紧抿起，看上去有些严肃。

龙琪琪抻长脖子也看不见顾禾在写些什么。

她转了转眼睛，突然伸手喊道："报告，严小北说想上厕所！"

严小北："？？？"

龙琪琪继续编造："他快憋不住了！"

严小北："！！！"

不等顾禾回答，龙琪琪一把将严小北横抱起："他要是尿裤子那就麻烦了，我这就送他去卫生间！"

严小北愣愣地说："我不是，我没……"

龙琪琪不给严小北辩驳的机会，以迅雷不及掩耳之势抱着严小北冲出了教室，将他放到了卫生间门口。

严小北委屈："我还要回去做题呢。"

龙琪琪语重心长："题是做不完的，身体是革命的本钱，身体搞坏了可不行。尤其是像你这样的小孩子，憋尿憋久了可不好。"

严小北小脸通红："你怎么知道我想上厕所？"

严小北觉得这个同桌可真是善解人意啊。

他课前喝多了水，但是又怕上厕所耽误了做题的时间，所以一直憋着。

龙琪琪又不是神仙，怎么可能知道，她就是瞎编的，她催促道："那你快进去吧，我先回去了。"

龙琪琪特地从教室前门进去，从讲台上绕了一圈，抻长脖子总算看见了讲台上的东西——

那是一堆数独题。

一张 A4 纸上有两道数独题，目测有二十来张。

龙琪琪咂舌，原来顾禾这半个小时不到的工夫，就做了这么多数独题！

顾禾做这么多题干什么呢？他水平这么高，也不需要靠做这么多基础难度的数独题提高自己的水准吧？

龙琪琪好奇得抓心挠肝，她终于忍不住，偷偷给顾禾发过去微信消息。

我爱数独：副社长，做题呢？

我爱数独：副社长？

我爱数独：做这么久了，休息一下呗？

顾禾本来不打算理会，但是手机一直振动，他蹙着眉头点开了手机，然后似笑非笑地抬头看了一眼龙琪琪的方向。

龙琪琪缩了缩脖子。

顾禾：拿小孩子当挡箭牌，龙琪琪你可真出息。

我爱数独：我这是关怀祖国下一代！

顾禾：抄答案抄得开心吗？

龙琪琪一惊。

我爱数独：你怎么知道？

顾禾摘下眼镜，揉了揉眉心。

他怎么知道？

当然是看到的。

虽然，龙琪琪做出这一举动，顾禾一点都不意外。

顾禾觉得右边的牙齿疼得越发厉害，他最近的状态太不对了，就连做数独题都不能够专注了，竟然还有空注意到龙琪琪在抄严小北的答案。

顾禾将笔一收，终究是结束了自己疯狂做题以求平心静气的状态。

收不到顾禾的回复，龙琪琪忐忑不安。

尤其是顾禾来收答案的时候，竟然睁一只眼闭一只眼，对于她抄答案的行径不予置评，这让龙琪琪更惶恐了。

顾禾在课后喊住了龙琪琪。

龙琪琪诚惶诚恐地回头，就见顾禾指了指自己的下巴，创可贴已经被撕掉，露出了里面的瘀青。

顾禾说："我这里疼。"

龙琪琪回想起那天夜里被顾禾的泪水所支配的恐惧，忙不迭道："再疼也不能哭出来啊。"

顾禾无语道："这就是你这个施暴者对受害者的态度吗？"

龙琪琪就差五体投地："对不起！"

顾禾白了她一眼："请我吃饭。"

熟悉的地方，熟悉的大排档，顾禾看着面前的十只小龙虾陷入了沉思。

现在已经是秋季，小龙虾其实已经不新鲜了，但是龙琪琪并不在乎，毕竟，那可是小龙虾啊！

顾禾开口了："就十只？"

"就十只！"

顾禾面无表情："我记得上次你请我吃小龙虾的时候，可是点了足足五斤。"

龙琪琪看着香喷喷的龙虾咽了咽口水："那是因为上次有钱嘛。"

如今她经济紧张，能挤出买十只小龙虾的钱就已经很不错了！这还是她和大排档老板娘讨价还价，老板娘才答应给她做十只小龙虾的分量呢。

顾禾一点都不明白，她有多努力。

能装得下五斤龙虾的盘子里如今只放着十只小龙虾，瞧着确实有些寒酸，店里不是没有小盘子，但是老板娘还是让厨师用大盘子给龙琪琪上菜，这是她最后的抗议。

龙琪琪将盘子往顾禾面前推了推："别客气，尽管吃呀。我记得你上次也没吃多少，好像就十只不到吧，点多了也浪费嘛。"

顾禾拆碗碟的动作一滞。

顾禾很少吃这种麻辣小龙虾，甚至不知道该怎么去处理它，他剥壳剥得慢，等他剥完一只小龙虾的壳，龙琪琪的面前就已经堆了像小山般高的龙虾壳。

所以，龙琪琪还好意思怪他吃得少？

龙琪琪咽了咽口水，言不由衷："我最近对小龙虾过敏，医生说我只能吃虾钳……我记得你上次吃龙虾就只吃虾尾不吃虾钳，这样吧，你把虾钳剥下来给我就好了！"

顾禾："……"

顾禾伸手喊来服务员："这边加三斤小龙虾。"

龙琪琪声嘶力竭地叫道："不用！"

顾禾稳坐如山："我掏钱。"

龙琪琪立马笑道："三斤怎么够？来五斤！"

顾禾似笑非笑："五斤虾的虾钳够你吃吗？"

龙琪琪："？？？"

都点了五斤小龙虾了，还只让她吃虾钳？

麻辣小龙虾虽然美味，但是顾禾一向很讨厌小龙虾、螃蟹这种食物，剥起壳来实在是麻烦，他吃了几只就停下了手。

龙琪琪大快朵颐，根本没注意到顾禾早已经停手。

顾禾犹豫了一下，假装漫不经心道："如果有人请你吃饭，你会去吗？"

"AA 吗？"

"你不需要掏钱。"

"不吃白不吃，干吗不吃！"

"如果对方是很讨厌你的人呢？"

"有多讨厌？"

顾禾沉默了下，斟酌着道："就像你讨厌我一样讨厌。"

龙琪琪眨巴眨巴眼，她也并没有很讨厌顾禾呀。

龙琪琪抹了抹嘴角，没有纠正顾禾的话："我们现在不就坐在一起吃饭吗？"

顾禾突然冷下脸："所以你是承认你讨厌我了吗？"

龙琪琪："……"

龙琪琪伸出油腻腻的手，拇指和食指紧紧捏在一起："现在的你，就这么点讨厌。"

龙琪琪的两根手指微微打开了一点距离："每天晚上催我做数独题的你，这么一点讨厌。"

龙琪琪犹豫着，又拉开了一点距离："刚认识的你，有这么讨厌。"

顾禾嘴角耷拉着，直勾勾地看着龙琪琪没有说话。龙琪琪心里忐忑，还以为是自己的那番话激怒了顾禾，正犹豫着要不要趁顾禾爆发之前多吃几只小龙虾，免得他生气不让自己吃了。

龙琪琪伸手去抓小龙虾，就在这时，顾禾开口了："我刚才说错了。"

龙琪琪抬头问道："什么？"

顾禾淡定道："就像我讨厌你一样讨厌。"

龙琪琪："？？？？"

龙琪琪瞪着一双大眼："骗人！"

对于龙琪琪的这个反应，顾禾有些意外："哦？"

龙琪琪义正词严，有理有据："你会愿意花钱请一个你讨厌的人吃饭吗？尤其是这么美味的小龙虾。除非你是个大傻瓜。"

顾禾："……"

龙琪琪振振有词道："吃饭是一件多么亲密美好又容易增进感情的事情啊！如果一个人愿意请你吃饭，那他一定不是讨厌你的人，否则，谁愿意花钱和一个讨厌的人共处一两个小时呢？"

龙琪琪犹豫了一下，觉得自己这话说得有些武断，毕竟像顾禾这种喜怒无常的人不是普通人，不能以常理来判断他。

她又补了一句："如果对方真的很讨厌你的话，那你就更应该去赴宴了。"

"哦？"

龙琪琪握紧了拳头："恶心他，吃垮他！这可是他送上门来报复他的机会，不用白不用！"

顾禾抿了抿唇，难得没有反驳龙琪琪的话。

"所以……"龙琪琪悄悄举起了手，"我还能再点一份小龙虾吗？"

周一晚上的培训课，顾禾并没有来，代班的是一个戴着眼镜的中年男子。

这中年男人大概就是小朋友们最不喜欢的那种老师，古板严肃又不知趣，讲起课来也是一板一眼。底下的学生们蠢蠢欲动，不过好在往日里顾禾管得好，他们就算再不耐烦也顾忌着这中年代班老师的名头不敢造次，唯恐他向顾禾告状。

龙琪琪听见前排的小女生在低声嘀咕着："这个老师长得一点都不好看。"

韩希依旧还是那副臭屁样："哼，你们女孩子就是肤浅！"

小女孩掰着指头数："可是顾老师真的好好哦，长得好看脾气也好，数独又厉害。"她顿了顿，补了一句："等我以后长大了，我一定要找顾老师这样的男朋友。"

在小女孩看来，长大以后找这样子的男朋友就已经是对顾禾最高的赞赏了。

韩希气鼓鼓："你才这么点大，才见过几个人啊，就说顾老师天下第一好。"

"那你说说还有比顾老师更好的人吗？"

韩希想了半天，才憋出一句话："我堂哥就不比顾老师差！"

韩希想了想，又嘟嘟囔囔改口："至少，至少跟顾老师一样厉害！"

龙琪琪听得直翻白眼，现在小孩子的聊天都这么没营养的吗？

韩希急于向同桌小女生证明自己的堂哥并不比顾禾差，下课铃声一响，他就焦急地看向门外："鹿鹿，你等一下，今天我堂哥来接我！"

龙琪琪没空见证韩希的哥哥究竟有多优秀，她抱着书包就往外冲，还一边低头看手机一边往外走，冷不丁就撞上了一个人。

"对不起，对不起。"龙琪琪下意识道歉。

那人伸手扶住龙琪琪，皱着眉头，声音冷冽："启元大学的？"

龙琪琪白天的时候在校队参加训练，穿的是校队统一发放的衣服，胸口和后背都印着启元大学的标志。

不知道为何，龙琪琪总觉得那人提到启元大学的时候带着一丝恶意。

"哥！我在这儿！"

身后传来韩希欢呼雀跃的声音。

哥？

难道她撞到的这个人，就是韩希口中优秀到可以和顾禾相比的堂哥？

韩录长得很好看，右眼下方还有一颗小小的泪痣，只不过他的长相太具有侵略性，就连那颗泪痣都没能柔化他与生俱来的侵略感。他不苟言笑，冷冰冰的样子更是让人心生畏惧，不敢靠近。

哪怕面对韩希，韩录脸上也没有露出笑意，而是径直与龙琪琪擦肩而过，冲韩希招了招手。

韩希急于炫耀："怎么样？我堂哥很帅吧！"

小女孩嘀嘀咕咕："我还是觉得顾老师长得好看。"

韩希急了："哼，你们这个岁数的小女生审美观就是不行……"韩希看见龙琪琪，眼前一亮，连忙喊了声龙琪琪："你说，我堂哥是不是很帅？"

龙琪琪躺着也中枪，走也不是不走也不是，只能敷衍地应付："帅帅帅。"

韩录瞥了一眼龙琪琪，启元大学的，出现在这儿，而且韩希还认识。

韩录记得，韩希是来这里上数独培训班的。

启元大学的数独社又是举国闻名，难道这人是数独班的老师？

韩希对待龙琪琪随意的态度让韩录有点不满，韩录家教良好，决不允许家里的小辈对待长辈是这种态度，他训斥道："韩希，对待老师怎么能这种态度？"

韩希愣了愣："老师？"他后知后觉明白过来，韩录口中所说的老师是指龙琪琪："可是，她不是我们老师，是我培训班的同班同学啊。"

韩录："？？？"

龙琪琪："……"

这个场景，何其熟悉。

不管经历多少次，每次听见六七岁的孩子称呼自己为同班同学，龙琪琪都有一种难言的羞耻感。

她龙琪琪也是要脸的好不好？

"同班同学？"

这回轮到韩录愣了。

启元大学的学生，竟然会和他六岁的堂弟一起上数独培训班！

启元大学学生的数独实力已经差到这种地步了吗？

龙琪琪只想逃离这个是非之地，就在她刚抬脚准备离开的时候，韩录却接到了一个电话。

"喂？程侑？"

程侑？

这两个熟悉的字眼让龙琪琪停下了脚步。

龙琪琪听不见电话那头说了些什么，她只看见韩录的表情变得越发严肃："发生了什么事？我马上过来。"

"喂？喂？程侑！"

那头似乎发生了什么状况，电话突然中断，韩录紧蹙着眉头，似乎遇到了什么麻烦事儿。龙琪琪没忍住，插嘴问了一句："你说的那个程侑，是不是长得很好看但不爱说话只喜欢做数独的那个程侑？"

韩录闻言有些意外："你也认识程侑？"

龙琪琪舔了舔唇："是发生什么事了吗？"

韩录道："程侑刚刚给我打了电话，说有事想请我帮忙，让我去他家里一趟，可是话还没说完电话就断了。"

韩录一边说着，一边回拨过去，可是那头一直处于电话无人接听的状态，韩录有些焦躁不安："我也不知道程侑家在哪里。"

龙琪琪觉得这就是缘分。

上天特地把这个大好的机会送到了她的手上，她没理由不去紧紧抓住。

龙琪琪跟韩录确认了一下手机里存着的程侑的电话号码确实是一样的号码之后，她开口了："我知道他家在哪儿。"

半个小时后，龙琪琪和韩录一起站在了程侑家门口。

龙琪琪看着面前熟悉的电子显示屏时沉默了三秒，决定把开门这项神圣而伟大的任务交给韩录："你来。"

韩录研究了一会儿后，摇了摇头："这种难度的题，我不可能在没有纸笔的情况下五分钟完成。"

"那怎么办？"

韩录本来想向同学求救，奈何在路上他一直在给程侑打电话，手机已经电量告罄自动关机。

龙琪琪无力道："我也不是数独高手……"

话说到一半，龙琪琪眼前一亮。

她不是数独高手，可是顾禾是啊！

龙琪琪立马给顾禾打电话，可是电话那头响了许久也没人接听。

"怎么样？"韩录催促。

龙琪琪也有些慌："你等等，我换个人问问。"

龙琪琪转而将求救电话打到了周霖那里，好在周霖接通了电话，龙琪琪简单地把情况说了一遍，并着重强调必须在五分钟内解答出数独题。

周霖让龙琪琪打开视频摄像头，他看了一眼数独题，开口道："五分钟内解答出来确实有很大的难度，不过……"周霖话锋一转："如果你们只是想要得到开门密码的话，只需要解答出正确的标有红框的数字就行。"

周霖人狠话又多，一边解题，一边和龙琪琪唠嗑："你这是什么朋友？竟然想得出用数独题的答案当作自家大门的密码，挺有想法的啊，改天我也在我家里搞一个。

"这题也都挺有难度的，你朋友既然有自信这么弄，那肯定也是个数独高手吧。

"你朋友叫什么名字？给我介绍认识一下，改天约出来一起做题。

"哎，我很好奇，如果赶到家门口的时候尿急怎么办？有没有什么备用措施啊？"

龙琪琪："……"

韩录："……"

龙琪琪觉得韩录的脸已经快黑了。

龙琪琪觉得程侑能在大晚上给韩录打电话让他帮忙，那两人的关系肯定不一般。龙琪琪唯恐韩录在程侑面前说点什么，连忙开口解释："我跟他其实并不熟，就刚好是在一个社团而已。"

"启元大学那么多社团，我们刚好都在数独社里，这难道不是缘分吗？"周霖见缝插针。

龙琪琪："……"

她以前只知道周霖脑子有点不好使，但不知道他这么话痨！

韩录觉得意外："数独社？"

启元大学数独社的成员，至于去初级培训班上课吗？

又不是微服私访。

好在这时，周霖在那头大叫："哎，我解出来了，你试试4895对不对啊！"

倒计时只剩下最后五秒，龙琪琪连忙输入周霖所说的四个数字，"咔嚓"一声响，防盗门应声而开。

"谢谢！"

不给周霖回话的机会，龙琪琪干净利落地挂掉了视频。

这是龙琪琪第二次进入程侑家里，第一次时太过惊慌失措，她又紧张，所以并没有注意到屋里的样子。

这是复式小别墅，一楼入门便是宽敞的大客厅，南边是一整面干净明亮的落地窗，窗帘半遮半掩，依稀能看见窗外夜空的点点星光。

整个房子的装饰是简约北欧风，家具基本上以黑白两色为主，简单而又精致。

客厅中央的沙发上躺着一个人，是程侑。

程侑仰躺在沙发上，脸色苍白，似乎陷入了昏迷，一只手垂落下去，手机落在了地毯上。不难想象，程侑应该是给韩录打电话求救之后意外昏迷，手机掉了下去。

韩录脸色一变："程侑！"

龙琪琪反应比韩录更快，大步向程侑的方向冲了过去。

"砰——"

龙琪琪撞上了什么东西。

什么鬼？

这个客厅的设计为什么这么反人类！为什么要在入门的地方弄一堵透明玻璃墙！

龙琪琪脸贴着擦得干干净净的玻璃墙，整张脸被压成了一个扭曲的表情。

有了龙琪琪这个前车之鉴，韩录犹豫了一会儿，绕过玻璃墙，小心翼翼地摸索着前进。韩录走到沙发旁抱起程侑，感觉到程侑的呼吸迟缓，体温也有些不正常的高。

"程侑好像病了！"

第 5 章
霸王龙
不相信眼泪

折腾了很久，将程侑送到医院已经是夜里十一点。

程侑发了高烧，本想打电话麻烦韩录，结果却因体力不支晕了过去。医生给他打了支退烧针后状况好多了，若是寻常人打完退烧针就可以回家了，但是程侑生来身体并不太好，医生决定让他留院观察一天。

龙琪琪本来想陪着一起留下来的，但是她毕竟和程侑不熟，留下来于情于理都说不过去。韩录感谢了龙琪琪一番，便话里话外暗示龙琪琪可以离开了。

毕竟，这大晚上的，一个姑娘家留在医院也不怎么方便。

龙琪琪倒是想留下来呢，搞不好还能在程侑面前怒刷一拨存在感，可是她没有留下来。程侑自始至终也没有看见过她，谁知道这个韩录会不会多嘴提一句"哎呀，当初多亏了那个叫龙琪琪的姑娘，英勇又机智，不仅想办法破解了你家的门禁密码，还将你一路背出了小区送往医院"。

龙琪琪只能暗自祈祷，韩录的话能像周霖那般多，就算没有周霖那么话痨，只有他一半功力也行啊。

她可不想当一个做好事不留名的英雄！

当然，龙琪琪还没有厚脸皮到提醒韩录一定要向程侑强调她"英雄救美"的事迹，她腹诽了几句就离开了病房。

龙琪琪本来想径直离开的，可没想到却在医院大楼的拐角处看到了一个熟悉的身影。

顾禾？

顾禾怎么会在这里？

顾禾脸色并不太好，他取下了平日里一直不离身的平光眼镜，戴着一个厚厚的口罩，只露出那一双狭长的丹凤眼。他手里拿着一个冰袋，隔着口罩往左脸上敷。

龙琪琪不知道顾禾这是什么操作。

顾禾也没想到会在这里遇见龙琪琪，他愣了一下，声音从口罩下传来，有些低沉："你怎么会在这儿？"

龙琪琪撇撇嘴："来这里做活雷锋，你又怎么会在这儿？看病吗？"

顾禾握紧了手中的冰袋："牙有些疼。"

牙疼？难怪会拿着冰袋了。

"哪有你这样戴着口罩敷冰袋的？能有用吗？口罩都给你弄湿了。"

龙琪琪觉得自己真为这些学霸操心，一个个的智商那么高却是生活白痴，完全没有自理能力。一个发了高烧差点病死在家里，一个不会洗衣服也就算了，连敷冰袋的常识都不知道。

龙琪琪顾念着顾禾的小龙虾之情，像个操心的老妈子一样上前想要帮顾禾摘下口罩。

顾禾拒绝："不用！"

但是龙琪琪常年练拳，体育特长生的身份可不是白得的，顾禾一个大男人竟然抵不过她的力气。龙琪琪压着顾禾的手，强硬地将顾禾脸上的口罩给摘了下来，也不知道哪儿听来的歪理："你戴着口罩怎么能好呢？得让你坏掉的牙呼吸下新鲜的空气才行……"

在看见顾禾的脸时，龙琪琪的话戛然而止。

顾禾的左脸赫然有一道鲜红的巴掌印，瞧着巴掌挺大，痕迹还挺新鲜，估摸着是今儿晚上才打上去的。

顾禾扯了扯嘴角，一把夺过龙琪琪摘下的口罩。

龙琪琪也撞见过太多次他不堪的样子了吧。

上次在公交站台上，让龙琪琪看见他痛得流出了泪水，这次还被龙琪琪看见他脸上的巴掌印。

顾禾觉得牙更疼了，一想到龙琪琪接下来可能会趁机说一些冷嘲热讽的话，顾禾就觉得脑袋疼。

龙琪琪深吸一口气："妈耶，顾禾你跟别人打架了？"

"而且还打输了？"

"天哪，打人不打脸，这人怎么一点江湖规矩都不遵守？"

"哎呀，顾禾你身为一个学霸干吗跟人打架啦？要是有矛盾，你就跟他比做数独题啊！用你的智商狠狠地压制他、羞辱他。打架那是我这种体育特长生才应该干的事情吧。"

"喂，顾禾。你该不会是想学我吧？难道想当学霸中的武力担当？我跟你说，文武双全是个技术活，不是谁都能胜任的。只有像我这种骨骼清奇、天生聪慧的人才能够办得到！"

顾禾白了她一眼："你是不是对'聪明'二字有什么误解？"

行吧，就龙琪琪这本事，他实在是不该指望龙琪琪还能有"冷嘲热讽"这项技能。

顾禾觉得龙琪琪实在是烦人得很，聒噪得他有些头疼，但他不愿意承认，因为龙琪琪的这些唠叨，他那本来丧到谷底的心情竟然莫名好了一些。

顾禾夺过了口罩也不打算戴上，而是随意地往外套兜里一塞，拿着冰袋贴着右脸靠近牙齿的那部分。方才隔着口罩，他还不觉得，现在冰袋和肌肤毫无障碍地接触，凉得他一哆嗦，让本来浑浑噩噩的脑袋也清醒了一些。

顾禾想要拿开，龙琪琪却眼明手快一把将冰袋又摁了回去："冰块消肿止痛！"

顾禾"嘶"了一声："你倒是有经验。"

"那可不。"龙琪琪说着觉得有些不对劲了，顾禾今儿晚上不上培训课，难道就是专门和人打架去了？她的脑子难得灵光了一回，她回想起昨天吃龙虾时顾禾问她的话，脑补顾禾挨打的缘由。

龙琪琪面露惊讶："顾禾你该不会是吃得太多，被人家给揍了吧？"

顾禾："……"

顾禾觉得，他不能和龙琪琪接触太多，不然会拉低他的智商，否则他怎么会被昨儿晚上龙琪琪那番颠三倒四、毫无道理的话给骗到？

顾禾大步往外走，龙琪琪小跑着跟上，忧心忡忡："你这脸上的巴掌印儿，也不知道明天会不会消掉，不然你晚上回去用熟鸡蛋滚一滚，看有没有用。"

顾禾斜眼瞥龙琪琪："皇帝不急太监急。"

龙琪琪急了："那万一明天被同学们看见，他们又赖我怎么办？到时候又说是我欺负你了！"

顾禾冷笑一声："你想象力也太丰富了吧？我难道发生点什么都必须和你扯上关系吗？"

龙琪琪家和学校是两个方向，走出医院大门的时候刚好有两辆出租车候着，龙琪琪一点身为女生的自觉都没有，甚至和顾禾坐一辆车省点车钱的念头也没有，和顾禾道了声别就匆匆坐上出租车，示意司机快一点。

都这么晚了，要是她娘发现她又这么晚回家肯定要大发雷霆。

夜色里，顾禾独自站在空旷的医院大门口，眸色幽深。

出租车司机按了一下喇叭，催促了一声。

顾禾这才动了，掏出口罩戴上，上了后座整个人窝了进去，低声报了个地址。

出租车司机正要再问，可是一看顾禾那浑身"生人勿近"的冰冷气场，讪讪地闭上了嘴。

真是奇了怪了，刚才那小姑娘还在的时候，这小伙子分明还不是这样的。

事实证明，龙琪琪并不是杞人忧天。

女人在某些时候，具有与生俱来的对危险的洞察力。

而男人在某些时候，也具有超越女人的八卦能力。

隔日顾禾脸上的巴掌印消了许多，不仔细看根本看不出来，更何况顾禾还以感冒为由戴上了口罩，但是有关"某体育特长生再三对可怜学霸男神动粗"的风言风语还是传遍了整个学校。

男生宿舍多的是深夜打游戏的夜猫了，顾禾回去得虽晚，但还是被不少男生给撞见了。

学校论坛甚至出现了一个名为《扒一扒那个欺负学霸男神的体育特长生》的帖子，不过小半天的工夫，热度飙升，占据了论坛热度榜第一位。只要一打开学校论坛，就能看见那鲜红大字加粗的帖子。

帖子里说得有理有据，分析得头头是道，将某体育特长生刻画成一个横行霸道、肆无忌惮的女霸王；至于那学霸男生，就是被女霸王攥在手心的可怜小白花。

贴主：不知道大家是否还记得那个扬言要成为体育特长生中的智商担当L某人。说起这L某人那可不得了，她可是顶着全国女子拳击比赛第一名的名头，被特招进来的新生。传闻她身高一米八、体重一八八，肌肉比那些健身房的大哥们还要健壮，脾气更是暴躁得不行，一言不合就把人揍得进医院住个一年半载的，男生都不敢招惹她。听说刚入学的时候，一个男生只不过是不小心碰了她一下，她便拳脚相向将那人打到手骨折。咱们的学霸男神G仗义执言出手阻止，却因此与L结下梁子，不想L竟然怀恨在心，蓄意报复，屡次对G动粗。

1L：先留名！

……

23L：楼主说的都是真的，我曾亲眼看见L在教室里动手打G！G长得那么好看又聪明，亏L动得了手，L一定是嫉妒G长得好看！

……

34L：咱们学校体育特长生和其他人不是一向都有矛盾吗？那些体育特长生一个个没有脑子，仗着自己会打架就在学校里横行霸道，简直讨厌死了。G这是我不入地狱谁入地狱啊，这事儿我必须站G！

……

77L：我昨儿个瞧见G了，G脸上还有巴掌印呢，这事儿肯定也是L干的！

……

113L：我周六晚上看见G和L在一起吃饭来着！G多善良啊，一定是想和L和解，可是L太过分了，她光顾着自己吃，甚至不让G吃！那可是小龙虾啊，L竟然让人看着自己吃小龙虾，这和十大酷刑有什么区别！

114L：G就是太善良了，才会被L一直欺负！

……

250L：众筹给G请保镖啊，我出一百块！

……

333L：那什么，只有我觉得L可能是喜欢G的吗？这和小学男生为了吸引女生，抓她的辫子逗她哭有什么区别？

……

380L：333L，你是在说什么鬼故事？

381L：只有我觉得333L说得很对吗？G长得这么好看，L对他动心也很正常啊！学校里那么多女生追G呢，L是想以奇招取胜吧。

382L：可是最近G和L确实交往甚密啊，不仅在同一个社团，而且上课都坐在一起了。

383L：我不信！

……

410L：这是反串版《恶魔在身边》吗？

411L：楼上的，你暴露年纪了。

412L：打男人的女人什么的，太讨厌了！

……

数独社的活动教室里，龙琪琪生无可恋地刷完了帖子："这个L，该不会是我吧？"

娃娃脸凑了过来："所以你真的是女版阿猛吗？"

娃娃脸顿了顿，声音压低了三分："你真的对咱们副社长，有那种不可告人的小心思？另外，咱们副社长该不会有受虐倾向吧？"

顾禾怎样龙琪琪不知道，她只知道，她在瑟瑟发抖。

顾禾起初看到这个帖子也是大为生气的，但是在看到龙琪琪那副生无可恋的表情之后，他的怒气就诡异地平息了。

他急什么？

他可是小白花受害者，要急也是龙琪琪这个"施暴者"急吧！

更何况，顾禾也懒得跟人解释他脸上巴掌印的由来，索性让龙琪琪顶下这个锅，他也落得个清静。

顾禾优哉游哉地坐在那里玩着手机，龙琪琪火急火燎地凑了过来，试图向顾禾寻求解救之法："这事儿可咋办？要是放着不管的话，以后你在学校里栽个跟头，他们搞不好都要说是我在背后推的！"

至于帖子里所说的她做这一切都是为了吸引顾禾注意力这个说法，龙琪琪看过就忘，根本没有往心里去。

拜托，她怎么可能会对顾禾有不可告人的小心思！

顾禾滑着手机屏幕，端着一副与世无争的模样："清者自清，浊者自浊。"

周霖坐在顾禾的身后，默默感慨："副社长就是副社长，这豁达的境界非常人所能企及，不愧是我辈效仿之楷模！"

龙琪琪："……"

敢情顾禾在那儿清着，就她一个人在这儿浊着？

她顶着一个校霸的名头，欺辱同学、恃强凌弱，若是传到她父母耳中去了，她还不得被剥层皮？

龙琪琪怒道："你堂堂一个大男人，被我一个弱不经风的美少女欺负，这说出去难道就很好听吗？"

顾禾手指敲在手机屏幕上，按下了锁屏键，直起身来。

活动教室里一直安静吃着"瓜"的社员们纷纷竖起耳朵，等着顾禾接下来的话。

"首先，"顾禾推了推眼镜，"能背着一个大男人一口气跑十分钟的人，若还是弱不经风的话，那这风得是龙卷风吧？至于美少女，呵呵。"

"呵呵"二字，一切尽在不言中。

龙琪琪愣了："你怎么知道我背着别人跑了十来分钟？"

那天晚上只有韩录看见她背着程侑跑到了小区门口的呀。

顾禾却不解释，继续道："其次，就算我被你欺负了，那也是我大人不记小人过，懒得同你计较。"他顿了顿，补了一句："再说，我能顶着一条霸王龙的摧残茁壮成长，心理没有扭曲，依旧是那待人有礼的顾同学，大家只会夸我。"

龙琪琪："……"

所以说到底，顾禾还能换得一个好名声了？

见龙琪琪一副气得快要昏过去的模样，顾禾话锋一转："况且，这事儿你又没做过，你慌什么？莫不是你做贼心虚？"

心虚？

她才不心虚！

龙琪琪梗着脖子："我行得正坐得端，身正不怕影子斜！"

被顾禾这么一套，龙琪琪唯恐大家以为她是真的心虚，才会为这一个子虚乌有的造谣帖急得上火，努力让自己冷静下来，假装自己也很豁达，一点都不在乎别人对她的编造。

顾禾一句话，让大家都没瓜可吃。社长在这个时候终于站了出来，发挥一点自己身为社长的作用："就是就是，琪琪是什么样的人，别人不知道，咱们一个社团的还能不清楚吗？"

龙琪琪是什么人，他们可能有些不清楚，但是顾禾是什么样子的人，他们可是一清二楚啊！

数独圈就那么大，大大小小的赛事总能撞上几个熟人，顾禾虽然今年才刚入学，但是大家在上大学之前都有过交集。尤其是社长和娃娃脸，和顾禾是一所高中的，当初在高中的时候就和顾禾认识了。

顾禾这样子的人……龙琪琪这个傻妞怎么可能欺负得了？

社长甚至怀疑，是顾禾自己打了自己一巴掌嫁祸给龙琪琪……

咳，当然，这只是社长的一个念头。毕竟，顾禾还没丧心病狂到为了针对龙琪琪不惜自残的地步吧？

大概……吧？

社长甩掉这个可怕的念头，收场道："行了行了，都收收心，别为了那些胡编乱造的谣言扰乱了咱们的军心！今儿我把大家喊来是有个事情想跟大家商量一下。"

社长虽然平日里没个正行，但是每到关键的时候还是十分靠谱的，他忧心忡忡："社联那边已经对咱们社团下最后通知了，社联前几年不知道是怎么想的，定了个规矩，学校里的每个社团每学期至少要组织一次正规的社团活动，不然就扣考评分！"

扣考评分其实也不打紧，社长从来不在乎这些虚名，可要命的是，考评分直接关系到来年的社团等级评价，而社团等级评价又和每年的社团补助基金挂钩。

数独社补助基金的一半都花在了社团聚餐上，社长表示，为了不降低社团聚餐的标准，这个考评分必须拿到！

眼镜娘不以为然，研究着手机里新下的美颜相机，边拍边道："那就和去年一样呗，咱们数独社全员组织一起做题，难道就不算正规的社团活动啦？"

娃娃脸补了一句："就是就是，实在不行，把上次的火锅聚餐报上去。"

社长忧愁道："你以为我不想啊，可是社联那边的人说，今年不准我们这么干了。要我们组织一场严肃又活泼，正规又不失情趣，热闹又不嘈杂，而且必须具有社会教育意义的社团活动。你们有什么想法吗？来来来，集思广益啊！"

龙琪琪："……"

这个要求，一听就很难为人。

大家一度陷入了沉默，就连话最多的周霖也低着头默默地玩着手机，就怕被社长点到名。

龙琪琪觉得，自己现在又处于当初上中学的时候，老师在讲台上说"有没有哪位同学愿意上来做这道题，如果没有的话，我就点人了啊"时的状态。

社长将希望放到顾禾身上："顾禾，你身为副社长，你来说。"

顾禾耸了耸肩，也不抹社长的面子，真诚地提出一个想法："不然我就出几道题吧，组织全校师生参加，谁在规定时间内做出来了，就可以获得咱们社团推出的'九宫格大礼包'一份。"

龙琪琪插嘴："什么大礼包？九宫格火锅吗？"

"你看这个九宫格，像不像你入团的时候，我送给你的数独入门五百题？"

龙琪琪："……"

什么鬼？

如果是这种奖品的话，真的会有人愿意参加这种比赛吗？好不容易做对了数独题，还有五百道题等着你？

社长觉得，自己必须给顾禾一点面子："你这个想法很好，这么好的想法今年用了太可惜了，留到明年用吧！温浪，你说！"

反正明年社长就要光荣卸任了。

娃娃脸面有难色："那就玩人体数独大赛？谁最快最好地用身体比画出一到九这九个数字，谁就可以得到九宫格大礼包一份！"

社长："言欢喜，你说！"

言欢喜，也就是眼镜娘，不动声色地摘下了眼镜，用衣角擦拭着镜片，开口道："不好意思，我没戴眼镜，听不见你说什么。"

社长："龙琪琪，你说！"

龙琪琪迟疑道："平常都是比谁最快做对数独题，不然这次我们比谁最慢解出答案？"

顾禾勾了勾唇:"龙同学,为了得到冠军,你连这种比赛都想得出来。"

社长绝望了。

一个个的都派不上用场!

他还得费心思去迎接马上到来的和东齐大学的友谊赛呢,可没有多少时间来策划这个该死的社团大型活动。

最终,还是一直不说话努力降低自己的存在感,但是光看外表就极其具有存在感的脑门上文着数独题的光头大哥开口了:"去年围棋社和市内的一所小学共同组织了一个活动,围棋社社员去教小学生认识围棋、了解围棋,为此大获好评。数独的规则比围棋简单,我们若是也组织这种活动,应该不需要花多少心思。"

不鸣则已,一鸣惊人。

社长感动得都快哭了:"大壮,关键时刻还是你靠谱!"

大壮挤出一个僵硬的笑容,往后缩了缩,深藏功与名。

社长一锤定音:"行,那我们这次就找所小学合作,这次活动的名字就叫作——让数独走进小学!咱们速战速决,争取在这周就搞定这个活动。"

社团活动自然有社长他们操心,像龙琪琪这种刚入社的新人只需要等通知,到时候跟着一起去学校露个脸帮个忙就行。龙琪琪并没有将这个活动放在心上,显然眼前还有更让她操心的事情。

龙琪琪想,她似乎马上就要经历一次校园暴力事件了。

谣言帖发出来的隔天,龙琪琪就在学校的一角被拦截了。她看着面前的三个女生,以及跟在她们身后的两个肌肉发达的男人,陷入了沉默。

龙琪琪对上那两个男人的视线,一时之间三人都有些尴尬。

领头的女生并没有察觉到空气中弥漫着的尴尬气氛,她仗着自己带了人,打定主意要给龙琪琪一个教训,趾高气扬道:"你就是龙琪琪?"

"我觉得吧,龙琪琪的重名率应该还挺高的。"

"别废话,是不是你欺负了顾禾?"

得,龙琪琪明白了,敢情这人是打算来替顾禾打抱不平。

龙琪琪正要开口解释,那女生又抢白道:"不用解释了,解释就是掩饰!顾禾那么好的一个人,你竟然也狠得下心去欺负!"

"呃……"

"你还有没有一点怜香惜玉的心？"

"那个……"

"既然你都不懂怜香惜玉，那也就别怪我了。"领头女生一挥手，"就是她，动手吧，别闹出人命就行。"

领头女生挥了半天手，却不见自己身后那两人行动，高高举起的手有些尴尬，她恼羞成怒道："你们干什么呢？收了钱不打算办事吗？"

左边那个肌肉男挠了挠头："那什么，这钱要不退给你？这活，我们干不了啊。"

娃娃脸火急火燎地给顾禾打电话的时候，顾禾正在刷学校的论坛，关于传说中的 L 同学和 G 同学的那个帖子热度居高不下，占据了热度榜榜首。

"副社长，大事不好了！"

顾禾正刷到那条怀疑 L 同学对 G 同学有着不可告人的小心思的回帖，勾了勾唇，漫不经心道："怎么了？"

"我听说，你的爱慕者众筹了一大笔钱，请了两个打手打算去教训龙琪琪替你出口气。"

顾禾迟疑道："你从哪儿听说的？"

"这是重点吗？我消息这么灵通，这不可能是假消息！"娃娃脸急了，"众筹啊！花了这么多钱请来的打手应该很厉害吧？龙琪琪就算再厉害她也是个女生啊。副社长，我们该怎么办？需不需要我找大壮去给龙琪琪撑撑场面啊？"

数独社里的成员，他思来想去也就只有大壮能担当得起撑场面这个重任。

顾禾沉着冷静："放心，龙琪琪不会那么容易就出事的，你就别掺和了。"

"可是……"

娃娃脸还要再说，就被顾禾打断："过几天的社团活动策划书你做好了吗？"

"呃，策划书不是你来写的吗？"

"我看你这么闲，就交给你好了。"

"不是……"

"合作的小学联系到了吗？"

"这不是欢喜姐的活儿吗？"

"也一并交给你了。"

娃娃脸："……"

娃娃脸愤愤地挂断电话。

副社长知不知道什么叫作怜香惜玉？知不知道什么叫作两肋插刀啊？龙琪琪为了副社长都要被别人围殴了！

娃娃脸想，这样不行，顾禾可以无情无义，他做不到！

娃娃脸转头给社长打去了电话。

"社长大人，大事不好了！"

社长正吃着舍友从家里带来的牛肉酱，一勺挖下去就能挖出三块牛肉，香嫩可口，吃得根本停不下来，就算没有米饭就着一起吃，社长都能干吃下一整瓶！

"啥事儿？"

"龙琪琪要被打了！"娃娃脸把刚刚对顾禾说的话转述了一遍。

谁知社长和顾禾一样淡定："哦，你跟顾禾打电话说过这事儿了？"

娃娃脸气闷："副社长说让我别掺和这事儿。"

社长表示很放心："那就行。"

"啊？"

"放心吧，这事儿顾禾一个人就能解决。"

"可是社长，我听副社长那意思，他根本就没打算去帮龙琪琪啊。"

社长意味深长："温浪啊，要拍好马屁呢，就得先去了解那个人，你连顾禾这个人都不了解，难怪每次都拍到他马蹄上。"

而另一边，顾禾挂断电话，岿然不动地继续刷着帖子，似乎完全没有受到方才那通电话的影响。一分钟后，顾禾回头问对床的舍友："到了吃晚饭的时间了吗？"

舍友一头雾水："现在才三点啊，大哥。"

顾禾问得很认真："那我饿了怎么办？"

"可是食堂还没开饭啊。"舍友很好心地查看了一下自己的储备粮食，

"我这里还有袋薯片，你要不先填填肚子？"

顾禾摇了摇头："不知道现在95后都不吃薯片的吗？多不健康。西门那条小吃街会不会已经开张了？"

"有可能。"

顾禾站起身来朝外面走："那我去看看。"

舍友觉得顾禾简直莫名其妙。

难道去小吃摊上吃那些不知道怎么做出来的小吃会比薯片干净吗？

他这是瞧不起薯片！

顾禾的宿舍楼就挨着西门，可是他决定先去溜达一圈开开胃，从学校的小树林绕过去。

小树林深处，龙琪琪还在和那群人对峙。

众筹聘来的打手一脸纠结："这活儿，我们干不了啊。"

领头女生一脸警惕："你们该不会是嫌钱少吧？"

龙琪琪好奇地插了一句："她给了你们多少钱？"

稍高的大个子老老实实回道："一千八百八十八块六毛。"

龙琪琪："……"

很好，有零有整。

龙琪琪没想到，在她们眼里，自己的战斗力只值一千八百八十八块六毛。

领头女生唯恐他们撂挑子不干，一咬牙决定大出血："那我再出一百一十一块四毛！"她顿了顿，补了一句："这已经是我最大的让步了。"

"这不是那一百多块钱的事儿。"稍高的大个儿挠了挠头。

龙琪琪觉得他不当家不知柴米贵，批评道："怎么，你瞧不起一百块钱吗？"

"呃，龙姐，我不是这个意思！"

龙琪琪一摊手："来吧，她们给了钱想让你们做什么？"

稍高的大个子犹豫了下，吞吞吐吐道："就……就稍微教训你一下，最好是能让你痛哭流涕……不是，龙姐，我们要是一开始就知道她们的目标是你，就算给一万块我们也不会接这活儿啊！"

那群女生终于意识到了不对劲。

龙姐？

瞧着两个大个子的态度，对龙琪琪还很尊敬啊。

龙琪琪努了努嘴："拿人钱财，替人消灾，来吧。不过见者有份，这钱呢，咱们就三个人平分。"

痛哭流涕？这个龙琪琪擅长啊！

龙琪琪打小起就皮得很，上房揭瓦，当街斗恶狗，为此她爸她妈没少揍过她。龙琪琪爸妈都是专业的拳击选手，自然知道打哪儿最疼还不会伤到身体，龙琪琪起初还脾气很倔地扛了过去，就是不认输，后来她学乖了，每次龙琪琪爸妈一动手，她就开始鬼哭狼嚎。在龙琪琪爸妈的"男女混合双打"的督促下，龙琪琪的假哭水平已经练到炉火纯青的地步，只要她想，给她半分钟她就能哭得撕心裂肺、痛不欲生。

只不过，龙琪琪长大懂事之后就很少惹是生非了，哭的机会也就少了。

多年没有哭过，龙琪琪也不知道自己假哭的水准有没有下降。

"给我半分钟酝酿时间。"

龙琪琪想了想，又扭头对那领头的女生建议道："不然你再补点钱？这两千块我仨分不开啊。"

女生："……"

她们后知后觉明白过来，敢情她们花大价钱招来的人，竟然和龙琪琪是一伙的？

领头女生又恼又怒："补你个大头鬼！我后悔了，你……你们两个把钱退给我！"

龙琪琪一听，这哪儿行啊，好不容易撞上来的赚钱机会。她连忙甩了个眼色，示意二人赶紧行动："来，朝我胳膊这里来一下，你们动手了，她就不能要求退款了！"

见那两个可怜的傻大个还不行动，龙琪琪干脆上前一步，抓住一人的手让他攥住自己的胳膊，自己身体往旁边一扭，做出一副自己的手被强行扭过去的姿态。她嘴角一抿，情绪酝酿到位，眼眶开始泛红。

被迫抓住龙琪琪的那个大个子手足无措，另一个大个子也是惊慌失措，手伸过来想要将兄弟的手从龙琪琪胳膊上扯下来。

而另一边，正以百米狂奔的速度遛着弯儿的顾禾到达小树林看到的就是这样一幕——龙琪琪被两个大个子左右夹击，一副随时就要遭遇校园暴力的场景。

顾禾眯了眯眼，他一向奉行事不关己高高挂起的原则，绝对不会多管闲事，再说眼前这两个大个子显然并不是他能对付得了的，他停下了脚步，正犹豫着要不要掏出手机遵从娃娃脸的建议，让大壮前来撑撑场面。

而就在这时，另一个大个子动手了。

从顾禾的角度看过去，很像龙琪琪要挣脱，那大个子伸手要给她一巴掌。

"龙琪琪！"那一刻顾禾也不知道自己是怎么想的，突然大声喊道，将那边的人的注意力都吸引了过来。

龙琪琪红着眼眶，泪眼汪汪地扭头看向顾禾，全然不知自己现在是怎样的一副受气小媳妇的模样。

顾禾："……"

顾禾的心缩了缩。

下一秒，他大步往前跨，一把抓住龙琪琪的手腕，用力一扯将她护在自己身后。顾禾还觉得那个大个子搭在龙琪琪肩膀上的手十分碍眼，甚至胆大包天地推了一把大个子。

大个子没想到会突然杀出一个程咬金，猝不及防间被推得往后一个趔趄，摔了个屁股蹲儿。

"你又是谁？"另一个大个子眯着眼问顾禾。

另一边的女生们也惊慌失措："顾禾，你怎么会在这里？"

完了完了，这两个大个子和龙琪琪是一伙儿的啊，平日里只有龙琪琪时顾禾都被欺负得够惨了，如今又加上两个人，顾禾还不死定了？

"顾禾，你快跑啊！"

顾禾心惊肉跳，脸上却波澜不惊。

连龙琪琪都打不过的人，他怎么可能打得过？没瞧见龙琪琪都被这两个人吓得眼眶都红了吗？

顾禾，要淡定！

这个时候发挥出你的聪明才智化解危机！

顾禾冷静沉着，张了张嘴："她们给你多少钱？我出双倍。"

龙琪琪情绪来了，挡也挡不住，流着泪带着哭腔道："顾禾你捣什么乱呢？别影响我赚钱。"

顾禾："……"

顾禾难以置信："龙琪琪，你是被他们两个给打傻了吗？"他顿了顿，语气中带着一点他自己都没能察觉到的心疼和惊慌："还有，你不是很能打吗？怎么才来两个人你就哭成这样？龙琪琪，你哭起来实在是太丑了，快别哭了！"

第 6 章
给，
你的卖身钱

顾禾觉得自己一定是疯了。

社长来找顾禾商量社团活动以及和东齐大学的友谊赛的时候，顾禾正一个人孤零零地缩在宿舍里神游天外，他手里拿着一沓钞票，有红有绿。

社长探头进来瞧顾禾："你干吗呢？"

顾禾没有反应。

直到社长从顾禾手中抽走那堆面值不等的钞票，他才回过神来，一把攥住社长的手，将钞票夺了回来，拉开抽屉一股脑儿扔了进去。

社长眼尖，一眼就看出了那堆钱看着多，实际加起来估计也就四五百块。他翻了个白眼，拖过来一把椅子坐下，吊儿郎当地跷起二郎腿，顺手又撕开了不知打哪儿摸来的一包薯片。

"发财了？这点钱还不够我吃一顿火锅的。"

顾禾抿了抿唇，没有理会社长，神情严肃，像是面临着无法解决的难题。

社长见顾禾这样，有些稀奇地凑过去仔细瞧着他脸上的表情："欸，我说你这是怎么了，怎么魂不守舍的？"

顾禾终于开口了，语气跟他的表情一样飘："龙琪琪给了我四百块钱。"

社长疑惑道："她钱多得慌，给你钱干什么？"

顾禾迟疑："说是……见者有份。"

顾禾本来是不打算要的，但是龙琪琪流着眼泪将钱塞进了他怀里，他要也不是，不要也不是。

其实龙琪琪原话不是这样子的，她说的是——卖身钱。

卖身钱？

龙琪琪没说明白，究竟是谁的卖身钱。

顾禾有些慌。

当然，他并不是因为这四百块钱心慌。

他慌的是自己的态度。

当时他怎么就鬼迷心窍地冲上去了呢？更要命的是，他晚上回来后脑海里一直回想着龙琪琪流着眼泪的那张脸，怎么甩也甩不出去，甚至晚上做梦，他都梦见龙琪琪站在一片雾气里，哭得梨花带雨地喊他的名字。

梨花带雨？这个词一点都不适合用来形容龙琪琪！

她应该是鬼哭狼嚎才对！

所以顾禾才觉得自己疯了。

他竟然会担心龙琪琪受到别人的欺负？呵，他一定是魔怔了。

昨天那场闹剧匆匆落幕，那两个大个子自然是不敢对龙琪琪动手的，而龙琪琪以自己哭都哭了拒不退款。花钱的那群女生见顾禾都掺和进来了，自然没有脸当着他的面让大个子们退钱。

这钱，到底是落到了龙琪琪手里。

两千块三个人怎么算都是分不匀的，龙琪琪索性将顾禾也拉了进来，四个人平分。

龙琪琪的算盘打得很好，顾禾也参与了进来，就算那群女生回过神来要将钱讨回去，她们也不好意思找顾禾要吧？

顾禾稀里糊涂地就得了四百块，他还没理清自己的情绪，龙琪琪就和那两个大个子勾肩搭背地走了。瞧着是要挥霍这些"意外之财"去大吃一顿。

顾禾觉得，一定是龙琪琪的眼泪有毒。

顾禾挑挑拣拣，将事情的经过同社长说了个大概，当然，隐瞒了龙琪琪哭的事情，只道自己是意外经过被卷了进去。

社长语出惊人："两千块四个人平分，那你不应该是分五百块吗？怎么会是四百块？"

顾禾："……"

社长痛心疾首："顾禾你说你，聪明一世糊涂一时，竟然被龙琪琪给忽悠了？"

不是，这是重点吗？

他在意的又不是那一百块！

他在意的是自己对龙琪琪的态度啊！

社长道："所以你晚上回来后，还梦见了白天发生的那一幕？"

顾禾迟疑地点了点头。

他没有说自己只梦见了龙琪琪，并没有梦见在场的其他人。

社长叹了一口气："那我明白了，你一定是因为那少得的一百块耿耿于怀，又拉不下面子去找龙琪琪要回那少给的一百块，所以才会日有所思夜有所梦，梦见自己同他们分赃……不，分钱的事情。"

顾禾："……"

顾禾有些恍惚："所以我是为了那一百块？"

社长言辞凿凿："绝对肯定一定是！"

那他又为什么会多管闲事替龙琪琪出头呢？虽然最后证明是他低估了龙琪琪的实力。

顾禾看了一眼嘴角挂着薯片碎屑的社长，觉得他大概是给不出什么好的回答，而且这种事情，顾禾实在是说不出口。

顾禾也是要脸的。

顾禾决定当作什么都没有发生，一切都只是意外。

他努力让自己清醒过来，揉了揉眼睛，抓过一旁的平光眼镜戴上，将生起的那点莫名情绪都压在心底。

"你来找我做什么？"

一袋薯片社长已经吃了大半，他又开始搜罗有没有别的存粮，闻言"哦"了一声，道："社团活动定在这周五，原则上是要求社里每个人都参加的。当然，这就是走个过场，大家有时间就参加，不强制。我今天来找你，主要是商量一下和东齐大学比赛的事情。"

说起正事儿，社长就没那么吊儿郎当了，挺直了腰背，将椅子拖拉着靠近顾禾："按照以往的传统，一般是两个学校轮流举行的，题型什么的也都是举办方那边定，然后比赛当天从题库里随机抽取。去年的比赛是在咱们学校举行的，咱们勉强取胜，但是……"社长叹了一口气："去年咱们主要是靠杨曦哥和左磊哥反败为胜，但是杨曦哥和左磊哥已经毕业了，肯定不能再来参加比赛。"

顾禾一直听着没有说话。

社长看了一眼顾禾的脸色："当然，今年有你我肯定放心，但是听说东齐那边今年也来了几个水平很高的新生。咱们这儿的新人里，你和周霖我是放心的……"

顾禾却突然打断社长的话："今年的比赛我不参加。"

社长一愣，难以置信道："你说什么？"

顾禾垂下眼眸："刚入社的时候我就跟你说过了，和东齐的比赛，我不参加。"

"可……"社长有些猝不及防。

他当时以为顾禾是开玩笑的啊！

顾禾为什么不参加啊？

虽然和东齐的比赛只是高校之间的友谊赛，可是由于两个学校的数独水准都很高，所以每年的赛事还是很受圈子关注的。更何况，今年东齐大学那边请到了那位原大师做裁判，原大师在数独圈的地位，那可是多少年都没人能够超越的，多少人为能够得到原大师的一句赞赏而绞尽脑汁。更何况，听小道消息讲，原大师有意收一名关门弟子，若是他们能够在今年的友谊赛里大放光彩，入了原大师的眼，那不是一件天大的好事吗？

事实上，社长对顾禾有信心，若是顾禾去参加比赛，那肯定会一枝独秀。

可是顾禾竟然不参加！

脑袋没坏吧？

社长企图劝说顾禾："不是，你该不会是因为龙琪琪少给了你一百块给气糊涂了吧？"

顾禾："……"

顾禾觉得社长的脑子可能真的有点不好使，大概是吃多了堵住了脑子。

他语重心长道："以后吃火锅的时候，你还是少吃点猪脑吧。"

"可是猪脑是人间绝味啊，吃火锅怎么能没有猪脑花……不对，不要扯开话题！"社长及时把话题扯了回来，"今年新人里，你如果不参加，还有谁有资格参加？难道让龙琪琪去吗？"

"我觉得她可以。"顾禾顺势说道。

社长差点被口水呛到,脸红脖子粗道:"不是……她怎么进数独社的,咱不是心知肚明吗?你还真打算让她继续留下来,甚至还去参加比赛啊?"

"怎么?你不知道笨鸟先飞?"

"笨鸟是笨鸟,可是龙琪琪那不是鸟,你见过笨猪能飞的吗?"

龙琪琪的数独水准,顾禾自然比社长更清楚,她基础还没打好,更没有参加比赛的经历,让她去参加和东齐大学的友谊赛,简直就差在她脑门上写下六个大字——送人头,别客气。

让龙琪琪参加比赛,顾禾就是随口一提,他也没有在这事儿上再纠结下去:"反正今年的比赛我是不会参加的。"

社长有些绝望:"今年新人总共也就四个人,比赛要求有三个新人,你不参加,这不就明摆着让龙琪琪去参加吗?"

社长又急又慌,脑洞朝着奇怪的方向拐了过去:"等等,你这意思,不会是怕龙琪琪通不过每个月的考核,威逼利诱想让我给她开后门把她继续留下来吧?这后门开了一次也就够了,她进来玩玩也该走了,不能让她继续玩下去吧?"

顾禾看着社长没说话。

社长咬牙:"你要是肯答应参加比赛……那我就顶着昏庸无能的社长名头,继续给龙琪琪开后门让她留下来!"

顾禾不置可否:"随你。"

社长一喜,顾禾这意思就是答应了?

谁知社长还没开心三秒,顾禾话锋一转:"反正比赛我是不会参加的。"

社长很绝望。

他觉得一切都是龙琪琪的错!

社长愤怒之下,对这次本来打算随便搞搞、大家随意参与的活动,定下了死规矩,要求全员参与,一个都不能少!

尤其是顾禾和龙琪琪!

活动定在市一中附属小学,市一中附属小学提前组织了一批对数独有兴趣的小学生参与了进来。

坐在前往市一中附属小学的大巴上,龙琪琪觉得如坐针毡,仿佛有什么人正在凶狠地盯着她。可是她一回头却又什么都没瞧见,只有社长正在捧着一大袋地瓜干大吃特吃，甚至热情地递过来："琪琪？吃一口？"

龙琪琪却始终觉得有点不对劲："这地瓜干里不会有毒吧……"

社长笑得更热情了："怎么会！"

出于对规避危险的考虑，哪怕那袋地瓜干看起来真的很好吃，龙琪琪还是拒绝了。

活动在小礼堂举行，龙琪琪等人到场的时候，老师们已经组织好，礼堂里坐着五六十个小学生，叽叽喳喳地闹成一团。

龙琪琪没有注意，在礼堂的西南角，有个小朋友正兴奋地扯着同桌的袖子，指着龙琪琪的方向喊："快看，那是我培训班的同班同学，而且还是我同桌！"

这次的活动其实很简单，原本也只是为了应付社联那边而举办的。

数独的规则十分简单，但凡识数的人都可以玩，是一项可以全民参与的填数游戏。这次的活动安排就是先向小学生们简单介绍一下数独的规则，接下来自由活动，可以两人自行PK一决雌雄，也可以自己琢磨做题，龙琪琪他们的任务就是待在这儿为小学生们解惑。

按照策划书，活动进行到最后是会举行比赛的，考虑到小学生们的智商水平可能都不是很高，数独社选取的题目都是初级难度，一共三道题，前十名做出来的小学生们可以得到精心准备的大礼包一份。

当然，顾禾强力推荐的"数独大礼包"没有被采纳，社长准备的是"小学生语数外大礼包"。

龙琪琪觉得社长准备的这个大礼包的恶劣程度不亚于顾禾。

看着底下那群小学生一听到有奖品可以拿，顿时一片欢呼，龙琪琪同情地想，希望那十个拿到大礼包的小朋友到时候还能开心得起来。

小学生们人数多，凑到一起如果不加以管教很容易就闹成一团，所以校方派了三四个老师来帮忙，唯恐这群年轻的大学生压不住这群熊孩子。但是令老师们意外的是，往日十分闹腾的小朋友们除了开场的时候闹了一些，坐不住，等到社长介绍了数独的基本做法和规则，又发放下来数独题后，他们开始安静了下来。

老师们面面相觑。

眼镜娘身旁正站着一个老师，那老师嘀嘀咕咕："真是稀奇，这群孩子今天怎么这么听话？"

眼镜娘淡淡道："静心。"

老师一时没听明白："什么？"

"在数独比赛中，想要取胜，天赋是一方面，经验是一方面，但更重要的是静心。只有冷静下来，头脑清醒，不受外界因素和情绪的干扰，才能全身心地投入进去解答那九宫格。"眼镜娘抬了抬手，拨了一下自己的头发，继续道，"教我数独的老师曾说，数字最能让人心静。"

老师不能理解："可是解不出来题的话，不会觉得特别烦躁吗？"

眼镜娘看向顾禾的方向，答非所问："我们数独社里有一个人，每当遇上了难题或者烦心事儿，排解负能量的方法就是不停地做数独题，什么时候不做了，他的心情也就平复了。"

老师嘀咕："嘿，那这办法还真是省钱。我回去后给我老婆买上几十套数独题，让她不开心的时候就做做题，不但省钱还能让她练练脑子，省得不高兴就出去买买买，我这点工资还不够她逛街的。"

眼镜娘："那你老婆可能会打死你。"

龙琪琪站在另一边，看着这群天真无邪的小朋友为了接下来的比赛和所谓的奖品认真学习数独，有些同情。但是下一秒，她开始同情自己了，原因无他，她看到有个熟悉的身影正在奋力地朝着她招手。

"龙姐姐，这里！"

龙琪琪："……"

是严小北。

她能假装不认识吗？

龙琪琪有一种预感，自己经历的那两次"复杂而又同情的目光洗礼"要再一次上场了。

果不其然，严小北喜滋滋地跑过来拉着龙琪琪的手，拉着她往自己的小伙伴们那边走，昂首挺胸地介绍："她叫龙琪琪，是我的……"

龙琪琪连忙打断严小北的话："你们好，你们好。"

龙琪琪万万没有料到严小北已经将她掀个底朝天，有个扎着双马尾的小姑娘怯怯地看着龙琪琪："大姐姐，刚刚严小北说你是她的同班同学，是真的吗？"

龙琪琪："……"

一个洋葱头小男孩撇了撇嘴："怎么可能？严小北这家伙净吹牛。这大姐姐是大学生呢，怎么可能跟小学生是同班同学？"

龙琪琪："……"

严小北不服："我们真的是同班同学！"说着，拉了拉龙琪琪的手，似乎暗示龙琪琪替自己说话。

龙琪琪："……"

龙琪琪一抬头，正看见顾禾幸灾乐祸地看着她，她心里一慌。下一秒，严小北又喊了起来："顾老师，你也在这儿呢！"

唯恐顾禾说出点什么，龙琪琪觉得自己若是狡辩肯定会被顾禾拆穿，索性先下手为强："活到老学到老嘛，古代皇帝还喜欢微服私巡体验民生呢，我就是想看看你们小学生都是怎么上课的。"

"？？？？"

这和微服私巡又有什么关系？

双马尾小姑娘弱弱举手："那大姐姐，你不也是从小学生过来的吗？"

龙琪琪干笑："是啊，所以我……我这就是忆苦思甜！"

顾禾似笑非笑地看了一眼龙琪琪，三言两语就将龙琪琪从困境里解救出来："小朋友们，数独题都会做了吗？待会儿可是要比赛的哦。"

小孩子最容易糊弄，也最喜欢争强好胜。

毕竟，谁不喜欢站在聚光灯下带着鲜花和荣誉接受众人的夸赞呢？

严小北也不例外。

他的学习成绩并不好，排名一直是全班的倒数，而对于数独，他是真心喜欢的。严小北觉得自己好歹上过那么多堂数独培训课，这次的比赛搞不好他能赢，若是能拿到前十名，肯定能让小伙伴们对他刮目相看。

严小北看了看双马尾小姑娘，暗自下定决心，一定要抓住这次机会。

不得不说，丙笨的小孩子，在喜欢的女孩子面前，为了表现自己，总是能想出一些出人意料的馊主意的。

严小北把主意打到了龙琪琪身上。

对于龙琪琪的本事，除了顾禾，大概没有比身为她同桌的严小北更了解的了。

严小北愧疚地看了一眼龙琪琪，心想："对不起了，龙琪琪明明对自己这么好，自己却还要踩着龙琪琪上位……"

龙琪琪一回头，对上的就是严小北这个愧疚的眼神。

她一哆嗦，心中疑惑："干什么干什么，严小北这是要干什么？"

下一秒，严小北开口了："龙姐姐，我们来比一场吧。"

严小北想得很简单，能够打败身为大人的龙琪琪，那大家一定会对他刮目相看！

龙琪琪心慌道："比？比什么？比拳头吗？"

严小北："？？？"

顾禾："……"

顾及龙琪琪那为数不多的颜面，龙琪琪和严小北的比赛并没有大肆宣扬，就两个人静悄悄地面对面坐着，周围也只有严小北的那一群小伙伴围着在看，不知情的，还以为是龙琪琪在教严小北写数独题。

龙琪琪恨。

这年头，连小孩子都敢骑到她头上了！

顾禾坐在严小北的旁边，充当裁判。

严小北很紧张，他感觉这是决定他小学生涯能否一帆风顺的关键性一战！

龙琪琪不紧张，她只觉得羞愤，不管是赢还是输，她都落不得好啊！

但是总归……赢比输要好一点吧？

严小北对数独虽然是真心喜欢，也花了很多心血和时间去学，但是有时候，不管做什么事，生活对于智商高的、天赋好的人，的确是有优待的。不巧的是，严小北就属于被苛待的那一部分。

他的智商不高是硬伤，哪怕他真的很努力。

龙琪琪的智商虽然也不高，但她好歹也是个大学生啊，吃过的"可爱多"比严小北吃过的饭还要多。

两人比的是初级难度的题，这种难度的题且不说顾禾，就说周霖，一天都能做个百来道，就跟吃冰激凌一样轻松，随便一看就能知道大概的答案，甚至都不需要动笔。

十分钟过去了，紧张的严小北擦了擦眼睛，手心的汗水多得他都快攥不住笔。

顾禾看了一眼严小北，嘴角紧绷着没有说话。

龙琪琪填完最后一个空格，正打算结束这场比赛，一抬头就看见严小北有些泛红的眼眶。

龙琪琪手下微微一动，又在填满的九宫格上画了两下，将答案交了上去："我做好啦。"

严小北身体微微一抖，正要红着眼放下笔，龙琪琪看了他一眼，开口道："不抛弃、不放弃这个道理，你不懂啊？快做完。"

严小北咬了咬唇，他觉得龙琪琪这是在冲他耀武扬威。

严小北又抓起了笔，认真地解起题来。

顾禾看着龙琪琪交上来的答案，挑了挑眉，有些意外地看了一眼龙琪琪。龙琪琪冲他眨了眨眼，意有所指："怎么样？我是不是做得又快又好？"

顾禾低下头，嘴角微微勾起。

十二分钟后，严小北交上了答案，神情萎靡，像一只斗败的公鸡。

双马尾小姑娘凑上前安慰道："你也很厉害啦，毕竟对方可是大人，我们小孩子比不过大人不是很正常的吗？"

严小北抽了抽鼻子，就快哭了。

而这时，顾禾语出惊人："严小北赢了。"

对于这个答案，龙琪琪一点都不惊讶，耸了耸肩，反正她的脸皮厚，再丢一点也没事。

严小北大吃一惊："怎么可能？"

顾禾笑道："龙琪琪虽然交得快，可是她填错了一个格子。而你，答案全部正确。"

严小北怔怔地看着顾禾，严小北身旁的双马尾小姑娘欢天喜地，兴奋得仿佛是她赢了这场比赛："严小北，你赢了！你竟然赢啦！"

"我……我赢了？"严小北看了看龙琪琪，又扭头看向顾禾，得到顾禾肯定地点头，他才慢慢咧起嘴，露出一个灿烂的笑容。

"我赢了！"

丢脸这种事，丢着丢着就习惯了。

龙琪琪本以为她和严小北一战之事也就只有小部分人知道，可是谁知在活动结束后举行聚餐时，娃娃脸又提到了这个事情。

此时正是中午，社长考虑到资金问题，选择了一家物美价廉的自助餐馆，率领着一众社员气势汹汹地冲进餐厅，要了一个小包厢，誓要将掏出的费用全部吃回本……哦，不，甚至要吃得更多一点！

龙琪琪刚拿了一点烤肉回来，就看见众人的视线齐刷刷落在了自己身上。

"呃……我才刚开始吃。"龙琪琪还以为是自己吃太多了，连忙开口解释。

娃娃脸神神秘秘道："别掩饰了，我们都知道了！"

龙琪琪："？？？"

娃娃脸问道："你竟然输给了一个小学生？"

龙琪琪："！！！"

龙琪琪"唰"的一下看向顾禾，义愤填膺地瞪着他，心中暗骂道："叛徒！说好不将这件事情说出去的！"

顾禾慢悠悠喝了一口汤，对龙琪琪的愤怒视而不见。这事儿可不是他说出去的，不过在场人多口杂，也不知怎么就被娃娃脸知道了这件事，当成八卦说了出来。

什么叫输给了一个小学生？她明明是让着严小北的！

龙琪琪觉得自己那成为体育特长生中智商担当的梦想受到了践踏，下意识就要辩解，但是脑海里却突然浮现最后严小北笑得灿烂的那一幕。虽然他因为嘴巴咧得太大，露出缺了门牙的一个大口子，但是回想起来还是觉得有些好笑。

到嘴的话就这样被龙琪琪咽了回去。

哼！

她的忍辱负重成就了一个小孩子的梦想，这些肤浅的学霸是不会理解她这种牺牲自己成全别人的崇高精神的！

顾禾又看了一眼龙琪琪，对于龙琪琪没有开口反驳娃娃脸这句话觉得有些惊讶，他挑了挑眉，放下手中的汤碗，开口道："那个孩子挺厉害的，对于数独……是真的很努力。"

顾禾本来想说严小北很有天赋，但是他的良心实在是过意不去。

就连顾禾都说挺厉害了，在大家看来，那就是真的很厉害了，搞不好又是一个少年天才！

龙琪琪有些惊讶，顾禾这是在替她说话吗？

周霖钻了个空子，坐到了顾禾的旁边，说道："副社长都这么说了，那个叫作严小北的小学生一定是真的很厉害了，龙琪琪输给他也不算太丢脸。都说英雄出少年，如今咱们数独圈里有名的这些人好些个都是小时候就很厉害的。毕竟，有些时候天赋还是挺重要的，就比如咱们的副社长。"

娃娃脸"哇"了一声，找眼镜娘吐槽："看不出来啊，这个周霖拍马屁的功夫竟然炉火纯青，完全不逊色于我！"

眼镜娘翻了个白眼："比你厉害多了好吗？"

周霖又道："不过副社长，你是怎么知道那个小学生很厉害的？"

难道是那个小学生太过优秀，优秀到只见一次面就能看出他身上的不同寻常之处？

不愧是副社长，一眼就能看出一个少年天才！

顾禾淡淡道："严小北是我带的培训班的学生。"

周霖更加肃然起敬："那他一定是副社长班上最优秀的学生了！"

顾禾意味深长道："若说优秀，那他还是比不上另一个人的。"

周霖简直就是顾禾的捧场王："哦？难道还有更优秀的？"

龙琪琪有一种不祥的预感。

下一秒，这种不祥的预感就成了现实，只见顾禾朝她的方向努了努嘴："喏，最优秀的学生就在你面前呢。"

龙琪琪："……"

虽然她很感谢顾禾替她说话，还夸她优秀，但是也不至于这样夸吧！

娃娃脸正吃着薯条，闻言抬起了头："是了，我还听说那个小学生之前一直说见到了他培训班上的同桌，难道这个同桌就是龙琪琪？"

龙琪琪讷讷道："大概吧。"

和一个小学生当同桌，实在不是一件值得说的事情。

一瞬间，大家看向龙琪琪的眼神更加复杂，只有周霖仍是一脸羡慕。

能当副社长的学生，一定很幸福吧！

龙琪琪以拿饮料为由，趁机走出了包厢。当她正在纠结是喝"肥宅快乐水"还是养生大麦茶的时候，顾禾不知道什么时候也走了出来，手从她身后伸了过来，取走了一个杯子。

顾禾斜睨了她一眼，替她做出选择："吃喝上还亏待自己，那活着还有什么意思？"

龙琪琪觉得顾禾说得很有道理，于是欢天喜地接了满满一杯的"肥宅快乐水"。

顾禾又道："你为什么没有告诉温浪，你是故意输给严小北的？"

龙琪琪惊讶："你看出来我是故意输的了？"

顾禾道："也没有故意得很明显，你们俩大概也就是半斤八两的水平吧。"

龙琪琪："……"

说她和一个小学生的实力半斤八两，还真是让她开心不起来呢。

龙琪琪倒了一杯"肥宅快乐水"，又拿了个碟子去一旁挑点心，顾禾漫不经心地跟在她身后。

龙琪琪拿起一个小猪样子的玉米糕，说道："反正我丢人的事情已经这么多了，债多不压身，再多一件也没什么要紧。但是严小北毕竟还是一个孩子嘛，若是让他在这么小的年纪就感受到实力的碾压和智商的差距，那多残忍啊。"

龙琪琪说得理直气壮，丝毫没有因为她口中的"实力碾压、智商差距"而感到心虚理亏。

顾禾跟着拿了个小猪玉米糕："你的实力要是有你自信的十分之一就好了。"

龙琪琪翻了个白眼："不过小孩子就是小孩子，不就是赢了一道数独题吗？至于那么开心吗？"

顾禾深深地看了一眼龙琪琪。

他其实一直都明白，龙琪琪并不喜欢数独，一开始加入数独社就是为了和他们的那个赌约。她对数独没有执念，自然不会懂得赢得比赛的那种兴奋。

顾禾想了想，换了一个说法："你小时候和别人打拳击比赛的时候，赢了比赛不也很开心吗？"

龙琪琪觉得莫名其妙。"也没有很开心啊，我赢比赛那不是很正常吗？"她挥了挥手，"都赢麻木了。"

龙琪琪对拳击也说不上很感兴趣，奈何她在这方面天赋异禀，就好像是天生的拳击手，再加上她爸妈都是职业拳击手，龙琪琪自然而然地也跟着走上了这条道路。

与其说她喜欢拳击，倒不如说是习惯。

顾禾："……"

顾禾第一次被龙琪琪的话堵得哑口无言。

"那你呢，你第一次赢比赛的时候，是不是也跟严小北一样开心？"龙琪琪顿了顿，又补了一句，"开心到都忘了挡住自己掉了门牙的缺口？"

顾禾被龙琪琪问得愣了神。

开心？

记忆里应该是很开心的吧？

毕竟，他是真的很喜欢数独，只不过后来喜欢的东西背负上了其他情绪，那种纯粹的喜欢就变了味。顾禾也已经忘了，自己从何时起，哪怕赢了比赛也没有最初的那种开心。

龙琪琪伸手在顾禾面前晃了晃："喂，你想什么呢？"

顾禾这才回过神来，不答反问："等你什么时候赢了比赛，我就告诉你答案。"

龙琪琪反问道："赢比赛？我赢过的拳击比赛还少吗？"

"不，我是说数独比赛。"

龙琪琪："……"

龙琪琪端起装满点心的碟子，再次翻了个白眼："不想说就不说呗，干吗找这种理由！"

"就这么没信心？"

"我的实力你不是应该最清楚的吗？"龙琪琪自暴自弃，觉得顾禾就是拐着弯想要羞辱自己。

"不试试你怎么知道呢？"顾禾认真道，"你今天不就差点赢了严小北吗？"

龙琪琪："……"

不是差点好吗？

如果不是看在严小北是个小孩子的分上，她赢定了好吗？

不对，赢一个小学生好像也不是什么值得开心的事情……

顾禾像是明白了龙琪琪心里的想法，慢悠悠道："数独竞技，不分年纪，不论性别，只论初心。"

"龙琪琪，你不想赢一次吗？"

"不试试你怎么知道？"

"你今天不就是差点赢了严小北吗？"

"你不想赢一次吗？"

她，能赢吗？

"喂，龙琪琪，你有没有听见我讲话！"

"龙琪琪！"

龙琪琪猛地回过神来，对着面前的周霖抱歉一笑："啊，不好意思，最近好像有些累了。"

周霖也不介意龙琪琪的走神："你之前说是副社长教你数独的，我还以为就是随便教教，没想到还是有组织、有计划、非常正规的教学啊。"周霖说着，脸上的羡慕嫉妒都快隐藏不住了："你命真好。"

龙琪琪讪笑道："过奖，过奖。"

周霖突然羞涩一笑："那啥，龙琪琪，咱俩好歹也算是题搭子了，每天晚上都一起奋战在数独题的海洋里，这深厚的革命感情，你可不能忘啊。我现在有个事儿想请你帮忙，你可不能拒绝我！"

一个小时后，数独培训班的三楼小教室，顾禾看着教室里多出来的一个大个子，陷入了沉默。

千里之行始于足下，数独之精在于基础。

周霖觉得，龙琪琪说得没错，要当一个像副社长这样的真正高手，就一定要从最基础的方面做起！

周霖看着身边天真无邪、瞧着都会是未来数独界栋梁之材的小朋友们，内心豪情万丈。

第 7 章
我要成为
数独社社长

　　龙琪琪接到程侑电话的时候，她正坐在社团活动教室里，对着一道中级难度的数独题愁眉苦脸。

　　她错了，她就不应该被顾禾那一句话蛊惑，觉得自己能怼天怼地，无所不能，竟然妄想对中级难度的数独题下手！

　　她愁得抓耳挠腮，手机响了她也没去看，抓过来就按下了通话键，直到手机那头传来程侑温柔的声音她才回过神来。

　　"是我，程侑。"

　　龙琪琪紧张道："我……我知道！"

　　程侑的声音一如既往地好听，犹如潺潺流水，语速不急不缓，让方才还为数独题急得上火的龙琪琪瞬间安静了下来。

　　龙琪琪觉得，比起数独，程侑的声音更能够让她平心静气。

　　"韩录都跟我说过了，上次，谢谢你。"

　　程侑身体一直不太好，上次发烧让他元气大伤，他养了好几天才回过神来。之前韩录没提，他也没想着问，后来想起来了问了一句，韩录才提及当时多亏了龙琪琪的帮忙。

　　程侑这是道谢来了。

　　龙琪琪怕影响到正在做题的其他人，握着手机快步走出教室，另一边的顾禾看着龙琪琪神色匆匆的模样，蹙了蹙眉。

　　龙琪琪找了个角落继续通话："路见不平拔刀相助嘛，不用谢，不用谢……"

不对，她必须得抓住这个难得的机会。

龙琪琪连忙接着道："那什么，你要是非要谢，那就请我吃顿饭好了！"

龙琪琪忐忑不安地等待着手机那头程侑的回答。

程侑轻笑了一声："好啊，我正好在你们学校附近，不如一起吃个午饭？"

"好啊，好啊！"

龙琪琪心花怒放，觉得自己的春天也许真的要来了！

龙琪琪挂掉电话，还没来得及感受春天快要到来的和煦温暖，转头就遇上了寒冬的无情冷冽。

顾禾倚靠着墙壁站在那里，也不知道是什么时候来的。

龙琪琪也不知道自己为什么莫名就有些心虚，开口结巴了一下："你……你站在这儿干什么？"

顾禾站直了身体，突然就笑了："你这么紧张做什么？"

顾禾顿了顿，又道："下周末就是和东齐大学的友谊赛，社长说了，今天大家的训练时间加长，中午一起去食堂吃完饭回来继续训练。"

龙琪琪："？？？"

可是她和程侑约好了一起吃饭的呀！

龙琪琪觉得自己不能放弃这个和程侑单独相处的机会。

龙琪琪理了理思绪，清了清嗓子开口："我要请假。"

顾禾无情道："不批准。"

龙琪琪怒道："你都不问我为什么请假？"

顾禾慢悠悠道："有什么比数独更重要的吗？"

当然有啊，她的幸福难道不比做几道数独题更重要吗？

龙琪琪据理力争："我又不会少做几道题，中午我就出去一会儿，大不了……大不了我带着题路上算还不行吗？"

龙琪琪觉得是自己的勤奋好学感动了顾禾，公交车上，她看着面前厚厚一本数独题库陷入了沉思。

顾禾说，吃饭可以，但必须在两点前带着十道数独题的答案回来。

这本数独题库瞧着并不像是书店里买的那种，似乎是自己去打印店打印成册的。封面很简单，就一张白皮纸包着，上面用微软雅黑一号字体印着"数独题库"四个大字。

龙琪琪翻开书页，扉页上龙飞凤舞写着一行字——你看这本数独题库，像不像你喜欢吃的九宫格火锅？

龙琪琪："……"

九宫格火锅这个梗到底要用多少次啊！

龙琪琪腹诽了几句，她出来得急，连包都没来得及拿，只能将书拿在手里。

程侑和龙琪琪约的地方是距离学校两站路的一个港式茶餐厅，龙琪琪到的时候，程侑已经订好了座位在等着她了。龙琪琪一眼就看见了坐在靠近窗边的程侑，然后奋力朝他招着手。

程侑本来正撑着下巴看着窗外的景色，也不知是不是心有灵犀，就在龙琪琪看见他的那一刻回过神来，恰好与龙琪琪视线对上。

程侑的眼睛很漂亮，哪怕离得这么远，龙琪琪都觉得自己能看见他眼底的光芒。

龙琪琪觉得自己的心脏似乎又出问题了。

龙琪琪在程侑面前坐了下来，还没来得及说话，一个有些熟悉的身影就出现在她眼前，挨着程侑坐了下来。

是韩录。

龙琪琪下意识一愣。

程侑抿了抿唇，哪怕是笑他也笑得极其克制，他道："这是韩录，你们两个应该认识吧？"

龙琪琪说不清自己心里是什么滋味，就好像掉入了一个装满蜜糖的罐子里，下一秒，又有人往罐子里倒了一大半的辣椒酱。

在场的两个"直男"都没有察觉到脆弱的少女心正在发生细微的变化，韩录还是板着一张面瘫脸点了点头："见过。"

韩录和程侑都不是热情多话的人。龙琪琪本来话并不少，但是眼下她的心情复杂，有了韩录这个锃光瓦亮的电灯泡在场，她的心酸溜溜的，也没有心情去活跃气氛。

等着上菜的工夫，三人都陷入了沉默，只能不停地喝水。

韩录余光瞥见龙琪琪放在桌上的题库，开口打破了这诡异的气氛："你们启元的都这么勤奋吗？吃饭都不忘记带着题库？"

龙琪琪闷闷地"嗯"了一声。

程侑道："虽然现在手机都有数独应用，但我还是更喜欢用纸笔做题的感觉。随身带着一本题库是个好主意，不然像现在这样等菜的时间也浪费了。"

龙琪琪看了一眼程侑，想起自己还背负着十道数独题的任务，开口道："那既然这样，不如我们一起做题吧。"

程侑喜笑颜开："好呀，好呀。"

韩录："……"

虽然他也喜欢数独，可是也不至于喜欢到吃饭都要做题的地步吧！

韩录抗议无效，程侑喊来服务员要了几套纸笔，龙琪琪觉得自己和程侑找到了共同的爱好，一扫之前酸溜溜的心情，热情地将题库送到程侑面前："你先抄题。"

程侑没有推辞，接过龙琪琪那本书，正要抄题，却在不小心看到扉页上那句顾禾留下的话时停下了笔。

龙琪琪连忙解释："这书是我朋友送给我的，那句话……是他用来鼓励我的。我比较喜欢吃火锅，呵呵呵。"

程侑稳了稳心神："你朋友？"

程侑翻过扉页，快速浏览了一下前几页的题型，唇色苍白了一些："你朋友应该对你很用心，这题虽然瞧着基础，却十分适用于没什么基础的数独新手。"

程侑快速抄下一道题，就将书转手给了韩录。韩录虽然觉得等上菜的工夫用来做题，在餐厅其他人眼里可能看着有些神经病，但是碍于程侑的面子，他还是憋屈地抄了一道题。

韩录觉得自己仿佛回到了小学时赶作业的周末。

这种难度的题花不了太久时间，大家做完了题，餐桌上又陷入了诡异的沉默。

最终还是程侑开口了："你那朋友……是个怎么样的人？"

虽然好奇程侑为什么会对顾禾这么感兴趣，但是程侑难得主动找她聊天，龙琪琪还是耐心回道："是个……"

在别人面前说顾禾坏话会不会不太好？

龙琪琪犹豫了一下，重新组织语言道："是个对小朋友很有耐心的人。"

当然，对她就没那么耐心了。

"耐心？"程侑重复着这个词，记忆里的他，可和耐心扯不上关系。

龙琪琪继续道："也是个很聪明的人。"

但有时候也会犯傻，上次她故意少给了他一百块，他都没有察觉到。龙琪琪一想到那件事，就觉得十分得意。

没想到自诩聪明的顾禾也会有犯糊涂的时候嘛。

程侑握着玻璃杯，握着玻璃杯的修长手指因为光在水中的折射越发显得好看。程侑一副洗耳恭听的模样无疑激发了龙琪琪说话的欲望。

韩录有些吃惊地看了一眼程侑，程侑在他们面前一贯都是什么都不在意的样子，他从未见过程侑对除了数独以外的人或物这么感兴趣。

龙琪琪絮絮叨叨："他是个很有毅力的人，一旦开始做什么事，就会一直坚持下去。"

比如坚持每天晚上检查她的数独作业。

"他在我们社团非常有人气，也非常有威信，大家都很喜欢他，从来不会和他吵架，我觉得他应该就是我们社团的团宠。"

当然啦，社长那个有了矛盾就做题解决的规矩简直是为顾禾量身定制的，有了这条社规在，社团里还有谁能吵得过顾禾？

"他善解人意、温柔体贴，很善于举例开导别人。"

如果能不用她做例子来安慰严小北，她会更开心的。

"长得也很好看，在我们学校的人气很高哦，最近他的人气更高啦，甚至有女孩子众筹给他……送礼物。"

多亏了那个造谣帖，龙琪琪和顾禾在启元的人气简直就像是坐了火箭一样噌噌噌扶摇直上。

"不过再聪明的人也会有短板啦，比如他加减乘除似乎不太好，两千除以四他都算不对，而且也不会剥龙虾壳。"

龙琪琪夸夸其谈，程侑没忍住打断她的话："你说了这么多，真的是你跟我说的那个朋友吗？"

为什么龙琪琪说的这些，跟他记忆里的那个人简直就是南辕北辙？

龙琪琪愣了下。

她有说很多吗？

顾禾在她心目中，不应该就只有一个"蔫儿坏的学霸"的标签吗？什么时候多出了这么多标签？

龙琪琪突然有些慌。

再加上有韩录这个电灯泡在，哪怕面对着程侑，龙琪琪这一顿饭都吃得索然无味，她与程侑匆匆告别便赶回了学校。

当然，十道题的任务她没有完成，就算加上程侑和韩录做的题，她也才完成了四道。

回到活动教室时，顾禾正低着头同眼镜娘说着什么，温暖的阳光从窗户上照射进来，洒在顾禾身上，就仿佛给他周身加了一圈金色的光环。

龙琪琪后知后觉反应过来，哎呀，她之前同程侑说的那些，忘记加一句"他长得真的特别好看"。

"龙琪琪，你回来啦。"自觉和龙琪琪培养出了深厚的革命情谊的周霖同龙琪琪大声打了个招呼。

毕竟以后就是一起上培训班的革命战友了！

周霖对待龙琪琪的态度比之前更加热情，这种热情体现在他对龙琪琪说的话更多了。他冲龙琪琪猛招手，示意龙琪琪坐在他身边，方便两人一起遨游在数独的海洋之中。

龙琪琪还没来得及反应，那边顾禾听到周霖那个大嗓门的声音，猛地回头正好与龙琪琪的视线对上。

龙琪琪心里一惊，下意识伸手抬高数独题库遮住了自己的脸。

莫名其妙的心虚感铺天盖地地袭来，龙琪琪感觉自己的心态都有些不正常了。

奇了怪了，她为什么会心虚！

她又没跟程侑说顾禾的坏话，她说的可都是好话！

她在夸他呢！

龙琪琪做足了一番心理建设，深呼吸一口气整理了一下自己的表情，将手放下来，却仍是不敢和顾禾对视，朝着周霖径直而去："兄弟，我来了！"

顾禾："……"

顾禾皱了皱眉。

龙琪琪这遮遮掩掩的是什么态度？难道是布置的十道数独题没有做完？

呵，她现在还知道心虚了？以前没做完题不都是理直气壮的吗？

顾禾撇了撇嘴，继续同眼镜娘讲题去了。

周霖看中了龙琪琪手中的数独题库，兴冲冲地想拿过来翻看："这是新出的题库吗？我怎么没有见过？书店有的数独题我基本都买过了，还没见过封面如此……如此随意的。"

龙琪琪出其不意地拍了一下周霖的手背，收回手连带着将那本数独题库塞进了自己的包里。

周霖觉得手背被龙琪琪拍得有些疼，抱怨道："不就是一本书吗，当成宝贝似的。哼，好东西不懂得分享，你该不会是想靠着这一本题库就能够打败我吧？我告诉你，这不可能！"

"这是顾禾送给我的书。"

"不愧是副社长，在我们还在做题的阶段，他都已经开始出题了！"

龙琪琪一直心思不宁，慌得晚上只吃了一碗饭就匆匆躲进了自己的房间。

龙爸觉得难过："难道是我今晚做的饭菜不好吃？"

龙妈使唤龙爸给自己添了碗饭，吃得不亦乐乎："现在女孩子不都讲究减肥吗？"

龙爸忧心忡忡："可是咱家女儿和普通女孩子哪儿一样啊。"

龙妈道："是不一样。所以别的女孩子减肥都是晚上不吃，咱们家女儿就是少吃一碗饭。"

龙爸觉得龙妈说得有道理。

房间里，龙琪琪四肢伸展摊在大床上，一双眼无神地盯着房顶的吊灯。

龙琪琪也不知道自己在心思不宁些什么，也许是因为没有把握好和程侑吃饭的机会，也许是对顾禾的心虚。

龙琪琪翻了个身。

烦死了！

恰在这时，手机屏幕亮了起来。

周霖：战友，让我们愉快地开始今晚的战斗吧！

这段时间龙琪琪都是靠着周霖才完成了顾禾布置的数独作业，以比赛为名，再适当地认输，就可以从周霖那里快速得到完整的答案，简直就是妙计。

龙琪琪抿了抿嘴，不期然地，耳畔又响起顾禾那句话——

你就不想赢一次吗？不试试怎么知道呢？

龙琪琪挣扎着爬到书桌前，拿起那摞入社那天顾禾交给她的题，已经做了大半。

周霖：战友？战友你在吗？

周霖：战友！今天的题呢？

周霖：不会没题了吧？副社长今天不是刚给了你一本新题库吗？

我爱数独：今晚不比了。

周霖：为什么？

我爱数独：你的实力太差，已经不能够满足我了，我决定找一个比你实力更高的人比。

周霖：副社长吗？

我爱数独：不，我自己。

周霖：……

周霖：你这是在羞辱我，还是在羞辱副社长？

龙琪琪将手机丢在一旁，掏出顾禾今天交给她的那本厚厚的数独题库，闭了闭眼，翻开了第三页。

夜色朦胧，在这座城市的一角，某层楼朝南房间的灯光亮了许久许久。

和东齐大学的友谊赛定在周六，东齐大学那边早早就将比赛章程和安排发了过来。

比赛的方式和国内数独锦标赛的方法大同小异，都是采用积分赛。

按照往年的规矩，两边各出五人，其中必须有三人或三人以上是大一新生。比赛共分五轮，前两轮的题型是标准数独，后三轮的题型则为变形数独。每轮一共有三道题，双方各派出一人参战。当然，参赛的人员由双方自行安排，且比赛前并不公布参赛人员的顺序。说白了，这也是一种心理战，如果能够猜到对方参赛人员的出场顺序，就可以采用田忌赛马的办法，以确保自己这边能够取得三轮甚至三轮以上的胜利。

每轮的比赛规则也很简单，进行一对一对决，每次从数独题库里随机抽选一道题，率先做完的那一方必须走到中间的圆台上按下抢答器。如果答案正确便得一分，反之对方加一分。

这种比赛，考验的不只是做题的正确性、做题的速度，还有对对方方参赛选手的判断。如果判断失误贸然去按下抢答器，很有可能就是给对方送一分。

一轮结束，得分高的那一方获胜。

五局三胜，哪一方率先拿下三局，谁就是今年的赢家。

去年启元大学采用的题型都是标准数独，没想到今年东齐那边竟然会采用变形数独，这让数独社上下措手不及。

社长道："锦标赛题型本来就多样化，就算数独题型千变万化，说白了解法大同小异，只要提前习惯变形数独的做法，问题并不大。"

比题型更重要的是，如何选择参赛的队伍。

按照往年的规矩，比赛双方社团的社长都是充当教练的角色，并不会参战。

老社员里，社长心里早就有了合适的人选，只不过对三名新人社员的选择，却让社长愁白了头。

若是顾禾肯参加的话，再加上周霖，拿下三轮并不算难事。

可是问题就在于顾禾不肯参加比赛。

社长看了一眼龙琪琪，难道真让龙琪琪去参赛？那不是给对方送上一个机会吗？

社长不死心地想要私下劝说顾禾，奈何顾禾早就打定主意，说什么也不肯参赛。

社长忧心忡忡。

娃娃脸开口道："社长，那这个月的考核我们要提前举行吗？"

按照安排，考核刚好也是定在这周末，与东齐大学的友谊赛时间撞一块儿了。

"月考核等比赛结束了再来安排。"社长看了一眼顾禾，顾禾移开视线，就是不肯和社长对视。

眼镜娘道："那今年比赛的人员安排呢？"

社长召集大家过来，正是要宣布比赛的人员安排，好让大家提前去做好准备。

社长的视线在众人之间扫了一圈，点了几个人："老社员的话，今年我想让温浪和大壮参赛，大家有意见吗？"

娃娃脸虽然平日里看着吊儿郎当没个正行，大壮又沉默寡言努力当一个透明人，但是两人的实力并不容小觑。

去年两人都没有参赛，社长也是想给两人一点表现的机会。

选择这两人参加比赛，众人全票通过。

至于新人……

社长语气深沉地开口："周霖不错。"

周霖挺胸抬头："我当然很不错！毕竟，我是要成为数独社社长的男人！"

社长又看了一眼存在感和大壮有得一拼，但是长得却瘦瘦小小的新人陈若风："陈若风也还行。"

众人点了点头，对社长提出的这两个人选丝毫不意外，毕竟今年的新人里，能拿得出手的也就这两个新人了。

大家波澜不惊，都在等着社长吐出最后一个名字——顾禾。

然而，社长却语出惊人："再加上龙琪琪。"

龙琪琪："？？？？"

众人："？？？"

眼镜娘惊道："社长，你是不是午饭吃多了，脑子也被堵住了？"

龙琪琪："……"

社长内心哭泣，脸上却强装镇定："这是战术，你们不懂。就这么决定了！"

战术？

社长你冷静一点啊，就不能采用稳扎稳打的战术吗？放着顾禾这个大杀器你不用你想啥呢！

顾禾一锤定音："对社长这个参赛人员的安排我没意见。"

众人："……"

社长和副社长之间是不是发生了什么不为人知的矛盾？

整个社团会议开得龙琪琪晕晕乎乎的，直到会议结束，社长偷偷摸摸喊住了龙琪琪，她都没有缓过神来。

她即将要代表学校去参加比赛了？参加的还不是拳击，而是数独？

难道社长也发现了她是个不可多得的隐藏的数独天才？

角落里，社长苦大仇深地看着龙琪琪："龙琪琪啊，今年能不能赢过东齐大学，就看你了！"

龙琪琪惶恐："社长，我会努力的！"

"琪琪啊，你身体素质怎么样，容不容易生病？赛前会不会紧张到拉肚子、得肠胃炎什么的？"

龙琪琪立马道："社长放心！我身体素质特别优秀！"

社长嘴角耷拉下去："这次你可以不优秀！"

龙琪琪："？？？"

谁也不知道社长打的什么算盘，但是他主意已定，再加上得到了身为副社长的顾禾的鼎力支持，虽说大家对龙琪琪的实力都存有心知肚明的怀疑，但是这事儿还是这么定了。

于是，龙琪琪的微信里收到了来自四面八方的"爱的轰炸"——

娃娃脸：龙琪琪！虽然明知道会输，但是气势不能输！不如我给你带块石头吧，你比赛前表演个胸口碎大石，搞不好能压住对方，让他心神不宁，没办法认真做题。我越想越觉得这是个好主意。

眼镜娘：这几天你吃斋念佛吧，让上天保佑你比赛的对手是东齐大学最厉害的，就让你这匹下等马消耗掉对方的上等马。

大壮：加油，共勉。

社团路人甲：你是不是抓住了社长什么把柄？

周霖：战友！让我们携手并进，共创美好未来，打下启元大学数独社的一片天！以后等我当社长了，你就是副社长！

只有周霖，还坚信不疑龙琪琪是传说中深藏不露的数独高手。毕竟，龙琪琪可是顾禾手把手教出来的。

龙琪琪慌得手抖。

微信的最新消息是来自顾禾的，龙琪琪唯恐顾禾对自己冷嘲热讽，做足了心理工作，在一一回复了其他人的微信消息之后才点开了顾禾的消息。

顾禾发来了一张图，还配着一句话。

图片里是一汪水池，水池的正中间游着一条红色的锦鲤。当然，如果只是锦鲤那就没有发给龙琪琪看的必要了，重点是，锦鲤的头部不知道被谁 P 上了龙琪琪的脸。

顾禾：转发这条龙琪琪牌锦鲤，数独界大小赛事都能轻松闯进决赛。
［可爱］

龙琪琪："……"

顾禾这一定是在嘲讽她吧？

一定是！

龙琪琪愤怒地点进顾禾的朋友圈，试图找到一两张顾禾的照片。哪知顾禾的朋友圈冷清得要死，发过的状态屈指可数，更别说照片了。龙琪琪只得打开数独社的微信群，她依稀记得上次在市一中附属小学的活动过后，大家一起拍了一张合照。

龙琪琪扒拉出照片存了下来，又辛辛苦苦用自己拙劣的 P 图技术将顾禾的头给抠了出来，依葫芦画瓢，P 到了锦鲤的头部。

龙琪琪发了一条朋友圈，并设置了此条朋友圈仅对顾禾可见。

我爱数独：转发这条锦鲤，周六的比赛一定旗开得胜！［配图］

周六原本还有拳击校队的训练，龙琪琪特地跟教练请了个假，也不知道教练是故意的还是无意，将这条消息发到了拳击校队的微信群。不过几秒钟的工夫，微信群就炸开了锅。

同学甲：数独比赛！

同学乙：天哪，咱们的龙琪琪成功地打入数独社内部了！连比赛都让龙琪琪去参加啦。

同学丙：龙琪琪加油！咱们体育特长生的智商担当就靠你了！

同学丁：需不需要啦啦队？不然咱们集体翘掉训练去东齐大学一日游，顺便替龙琪琪摇旗呐喊壮声势！

同学戊：报告教练，有人在群里动摇军心！

我爱数独：……谢谢大家，就是一个高校之间的小比赛，算不了什么。

教练：嘤，龙宝宝的心已经彻底偏向数独了，数独那个小妖精有什么好！

教练：不好意思，刚刚那条消息是我老婆发的。

教练：周六训练时间加倍。

一时间，群里哀鸿遍野，大家也顾不上龙琪琪要去参加数独比赛这件事儿了，纷纷跟教练求情，顺便谴责那个提出去东齐大学一日游的罪魁祸首。

龙琪琪收到了教练的微信私聊。

教练：比赛有信心吗？

呃，这怎么说呢，有信心输算不算？

教练大概也意识到了自己这个问题问得着实没有水平，赶紧又补了一句。

教练：既然参加比赛，那就必须全力以赴。

我爱数独：知道了，教练！

教练：无论是拳击还是数独，都是一项竞技。既然是竞技，那就有输有赢，能赢自然是好的，就算输了也不要气馁，尽自己最大的努力就好。

教练：但是作为一个比赛选手，输可以，一直输绝对不行。

教练：龙琪琪，加油。

龙琪琪感动得泪眼汪汪，正要跟教练道谢，字还没敲完，教练的下一条消息就传了过来。

教练：如果你一直输的话，那就把你的微信名改成"我爱拳击"吧。

龙琪琪："……"

往年和东齐大学的友谊赛，除了参赛人员和社长，其他社员都是自行选择是否一起前往。而今年社长又整出了幺蛾子，说什么要加强社团之间的凝聚力，这次比赛，除非真的病得走不动道，否则必须全部到场。

对于社长的这条规定，大家倒是没有什么意见，毕竟今年的裁判可是那位原大师呢，作为数独界的传奇人物，大家都想去和原大师来一次近距离接触。

顾禾在这个时候再一次体现了自己身为团宠的地位，他对社长说："我觉得周六那天早上我会低血糖起不来床，这次比赛我就不去了，我的精神与你们同在。"

理由很好很强大，甚至还未卜先知。

社长气得不行，但又拿顾禾没办法，谁叫他做数独也比不过顾禾呢。

周五的晚上，社长又偷偷摸摸地拦住了龙琪琪，此时龙琪琪正准备去培训班上课，就在她走到学校大门的时候被社长给拦住喊到了一边。

社长一脸正气凛然："龙琪琪，到了你为组织发光发热的时候了。"

龙琪琪："？？？"

社长道："无论如何，你也要想办法让顾禾明天跟我们一起去东齐大学！"

龙琪琪惶恐："社长，我还只是个孩子啊，你不能什么重担都往我肩膀上扔啊。"

社长拍了拍龙琪琪瘦弱的肩膀："组织相信你！你一定扛得动！"他顿了顿，又道，"哟，瞧不出来，肌肉还挺结实，扛一个顾禾肯定没问题。"

龙琪琪瞪大了眼："不是吧，你让我扛着顾禾去东齐大学？"

社长哽了哽，气急败坏："我只是一个比喻！比喻你懂不懂？"

龙琪琪觉得委屈："顾禾不想去，那我也没办法啊！你觉得顾禾是那种能够被'动之以情，晓之以理'的人吗？"

社长仔细思考了一下，果断摇头："不是，所以才派你上。"

龙琪琪："？？？"

"一看你就不是那种会以理服人的人，所以你就用你自己的办法解决吧。"

龙琪琪："……"

社长这是在夸她吗？

社长无理取闹："反正这个任务就交给你了，咱们启元大学数独社今年能不能够'耀武扬威'就全靠你了！"

龙琪琪急道："……不是，顾禾又不参加比赛，把他弄过了又能怎么样，当吉祥物吗？"

社长神秘兮兮道："你不懂。"

龙琪琪不懂，她只知道，顾禾不讲道理也就算了，堂堂一个社团的社长竟然也不讲道理，根本不给她拒绝的机会就把这么难办的任务交给了她。

难道不讲道理是数独社的传统吗？

龙琪琪很愁，上完培训课去找顾禾她便更愁了。

顾禾一眼就看穿了龙琪琪想要干什么，在龙琪琪开口之前就拒绝三连发："我不去，甭劝我，别瞎说。"

龙琪琪忐忑道："至少给我一个机会吧！"

顾禾看了一眼龙琪琪："得了吧，就你这样还能劝得动我不成？"

龙琪琪确实不擅长以理服人，可是她更不擅长轻言放弃。

周六一大早，社长租了一辆大巴车停在学校门口，定好了八点准时集合。龙琪琪七点半就到了学校，直奔顾禾宿舍门口。

启元大学对女生宿舍管理得非常严格，门禁森严，再加上有阿姨在一楼值班室看着，男生想要进女生宿舍那是想都不用想，就连其他宿舍楼的女生想要进来也必须得先登记。

所以启元大学还有一个说法，女生宿舍楼的宿管阿姨其实都是记忆高手，她能清楚地记得宿舍楼里每一个女生的脸。

而与之相对的，宿管对男生宿舍管理得松散。

男生宿舍楼除了有一个形同虚设的门禁，还有一个每次过去都在值班室喝茶和自己下棋的老大爷，其他什么都没有。而那老大爷沉迷在自己的世界里，从他面前经过的是人是狗他都毫不在意。

龙琪琪已经提前借好了一张顾禾宿舍楼的门禁卡，轻而易举地就进了男生宿舍楼。

顾禾宿舍里还有一个男生也是龙琪琪的同班同学，龙琪琪早就安排好了，一上三楼就有一个人悄悄地朝龙琪琪招手。

龙琪琪杀入了顾禾的宿舍，顾禾兴许是感觉到危险降临，下意识惊醒就对上了龙琪琪那张脸。

"你……"

顾禾刚吐出一个字，龙琪琪就动手了。她拿着不知从哪儿弄来的一根长布条，直接将顾禾连人带被子捆成一团。顾禾倒是想挣扎呢，可是他刚睡醒脑子还有点糊涂，再加上龙琪琪居高临下占据了位置上和体能上的优势，他根本无力反抗，眼睁睁地看着自己被卷成了一个蝉蛹。

"龙琪琪你想干什么！"顾禾脑中那根叫理智的弦被怒火给烧断了。

龙琪琪将顾禾连人带被子一起扛起："社长说了，我必须扛起你这个重担。"

龙琪琪朝着宿舍楼外走："我这是严格执行社长派给我的任务。"

顾禾："……"

学校大门处，社长打了个喷嚏，他揉了揉鼻子，嘀咕道："难道是今天穿得少了？"

东齐大学和启元大学虽然同在 A 市,但启元大学在 A 市的南边,东齐大学在 A 市的北边,从启元大学到东齐大学差不多要跨越半个 A 市,龙琪琪他们八点出发,将近十一点才赶到东齐大学。

东齐大学数独社的社长名叫温宇飞,听着名字感觉风度翩翩器宇轩昂,实则本人是一个大胖子。如果非要在大胖子前面加一个形容词的话,那就是一个爱笑的大胖子。

温宇飞长得圆圆润润,天生一双笑眼,瞧着十分喜庆,很容易给人留下一个纯良无害的第一印象。

但是社长在大巴上就给众人提了个醒——千万千万别被温宇飞的长相给骗了!一定要放机灵一点,不然被温宇飞卖了还喜滋滋地给他数钱呢。

龙琪琪等人从大巴车下来的时候,温宇飞就等在东齐大学的校门口,热情地迎了上来,握住了社长的手:"擎天,好久不见。"

社长翻了个大大的白眼,在温宇飞面前竟是连装模作样也不屑做了:"哪来的好久,上个月咱俩不还在市数独联会上见过吗?"

社长姓华名擎天,取自"一柱擎天"之意。社长的父母对这个儿子抱有深厚的期待,期盼这个儿子长大后能做一个正直勇敢的好男儿,一柱擎天。

但是现在吧,一柱擎天变了味,被强加了一些不可说的意思,社长就不爱用这个名字了。社长管不着其他人,但是社团里的人他还是能管一管的,就连顾禾被社长唠叨得都不喊他的名字,也拒绝了"华哥"这个称呼，随大流喊他社长。

而这个温宇飞上来就喊社长大名，让社长很不开心。

社长没给温宇飞好脸色，温宇飞也不介意，笑眯眯道："擎天，你最近是不是吃得不太好啊，瞧着你又瘦了些。"

不仅仅是女孩子，对于处于大学阶段的男孩子来说，体重也是一个敏感的话题。

太胖了不行，容易找不到女朋友；太瘦了也不行，现在的女孩子也不太喜欢瘦竹竿了。

从古至今，男男女女在处于这种最容易恋爱的年纪时都是十分在乎形象的。

社长平日里喜欢吃，吃得也不少，奈何他属于那种吃再多也不长肉的体质。而温宇飞则恰恰相反，他属于那种喝口水都能胖个三斤的体质。

龙琪琪从温宇飞这句话里听出了浓浓的羡慕。

社长不客气道："那你是不是吃太多了啊，我看你好像又胖了。"

温宇飞脸色变了变，心中暗骂这个华擎天一点都不按套路说说场面话。

温宇飞一点都不想在社长这里自找没趣，可是他身为东道主，华擎天不要脸面，他还得维持两所高校之间表面的平和呢。

打从启元大学的那拨人下车起，温宇飞就觉得这群人的气氛有些过于凝重了。他不知道内情，还以为是比赛的压力让这些人沉默寡言。启元大学的人不说话，温宇飞觉得气氛尴尬，只能硬着头皮活跃气氛。

马上就快到吃午饭的时间了，比赛定在下午，温宇飞在学校里的小食堂订好了一个包厢，领着众人往小食堂的方向走。

路上，温宇飞同社长聊了几句，社长句句话里都带着刺儿，他也不自找没趣，只能转而寻找新的目标。他扫了一圈，目光落在顾禾身上，开口道："这位就是顾禾？"

知己知彼方能百战百胜，温宇飞一早就调查了启元大学数独社今年的新人情况，而顾禾无疑是新人之中最为出众的，刚入学就被数独社招了去，甚至还给了副社长的位置，由此可见华擎天对顾禾的看重。

温宇飞虽然没在赛场上见过顾禾，但是关于顾禾的消息他也是有所耳闻的，他暗自叹息，像这样的人才为什么就不在他们东齐大学呢？

不过没关系，他们东齐大学今年也有个大杀器。

温宇飞扫了几眼顾禾："都说天才与众不同，这位顾同学……穿得倒也是随性。"

温宇飞这句话一说出口，一行人的气氛更加沉重了。队尾的龙琪琪缩了缩头，躲在大壮的身后，试图让大壮伟岸的身躯挡住自己，努力降低自己的存在感。

顾禾一脸麻木，头发乱糟糟的，甚至头顶还翘着一撮威武不能屈的呆毛，平日里戴着的平光眼镜他也没戴上，一双丹凤眼微微眯着，脸上没有笑容，瞧着越发不好惹。

启元大学一行人心里嘀咕——

能不随性吗？毕竟脸都没洗呢！

他们可都是目睹了龙琪琪将顾禾连人带被子扛上大巴车的场景，在他们看来，龙琪琪无疑是个英雄，嗯，还是个注定英年早逝的英雄。

谁都没有接温宇飞的话，就连一向话痨的周霖也夹着尾巴乖乖做人，一声不吭。

温宇飞自言自语了好一会儿都没有人接话，他也觉得有些尴尬，但他不放弃，又将目标锁定在了龙琪琪身上。

在一众雄性生物中，有个女娃娃无疑是最惹人注目的，温宇飞去年曾见过眼镜娘，可龙琪琪却是个生面孔。

这几年数独界里的女性选手并不少，但是水平高的却寥寥无几。就连东齐大学数独社也是阳盛阴衰，数独社二三十号人也不过一两个妹子。

温宇飞笑得眉眼弯弯，一副纯良无害的老好人模样，"都说启元大学的数独社十分难进，能进的都是精英中的精英。这位女同学瞧着十分眼生，大概是我参加的比赛还是少了，竟然没有在比赛场上见过……"他话锋一转，"不过能进启元大学数独社，那肯定是十分优秀的，难不成是后起之秀？"

启元大学众人："……"

不，你想多了，不优秀也不后起，只不过是运气好走了个后门。

龙琪琪厚着脸皮："也没有很优秀。"她比画了一下，拇指和食指拉开一点点距离："就这么一点优秀。"

顾禾扫了一眼龙琪琪，龙琪琪吓得闭上了嘴，下意识往后退了一步，不承想却踩到了大壮的脚，被绊得险些摔倒，幸好大壮眼明手快扶住了她。

温宇飞不明白顾禾和龙琪琪之间的事情，还以为这是启元大学数独社新人之间的明争暗斗，内心狂喜，脸上却波澜不惊："这位同学看起来弱不禁风的，现在的女同学一个个都以瘦为美，为了漂亮连饭都不吃了，把身体搞坏了可不行。"

启元大学众人："？？？"

弱不禁风？说的是龙琪琪吗？那个肩上扛着他们副社长还能健步如飞冲上大巴车的龙琪琪？

社长听得不耐烦，拍上温宇飞的肩膀开口道："哦？那我怎么听说温社长前些日子一天只啃一个苹果，在社团活动的时候晕了过去呢？"

温宇飞脸上的笑容僵硬了："谣言！谣言！"

社长"啧"了一声，又道："你们东齐大学数独社就你一个人吗？去年你们东齐来启元的时候，我可是领着好几个人一起来接的。"

温宇飞："……"

那自然是因为其他人要么还在做题训练，要么就在休息以迎接接下来的比赛。

温宇飞哽了哽，道："哪能比得上你们启元的人团结，参加个比赛全社一起出动。"

温宇飞来迎接启元一行人，一方面是为了尽地主之谊，另一方面也是为了打探虚实，想看看启元大学今年会派哪些人出战，他们也好提前做好准备。

竞技比赛，实力是一方面，运气也是一方面。

他们不能保证五轮比赛全胜，自然要争取能以十成的把握拿下其中三轮。

田忌赛马的方法运用得好，也会替他们省不少力气。

社长一摊手："没办法，我们启元数独社就是这么团结。"

温宇飞："……"

说话的工夫，已经到了小食堂，温宇飞觉得哪怕自己脾气再好，也无法忍受华擎天这阴阳怪气的腔调，随便找了个借口便离开了，让启元一行人吃好喝好，账单自然是他们东齐数独社来结。

社长也不客气，大手一挥："吃，都给我使劲吃！"

温宇飞刚出门就听见身后包厢里华擎天那声中气十足的呐喊，气得直咬牙。

这个华擎天，还是一如既往地不给他面子！

启元这些人也都怪怪的，一路上一句话都不说，一个个都跟哑巴似的，那个顾禾和那个眼生的新人之间好像也有些矛盾，看来这启元数独社也不像别人说的那么团结友爱嘛。

温宇飞撇了撇嘴。

就是不知道今年这启元会派哪几个人来参加比赛，华擎天竟然把一整个社团都给带来了，让他没有探到什么有用的消息。

温宇飞快速回忆了一下启元来的这些人，队伍里面眼生的包括顾禾在内一共五人，这五人之中华擎天会让哪三个参加比赛呢？五人之中温宇飞提前调查过顾禾和周霖，这两个人的实力他心里稍微有些底，其他三人，尤其是那个眼生的女同学，连听都没听说过。

温宇飞心中警惕。

启元大学数独社招募新人之严格他是知道的，若是没什么本事的人断然是不可能被招进数独社的。

难道，那个叫龙琪琪的女同学，真的是启元数独社暗中培养的大杀器？

温宇飞在那边绞尽脑汁地想着启元这边是什么套路，龙琪琪又是哪里冒出来的大杀器，难不成是他最近对数独圈内发生的事情不够关注，以至于什么时候出了厉害的新人他都不知道？

龙琪琪这边并不知道温宇飞的那一番脑补，一行人坐在包厢里看着满桌子的菜干瞪眼，等着社长发号施令。

顾禾始终面无表情地坐在那里。

社长看着顾禾的脸色，赔笑道："顾禾啊，你看来都来了……大老远的，来一趟也不容易是不是？"

顾禾看了社长一眼，冷笑了一声。

龙琪琪觉得自己有很大的责任，都是因为她强行将顾禾带过来，所以才影响到了大家。如今气氛这么沉重，龙琪琪心里愧疚，嘴巴一张就说出口："不然我再把你扛回去吧。"

众人："……"

哪壶不开提哪壶。

龙琪琪认真道："毕竟比赛要紧，比赛之前要是不能好好吃顿饭，待会儿哪里有力气做题？"

比赛之前动摇军心的事情是万万做不得的，顾禾在数独社的地位超然，一举一动都能够影响到大家的心情，龙琪琪之前只记得为了完成社长托付的重任，才脑子一糊涂就将顾禾连人带被子一起给卷了来，却没考虑到这事情的后果。

身为团宠的顾禾不开心，大家怎么可能开心得起来？大家不开心，待会儿要是影响到了做题的心情该怎么办？

龙琪琪觉得自己有责任。

顾禾嘴角抽了抽，脸色终究是缓和了一些："吃吧。"

顾禾说出的这两个字，无疑将加在众人身上的枷锁给取了下来，大家欢呼一声，伸出筷子大快朵颐。

不得不说，东齐大学小食堂的饭菜还是很不错的！

社长期期艾艾地凑到顾禾身边："那……下午的比赛？"

顾禾瞥了他一眼："想都不要想。"

社长："……"

顾禾起身要往外走，社长连忙喊住他："你要去哪儿？"

"你要让我这样去见人吗？"顾禾指了指自己的脸。

社长嘀嘀咕咕："反正你都已经见过那么多人了。"

顾禾挑眉，社长连忙改口："去去去。"末了他又怕顾禾趁机逃跑，又喊上龙琪琪："龙琪琪，你陪着顾禾一起去。"

龙琪琪正吃得满嘴是油，闻言一抹嘴，又顺手揣上两个窝窝头，一溜小跑连忙跟上顾禾，充当顾禾忠实的小跟班。

顾禾心里有气，尤其是一看到龙琪琪那张无辜的脸，就想起了自己被扛来的事情，他这辈子还没这么丢人过呢，一切都是托龙琪琪的福！

顾禾拐进了小食堂楼下的小超市，挑挑拣拣地买着洗漱用品。他向来有早上起来冲个澡的习惯，今天被龙琪琪这么一弄，别说澡了，他连脸都没来得及洗。

龙琪琪吃完窝窝头，老老实实地跟在顾禾身后，顾禾在一排买牙刷的架子前停了下来，她没反应过来，径直撞了上去。

顾禾蹙眉回头，怎么瞧龙琪琪怎么不顺眼："想撞飞我吗？"

龙琪琪表情讪讪："我又不是大力水手，怎么可能会撞飞你。"

顾禾气愤道："你都能扛得动我，为什么不能撞飞我？"

龙琪琪："对不起！"

顾禾双手一张："来吧，给你个机会撞飞我。"

龙琪琪有点无措："我都说了对不起了！"

顾禾仍然横眉冷对龙琪琪，龙琪琪觉得这样僵持下去不是办法，她略一犹豫，上前几步轻轻地用头撞了一下顾禾的胸膛，抬头一脸无辜又带着点小心翼翼："你看，我真的撞不飞你。"

顾禾："……"

龙琪琪个头不算高，一米六二左右的样子，站在顾禾面前比他足足矮了一个头。龙琪琪为了向顾禾展示撞不飞他，此时两人站得很近，近到顾禾一低头就能看见龙琪琪额头上新冒出来的小痘痘。

这女孩子也太不讲究太不精致了吧，额头长了痘痘也不知道遮一遮。顾禾胡思乱想着。

顾禾又想，龙琪琪平日里肯定不注意饮食，不爱吃蔬菜吃得又不清淡，才会长出痘痘来，看她吃麻辣小龙虾的架势，只长一颗痘痘都是运气好。不对，吃小龙虾都是好些日子之前的事情了，难道龙琪琪这阵子又瞒着他偷偷去吃小龙虾了？

顾禾问："你这几天去吃小龙虾了？"

龙琪琪一愣，没料到顾禾会突然冒出这么一句，她神情低落："穷，吃不起。而且最近的小龙虾都不好吃了。"

好想快点到夏天啊。

顾禾点了点头："穷点好。"

龙琪琪："？？？？"

顾禾往后错开了一步，若无其事地又开始挑拣起牙刷。

龙琪琪挠了挠头，一不小心又碰到额头上的痘痘，心里一阵懊恼。她向来作息规律，可是最近为了临阵磨枪，每晚苦战数独题，像是为了体现她的勤奋刻苦，额头竟然爆出了一颗痘痘。

龙琪琪收回手，小声问顾禾："你不生气啦？"

顾禾无语道:"气,为什么不气?"

龙琪琪撇了撇嘴,这个样子分明就是不生气了嘛,男人都这么口是心非的吗?

龙琪琪又问:"你为什么不愿意来东齐大学?是不是因为社长不让你参加比赛,所以你跟他闹脾气呢?"

龙琪琪认真地想了想,又加了一句:"如果你想参加这次比赛的话,没关系哦,我可以把我的名额让给你。"

顾禾终于从最底下一层挑到了自己喜欢的牙刷,站起身来似笑非笑地看向龙琪琪:"让?"

他顾禾想要参加比赛,还需要龙琪琪让他一个名额?

龙琪琪是不是对他的实力有什么误解?看来他有必要再找个机会在龙琪琪面前展示一下什么才叫作真正的王者。

龙琪琪以为顾禾是看出了她心里的那点小小的不情愿,连忙摆出了自认为最诚恳的表情:"我是真心的!"

嗯……

虽然是有点那么小小的不情愿啦,但就真的只是那么一点点而已。

毕竟,为了这场比赛,她这一周都在熬夜做题呢!

顾禾勾了勾唇,伸手在龙琪琪脑门上弹了一下,特地避开了她那颗痘痘的位置:"行了,既然让你参加了,你就好好比吧。"

顾禾又拿起一盒牙膏,道:"输了也不要哭,拿出你当初和韩希比赛的气势来。加油,你可是我带过的最优秀的学生。"

龙琪琪:"……"

眼下是没有条件给顾禾洗澡了,顾禾只能找了个厕所临时解决一下卫生问题。临进去之前,他又扔给了龙琪琪一个东西。

龙琪琪看着手中写着"痘痘贴"的小玩意:"你长痘了?"

顾禾白了她一眼:"……你脑门上那玩意儿实在是有碍观瞻,赶紧藏起来,看得我眼睛疼。"

龙琪琪抿了抿嘴,站在男厕所的门口乖乖地往自己额头上贴痘痘贴。也不知道是不是心理作用,总感觉贴上去之后她的痘痘没那么疼了。

很好,美貌值恢复,她又是那个战斗值无穷的美少女了!

龙琪琪正准备拿出手机亲眼见证一下自己的美貌,眼前却出现一片阴影，她一抬头，心跳缓了一拍。

是程侑。

没想到会在这儿见到程侑！

龙琪琪觉得这就是天定的缘分。

程侑嘴角微微勾起，笑意极淡，但也不会让人觉得他不好相处。仿佛他就是应该如此，风轻云淡。

程侑道："好巧。"

"是很巧！"

程侑看了一眼龙琪琪身后的男厕所的标志，难得打趣道："你又干回老本行了吗？"

龙琪琪："？？？？"

龙琪琪慢了半拍才反应过来，程侑指的是之前她去商场男厕所帮他打发走原初悦的那件事情。她也不知道自己是怎么想的，下意识接了一句："下次你要是还有需要，不要客气，尽管找我，我给你打八折！"

程侑微微点了点头，又道："上次你说的那个朋友，今天会来吗？"

朋友？

哪个朋友？

她龙琪琪别的不多，就朋友多。

等等，能让程侑放在心上还问出口的朋友……是顾禾吧！

龙琪琪不知道程侑为什么对顾禾这么感兴趣，或许是因为对数独的热爱？不是说高手之间总有一种惺惺相惜的感觉吗？

龙琪琪道："来了呀。"

就在我身后的男厕所里洗漱呢，龙琪琪正要继续说介绍他们两个人认识，而那边走廊尽头走出一个人："程侑，走吗？"

程侑冲那人点了点头，又跟龙琪琪道了声别："那，待会儿见。"

龙琪琪傻乎乎地点了点头，没有体会到程侑话里的深意。

顾禾洗漱完毕出来的时候，看到的就是龙琪琪望着左边走廊发呆的模样，他敲了敲龙琪琪的脑袋："看什么呢？难道看见一只小龙虾走过去了？"

龙琪琪："……"

被顾禾这么一打岔，龙琪琪回过神来。

顾禾今天为什么总是提到小龙虾呢？刚刚提了一次，现在又提一次。

龙琪琪脑海里冒出一个念头，难道是……

龙琪琪认真道："现在的龙虾是真的不怎么好吃，都过季了。不过你要是真的想吃，我可以陪你去。"她顿了顿，补充了一句最重要的话："不过要等下个月，我这个月的零花钱已经快没有了！"

比赛定在下午两点开始。

顾禾收拾完之后，和龙琪琪回到小食堂的时候，社长一行人已经吃到尾声。距离比赛还有一些时间，一行人索性又点了些果盘，在包厢里歇息了一会儿，顺便听社长念叨了一下启元大学和东齐大学多年以来的恩怨情仇。

作为 A 市历史最悠久、师资力量最雄厚、出的人才也是最多的两所学校，启元和东齐难免会被人放在一起比较，在众人八卦的推波助澜之下，两所学校学生之间的关系也变得势如水火，在方方面面都要争个高低。

两所学校都有各自的金牌社团，巧的是，这些年数独竞技在国内发展得很快，受到人们的热烈欢迎和喜爱，再加上两所学校都以理工科为主，两所学校的数独社都很有名，于是便经常被拿来比较。

社长也说不清两所学校社团之间是从什么时候开始进行友谊赛，反正这个比赛就莫名其妙约定俗成了，每年的 11 月都会举行一次友谊赛。

前几年也就是大家凑在一起做做题，然后请来裁判改改卷子评评分。与其说是比赛，不如说是小型考试。直到后来两所学校都出了有资格进入中国代表队并前往参加世界数独锦标赛的种子选手，两所学校之间的友谊赛便受到了数独界方方面面的关注。

受到的关注多了，两所学校的社团更是拿出了十二分的力气，势要压过对方一头。

社长看了一眼顾禾，意味深长道："听说东齐那边今年招到了不少优秀的数独选手，咱们今年想要赢过他们，怕是有些难。"

娃娃脸急了："社长你知道难，为什么还让龙琪琪上！"

社长："这都是战术！"

真当他想要让龙琪琪上啊，这不是没有人了吗？早知道将今年招募新人的条件放宽松些了，也不至于现在连三个新人选手都凑不出来，还要拿龙琪琪来充数。

龙琪琪还没说话呢，身为龙琪琪的战友周霖就跳了出来，一脸愤愤不平："你们这是什么意思，瞧不起龙琪琪的数独水平吗？"

不好意思，就是瞧不起。

当然，这句话是万万不可能当着龙琪琪的面说出来的。

大家不说，龙琪琪也知道他们的意思，虽然她总有一种自己会成为数独高手的迷之自信，但是谁让她学得晚，题做得也少，目前水平不够是正常的。

社长又看了一眼顾禾，重复道："战术啊。"

顾禾拿起一块苹果啃了一口道："就算东齐今年新人的水准很不错，可是你别忘了，除了新人以外，东齐那边并没有什么拿得出手的人。"

东齐厉害的几个数独高手都已经毕业了，不可能来参加今年的比赛。而还在社团里的几个人，水准虽然不低，但也说不上很厉害，顾禾相信以娃娃脸和大壮的实力，能够赢得了他们。

顾禾道："社长，你要对娃娃脸和大壮有信心。"

"我当然对他们有信心！"

可是他对新人没信心啊。

顾禾看了一眼周霖："周霖水准也不错，赢一局没有问题。"

受到亲爱的副社长大人的夸奖，周霖挺直了腰背，脸带微笑。

社长叹了一口气："如果是去年的话，有周霖这样的新人我也能够放心，可是今年不一样，你不知道东齐那边今年派出了谁。"

娃娃脸好奇道："谁？"

"程侑。"社长语气沉重地吐出两个字。

程侑上了东齐大学，社长也是刚刚才得知的消息，他就说温宇飞那家伙今天怎么会这么嘚瑟，敢情是有了程侑这个大杀器在。

程侑少年成名，是数独界当之无愧的天才，但是他十二岁以后就很少出现在大家的面前，国内数独圈里也很少有他的消息。听说他是去了国外读书，国内的数独比赛很少能够看见他的身影。

但是这并不代表程侑就放弃了数独。

这些年来程侑虽然没有参加过世界数独锦标赛，但是听说去年他参加了国外一个比较大型的锦标赛，夺得了个人赛的冠军。

程侑的名字，再次出现在数独界。

许多人本以为程侑以后就要在国外的数独界混了，可是谁也没有料到，他突然就回国了。

这个消息让社长措手不及，如果说之前他决定让龙琪琪参加比赛还抱着八成的胜利希望，现在得知了程侑的存在，社长觉得今年要拿下这场比赛悬了，哪怕是顾禾上场……

社长看了一眼顾禾的表情，心中突然冒出一个奇怪的猜想。

难道是顾禾早就听说程侑去了东齐大学，所以才拒绝参加今年的这场比赛？

这个念头一旦冒出，就像种子埋进了肥沃的土壤生根发芽，只需要雨水的滋润和时间的给予，就能够成长为参天大树。

在社长提到"程侑"这个名字的时候，顾禾正拿着叉子去叉碟子里的苹果，叉了个空，叉子叉在光滑的碟子上发出了刺耳的剐蹭声。

好在大家都被社长说出的那个名字吸引了注意力，没人注意到顾禾这边的不对劲。

龙琪琪好奇地看着大家，她虽然知道程侑数独很厉害，有勇气用那么难的数独题作为自家门禁的人，肯定是一等一的数独高手，可是她没有料到，程侑似乎比她想象的还要厉害。

娃娃脸坐不住了："程侑？是那个程侑吗？那个中国数独锦标赛最年轻的冠军？"

社长瞥了他一眼："难道你还认识第二个程侑？"

娃娃脸拍了拍自己的胸口："好险好险，还好我已经大二了，不用跟新人对上。"

社长一句话打破了娃娃脸的庆幸："你忘了？今年的比赛规则是双方赛前才派出参赛对手，换而言之，不存在新人就必须和新人对战的规矩。"

娃娃脸祈祷道："……老天保佑，不要让我和程侑对上！好歹给我留点面子啊！我可不想一分都拿不到！"

娃娃脸说着，突然想起了什么，拽着队长的胳膊连声追问："社长，你是不是一早就知道今年程侑会参加比赛了？所以才会让龙琪琪参加，是不是就盼着让龙琪琪对上程侑？因为咱们社团里无论派出谁和程侑对上，只有输得难看和输得不难看的区别。"

在娃娃脸看来，其他人对上程侑都会输得很难看，而龙琪琪就不一样了。她本来就是数独新手，哪怕输了也不会太伤自尊，毕竟对手是程侑。

娃娃脸这么想着，却忘了这次的比赛根本不知道对方会在哪一轮派出程侑。

龙琪琪虽然对程侑颇有好感，每次遇上程侑她都保护欲爆棚，但是这并不代表她会在爱情面前昏了头脑。

龙琪琪觉得娃娃脸这话说得很没意思，她呛声道："你这是长他人威风，灭自己志气！什么叫作无论是谁和程侑对上就一定会输？我觉得周霖也许能赢啊！"

毕竟，周霖当初可是破解了程侑家大门的密码。

周霖感动得泪眼汪汪："战友，谢谢你对我的信任！"

龙琪琪继续道："就算周霖不能赢，顾禾也肯定能赢过他！"

身为副社长忠实的粉丝，周霖附和道："龙琪琪说得太对了！"

娃娃脸这才意识到自己说了什么糊涂话，他尴尬地看了一眼顾禾，讪讪道："我就那么随口一说……我不是那个意思！"

顾禾拿起了叉子，又开始吃起苹果，语气听不出情绪："无所谓，祝你们好运。"

比赛定在一个大阶梯活动室，也许是温宇飞不想再见到社长，所以派了另外一个社员来接启元一行人前往活动室。

阶梯活动室很亮堂，舞台上多余的东西都被搬开，只留下两个一米七左右高的架子，架子上放着空的数独格子，两个架子中间摆放着一个抢答器。

启元一行人到的时候，东齐的人已经到齐了，霸占了阶梯座位的左半边，右半边显然是给启元留着的。

关于比赛的规则，之前两所学校的社团都已经通过气，无非就是谁先作答完毕按下抢答器按钮，谁就可以提交答案，答案正确得一分，答案错了就给对方一分。而双方的题目则是从网上的数独题库里随机抽取。

顾禾一到场，就找了个最不起眼的角落坐了下来。

龙琪琪正想去找顾禾，却被社长给拉住了。

社长冲龙琪琪使了个眼色："琪琪啊，你没忘记我之前跟你说过的话吧？"

龙琪琪被问得一头雾水："什么话？"

"比赛之前呢，大家都是容易紧张的，而一紧张会发生什么事情，没人会说得准对不对？"社长笑眯眯，"而正是因为这样，比赛才会需要替补队员。"

"可……可是我也不是很紧张啊。"

社长正色："不，你必须紧张！现在，你就给我开始肚子疼！"

龙琪琪："？？？？"

社长，有你这么为难人的吗？

社长想好了，就算今年比赛有程侑，可是双方会在哪一轮派出哪位选手都是未知数，谁也不知道程侑会对上谁。

为了启元大学的胜算，顾禾必须上场！

龙琪琪后知后觉地明白过来,当初定下比赛人员的时候,社长偷偷摸摸找她说了那一大堆乱七八糟的深意究竟是什么。

原来打从一开始,社长就是打的让她称病不能上场比赛、顾禾以替补队员的身份上场顶替的主意。毕竟,比赛规则中也没有说不能临时更换人选,而如果龙琪琪生病了没办法上场比赛,符合条件的能顶替她的也就只有顾禾一个。

难怪社长强调要让全体社员一同前往东齐大学,说什么也要让龙琪琪想方设法让顾禾一同前往,顾禾若是不在,社长的这个打算岂不就是白搭?

龙琪琪的心沉了下去:"那你为什么不干脆一开始就让顾禾来参加比赛?"

社长气愤道:"顾禾要是愿意来,我还用得着整这么一出吗?"

顾禾不愿意参加这次比赛?难怪他对来东齐大学一事这么排斥。

龙琪琪说不清自己心里是什么滋味。

起初社长点名让她参加这次比赛,她还以为是社长认可她的努力和她的潜力,敢情一切都是她想太多。亏她还努力了一整个礼拜,每天晚上都熬着夜做题,只花了一礼拜的工夫就将顾禾送她的那本数独题库做了大半。放在以前,龙琪琪从没想过自己会这么努力,就算是当初练拳,她也没有这么花心思过。

龙琪琪撇了撇嘴,安慰自己社长这么做也是情有可原。

毕竟，自己就算再优秀再怎么有天赋，接触数独也不过一个月有余，且这一个多月里的大半时间她都在浪费，甚至靠着周霖来完成顾禾给她布置的数独作业。

都怪自己不够努力。

龙琪琪的脑海里莫名其妙又浮现了顾禾的那句话——你难道不想赢一场比赛吗？

不想吗？

她当然想。

可是现如今，她连参加比赛的资格都没有。

龙琪琪咬了咬唇，脸上的表情变得有些死气沉沉，倒是符合她生病了的人设，她吐出一个字："好。"

龙琪琪坐到了顾禾的身边，顾禾整个人缩在墙角的阴影里，靠着椅背，脸上还盖着一顶棒球帽。见有人坐了过来，他取下棒球帽，看了一眼龙琪琪，觉得她脸色有些不太好看，开口问道："你见到鬼了？"

龙琪琪："……"

龙琪琪想，顾禾为什么就不愿意参加比赛呢？

龙琪琪嘴上道："还有五分钟就比赛了，我紧张。"

顾禾又将棒球帽盖住自己的脸，靠着椅背优哉游哉地小憩："有什么好紧张的，输了是意料之中，赢了就是走狗屎运了，放轻松。"

龙琪琪抿了抿唇，没有反驳顾禾的话，她现在脑子里一团糨糊，就好像是有两个小人在打架，狂轰滥炸，将她的大脑世界轰成了一片废墟。

一个小人在说："这些个学霸也太讨厌了吧，一个个仗着自己有天赋智商高，就瞧不起学渣。学渣没人权，学渣没尊严了吗？学渣就不能参加比赛了吗？学霸一开口，学渣就要拱手让人了吗？学渣的努力没人看得见！"

另一个小人在说："没错，就是这样。"

顾禾不知道龙琪琪脑海里的想法，他打了个哈欠，慢吞吞道："你知道东齐大学和启元大学的数独社每年能出多少数独高手吗？不，应该说，能够进入这两所大学就已经是佼佼者中的佼佼者，而能够进入这两所大学数独社的人，更是高手中的高手。每年国内数独锦标赛前十名里面，你能找出三四个是从这两所大学的数独社里出来的。"

龙琪琪侧头看了一眼顾禾。

顾禾说这些话是什么意思，是想炫耀他们有多厉害吗？

顾禾道："他们中的许多人都是从小学甚至自识数起就开始练习数独，你认为你一个靠着抱大腿进了数独社，才刚接触数独一个来月还'三天打鱼，两天晒网'的人，随随便便就能赢过他们？那他们还要不要面子了？"

龙琪琪脑海里那两个正在吵架的小人闭嘴了。

顾禾接着道："所以说，你紧张什么呢？你见过蚂蚁去和大象打架，蚂蚁紧张的吗？"

龙琪琪神智渐渐清明，她开口问："那你为什么不参加比赛？"

顾禾说得理直气壮："我紧张。"

龙琪琪："？？？？"

顾禾将帽子又拉低了一些，遮住了他大半张脸，他的声音从帽子底下传了出来，闷闷的，却足够让龙琪琪听得清清楚楚："因为想赢才紧张，因为觉得自己能赢可是又怕自己赢不了才紧张。龙琪琪，你不知道我有多羡慕你。"

龙琪琪明知道顾禾狗嘴里吐不出象牙，可还是忍不住问："羡慕我什么？"

"羡慕你的实力太弱，连能赢的机会都没有。"

龙琪琪："……"

"不紧张的只有两种人，一种是实力强得突破天际没有敌手，一种是根本不抱有赢的希望，纯粹是等着天上掉馅饼。"

顾禾知道，以自己现在的水准根本做不到前者，他还做不到赢过自己的心魔。

龙琪琪突然就想起了程侑。

那程侑呢，桯侑也会紧张吗？

龙琪琪又觉得不对："那既然我赢不了，我为什么还要去参加比赛呢？"

"想听实话还是假话？"

龙琪琪斟酌了下："都想。"

顾禾轻笑一声："你还真是贪心。"

顾禾继续道："假话呢，就是一碗鸡汤。只有真正参加了比赛，你才能够意识到自己和别人之间的差距，输有时候不一定是坏事，它能让你意识到自己的不足，意识到自己还需要更加努力，意识到你是不是真的喜欢这东西并且愿意为之付出心血。我觉得你是一个不可多得的数独天才，而你也需要这么一个机会去认清自己。"

龙琪琪的心提了起来。

"实话呢……"顾禾拉长语调道，"你就是凑人头的。"

龙琪琪："……"

自古假话就是比实话好听。

龙琪琪彻底冷静了下来，而此时舞台上灯光亮起，一个主持人走上舞台，宣布这场比赛正式开始，而社长正在下方努力朝龙琪琪使眼色。

主持人开始介绍本次比赛的规则，龙琪琪听不进去，只觉得这个阶梯活动室的音响效果可真好，找来的主持人声音也很好听。她凑近顾禾，在主持人那悦耳的背景音下，问顾禾："糟糕，我肚子疼，待会儿比赛你替我上吧！"

龙琪琪想参加这场比赛，可是她也清楚自己现在的实力，上台就是送死。她也知道数独社上下对这场比赛的看重，这不是个人的荣誉，而是整个团队的荣誉。龙琪琪不能为了一己之私，就让启元白送一轮。

更重要的是，龙琪琪觉得顾禾是想要参加比赛的。

他说了，只有想赢才会觉得紧张，顾禾觉得紧张，是因为他怕输。

他想过自己会赢，也想过自己会输，这就证明了他想过自己要参加这场比赛。可是龙琪琪觉得顾禾应该不是那么输不起的人，至于顾禾为什么会这么抗拒这场比赛，龙琪琪并不了解。

不过这不重要，龙琪琪只要知道，顾禾是想参加这场比赛的，社长他们都想要赢下这场比赛。龙琪琪坐直身子，能够看见启元所有人正一脸严肃地看着台上，她似乎能够感觉到大家对赢的期盼。

程侑那么厉害，所以大家都在担心；可是顾禾也这么厉害，如果有顾禾在，他们至少能够保证拿下一轮。

龙琪琪压下自己内心的那点失望，捂着肚子道："我一紧张就胃绞痛！"

阶梯活动室的灯光熄灭，只留下舞台上的那抹灯光，龙琪琪看不见顾禾被盖在棒球帽下的脸，只看见他微微坐起身来，似乎要对她说些什么。

而舞台上，主持人正在激情澎湃地说着什么："今年这场比赛，我们很荣幸能够请到原辛先生来担任本场比赛的裁判，接下来让我们以热烈的掌声欢迎原先生！"

阶梯活动室响起了经久不衰的掌声，由此可见主持人口中的原辛在大家心目中的地位。

龙琪琪看见阶梯活动室第一排的座位站起来一个穿着正装的儒雅的中年男人，他微微点头向大家示意，又坐了回去。

龙琪琪感觉到身边的椅子弹了起来，她转头去看，却发现顾禾匆匆站了起来，从活动室的后门跑了出去。

龙琪琪一脸愕然："欸！"

顾禾这是尿急吗？可是马上就要开始比赛了啊！

而这时已经进行到双方参赛队员上场的阶段，东齐那边温宇飞身后跟着的五个人依次走上了比赛舞台，社长着急地在人群里寻找着顾禾的身影。那边主持人似乎对社长说了些什么，社长跺了跺脚，只能冲着龙琪琪招手。

可是顾禾还没回来啊……

龙琪琪没办法，只能急匆匆走上舞台，而舞台的另一边，她看见程侑正朝她招手。

社长气急败坏，压低嗓音："顾禾呢？"

龙琪琪一脸无辜："刚刚他突然就跑出去了。"

社长咬牙："看来他是铁了心不想参加这场比赛？没办法了，只能你上了！"

社长脸色很难看，但也无可奈何。龙琪琪觉得自己没有做错，每件事都是按照社长的吩咐来做的，可是仍然有一种捡了便宜的奇怪心理，她缩在大壮的身后，借此降低自己的存在感。

双方各派出五名队员，启元这边派出的是社长一开始就定下的人选，老社员有温浪和大壮，新人则是周霖、陈若风和龙琪琪。

社长给大家加油打气："这四轮里，无论如何我们也要拿下三轮！"

很好，社长已经笃定龙琪琪那轮就是送死了。

社长在心里暗暗祈祷，最好能让龙琪琪对上程侑，这样一来他们的胜算就更大，而东齐也就等于白折了一个大杀器。

东齐那边和启元这边一样，都是两名老社员加三名新人的配置。龙琪琪才刚混圈，数独圈里有名的人她几乎都不怎么认识，在比赛开始前主持人还有一段冗长的开场白，周霖便趁着这段时间在一旁压着嗓子偷偷给龙琪琪介绍。

周霖指向温宇飞旁边那个戴着方框眼镜，看起来斯斯文文的高个子男生道："那个叫徐诺，大三学生，听说是什么环境与保护学院的。去年的大学生数独锦标赛上，他拿下了'标准数独王'的奖项，最擅长的就是标准数独，我猜测第一二轮应该会派他出战。"

周霖指着徐诺旁边一个稍矮的染着黄毛，看起来有点像不良少年的男生说："那个叫孟江北，是今年的大一新生，实力也不错，他十岁那年曾拿过全国小学生数独比赛的亚军。"

龙琪琪没忍住问了一句："那冠军是谁？"

"程侑。"

龙琪琪觉得这个答案在意料之中，程侑和他们年纪差不多，都是今年的大一新生，他和孟江北会在比赛上遇到也是情理之中。

龙琪琪又问："那顾禾呢？"

顾禾跟程侑年纪相仿，龙琪琪虽然不了解孟江北，可是总觉得，若是顾禾参加比赛，那肯定是要拿下冠军的吧，就算比不过程侑，亚军也能拿到手。

周霖摇了摇头："副社长没参加那场比赛。"他顿了顿，补充了一句："我第一次知道副社长，是在六年前的那场数独世锦赛。"

龙琪琪想起来，第一次去上顾禾的数独培训班的时候，前排的小女生似乎就提到过这场比赛，好像……好像顾禾拿的是少年组的亚军？也不知道那年的冠军是谁。

周霖继续道："程侑就不用我说了吧，数独界的天才，虽然这几年没有在国内比赛中露过面，但是关于他的传说还是一直在的。我大胆猜测，今年东齐大学能请到原辛来当裁判，搞不好就是因为程侑。"

"因为程侑？"

周霖点了点头："听说原辛一直想收程侑为弟子，但具体情况我也不是很清楚。"

周霖指着舞台最边上的个子矮矮的瘦弱男生："那个叫游望，大二学生，去年东齐和启元的比赛他以新人的身份参加了，而且还拿下了第一轮。"

台上主持人的语速加快，估摸着快要结束那大段的开场白了，周霖也加快速度介绍，指着最后一个穿着白衬衫的男生正要说："那个……"

龙琪琪打断周霖的话："韩录。"

周霖一愣："你认识？"

龙琪琪含糊道："见过一面。"

正说着，韩录的视线飘了过来，龙琪琪与他的视线对上，正要跟他打招呼，韩录的视线又漫不经心地挪开了，仿佛和龙琪琪从未见过。

开场白之后，比赛正式开始。

第一轮比的是标准数独。

社长有些拿捏不准让谁率先出场，一般来说第一场比赛对双方来说都至关重要，若是能赢下第一场对哪一方来说无疑都是能够振奋人心的一件事。

去年东齐和启元的比赛，东齐就拿下了第一轮，害得启元士气大减，之后又输了一轮，好在最后三轮启元力挽狂澜才赢了回来。

社长觉得东齐那边可能会派出徐诺，毕竟徐诺有个"标准数独王"的称号，他在标准数独上的实力有目共睹。

向来没什么存在感又不爱说话的大壮却在这个时候毛遂自荐："第一轮我上吧！"

对于大壮的毛遂自荐，龙琪琪有些惊讶，在她的印象里，大壮不是那种喜欢出风头的人，遇到事情都是能躲就躲。就连平常的社团训练时，他也是一个人默默地坐在角落里做题，若不是他长得个头大，真的是属于扔进人群里就再也找不出来的那种。

社长并没有犹豫，敲定了第一个出赛人选。

周霖偷偷和龙琪琪嚼耳根子："且不说实力，就说大壮哥这雄壮的身躯和粗犷的长相，就能压过对方！"

龙琪琪深有同感："如果这是拳击比赛，那我也一定会觉得大壮哥能赢。"

果不其然，东齐那边派出来的是"标准数独王"徐诺。

其他人走下舞台，留下大壮和徐诺各占据舞台一角，不得不说，光看两人的身形，大壮就已经赢了一筹。徐诺长得太过斯文，和大壮站在一起，就好像是饱受校园小霸王欺凌的乖学生。

题目由原辛从网上数独题库里随机抽取出十道，再由专人将题目复刻到题板上，用白板遮盖送上舞台，放到大壮和徐诺面前的架子上。

主持人一声令下，开始计时："比赛开始。"

两人迅速抽掉白板，拿起一旁的马克笔开始解题。

做数独题需要绝对的安静，一点小动静都可能会让解题的人思绪大乱，所以在场的所有人都很有默契地一言不发，只能听见笔在题板上飞速擦过的声音。

东齐的人还特地布置了几台摄像机，两人的题板被放大显示在舞台两旁柱子上的显示屏中。

时间一分一秒地流逝，这是龙琪琪第一次观看正式的数独比赛，她本想自己试着去解题，却发现自己脑子转动的速度根本比不上大壮和徐诺解题的速度。

龙琪琪现在解题还处于用基础摒除法的阶段，也就是利用 1 到 9 每个数字只能在每行、每列、每个九宫格出现一次的规则，确定空格可能具有的几个答案。

龙琪琪第一次真正意识到自己和高手之间的差距，她的内心涌起一阵恐惧。

或许，是她把比赛想得太简单了，又或许，是她高看了自己的实力，低估了对手的水平。

1 到 9 看起来只有九个数字，可是每个空格里都存在着多个答案的可能性，需要进一步根据其他方法来判断筛选出正确的答案。龙琪琪平日里做的是简单数独，如今看到这高难度的数独，再加上手上根本没有纸笔供她记下每个空格可能会有的答案，一个接一个的数字排列组合挤进她的脑海，让她一时之间有些头晕目眩。

龙琪琪努力让自己冷静下来。

她还只是台下的旁观者，还没有上台比赛就已经这么慌张了，待会儿轮到她上台那可怎么办才好？

　　这次龙琪琪是真的感觉到了紧张。

　　所有人都为台上的两人捏了一把汗，尤其是随着时间的流逝，题板上的空格也一个一个被填满，两个人的速度不相上下，而细心人能够发现，两人填上去的答案几乎一模一样。

　　决定胜负的关键，看来就是时间。

　　在分针转到第五圈的时候，大壮动了，他冲向两人之间的抢答器。在大壮迈出一步之后，一旁的徐诺也填上了最后一个空格，连手中的马克笔都来不及放下，也冲向了答题器。

　　"嘀——"

　　主持人慷慨激昂道："启元抢先按下抢答器！"

　　徐诺脸露失望之色，但只是一瞬，他又收拾好脸上的表情。抢先作答并不意味着就赢得一分，万一对方失误了呢。

　　原辛被主持人请上台，检查两人的答案。半分钟过后，原辛向主持人点了点头，接过主持人手中的话筒："双方均作答正确。"

　　这就意味着，大壮拿下了第一分。

　　启元一阵欢呼雀跃，东齐那边气氛有些低沉，温宇飞冲徐诺挥了挥手，鼓励他不要气馁。

　　有人上场将新的题板换上，趁着这工夫，周霖和龙琪琪低头窃窃私语。

　　"这就是传说中的闷声发大财吧！"

　　龙琪琪觉得有些不对劲："闷声发大财不是这么用的吧？"

　　周霖激动："哎呀，反正一个意思。没想到大壮哥平日里闷声不吭，真正比起赛来一招制敌！"

　　龙琪琪中肯地提出意见："我觉得吧，这个比赛，一看实力，二看腿长。"她顿了顿，幽幽道："刚刚抢答的时候，明显大壮哥跑得更快。"

　　周霖愣了愣，低头去看自己的腿，开口道："我觉得我的腿也挺长的。"

　　龙琪琪没搭理周霖的话，突然没头没脑冒出一句话："你们平常比赛，也都这样吗？"

　　"哪样？"

　　龙琪琪用尽毕生掌握的词汇来形容："嗯……就像平静的表面下藏

着狂风暴雨。"

比赛的时候，整个阶梯活动室都静悄悄的，可是龙琪琪就是觉得仿佛有一千个人在自己耳边呐喊，喊的也不是别的，而是1到9这九个数字。

周霖觉得龙琪琪这形容莫名其妙："听不懂……不过我们平常比赛不是这样的，这样是为了观赏效果。一般来说，我们就是一人发一张数独卷子，几个人或者几十个人坐在安静的教室里答题。嗯，就跟考试差不多吧。"

"那也会这么紧张吗？"

"紧张？"周霖挠挠头，"不会啊，都忙着做题呢，哪儿有空去紧张。"

龙琪琪："……"

嗯，这大概就是高手的觉悟吧。

大壮和徐诺实力不相上下，谁都想率先夺得胜利以振士气。

第一轮的第二道题，徐诺以领先两秒的优势按下了抢答器并作答正确，现在场上的比分为一比一，第三道题显然就是获胜与否的关键。

龙琪琪明明没有上场，可仍旧觉得大脑像被炸了一样，充斥着太多超过她脑容量的东西。周霖侧头看到龙琪琪的状态，趁着场上换第三道题的空隙，开口提醒她："你还是不要试图跟场上的节奏了，看看就好，保持心情平静，接下来你可还要上场呢。"

周霖对龙琪琪的实力有一种迷之崇拜，总觉得龙琪琪是顾禾亲手教出来的，实力不容小觑。就算平常训练龙琪琪表现出来的实力不堪一击，他也固执地认为这是龙琪琪藏拙的表现。周霖觉得，龙琪琪就是在等一个机会一鸣惊人呢。

周霖不知道，龙琪琪是在试图跟上大壮他们的节奏，可是实力差得太多，她这就像是"越级碰瓷"，堪堪够上大壮他们的边。

就好像是一个刚学习数学的孩子，突然把一道奥数题放在他的面前，他还不知死活试图去做题。人们一旦碰到自己难以解决的事情，第一个反应就会惊恐慌张。

龙琪琪觉得脑子一团糨糊，这是慌张的直接反映。

周霖以为龙琪琪是在紧张，安慰她："别紧张，你可是副社长教出来的！"

龙琪琪觉得，与其说周霖是对她的信任，还不如说是他对顾禾的迷之崇拜。

说起顾禾……

龙琪琪掏出手机去看时间，已经过去二十多分钟了，顾禾为什么还没回来？

龙琪琪回头在阶梯教室看了一圈，都没能够看见顾禾的身影。

而现在场上，已经开始第一轮最后一道题的对决。

周霖只看了一眼，就知道这道题的难度比先前两道题还要高出一个层次。周霖能看出来的，社长自然也看出来了，虽然对大壮的实力很有信心，但是社长还是捏了一把汗。

社长觉得换作往常，大壮肯定能把这道题正确解出来，可是现在是比赛，而且身边还有一个实力相当的对手，哪怕慢了一秒都有可能会输。在这种争分夺秒的情况下，人最容易失误。

龙琪琪觉得自己有些喘不过气来，决定出去透口气，她跟社长示意了一下，社长挥了挥手提醒她不要跑太远。

龙琪琪从活动教室的后门溜了出去，扑面而来的凉意让她清醒了一点。

眼下是周六，再加上阶梯活动教室这边一般是社团活动场所，周末人更少了，龙琪琪沿着走廊走了一会儿都没有看见一个身影。

龙琪琪决定打套拳放松一下。

龙琪琪的拳才打到一半，走廊那头拐过来一个人，龙琪琪一个转身接一个飞腿，刚好和顾禾对上视线。

顾禾嘴里叼着一根棒棒糖，见到龙琪琪一个飞腿朝他踢了过来，他冷静地后退一步，道：“我觉得明年可以换个比赛章程，做题之前先比画一下，谁赢了就多五分钟解题时间。”

龙琪琪收回腿，惊喜道：“可以这样吗？”

顾禾冷漠道：“当然不可以。”

龙琪琪撇了撇嘴，明知道顾禾是在故意揶揄自己，自己每次都还不学乖地往套里钻。

龙琪琪问顾禾：“你刚刚去哪儿了？比赛都开始了。”

顾禾提起手中的塑料袋：“饿了，去买了点吃的。”

顾禾一边说着，一边往前走，龙琪琪亦步亦趋地跟着他，叽叽喳喳道："你知道吗，第一轮竟然是大壮哥上场，还是他毛遂自荐的！"

顾禾并不觉得意外，龙琪琪继续道："听说他的对手是什么'标准数独王'，我刚才出来的时候，他们打成了平局，估计现在已经分出胜负了。哎，你说大壮哥能赢吗？"

顾禾吐出一个字："能。"

龙琪琪追问道："你就这么肯定？"

顾禾停下步子，转身看向龙琪琪，突然问出一句："你觉得大壮是个什么样的人？"

龙琪琪被问得愣了一下，才绞尽脑汁地回忆大壮给她留下的印象。说实在的，大壮给她留下的最深刻的印象就是脑门上文的那个数独题，除此之外，好像没有什么别的印象。

比起大壮的长相，大壮的为人可谓是低调得过分。

龙琪琪憋了半天，才憋出一句话："是个好人。"

顾禾道："听说大壮刚入学的时候，大家都以为他跟你一样，走的是体育特长生的路子。"

"然后呢？"

没有然后，顾禾拐进教室，寻了个靠门的座位静悄悄地坐了下来。他又戴上了那顶棒球帽，将帽檐压得很低很低。

而场上，正在换第二轮的第二道题。

第二轮上场的是启元的陈若风和东齐的孟江北。

龙琪琪错过了第一轮的结果宣布，好奇得抓心挠肝，想要绕到前面去问结果，顾禾伸手拽住她，往她手心里塞进一个什么东西。

龙琪琪低头一看，是一根棒棒糖，还是草莓味的。

顾禾道："补脑子的。"

龙琪琪："？？？"

龙琪琪将棒棒糖含进嘴里，凑到周霖旁边低声问："第一轮结果呢？"

周霖也压着嗓子："大壮哥赢了！"

顾禾说对了？

周霖继续道："对面的徐诺可惜了，比大壮哥抢先一步按下抢答器，可惜答错了，白送了一分。"

周霖想了想，又补了一句："不过大壮哥可真是淡定，他的进度慢了徐诺大概三个格子，可是仍旧不慌不忙，徐诺按下抢答器的时候，大壮哥正好填上最后一个格子。"

龙琪琪眨了眨眼："那大壮哥做对了吗？"

"对了。"周霖话锋一转，"哎，你的棒棒糖哪儿来的？"

龙琪琪朝周霖比了个噤声的动作，场上，比赛开始了。

不知道是刚才打了套拳的作用，还是嘴里棒棒糖的作用，龙琪琪觉得自己的脑子似乎没有之前那么糊了。龙琪琪下意识回头看了一眼角落的顾禾，顾禾靠在椅背上，棒球帽盖住了脸，似乎睡着了。

龙琪琪收回视线，视线在场内扫了一圈，不期然地扫到了东齐那边——程侑和韩录坐在第三排的座位上，韩录正专心致志地看着台上的比赛，而程侑则在低头写着什么，仿佛是在做一道数独题。龙琪琪看了大概有五秒钟，程侑都没有抬起头，仿佛台上的比赛都没有他手上的数独题有趣。

龙琪琪一恍神的工夫，第二轮的结果就已经出来了。

东齐二比零赢得第二轮比赛的胜利，而第三道题，已经没有必要做了。陈若风惨白着一张脸下场，社长上前拍了拍他的肩膀好言安慰："对方实力太强了，你输了也不丢脸。"

陈若风张了张嘴似乎要说些什么，但最终还是闭上了嘴，默默地坐回了角落。

现在双方打成平局，大壮赢得的优势已经被对方扳了回去。

第二轮比赛结果宣布的时候，龙琪琪又下意识看了一眼那边的程侑。程侑仍然沉浸在自己的数独世界里，没有分出哪怕一点注意力给场上。

小小一个阶梯活动教室，却能看出人间百态。

双方社长为台上的比赛紧捏着一把汗，温宇飞还顾忌着自己的形象，努力让自己看起来冷静自持；社长却顾不上那么多，看他的样了，如果可以他甚至都想冲上台帮别人做题。

有人心系比赛，比赛的每一轮结果都能让他们的心情起伏得如同坐过山车；有人却毫不在意，自顾自地沉浸在自己的世界里；有人表情外露，只需要看一眼他的脸就能够看出他心中所想；有人情绪内敛，叫人摸不透他的心思。

有人赢了，欢呼雀跃；有人胜了，从容不迫；有人输了，灰头土脑；

有人败了，处变不惊。

这就是数独的世界，这就是数独的魅力。

数独能接纳各种各样的人，不论性别，不论年龄。

两轮比赛过后，场上的气氛一度陷入了僵持，谁都想借着第三轮将这平局打破。

那边的温宇飞犹豫着要不要派出程侑，程侑若是出场，第三轮肯定能够拿下，但是接下来的后两轮又该如何选择？

不，还是等一等。

大杀器，总归要留到最后才能出场。

东齐这一轮派出的是韩录。

关于韩录，数独界也有不少关于他的传闻，听说他平日里训练数独题的时候，从来不用草稿，都是在脑海里过一遍后，直接上手填上最后的答案。

都说韩录记忆力惊人，比起数独选手，他更适合去做记忆大师。

社长犹豫再三，决定派周霖出场。

周霖摩拳擦掌，以一种兴奋的状态迎接接下来的这场比赛。

他已经准备好了！

周霖临上场前问龙琪琪："副社长呢，我需要他给我一个幸运女神的拥抱！"

龙琪琪认真道："别想了，他不会给你的。"她顿了顿，补了一句："而且他是男的，当不了你的幸运女神。"

周霖有些失望。

龙琪琪决定鼓励他一下："幸运女神的拥抱没有，但是小仙女的拥抱要不要？"

龙琪琪轻轻抱了一下周霖。

场下，顾禾动了动，微微抬起棒球帽的帽檐，入眼的正是龙琪琪主动拥抱周霖那一幕。

他挑了挑眉。

怎么，革命战友的情谊要变质了？

周霖输了。

宣布第三轮比赛结果的时候，东齐那边俨然是胜券在握的气氛，他们已经赢了两轮，接下来只需要再拿下一轮便能获得今年两所高校友谊赛的胜利。

毕竟，他们的终极大杀器程侑还没有上场。

周霖下场的时候，并没有龙琪琪想象中的那种懊恼或失落，更多的是兴奋，那双眸子亮得发光，已经难以掩藏他真正的情绪。

周霖感觉十分过瘾，哪怕他输给了韩录。

龙琪琪迎了上去，好不容易想出来的几句安慰的话语，在看到周霖那兴奋模样时被她咽了回去。她看了一眼从舞台另一边下去的韩录，依然是一副淡然模样，讪讪道："我怎么觉得，你比那个韩录还像赢了的人呢。"

周霖兴冲冲道："那可是韩录啊，少年天才韩录啊，他去参加小学生数独锦标赛的时候我都还不知道数独是什么玩意儿呢。而我现在竟然能赢过他一道题，我已经很了不起了好吗！"

龙琪琪："……"

龙琪琪佩服道："你倒是想得开。"

周霖又道："我就是还不怎么习惯做异形数独，第一道无马数独和第三道无缘数独的规则，我一时之间有些不习惯。不过要是再给我一点时间熟悉一下，下次我绝对能赢过他！"

周霖说着说着，神情忽然低落了下来。

龙琪琪还以为他后知后觉地感受到了败者的气馁，觉得自己好不容易想出的那一番安慰人的话终于有了用武之地，连忙追问："怎么了？"

周霖叹了口气："唉，要是比赛前能得到一个幸运女神的拥抱，我搞不好就能赢了。"

龙琪琪："？？？？"

所以周霖这是在遗憾没能够得到顾禾的一个拥抱？

龙琪琪给周霖出主意，指了指顾禾坐着的方向："你现在过去，以刚刚输掉一场重要比赛的可怜人的身份，祈求顾禾给你一个拥抱，指不定他良心发现就答应了。"

周霖踌躇了一会儿，还是认了输："那还是下次吧。"

龙琪琪发现，周霖在别人面前是个嘴炮王者，在顾禾面前他就是个失败者。

第三轮比赛结果出来，一家欢喜一家愁。

东齐那边觉得自己已经胜券在握，启元这边却是愁云惨淡。

社长很愁，他手上的棋子就只剩下娃娃脸和龙琪琪，而对方手中还握着程侑和游望。且不说游望是去年赢得第一场比赛的高手，就说程侑，哪怕社长昧着良心，也不敢说温浪能赢过程侑。

最理想的状态，就是娃娃脸对上游望，龙琪琪对上程侑，那么他们也许输得没有那么难看。

社长回头看了一眼顾禾，顾禾的脸被棒球帽盖着，让社长看不到他的表情。

社长叹了口气，如果顾禾上场，他们还有一丝胜算。

只不过……

为了输得不那么难看，社长决定赌一把，第四轮让娃娃脸上场。也许是上天眷顾他这个可怜人，东齐那边第四轮派上来的是游望。

娃娃脸平日里是个马屁精，来回抱着社长和顾禾的大腿，风吹哪儿他就往哪儿倒，见人说人话，见鬼说鬼话。

比赛开始之前，趁着选题的工夫，娃娃脸还在和游望套近乎。

娃娃脸："嘿，哥们儿，你这件卫衣挺好看啊，在哪儿买的？"

游望："？？？"

娃娃脸："球鞋也不错，应该很贵吧！"

游望："……"

娃娃脸："你跑得快吗？"

游望："……"

娃娃脸："平常锻不锻炼啊？"

游望："……"

娃娃脸套近乎太明显，就连主持人都看不过去了，干咳了一声打断："请双方选手做好准备，比赛马上就要开始了。"

娃娃脸耸了耸肩，这才住了嘴。

第一道题选的是一道外提示数独题，外提示数独和标准数独的区别在于它的提示线索并不在拼盘内部，而是在拼盘外部。标准数独的现有提示线索是固定在拼盘上的，而外提示数独的提示线索则只限于在每一行或者每一列里，需要选手自行判断。

从某种角度来说，外提示数独比标准数独更难，更考验选手的逻辑能力。

龙琪琪之前从未接触过这种题型，她花了好一番功夫才理解这道题的规则，咂舌道："数独还有这么多玩法吗？"

周霖道："人的想象力是无穷尽的，哪怕只是一个数独都能够被折腾出多种玩法。"

这道题的难度明显比之前更大，先前几轮比赛，花费时间最长的一道题也只花了八分三十四秒解答出来，而这一道题，十分钟过去了，都没有人按下抢答器。

龙琪琪看得头痛，逼迫自己不要去看，可是又忍不住跟着去看，甚至还在脑海里试图解答这道题，结果就是她的头更痛了。

龙琪琪忍了又忍，终于还是没忍住，她蹑手蹑脚走向教室后方的顾禾，伸手戳了戳顾禾的手臂。

顾禾也不知睡没睡着，龙琪琪戳了四五下，他才慢吞吞地拿下帽子，眯着一双眼看向龙琪琪。龙琪琪冲他做了个"棒棒糖"的口型。

兴许是被龙琪琪戳醒，顾禾表情有些不善，他压低了嗓音，用只有龙琪琪才能听见的声音道："怎么，又要补脑了？"

龙琪琪忍辱负重地点了点头。

顾禾伸手在兜里掏了半天，才掏出一根哈密瓜味的棒棒糖递给龙琪琪。

龙琪琪伸手去接，顾禾却又将棒棒糖缩了回来，眯着眼看着龙琪琪，不知道在想些什么。

龙琪琪："？？？"

龙琪琪纳闷，不就是一根棒棒糖吗，顾禾不会小气得不肯给她吧？

顾禾透过龙琪琪看向下方的周霖，周霖正在兴致盎然地看着舞台上无声的比拼，丝毫没有察觉到自己崇拜的大佬正在用一种复杂的眼神打量着他。

顾禾突然轻哼了一声。

龙琪琪更纳闷了。

顾禾将棒棒糖扔进龙琪琪怀里，龙琪琪手忙脚乱才接住那根小小的棒棒糖。她将棒棒糖剥开塞进嘴里正要走，不经意间看见顾禾旁边的座位上放着一本小小的册子，册子翻开的那一页是一道做了一半的数独题。

难道顾禾刚刚又悄悄一个人坐在这里做题？

龙琪琪想起了程侑。程侑似乎也是坐在那里做题，周身散发着一股置身事外的气场，仿佛这场比赛和他一点关系都没有。

真是奇怪的毛病。

龙琪琪转身回到人群里，而场上已经分出胜负，娃娃脸抢先赢得第一题。

社长松了口气。

然而优势并没有维持多久，第二道题是额外区域数独。额外区域数独在标准数独的基础上添加了两组额外灰色区域，在满足标准数独的基础上，两组额外灰色区域上的数字不能重复，这就相当于变相在标准数独的基础上添加了一个限制。

不过，好在这道题的难度比不上第一道外提示数独。

娃娃脸的综合实力在在场的人中可能并不靠前，但是若论做难题，娃娃脸的实力却能算得上前三。

社长在第四轮派娃娃脸上场也出于这点考虑。

一般来说，异形数独比标准数独会更难，而这也就意味着娃娃脸更占优势。

而第二道题，不出意外，娃娃脸以三秒的差距输给了游望。

社长暗自祈祷第三道题能出得更难一点。

或许是上天听到了社长的祈祷，第三道题再一次抽中了外提示数独，娃娃脸运用自己的优势，再一次赢过了游望。

比赛过程中始终一言不发的游望终于对娃娃脸开口了："你也很不错。"

娃娃脸笑眯眯："大家都很不错！"

社长松了口气。

二比二，双方再一次打成平手。

从表面来看，双方学校实力不相上下，谁都有可能是最终的赢家，可是社长却已经做好了输的心理准备。

谁让启元这边剩下的是龙琪琪，东齐那边最后的选手是程侑呢。

社长叫来龙琪琪，千言万语最终还是化成一句："加油。"

加油，淳朴而又没什么力量的两个字。

如果说比赛开始之前，龙琪琪觉得自己或许能因为运气好拿个一分，可是现在看了四轮比赛，她意识到自己的那点实力在他们面前根本不堪一击。

或许，她连做完一道题的机会都没有。

龙琪琪挠了挠头："社长你放心，我会加油的！"她握紧了拳头，为了表达自己的决心，她又加了一句："就算我来不及做完题，在对方按下抢答器之前，我也会努力地把所有的空格给填满的！"

输人不输阵！

空着格子也不太好看嘛。

社长点头道："你有心了。"

社长本来已经做好未来将会受到长达一年被东齐奚落的心理准备了，而那边温宇飞却遇到了麻烦——

程侑拒绝上场参加比赛。

一向走笑面虎人设的温宇飞都快急哭了："为什么啊？你到底要怎么样才愿意上场啊？"

程侑回头看了一眼角落里的那个人一点要动的意思都没有，很显然，启元派出的最后一名选手并不是他。

如果不是他，他根本就不会答应来参加这次比赛。

程侑慢吞吞道："除非对手是他。"

东齐这边的突发状况让所有人都措手不及。

谁也没有料到，程侑竟然拒绝参赛，这无异于将胜券在握的胜利双手送了出去。温宇飞在这边火急火燎，主持人也是茫然无措。而身为事件主人公的程侑却岿然不动地坐在原地，甚至又拿起了手边的小册子开始做起自己的数独题。

启元这边对于东齐的状况也是一知半解，对于那边发生的情况并不是很清楚。社长一脸茫然地看着东齐的方向，他本来都做好输的准备了，所以这是在干什么，东齐是想让他多煎熬一会儿吗？

龙琪琪也很蒙，她独自站在台上手足无措，不知道自己是该继续站着，还是下台等着。

裁判席的原辛眯了眯眼，脸上的表情看不出喜怒。在东齐这边僵持了五分钟都无人上场之时，原辛接过主持人的话筒开口了，低沉而充满磁性的中年男子的声音响彻整个活动室："东齐如果再不上场，就当弃权处理。"

　　温宇飞都快急哭了："程侑！"

启元再一次赢得了今年友谊赛的胜利。

这胜利来得太过突然，不只是龙琪琪，就连社长都一脸茫然不敢相信。

他们……他们这就赢了？

这心情就像是坐过山车，本来以为到了一个高点马上就要俯冲下去，谁知迎接她的却是一块平地，弄得一颗小心脏上不上下不下的，着实难受。龙琪琪茫然无措地站在台上，在主持人宣布她获得第五轮比赛的胜利之时，她想到的却是——原来转发锦鲤真的有用？

启元一行人不知道该用什么心情来面对这个从天上掉下来的胜利果实，明明赢了，但是大家却高兴不起来。娃娃脸拽了拽社长的手："社长，我们这就赢了？那边是什么情况？"

社长表情复杂。

顾禾似乎全然不知场上的这场大逆转，棒球帽子盖住了脸，像是陷入了沉睡之中。

主持人不愧是专业的，在形势如此大逆转的情况下都能稳住自己的心神，用一种普天同庆的喜悦语气恭喜启元获得了胜利，再一次表达了对这场精彩比赛的赏赞和双方实力的夸奖。

主持人挨个夸了一遍之后轮到龙琪琪，他哽了哽，一时之间竟然想不到用什么词来夸赞龙琪琪，话在嘴边绕了一圈吐出来就变成了："有时候，运气也是实力的一种，这位龙琪琪同学身体力行地证明了这个道理。"

龙琪琪："？？？？"

强行夸奖可还行？

程侑默默地做完手上的最后一道数独题，收起东西大步离场，仿佛身后的喜怒哀乐都和他没有关系。韩录看了一眼温宇飞那要笑不笑的表情，犹豫了一下，还是追了上去。

温宇飞笑得勉强，对社长祝贺："真是恭喜你们了。"

社长愣了一会儿，迅速调整心情让自己的表情看起来是欢喜的，慌什么，不管怎么样反正是他们启元赢了。既然赢了就应该拿出胜利者的姿态，社长拽拽地说道："你们，也很不错。"

温宇飞："……"

温宇飞真是恨不得一口老血喷到社长脸上。

主持人说完散场话，还想和身为裁判的原辛说两句，原辛却挥了挥手，神色匆匆地离开了这里。在走出阶梯活动室的时候，他回过头看了一眼，脸上表情晦暗不明。

坐在角落的顾禾身子僵了下，兜里的手机振动起来，这振动声被淹没在热闹的人声之中。

顾禾等到手机振动声停了下来，才拿下盖着脸的棒球帽，掏出手机看了一眼，手机又短促地振动了一下，一条短信进来了。

短信发来的是一个地址，最后还加了一句话："晚上九点，我要见你。"

命令式的语气，还真是符合那个人的作风。

顾禾轻笑了一声，笑意却浮于表面，眼底是一片冷色，他动了动手指将那条短信删除，一不做二不休又按下了关机键。

在手机屏幕暗下去的那一刻，顾禾的眼前却扑过来一个人，龙琪琪张牙舞爪地冲他比画着什么："顾禾！你肯定想不到吧，我们赢了！赢了！"

顾禾脸色缓和，笑意更浓："不战而胜你都这么高兴？"

龙琪琪愣了一下："咦，我还以为你睡了呢，原来你都看到啦？"

顾禾不置可否。

比赛既然赢了，按照流程来走，之后便是一场热闹的庆功宴。

社长早就放下了一开始"胜之不武"的那点介意。

管他呢，反正就是赢了！而且五局三胜呢，就算没有龙琪琪这一轮，之前的两轮可是赢得实打实，没有一点水分，社长觉得，自己必须因为拥有这么出色的社员而感到骄傲。

社长大手一挥，决定带自己优秀的社员们去大吃大喝一通。

社长这次选择的是启元大学附近的一家川菜馆，赶到订好的包厢时已经将近九点，大家累了一天早就饥肠辘辘，菜一上就挥着筷子大快朵颐，连客套话都没空说了。

酒足饭饱之后，社长一抹嘴巴，终于意识到自己身为一社之长，比赛赢了应该说些鼓励祝贺大家之类的话。

他敲了敲桌子，举起手中的杯子："今天的比赛大家都很棒！我们能够拿下这一年的胜利，首先我必须要感谢一个人。"

龙琪琪挺胸抬头，已经做好了迎接夸奖的准备。

社长打了个饱嗝，继续道："首先，我要感谢我自己！挑出了这么完美的阵容，带领着咱们数独社走向胜利！"

龙琪琪："？？？？"

"大家干杯！"

气氛到了，只需要一个人带动一下大家就能活跃起来，社长一声令下，大家吆喝一声举起手中的杯子，朝气蓬勃的呐喊声里夹杂着清脆的玻璃杯碰撞的声音。

"干杯！"

"为了数独！"

"为了伟大的社长！"

"为了胜利！"

龙琪琪觉得自己不能输了气场，一口干掉手中的饮料，扯着嗓门吼了一句："为了锦鲤！"

好在大家都处于极其兴奋的状态，龙琪琪的声音夹在其中并不那么引人注意，唯独坐在龙琪琪身边的顾禾侧头看了她一眼，挑了挑眉。

为了锦鲤？嗬，这人真是胆儿肥了。

气氛越来越高涨，吃过这一轮之后，社长又带着人转战烧烤大排档，部分社员还是个早睡早起的好宝宝，吃过这一轮便走了，留下社长、顾禾以及参加比赛的五个人前往学校附近的烧烤摊。

七个人正好占了一张桌子，在座的全都是成年男孩子，社长又要了一箱啤酒。

龙琪琪？

不好意思，她在社长眼里已经不算个女孩子了。

顾禾皱了皱眉，挥手示意老板娘加了一大瓶椰汁。

顾禾理直气壮："我对酒精过敏。"

社长瞪眼："你开学的时候还和我喝过一轮！"

顾禾面不改色："最近突然过敏的。"

顾禾一边说着，一边给自己的杯子倒满了椰汁，顺便替一旁的龙琪琪也倒了一杯，龙琪琪皱了皱眉："我想喝酒的。"

烧烤当然要配啤酒啦！谁还喝椰汁！

顾禾不给龙琪琪拒绝的机会："我一个人喝不完这么一大瓶，不能浪费。"

顾禾一向是数独社的团宠，拥有"一言堂"的权力。哪怕他这次不服从安排不肯参加和东齐的友谊赛，但是看在比赛最后还是赢了的份上，社长觉得自己大人有大量，就不跟顾禾计较了。

更何况，有程侑这个比较，社长竟然还觉得顾禾挺不错的，至少比答应了参加比赛临出场却弃权好。

所以，社长决定继续把顾禾当宝贝宠着，一挥手道："行了行了，那你们两个喝饮料吧，正好这一箱啤酒都还不够我们喝的，来，温浪，我们不醉不归！"

"好！"

"大壮，你也来！"

大壮闷声不吭，拒绝拿杯子喝酒，直接拎过一瓶啤酒对瓶吹。

社长夸赞道："做男人，就要像大壮这样！"

大壮宠辱不惊，拿瓶子的手抖都没抖，直接跟喝白开水一样轻轻松松喝完大半瓶。

龙琪琪叹为观止，看得跃跃欲试。

她也好想喝啤酒啊，撸串就应该配啤酒才够味嘛。

龙琪琪吃完手中的羊肉串，右手蠢蠢欲动想要去够一旁的酒瓶。周霖坐在龙琪琪的右手边，余光瞥见龙琪琪的小动作，顺手将酒瓶往她这边推了推。

"想喝酒啊?"周霖还很体贴地问,顺手又拿过一旁的空杯子替龙琪琪倒了满满一杯,"来,战友,咱俩干一杯!"

龙琪琪几乎是迫不及待地就接过那杯酒,谁知半道儿上被截胡,顾禾的手伸了过来,将酒杯拦截,他挑眉:"周霖,咱俩喝一杯。"

龙琪琪:"……"

也不知是酒喝得太多了,还是太激动了,周霖的脸涨得通红,说话竟然都有些结结巴巴:"喝……可是副社长你不是酒精过敏吗?"

顾禾说谎都不打草稿,张嘴就来:"刚吃了过敏药,没事儿。"

顾禾说着,又嫌弃地看了一眼龙琪琪,示意龙琪琪和自己换个位置:"你坐在这儿,很影响我和周霖把酒言欢。"

周霖激动得快哭出来了。

把酒言欢!

副社长说要和他把酒言欢!

龙琪琪和顾禾换了个位置,距离她想要的啤酒更远了。

酒过三巡之后,大家哪怕酒量再好都有些醉了。醉了的男人说起话来更是没完没了,一张嘴"嘚吧嘚吧"停不下来,也不知是谁开了个头,提了个梦想什么的话题。

梦想,对于在场的正值青春年少的男孩女孩来说,似乎并不远,又似乎很远。

社长喝得有些多,抱着酒瓶子不肯撒手,脸贴着冰凉的玻璃瓶身,似乎这样就能让自己脸上的热度降低一些,他说起来颠三倒四:"嗝,其实我小时候一直想做个演员来着,不能浪费我这张好皮囊啊!但是我后来觉得,靠脸吃饭实在是没啥意思。"

在场最清醒的龙琪琪看了一眼社长的脸,默默移开了视线。

醉话果然是不能当真的。

社长一拍桌子,咋咋呼呼道:"所以呀,我就好好学习,天天向上了!我从小学开始学数独,本来想当个数独职业选手,但是……难啊!"

数独界的天才何其多?

社长早就认清了这一点,论天赋他比不过程侑、顾禾一众人,论努力他也比不过大壮,想要成为数独界数一数二的大神,他还差得远呢。

社长好吃懒做,怕苦怕累,他觉得自己大概是不能在数独界创造神话了。

"所以后来！我的梦想就又变了！"

龙琪琪问："变成什么了？"

社长豪气干云："我的梦想就是有一个富二代孩子！"

龙琪琪："？？？"

龙琪琪后知后觉才明白过来，有一个富二代孩子？直接说自己想要成为暴发户不就好了？

或许是夜晚大排档的气氛太过热闹，又或许是喝多了酒让往常理智的大脑失去了控制，社长变得有些伤春悲秋、情绪低落，连带着话都多了起来，摆在他面前的羊肉串的热气几乎都没了，也不见他伸手去拿。

"唉。"社长突然叹了口气，没头没脑道，"人和人之间，怎么就差这么多呢？"

社长是喜欢数独的，真心喜欢，不然他也不会为了一个社团如此费心费力。

同样是学数独的，他和温宇飞为了社团汲汲营营，有些人却对他们的苦心不屑一顾。社长突然生出了一丝和温宇飞惺惺相惜的心。

同为社长，社团里又有一个众星捧月的天才，这个社长当得很艰难吧。

程侑对于比赛那么不屑一顾，说不参加就不参加；而他身为社长却为了能够赢得一场比赛而百般筹谋，而最后呢，程侑拒绝和龙琪琪对战，温宇飞作为一个社长却什么都不能做，只能打落牙齿往肚子里吞。

开除程侑？

嗝，人家程侑指不定还不想加入这个社团呢。

社长心里悲戚，偷偷摸摸看了一眼顾禾，顾禾和他的关系不也是这样吗？

"顾禾啊。"社长开口了，想说点什么，话到嘴边却又不知道该如何说出口，只能又喊了一遍顾禾的名字，"嗝，顾禾啊。"

顾禾虽然嘴上说着要同周霖把酒言欢，但是酒却没喝多少，周霖那边已经喝了两瓶酒，他这边一瓶酒还剩个一小半。不过，周霖现在满心都想着自己竟然能和偶像坐在一起把酒言欢，正兴奋着呢，哪儿还注意到顾禾喝了多少酒。

"干什么？"顾禾抿了一口手中的啤酒，皱了皱眉，他向来不怎么喜欢啤酒这味道，觉得怪得很。

"顾禾啊。"社长又期期艾艾地喊了一遍顾禾的名字，也不知是不是真的喝多了酒，脑子一空，凭空冒出一个念头，"我要和你比赛！做数独题！"

他以前也怕啊，怕堂堂一个社长输给副社长面子上过意不去，所以尽管社团上下都对他和顾禾的实力差距心知肚明，他也绝对不给顾禾赢自己的机会。都说酒壮人胆，在酒精的作用下，社长贸贸然就向顾禾下了战书。

顾禾也没怎么在意，正琢磨着如何解决手中这杯酒呢，闻言头也不回道："明天吧。"

社长突然又哭了起来："嘤嘤嘤，不行啊，明天我怕我就不敢了啊！"

一个大男人满嘴的"嘤嘤嘤"，吓得龙琪琪虎躯一震；周霖眼里只有顾禾，没注意到社长的异样；大壮向来都沉默寡言，默默地喝着自己的酒撸着自己的串，将透明人的人设进行到底。

娃娃脸也是喝多了，冲上去抱住社长的脑袋，将他的头使劲儿地往自己的怀里塞："社长别哭，我懂你！"

社长挣扎着将自己的头从娃娃脸怀中抽出来，泪眼蒙眬地抬头道："你真的懂？"

娃娃脸点头如捣蒜："我当然懂啊！玩数独的，谁不想成为数独界的神话，成为数独界第一人啊！你身为启元大学数独社社长，离第一人的距离还那么那么远！"

娃娃脸说着，张开双臂夸张地比画了一下："排在你前头的估计少说也有好几十号人呢。"

顾禾，自然也是排在社长前头的。

社长想插队，奈何他没有这本事。

娃娃脸觉得自己是懂社长的，抱着社长的脑袋也跟着号了起来："社长啊，其实我的梦想也是成为数独界的大佬啊，一呼百应的那种啊。咱们哥儿俩结个伴一起排队吧。"

"嘤嘤嘤，好兄弟！"

龙琪琪抽了抽嘴角，这两人真的是喝多了。

龙琪琪眼神一扫，正好落在一旁默默抱着酒瓶的大壮身上，脑子一抽，嘴巴已经开口了："大壮哥，你也想跟着他们一起排队吗？"

龙琪琪想起了白天自己没有看完的第一轮比赛，又想起了顾禾说的那句话。

顾禾问她，觉得大壮是怎么样的一个人？

长相和个性不相符的一个低调沉稳的老实人？

龙琪琪觉得顾禾想要的答案应该不是这个。

龙琪琪又想起了自己在台下看着台上大壮比赛的那一幕，大壮沉着冷静，下笔有力，只不过是简简单单的九个阿拉伯数字，却被他写出了挥斥方遒的感觉。

那一刻，龙琪琪觉得大壮浑身都在发着光。

嗯，当然，脑门的光更亮。

事实上，在第一次见到大壮的时候，龙琪琪是很好奇的，像大壮这样子的人，怎么瞧怎么都不像是能够静下心去做数独题的那种人。在接触顾禾这些人以前，龙琪琪一直觉得，玩数独的人，应该都是书呆子那种形象，而且还是戴着像酒瓶底那般厚的眼镜。

大壮没料到龙琪琪会突然问他这个问题。

想来，这还是龙琪琪加入社团以来第一次同他说话。

大壮愣了下，拎起酒瓶又喝了一口，说出来的话出于意料之外却又在情理之中："不。"

龙琪琪等待着大壮接下来的话。

大壮斟酌着语句慢慢道："排队太累了，不想排。"

龙琪琪："？？？"

龙琪琪等了半天，也没有等到大壮接下来的话。她没想明白大壮话里的意思，大壮也没有要解释的意思，自顾自地又低头喝着闷酒。

不是，大壮这是什么意思啊，哪有人话说到一半就不说了啊。

现在不是大家谈论梦想的时候吗？

龙琪琪不死心，又问："那大壮哥你有什么梦想吗？"

大壮明显愣了一下，又缓缓摇了摇头。

得，看来大壮是不想再继续和她聊天了。

龙琪琪撇了撇嘴，喝了一口椰汁，只觉得椰汁太甜，嘴里齁得慌。

而那边，周霖期期艾艾道："梦想啊，我也有个梦想。"

龙琪琪翻了个白眼。

周霖的梦想？她一点都不感兴趣！

周霖偷偷看了一眼顾禾，那扭捏的神态就像是偷窥自己心上人的大姑娘。

龙琪琪大大咧咧道："你的梦想不就是想成为数独社的社长吗？我们都知道了！"

周霖突然低头不好意思地笑了笑。

他的梦想呀，是有朝一日能够和顾禾比赛一场。

社团之前的那场比赛不算，周霖知道顾禾并没有把他的实力看在眼里。他想要的比赛，是顾禾和程侑之间的那种巅峰对决。

周霖向来话多，但是提及梦想这个话题，他"嘿嘿"笑了两声不再继续了。

龙琪琪觉得周霖大概也是喝醉了，她开始有些发愁这在场的男人要是都喝醉了，她该怎么办，要怎么一个个把他们送回去？

龙琪琪又看了一眼顾禾，顾禾脸色不变，瞧着没喝醉，她才稍稍放下心。

龙琪琪又顺嘴问了一句："那顾禾，你的梦想是什么？"

顾禾慢悠悠地晃着手里的玻璃杯，看着淡黄色的酒液在杯子里晃着，液体和杯壁接触的地方还冒着小小的气泡。

顾禾垂着眼，让人瞧不清他眼底的情绪，他开口了："梦想这么虚无缥缈的东西，我是没有的。"

龙琪琪本来也就是随口那么一问，可是顾禾这么一回答反倒吊起了她的好奇心，她不死心，绞尽脑汁地想要从顾禾嘴里套话："怎么会没有呢？小时候写作文，不是都要写长大以后要做什么吗？"

龙琪琪还记得，自己的同桌说长大后要当个科学家，发明一种可以帮他写作业的机器人。

龙琪琪拿自己的同学做类比："比如当什么科学家啦、宇航员啦。"

顾禾蓦然打断龙琪琪的话："那你呢？"

"啊？"龙琪琪愣了一下。

顾禾问："你小时候作文里写的什么？"

龙琪琪闭上了嘴，难得有些不好意思。

她……

她似乎是写了什么，但是写的那个明显不符合老师对作文的要求，所以她将那篇作文撕掉又写了一篇交了上去。

最后写的什么，龙琪琪也不记得了。

大概也是诸如老师、医生之类的吧。

龙琪琪道："那么久的事情，我怎么可能还记得嘛。"

好在顾禾也不追问，转而道："那你现在呢？"

"现在？"

想要替体育特长生争口气，当体育特长生中的智商担当，加入数独社一鸣惊人。

不，这些好像也不是梦想。

她当初就是抱着争一口气的心态才拼死拼活要加入数独社的，说实在的，她本身对数独社是没有什么兴趣，连带着对数独社里的这些人她也并没有怎么放在心上。

一开始，数独社的这些人在她看来就像是一个符号化的人物，被贴上了许许多多标签，比如聪明人，比如学霸。

就好像她对顾禾的印象一样。

耳边还能听见社长和娃娃脸抱头痛哭的哀号声、周霖时不时冒出来的傻乐声，以及大壮手中的玻璃瓶底撞击桌面的碰撞声。

标签多了，那本来平面化的人物就仿佛活了起来。

他们是聪明人，但也不总是意气风发，也会难过低落，也会技不如人。

顾禾似乎是自言自语："过两天应该就是月底考核了。"

龙琪琪心里一惊。

一个念头在她心里生根发芽，龙琪琪不知道那是什么时候发芽的，或许是很久以前，也或许是刚刚。

她想要留在数独社，想要和这些人在一起。

她也想要参加比赛，今天的那场比赛，她根本就没有真正上场呢，哪怕注定是一场输局。

梦想啊。

龙琪琪恍惚之间记了起来。

她当初那篇作文，似乎是写了想要当个聪明人，交一群聪明朋友。

社团的月度考核定在 12 月 20 号，也就是周四的晚上。

龙琪琪拿出前所未有的学习激情，全身心地投入到数独训练当中，每天的休闲时间几乎都用在了做数独题上；顾禾带的培训班她都认真听讲，态度认真到让她的同桌严小北都感到羞愧。

严小北觉得，连大学生都这么努力了，身为小学生的自己应该更加努力才行！

周霖自打知道龙琪琪报了顾禾的培训班，也跟着来上课，一节不落，俨然已经加入了这个小班级。

不过顾禾讲的都是比较基础浅显的数独技巧，根本就不适合周霖，于是周霖便一边做题一边听讲，一心两用。让他离开这个培训班，他是万万不会同意的，开玩笑，这可是和他偶像近距离接触的最好机会！

他绝对不会放过。

周三的晚上，周霖和龙琪琪提前到了培训班教室，琢磨着还有十来分钟才上课，龙琪琪便充分利用这点时间翻开了数独题库。

周霖百无聊赖地凑了过来，用笔帽戳了戳龙琪琪的胳膊，道："战友，你也太努力了吧。"周霖说着，话里夹杂了一丝幽怨："你最近都在忙什么呢，都不理我了，咱们都有好几天没有在晚上激情战斗了。"

龙琪琪本来不想理会周霖，奈何他一直在耳边叽叽喳喳，让她没办法静下心去做题，她侧头怒视周霖："我在做题呢，别打扰我！"

周霖不依不饶："那咱们一起做题啊。"

龙琪琪一口拒绝："不行。"

开什么玩笑，龙琪琪需要花十分钟做出来的数独题，周霖三四分钟就能做出来了，这不是打击她学习的积极性嘛，她不会给周霖这个机会的！

"为什么不行？"周霖指责龙琪琪抛弃了他们俩深厚的革命战友情谊，"说，你是不是有新的战友？还有谁比我更好吗？哦，除了副社长！"

龙琪琪觉得自己若是不说明白，周霖是不会放过她了，只能老实道："我没有，别瞎说！明天不就是社团的内部考核了吗？我在临阵磨枪呢！"

提起社团的内部考核，周霖一副无所谓的表情："哦，月底考核啊，那不就是个形式吗？以咱们的实力，通过这考核不是小事情吗？"

龙琪琪："哪来的咱们？"

周霖是不是对她太有信心了？

虽然周霖一直对她有一种盲目的信心，这一点让她深受感动，但是龙琪琪觉得，她必须要揭穿这个谎言，她老实道："不是，周霖，你可能误会了，我的数独功底很差劲啊。"

龙琪琪给周霖看她做的题："你看，这种中级难度的数独题，我都要花十几分钟才能做出来啊。"

周霖的视线在龙琪琪的书上一扫而过，道："咦？你都开始做中级难度的题了，你之前不是一直在做初级难度的数独题吗？难道这是副社长给你安排的新的培训计划？战友，你这可就不够哥们了，大家说好一起做基础题打好基础，你怎么能偷偷抢跑也不告诉我！"

周霖嘟嘟囔囔，抱怨龙琪琪："我这几天可一直都在做初级难度的题呢！"

龙琪琪："？？？"

龙琪琪觉得这大概就是爱屋及乌，周霖对顾禾的崇拜太过投入，以至于连带着对她的实力都有一种迷之信任。

龙琪琪将话说开："我的实力真的很差劲啊，你难道不明白吗？一个月以前我连小学生都比不过！"

周霖用一种"别谦虚了"的眼神看着龙琪琪："今天又不是愚人节，我也不傻，你都能够进数独社了，而且还是副社长亲自招进来的！"

龙琪琪无语道："那是顾禾给我开后门了啊！"

周霖坚定道："副社长不是那种人，你别骗我了。"

龙琪琪："？？？"

龙琪琪觉得自己大概可以放弃和周霖的沟通了，她觉得自己的心情就像是一记猛拳打进了棉花里一样，软绵绵的不着力，上不上下不下的让她憋得十分难受。她决定去做道题让自己冷静一下，而这时周霖又凑了过来去扯她的书。龙琪琪怒了，一巴掌直接拍上周霖的脑袋，周霖吃痛，下意识伸手去抓龙琪琪的手腕。

而就在这时，讲台上传来低沉的声音："上课。"

顾禾眯了眯眼，嘴角抿成一个紧绷的弧度。

当众打情骂俏？呵，能不能照顾一下一教室祖国未来花朵的心情？

还有他这个辛勤园丁的心情！

顾禾觉得自己现在的心情，就像是看见自己辛苦照顾的娇嫩花朵上突然出现了两条害虫。

眼不见为净，一上完课，顾禾东西一拿转头就走，龙琪琪还有事情想要问顾禾呢，见顾禾走得这么急，她胡乱地将东西往包里一塞，大步就追了上去："顾禾！"

不知道是不是龙琪琪的错觉，她感觉顾禾走得更快了。

龙琪琪终究还是在公交站台前追上了顾禾，她不满道："你没听见我喊你吗？"

顾禾看了一眼龙琪琪身后气喘吁吁追上来的周霖，脸上的笑意淡了淡，他没什么诚意地道歉："不好意思，今天没戴眼镜，听不见。"

龙琪琪："？？？？"

龙琪琪觉得今天的顾禾阴阳怪气的，她皱了皱眉，难道顾禾"大姨夫"来了？

顾禾问："你找我干什么？"

龙琪琪想起正事，内心忐忑："你说，后天的内部考核，我能通过吗？"

顾禾挑了挑眉，龙琪琪这是又想要找自己开后门吗？他正要开口，周霖已经追了上来正好听见龙琪琪问出这句话。急于在顾禾面前表现，表达自己对顾禾实力的认可和崇拜，周霖拍了拍龙琪琪的肩膀，大着嗓门道："我相信你，你这么棒，肯定能行！"

当然，主要是顾禾棒！顾禾带出来的学生，当然也很棒。

周霖一边说着，一边用热忱的目光看着顾禾，期望顾禾能够感受到自己对他的崇拜之情。

周霖的逻辑是这样的，可是话落到顾禾耳朵里，却变了个意思。

顾禾视线落在周霖搭在龙琪琪肩膀上的手，又漫不经心地移开。

害虫出动了，从花圃里跑出来追杀园丁了。

顾禾开口了，语气意味深长："龙同学，我也很相信你。"

龙琪琪："……"

龙琪琪打了个哆嗦。

龙琪琪正要说些什么，她回家的那辆公交车正好到站，顾禾轻轻一推，将龙琪琪往车门的方向推去，顺带让周霖搭在龙琪琪肩膀的手也收了回去，他道："你的车来了，赶紧回家多做几道题吧。"

龙琪琪被匆匆赶上了公交车之后，公交站台就只剩下顾禾和周霖了，他们两个都要回学校，等的自然是同一趟公交车。

夜深人静，孤男寡男，周霖距离自己的男神如此近，他突然有些紧张。

哎，应该说些什么好呢！这还是他第一次和顾禾两个人安静地独处呢，周霖觉得自己必须要抓住这个机会好好表现，让顾禾对自己印象更好！

周霖决定继续之前那个话题："我真心觉得龙琪琪很不错。"

周霖在致力于夸赞龙琪琪这条道路上死不回头，觉得必须要让顾禾感受到自己对他的热爱。但是周霖又不想明目张胆地去夸顾禾，以免有拍马屁的嫌疑，所以他只能"曲线救国"。

在周霖看来，龙琪琪是顾禾的学生，夸龙琪琪很不错，那就等于是夸顾禾很不错！

空气诡异地安静了一瞬。

顾禾斜睨着周霖。

啧，革命情谊是已经彻底变质了吗？

龙琪琪哪里不错了？顾禾觉得周霖应该去眼科检查一下，不，他应该去看看脑子才对！

顾禾开口了，用一种人生导师的口吻谆谆教导："人呢，这一辈子总有许多想要去追求的事物或者人。为了自己想要追求的东西，都会做出各种努力，比如去接近。"

呵，为了追求龙琪琪，他竟然也跟着跑来上数独培训班，简直就是数独社的害群之马！

周霖点头如捣蒜。

没错没错，他就是为了接近顾禾，才会加入数独社团，才会跟着龙琪琪一起来上这个培训班。

顾禾又说："但是人不能太自私，这个接近也要考虑会不会影响到周围的人。做人呢，不能为了一己之私，就去影响别人对吧？"

周霖和龙琪琪的这种行为，已经严重影响到他们班的小花朵的心理健康成长了，当然，还影响了他这个园丁！

周霖继续点头。

男神说什么都有道理。

顾禾道："周霖，以你的实力来上这种数独培训班根本没有必要，我觉得你有这工夫还不如多花点心思去做题。"

周霖："？？？"

男神这是什么意思，这是不想让他继续来上数独培训班吗？

顾禾说完这番话，眼前一辆公交车停了下来，他刷卡上车，周霖下意识想要跟上去，顾禾却阻止了他："你，坐下一辆。"

周霖讷讷道："哦。"

周霖老老实实下了车。

他独自在寒风中瑟瑟发抖，细细品味顾禾的那一番话。

男神那番话到底是什么意思？

男神讨厌他了吗？

明明前几天男神还主动和他把酒言欢啊！

周霖苦苦思索，自己到底是哪里做得不对，惹男神不高兴了？

第11章
男人心，
海底针

周霖心事重重，决定找他最亲爱的战友倾诉心中的烦恼。

龙琪琪烦不胜烦，晚上就要进行社团内部的月度考核，她为什么现在还要浪费时间坐在这里听周霖大吐苦水？周霖不怕考核，可是她很怕的好吗？

龙琪琪想要拒绝，可是周霖又拿出了两人深夜比赛的情谊来说事儿，龙琪琪做不出卸磨杀驴的事儿来，再加上最近做题确实是有些疯魔了，她也需要冷静一些，所以便答应给周霖一点时间。

于是，启元大学有名的情人坡，在午后一点钟迎来了两个人。

启元大学的情人坡在全国的大学里都很有名，甚至还有一句戏言，为了大学生涯中能够有一个美丽的校园约会环境也要考上启元大学。

情人坡虽然名字里有一个坡，但并不是字面意思上的一个大草坡。启元大学的情人坡范围很大，包括了一片小湖泊和与小湖泊连接的一片小树林。小树林和湖泊的交界处有一点点坡度，空出来了一小片空地，这片空地上修建了一条小小的石子路。石子路设计巧妙，白天瞧着只是一条普普通通的小路，可是到了晚上便会启动小小的机关，行人踩上去，运气好的话能够触动某颗石子的机关，石子会闪烁光芒。

湖泊的边缘悬挂着彩色的照明灯，到了晚上灯光开启，湖泊上一片流光溢彩、美不胜收。这片美景被小树林环绕，静谧而又祥和，来约会的众人也默契地不会大呼小叫，就算小两口说话，也是轻声细语。当然，在这种氛围之下，说些情话耳语，无疑更能促进两人的感情。

但是情人坡的美景只出现在夜晚灯光开启之时，白天过来看也只不过是普通的一个湖泊，再加上午后一点正是大家午睡休息的时间，很少会有人来这里约会。

周霖和龙琪琪约到这里也就是纯属巧合。龙琪琪从食堂里走出来没多久就遇上了周霖，周霖说什么也要和自己亲爱的战友分享一下心事，两人纠缠之下路过了情人坡，索性就在这里坐了下来。

周霖神情哀怨，就像是一个被心上人抛弃的怨妇，他在石子路旁的石凳上坐了下来："都说女人心海底针，怎么男人的心也这么难以捉摸呢？"

秋天的凉风吹过湖面，落在龙琪琪的脸上带来了一丝凉意，好在现在是午后，日头正足，也不会觉得冷。龙琪琪难得放松，瘫在石凳上有一搭没一搭地回着周霖的话："天才嘛，总是有那么一点点不同的。"

"明明周六还和我把酒言欢的，我还以为自己能和副社长成为好兄弟呢，怎么一眨眼副社长就跟变了个人似的，而且还不准我再去上数独培训班了！"周霖诉苦道，当然，诉苦归诉苦，他还是不敢说抹黑顾禾的话的。

一定是自己哪里做得不对，所以男神才生自己的气了！男神做什么肯定都是有正当理由的。

"顾禾不让你去培训班了？"龙琪琪也不觉得意外，毕竟以周霖的实力再去上这种培训班，简直就是对其他同学的侮辱和全方面地碾压。她大大咧咧道："那就不去了呗。"

"那怎么行！"周霖瞪眼，"师生情也是感情的一种，我是不会放过任何一个和副社长培养感情的机会的！"

龙琪琪翻了个白眼："行了行了，我知道你是顾禾的忠实小迷弟了，不用一再强调吧。"

起先意识到周霖对顾禾有那么一点不太一样的感情时，龙琪琪还以为周霖对顾禾有那么一点非分之想。当然，周霖看出了龙琪琪的这点误会，据理力争了一番。

龙琪琪至今还能记得周霖那争得脸红脖子粗的模样，仿佛自己这样说是侮辱了他。

周霖的原话是这样的："你这么想不仅仅是在侮辱我的感情，也是在侮辱副社长！爱情那种小爱，怎么能够用来体现我对副社长的感情？"

龙琪琪觉得周霖对顾禾的感情，大概就跟周一奇对程侑的那种差不多。只不过人家周一奇和程侑好歹还是朋友，周霖纯属一头热。

周霖不知道该怎么描述自己对顾禾的那种认知。

说夸张点，顾禾对于周霖来说就是神。当然，说神确实是有点夸张了，但是在周霖刚接触数独的时候，顾禾的一切对于他来说都是神话。顾禾在周霖心目中的形象经过时间的推移已经固定了，哪怕后来他和顾禾这尊"神"接触了，也见识到了"神"的任性和矫情，但是这些在周霖看来都变成了"神"的个性。

周霖觉得，顾禾是完美无缺的，连带着他对顾禾的"徒弟"龙琪琪的印象都十分好。

当然，如果龙琪琪对顾禾的态度能更加尊敬一点就更好了。

龙琪琪一想到周霖对顾禾的那种迷之崇拜，就觉得不可思议，还是无法接受，她坐起身真诚道："说真的，顾禾是不是对你洗脑了？"

周霖不满道："你这是什么意思？"

龙琪琪激动道："顾禾再怎么厉害再怎么天才，跟我们也就是同龄人吧。你对他的崇拜，都快突破天际了！"

"崇拜是不分年纪的！"周霖认真道，试图用龙琪琪能理解的方式去跟她解释，"你喜欢听歌吧？有喜欢的明星吗？"

周霖见识过，现在的女孩子追星追得那叫一个可怕，不知道要花费多少心思和钱财，相比较而言，他追顾禾这颗星已经算是很克制了，至少只消耗自己的热情。

而且他还听说，现在很多明星都只有十八九岁甚至未成年，周霖有个表姐就喜欢一个十七八岁的小鲜肉，还自称是"姐姐粉"，虽然周霖觉得表姐是"阿姨粉"还差不多。

龙琪琪摇摇头："不追星。"

"那你喜欢看动漫吗？"

周霖也认识一些疯狂迷恋二次元人物的女孩子，那迷恋的热忱不遑多让。

龙琪琪继续摇头："一般吧，葫芦娃算吗？"

"那你总喜欢化妆吧？"

有些女孩子喜欢收集口红，对口红的热爱也是十分可怕的。

龙琪琪拧着眉头，不确定道："化妆我还是化的，但是喜欢……也说不上吧。"

周霖沉默了。

或许他也不懂女生。

周霖又想起龙琪琪似乎还顶着一个体育特长生的头衔，听说她的拳击打得很厉害？周霖又道："那你总有偶像吧？想一想，如今拳击界的王者是谁，你应该也很崇拜吧。"

龙琪琪虽然再怎么两耳不闻窗外事，一心只打自己的拳，但是她的队友们也曾谈论过如今拳击界的情况，她也跟着听了一耳朵。对于如今拳击界的高手，她也是有所耳闻的，甚至有幸见过一两个，但是说崇拜，也算不上吧。

龙琪琪觉得莫名其妙："人家拳打得好，那是人家的本事，可是也没规定我一定就要崇拜他们吧。"

周霖："……"

周霖本来想反驳龙琪琪，如果真心喜欢一个事物，而对在这件事上做到登峰造极的人物，怎么可能不去崇拜？但是他转念一想，也是，没人规定一个人必须要有自己的偶像啊。

周霖脑中思绪百转千回，最后他冲龙琪琪比出了一个大拇指："境界真高，难怪副社长这么看重你。"

龙琪琪："？？？？"

所以这又和顾禾有什么关系？

周霖说着说着，又叹了一口气，看着龙琪琪的眼神有些羡慕："有时候啊，人和人之间的差距是真的大，你说咱俩除了性别不同，还有啥不同？但是副社长就只对你好，对我就跟个普通人一样……"

周霖的话酸溜溜的，龙琪琪听着有些不对劲，连忙打住："等等，你说的什么乱七八糟的，顾禾哪里对我好了！"

龙琪琪和顾禾的关系，虽然说现在有所缓解，不再像一开始刚认识的那种死对头一样，但也说不上好吧。

顾禾对她好？开什么玩笑！

周霖也是进了数独社之后才认识龙琪琪的，之前对龙琪琪他也没什么了解，更不太清楚龙琪琪和顾禾之前的那些恩怨情仇，但是顾禾对待龙琪琪的态度，是让他很羡慕的，他不解道："可是我真心觉得副社长对你很好啊。"

周霖绞尽脑汁地想着形容词："不是普通意义上的那种好，就好像……嗯，对，就是副社长很照顾你啊，但是照顾得不够表面，就像是那种做好事不留名。"

说得更透彻一点，不是做好事不留名，而是留下了恶名。

"照顾我？"龙琪琪觉得周霖这番话简直就是本年度她听到过的最好笑的笑话。

顾禾哪里照顾她啦？

哦，除了一开始开后门让她进社团那件事。但是，那也是她凭着自己的努力通过了笔试环节的好吗？

周霖又道："我一直以为你和副社长是好朋友呢，不然你进数独社干什么？"

周霖进数独社是为了和自己心目中的偶像能够有进一步的接触，那龙琪琪呢，龙琪琪又是为了什么，难道是对数独的热爱？

"我当然是因为……"

龙琪琪话到嘴边又咽了回去。

她是为了什么？

是为了替体育特长生争一口气？

是为了和程侑有更多的话题？

龙琪琪突然又有些不确定了。

龙琪琪生硬地转移话题："这个先不说，反正我跟顾禾的关系不是你想象中的那样啦，你怕是不知道我跟顾禾刚认识的时候是什么样子吧？"

用火星撞地球来形容都不为过。

龙琪琪是土生土长的 A 市人，打从她爷爷辈起，她龙家就扎根于 A 市这一片土地，从没有挪过窝。龙琪琪从幼儿园一路到大学都是在 A 市读的，除了旅游和比赛，从来没有离开过这里。

而顾禾正好相反。

顾禾是外地人，在上大学以前，他是从未来过 A 市的。

换言之，如果顾禾当初填报志愿的时候没有选择启元大学，他和龙琪琪兴许这辈子都不会遇上。

　　但是命运就是如此的神秘莫测，顾禾和龙琪琪在启元大学相遇了。

　　龙琪琪第一次见到顾禾是在学院的开学典礼上。

　　启元大学多年来的规矩，开学的第一天上午举办整个大一新生都要参加的开学典礼，乌泱泱几千人，茫茫人海中谁也不会注意到谁。上午的开学典礼之后，下午便是各个学院举行的开学典礼。

　　与其说是开学典礼，不如说是让各个学院的新生们认识一下自家学院的老师还有辅导员。

　　龙琪琪所在的计算机学院的开学典礼定在下午两点钟。

　　刚入学的大一新生还没有经过时间的打磨变成之后的那种老油条，对于这种集体活动都是老老实实地赶在规定的时间之前报到的。而那天刚巧出了点意外，临时通知开学典礼改成两点半举行。

　　于是计算机学院四百多号人只能等。

　　如果这个时候在礼堂的上方放置一台无人机，透过无人机的镜头能够看见此时的礼堂座位分布划分成了楚河汉界，泾渭分明。只不过两方人数相差实在是悬殊。

　　礼堂的右后方坐着约莫十来个人，而这十来个人的前后左右空出了两个座位，与其他的学生隔出了一道界限。

　　龙琪琪就坐在这十来个人当中。

　　启元大学关于学霸团和体育特长生们之间的纠纷由来已久，龙琪琪也有所耳闻，对于这样子的隔离待遇也不在乎。而她周围的同伴们，显然也是习惯了这种待遇，都淡然处之。

　　哼，这些聪明人还瞧不上他们？他们还瞧不上这些书呆子呢，瞧着一个个手无缚鸡之力，他们一个人都能打十个！

　　于是两方之间保持着一种诡异而又微妙的和谐。

　　打破这种和谐的是龙琪琪。

　　龙琪琪想要去趟卫生间，她要从这里出去就势必要从左边绕出去，而挡在龙琪琪前面的座位上正趴着一个穿着白色短袖的男生，那男生的衣服上还印着一个大大的笑脸。龙琪琪心里嘀咕着都把笑脸给印在自己衣服上了，这人应该挺阳光善良的吧。

　　于是龙琪琪客气而又礼貌地开口了："同学，麻烦让一让。"

那男生没有任何回应。

龙琪琪等了一会儿，又喊了一遍，那男生就好像是睡着了，动都不动一下。

龙琪琪只能伸手戳了一下他的肩膀，谁知就是这一戳，戳出事儿来了。那男生身体一歪，直接从椅子上摔下去了。

摔下去的动静可不小，瞬间吸引来了大家的注意力，也不知是谁嚷嚷了一句：“这才刚开学呢，就有体育特长生仗势欺人了？”

启元大学以前确实发生过学生冲突事件，这其中的一名主人公好巧不巧就是一名体育特长生，更要命的是，其他几个人都是花架子，根本打不过那名体育特长生。体育特长生只不过是随便露了一两手，便传出了体育特长生仗势欺人的谣言，从此一发不可收拾，也让启元大学这两方之间的关系更加如履薄冰。

龙琪琪整个人都蒙了。

不是，这些学霸难道都是纸糊的不成，怎么一戳就倒啊！

其实根本没有几个人看到真实的情况，但是有些时候，眼睛看不到，人就更容易相信自己出于情感的判断。

这些学霸对体育特长生的恶劣印象先入为主，看见一名瘦弱又可怜的同伴摔在地上，下意识就认为是龙琪琪干的。而那群体育特长生也没有看到事情的来龙去脉，但是身为“自己人”的龙琪琪被别人欺负，他们怎么可能不站出来？

一来二去，原本就只是表面和谐的关系被打破，大家剑拔弩张，不知道的还以为是要打群架呢。

龙琪琪慌啊，这要是被她爸爸妈妈知道，她刚开学就惹出这么大的乱子还不被剥层皮？

龙琪琪努力想要调解，奈何没人肯听她的。

龙琪琪只能转而将目标放在另一名当事人身上，她上前想要叫醒那人，谁知有人比她还要紧张，护在那男生面前防备地看着她：“你还想做什么？”

龙琪琪：“……”

我冤枉！

幸好这时老师们走了进来，刚入学的学生对老师仍抱有一丝敬畏之心，这场纷争暂时化解了。

龙琪琪厕所也不敢上了，如坐针毡地等到了开学典礼结束，而那名"受害人"因为一直没有清醒早就被送往了医务室。

启元大学这一届新生与体育特长生之间的关系，因为这件事情变得复杂了起来。

两方人马争吵起来，当然，论起口才的话，龙琪琪这伙人自然是比不上那些吵起架来都能旁征博引、引经据典的学霸们，但是校规摆在这里，他们又不能动手打架。

也不知是谁说了一句："我看你们体育特长生一个个就是四肢发达、头脑简单！"

龙琪琪话赶话，下意识就接了一句："谁说的？我们体育特长生里也有聪明的好不好？"

"呵，笑话，你说有就有，拿什么证明？"

于是，便有了加入智商型社团的那一件事。

而那名始终没说过话，但是存在感极强的"受害人"便是顾禾。

龙琪琪一时冲动立下了誓言，事后越想越觉得后悔，她这个人有很多优点，其中自知之明是一点。龙琪琪觉得，任何需要动用脑力的活动对她来说都是凶猛的老虎。

但是龙琪琪已经骑虎难下了。

一切都是因为顾禾的错！

龙琪琪暗搓搓地脑补了一出阴谋论，事情哪有这么巧，她一戳那个叫顾禾的人就昏过去了？指不定这个叫顾禾的人是在挑拨两方之间的关系！

隔天，龙琪琪在食堂门口堵住了顾禾。

龙琪琪想得很简单，食堂门口人来人往，这么多双眼睛盯着，她要是拿话去激顾禾，指不定顾禾一不小心露出什么马脚，那么在场的所有人都是人证。

龙琪琪拦在了顾禾面前。

顾禾人长得好看，学习成绩又好，在同龄男生当中，无论是哪方面他无疑都是出类拔萃的，这也意味着他从小到大就受到了许多女生的欢迎。

被人堵在门口收情书，他经历了也不是一回两回了。

顾禾虽然知道昨儿发生了什么事，但是对于事件的另一个主人公他是不知道长什么样子的，他还以为龙琪琪又是哪个仰慕他才华的花痴少女，于是表现得风轻云淡："这年头谁还那么老土写情书，给我发邮件吧。"

龙琪琪皱了皱眉，不知道顾禾说的是什么意思，她伸出手指戳了一下顾禾。

顾禾挑眉，怎么？直接动手动脚了？

顾禾站得很稳，龙琪琪却验证了心中的猜想，说道："果然，你昨天是装出来的！"

装？

顾禾反应很快，从龙琪琪的这句话和她方才的动作，很快就联想到昨天发生的那场闹剧。

那纯属意外，他只不过是错过了午饭又有些低血糖才晕了过去。等他清醒过来闹剧已经落幕，他站出来解释了几句，大家却只以为他心地善良不想惹麻烦才替龙琪琪开脱，竟然没人相信他。

顾禾也懒得再开口，就当这事情过去了，反正启元大学学霸团和体育特长生之间的关系本来就紧张。

龙琪琪气势汹汹，觉得自己找到了证据，一时冲动又伸手戳了一下顾禾。这一下手上用了些力气，顾禾的胸口被龙琪琪戳得有些痛。

"哼！别以为我傻就好欺负……我也只是看着傻，其实我精明着呢！"

顾禾："……"

顾禾看着龙琪琪趾高气扬的模样，突然觉得有些好笑，生出了一丝逗弄龙琪琪的心。他突然捂住胸口弯下腰，做出痛苦的表情，张了张嘴似乎要说些什么，却因为痛苦而无法发出声音。

围观的群众一片哗然。

大家对于昨天计算机学院开学典礼上发生的事情都有所耳闻，有些人对龙琪琪指指点点："原来昨天是她啊。"

龙琪琪傻了，再也没了之前的嚣张气焰："喂，你别装了啊！"

顾禾不回应，全身心投入到自己装痛苦的演技当中。

龙琪琪慌了，连忙弯下腰将顾禾背了起来，撒开腿就往校医院的方向跑。

这下轮到顾禾愣了。

他活了十九岁，这还是第一次被女孩子背呢……

顾禾再也顾不上装模作样了，眼瞅着离人群越来越远，他开口道："你先放我下来。"

龙琪琪没有理会，埋头狂奔。

顾禾无奈道："我没事，放我下来！"

顾禾挣扎着从龙琪琪的背上爬了下来，龙琪琪转头担心地看了一眼顾禾的表情，见他表情轻松，再也没了之前那副痛苦的模样，后知后觉地明白过来："你又装！"

顾禾后退一步拉开自己和龙琪琪的距离："这可不是装。我这人就是矫情，别人一大声对我吼，我这小心脏就扑通扑通跳，就容易心口痛。"

龙琪琪怒急攻心："心脏不跳的那是死人！"

顾禾勾唇笑："哎呀，看来你还是有些常识的嘛。"

顾禾不是不想跟龙琪琪将这事摊开来说，但是他知道对于那些天之骄子来说，他们只相信自己想相信的，更何况他们也不是多想为他这个素未谋面的同学出气，只是想借题发挥，借着这个事情发泄对体育特长生们的不满。

让他们拉下脸承认之前是误会，对体育特长生道歉？

那不存在的。

顾禾叹了口气，一脸纯良无辜地看着龙琪琪："我是真的身体弱，你再这么瞪着我，我一害怕，指不定又要晕过去了。"

龙琪琪从小到大就不怎么聪明，亏得她身强体壮倒也没受到过什么欺负。

龙琪琪很有自知之明，再加上打小父母就教导她："囡囡啊，你个性跟你爹一样冲动，但脑子呢又跟不上你身体的实力，这样子的人最容易被别人当枪使了。这年头讲究法律法规，跟以前不一样啦，你要是一不小心打伤了人那是犯法的！我们也不指望你能有多大出息，就盼着你平平安安长大。所以呢，为了以防万一，以后你遇到聪明人就绕着走，可千万不要被别人给骗了！交朋友呢，就交一些跟你差不多聪明的，我看隔壁的周一奇就很好，虽然娘是娘了点，但好在跟你一样傻。"

那时候龙琪琪年纪还小,父母的这番话她听得糊里糊涂:"那我怎么知道谁才是聪明人呢?"

父母语重心长道:"真正聪明的人呢,估计你也看不出来他聪明,搞不好在他手上吃了亏你都不知道。这样子吧……以后要是遇上那种你说又说不过,打又不能打的人你就绕着走。"

龙琪琪觉得,顾禾大概就是父母所说的那种人。

所以她在意识到这点之后,麻溜地转头就走。

顾禾正捂着胸口装模作样呢,谁知话还没说上几句,眼前那个瞧着傻里傻气又有些莽撞的小姑娘用一种很奇怪的眼神打量了他一眼,然后掉头就走,根本不给他任何发挥的机会。

顾禾:"????"

顾禾看着龙琪琪飞一般离去的背影,突然生出了一种"英雄无用武之地"的空虚感。

干什么呢,戏才演到一半就强迫他草草收场?

龙琪琪是真的打算绕着顾禾走的,但是她千算万算,都没有算到顾禾竟然是她的同班同学,而且她还主动送上门,参加了数独社的新人招募。

回忆起这一个多月以来发生的事情,龙琪琪竟然有些唏嘘。

父母灌输给她的警告,她已经忘到脑后了,她甚至还在想,都说"近朱者赤,近墨者黑",搞不好和顾禾待久了她都能变得聪明一点呢。

午后的情人坡,一对少男少女各怀心思,长吁短叹起来。

他们谁也没有想到,革命战友碰头谈论心事的场景落在有心人眼里便被解读成了其他的意思。

娃娃脸八卦之心熊熊燃烧,急于找人分享自己最新获取的一手八卦。

他点进了一个名为"社长今天吃饱了吗"的微信群,群里统共也就七八个人,都是数独社的资深元老,社长和顾禾也都在里面。

也想偶尔出去浪:重磅消息!

也想偶尔出去浪:你们猜我在情人坡那儿看到了谁和谁?

社长:你大中午的跑情人坡去干什么?

也想偶尔出去浪:缅怀我逝去的青春。〔大哭〕

子非鱼:娃娃脸最近被他女朋友甩了,以前每天他们都会去情人坡那里卿卿我我。

子非鱼：但我觉得肯定不是回忆过去那么简单。

子非鱼：听说娃娃脸前女友最近找了个新男朋友。赌上我女人的直觉，我觉得他是去蹲点查岗！

社长：所以你在情人坡看到你的后任了？

也想偶尔出去浪：……

也想偶尔出去浪：喂！我虽然喜欢八卦，但是只喜欢八卦别人不喜欢八卦自己的好不啦！

也想偶尔出去浪：我在那里看见了咱们社团的明日之星！

社长：周霖？

也想偶尔出去浪：以及副社长的腿部挂件。

子非鱼：你在说你自己吗？

也想偶尔出去浪：我说的是龙琪琪！

子非鱼：周霖和龙琪琪年龄相仿，关系一直很好，不是还号称是什么革命战友的情谊吗？

也想偶尔出去浪：你见过革命战友在情人坡约会的吗？！

子非鱼：所以你是想说周霖和龙琪琪在谈恋爱？

顾禾：……

顾禾"啪"一下将手机重重砸在桌上，微信提示音还在不停地响着。顾禾索性又拿起手机将微信退出，然而耳旁还是有"嘀嘀"声在不停地提醒他。

顾禾目光沉沉地看向坐在自己旁边的社长，社长聊微信聊得正开心，冷不丁就感受到了危险，在和顾禾的视线对上之时，他当机立断地将手机声音关闭放到了一旁。

顾禾开口了："身为一社之长，怎么能在商讨社团未来发展大计的重要时候分心玩手机？"

社长："……"

社长委屈，明明是你先玩的！

而且什么叫"商讨社团未来发展大计"，有哪个社团寒酸到跑来男生宿舍商讨社团未来发展大计？

顾禾的舍友都是学霸，一心泡在图书馆的那种，哪怕午休时间都不肯浪费。所以社长一般有事都是直接跑来顾禾宿舍找他，也不会影响到其他人。

社长是来找顾禾讨论今晚考核的试题的，讨论到一半却被娃娃脸那所谓的"重磅消息"给分了神。

社长决定不和顾禾计较，他敲着桌子示意顾禾看他带来的计划书。

"往年社团内部考核都是通用一张卷子的，但是我考虑了下，觉得咱们应该与时俱进。规则是死的，人是活的。大家水平不一样，怎么能做一样的题呢，这样很难看出大家的进步。反正出题也不麻烦，就是从题库里选择难度筛选出来，所以今年我打算采取一人一套题的考核方式。"

顾禾不置可否，余光却一直往手机的方向瞥。

社长继续道："老社员我觉得应该对他们要求高一点，所以选择的题都是高级难度的。"

"我没意见，你决定。"

社长来找顾禾，本来也没指望顾禾能提出什么具有建设性的意见，只是习惯使然，每次做活动之前，他都想找个人商量一下。

"我有点拿不准的是，今年的新人应该用什么难度的题考核？"社长的目光在计划书上的几个名字上划过，"周霖实力不错，虽然前几天和东齐的比赛输了，但是能够看出来他的心态也很稳。"

这样的人才，社长是想要着重培养的。

顾禾干净利落地开口："用最难的题。"

最好难到周霖哭爹喊娘，没办法通过这次的内部考核被开除出社团！

社长本来也是这么想的，他还想看看周霖的实力到底能有多强，闻言在周霖的名字后面标了五颗星。

"还有陈若风……"

陈若风其实水平也不错，但是从前几天的比赛能看出来他的心态比周霖差得不是一点半点，只不过是输了一轮高校之间的友谊赛，却失魂落魄得像是输掉了整个人生。社长私底下还安慰了他好一会儿，唯恐他一蹶不振。

社长本来是想给陈若风出高难度的题的，但又怕陈若风心态还没有调整过来，雪上加霜那可就不好了。

顾禾打断社长的话："随意，你做主。"

社长："……"

社长在陈若风的名字后面画了四颗星，想了想又抹掉了一颗，他的笔尖落在最后一个名字上，更犹豫了："至于龙琪琪……"

龙琪琪是真的让社长头大。

龙琪琪是怎么进来的，大家都心知肚明，完全就是顾禾一时兴起让她过了关。

顾禾给她出了那么简单的题不说，龙琪琪还超时了，关键是顾禾还明目张胆地篡改了她的时间，让龙琪琪如愿进了社团。

社长觉得，看在顾禾的面子上，他不是不可以睁一只眼闭一只眼让龙琪琪继续混下去，反正龙琪琪最近也挺努力的，数独实力虽然不能用进步神速来形容，但好歹也没当初那么寒碜了。

社长是在给顾禾表态的机会。

要是顾禾替龙琪琪说说话，他再摆摆姿态，就可以顺势给龙琪琪出最简单的题了。

不是他身为社长想要这么干的，是他为了维持社团内部团结以及笼络副社长这颗心才被逼这么干的！

社长的笔尖落在龙琪琪的名字后面，就等着顾禾一句"这么笨的人给她出最简单的题目得了"他便落笔画上一颗星，可是等了很久顾禾都没有开口。

社长抬头，却见顾禾神情复杂。

"顾禾？"社长开口催促。

顾禾眸光闪烁，伸手又拿起手机登录了微信，微信正好跳出了一条消息——

也想偶尔出去浪：我还偷偷拍了一张照片呢，还真别说，两个人瞧着还挺配。

顾禾打定了主意。

他脸色如常，慢悠悠道："身为一社之长怎么能徇私？自然是要公平、公正、公开，为社团挑选最优秀的人才。"

社长："？？？"

顾禾又道："就按照陈若风的标准出吧。"

社长："！！！"

175

你这是逼着龙琪琪退社啊！

社长都想冲上去摇醒顾禾，当初到底是谁"不公平、不公正、不公开"让龙琪琪进来的啊，现在竟然还说得这么理直气壮。

社长目光复杂，晃悠着笔慢慢画下了三颗星。

"你不要后悔哦？"

顾禾冷哼一声："后悔？我为什么要后悔？"

龙琪琪感受到了来自这个世界的恶意。

她看着面前的卷子陷入了沉默，半个小时，让她做五道题，龙琪琪虽然没怎么做过高级难度的数独题，但是晃眼过去，心里对于这些题的难度也有些谱。

这根本就不是她能够在半个小时内做完的题！

天要亡她龙琪琪！

而就在这时，顾禾踱着步子慢慢走到龙琪琪面前，弯下腰撑着龙琪琪的桌子，笑得无辜："龙同学，要加油呀！"

龙琪琪已经做好被退社的心理准备了。

可是她万万没有想到，生活就是这么残忍，无论如何都要给你设好的心理防线重重一击，击得你溃不成军。

龙琪琪头昏脑涨地坐在那里，连抬手的力气都没有了，眼睁睁地看着顾禾将她费了半天工夫才做完两道题的试卷收走。

顾禾将试卷晃得"哗啦啦"作响，漫不经心地看着答案。周霖瞅空钻了过来，眼巴巴地看了一眼顾禾，也想要顾禾亲自收走他的卷子，但是社长已经眼明手快一把将他的卷子扯了过去。

周霖遗憾地撇了撇嘴，想同顾禾说些什么，冷不丁想起顾禾那天晚上在公交站台上跟他说的那些话，又蔫了。

副社长讨厌他呢。

周霖只能转而同龙琪琪说话："亲爱的战友，做得怎么样啊？今天的题是有点难，不过我相信以你的实力肯定没有问题的！"

周霖一边说着，一边偷偷瞟顾禾。

他表面上是在夸龙琪琪，实则是在夸顾禾呢！希望副社长能明白他的一颗赤子之心。

然而顾禾耳中只听到了"亲爱的"三个字，他盯着试卷，觉得龙琪琪写的字丑也就算了，怎么写的数字都这么丑。

龙琪琪生无可恋："我觉得我要死了。"

龙琪琪知道数独很难，也预料到内部考核会很难，可是她万万没有想到竟然这么难！

龙琪琪觉得自己毕生的脑细胞都贡献给刚刚那短短半个小时了。那边娃娃脸正帮着社长对着答案，娃娃脸本来想过来拿走龙琪琪的试卷，也不知道社长说了些什么，娃娃脸表情讪讪地退了回去，权当顾禾是过去处理龙琪琪的答案了。

龙琪琪抱着头，恨不得将脑袋往桌子上面撞。

"啊啊啊啊！怎么会这么难啊！"

"难吗？"周霖有些忐忑，"我觉得虽然有点难，但也不至于到崩溃的地步吧……哦，对了，他们之前好像说过大家的卷子都不一样，难道是你的题目比我的更难吗？"

周霖说着，看向龙琪琪的目光更加敬佩："社长说过题目的难易程度是根据社员的实力水平来决定的，战友，你之前果然是太谦虚了！"

龙琪琪："……"

龙琪琪生出了一点信心："真的吗？"

周霖还没回答，顾禾便戳破了龙琪琪的最后一丝幻想，凉凉道："假的，就是因为实力跟不上卷子题目的难度，你才会觉得生无可恋。"

龙琪琪："……"

龙琪琪觉得顾禾是在针对自己。

龙琪琪垂死挣扎："那是因为卷子的难度是根据我们的实力水平来设置的吧！"

顾禾瞥了一眼龙琪琪，挥了挥手中的那张试卷："恭喜你，四十分。"

五道题总共就做了两道，让顾禾意外的是，这两道题竟然还对了。

顾禾看得出来，龙琪琪是真的下了一番苦功夫，放在一个月前，这种难度的题给她半个小时她都不一定能够做得出来一道题。

龙琪琪恹恹，考核规定八十分以上才算通过。

龙琪琪突然觉得心灰意冷，果然，数独是聪明人才能玩的游戏。她本以为自己努力努力就能创造奇迹，如今看来，奇迹并不是靠几天的努力就能成就的。

周霖对于龙琪琪的成绩很意外："不是，战友你是不是状态不太好啊……你肯定是发挥失常了！"

顾禾站在一旁没说话也没有走开，随手拿起龙琪琪手边的笔在试卷上写写画画，解答着卷面上空着的其他三道题目。但是他精神并不集中，余光老往龙琪琪那边瞥。

顾禾在等着龙琪琪求他。

娃娃脸不是都说了吗，龙琪琪是顾禾的腿部挂件，当初就是靠着抱顾禾大腿让顾禾开后门才勉强进来的。顾禾觉得抱大腿这回事嘛，一回生二回熟，再说了，他又不是只有一条大腿。顾禾脚后跟在地面上跺了跺，又抖了抖自己的大腿。

龙琪琪一声不吭。

她也是要面子的好吗？

当初她对数独不在意，纯粹是为了赌一口气才厚着脸皮进了数独社。可是现在不一样了，她是真心想要留在数独社的，也是想靠着自己的实力正大光明地留下来。

在顾禾开始做第四道题的时候，龙琪琪动了。

她一声不吭地将东西往自己的书包里收，甚至还从顾禾手中夺回了自己的那支萝卜样式的笔。

"欸……"顾禾下意识发出声音。

龙琪琪大声道："这是我的！"

顾禾："……"

顾禾看到龙琪琪眼眶有些红。

龙琪琪用力将书包拉链给拉上，将书包往肩上一甩大步离开了活动教室。书包被甩起来的时候，连带着拉链上挂着的那只小兔子也晃了起来，毛茸茸的兔耳朵碰到了顾禾的脸，不疼，有些痒。

龙琪琪离开了活动教室之后，谁也没有说话，最后还是娃娃脸打破了这片安静，他小心翼翼道："这是什么情况？不等我们公布，龙琪琪就自动退社了吗？"

社长翻了个白眼："白人作呗。"

社长从试卷里抽出一张扬了扬，夸赞道："周霖不错哦，竟然五道题全对。"

周霖双手抱胸，哼了一声："就算你夸我，我也不会承认你是社长的！"

社长也就是随口那么一夸，对于周霖的反应他并不在意。比起周霖他更加在意顾禾的反应，他叹了口气，故意开口道："咱们社团从今往后就真的要成男子社团了。"

坐在社长对面的御姐默默刷着手机微博不吭声。

顾禾眼神飘忽，落在龙琪琪刚才坐的座位上，桌面放着一个橘红色的笔盖，应该和龙琪琪那支萝卜笔是配套的。

他抓起笔盖，面不改色道："龙琪琪落下东西了，我给她送过去。"

社长冷笑一声："呵呵，你还真是拾金不昧。"

顾禾找到龙琪琪的时候，龙琪琪正在教学楼附近的操场上练单杠，一个接一个的引体向上做得标准而又快速，令一旁锻炼身体的男生羞愧得无地自容。

小小的身体有大大的力量，说的大概就是龙琪琪了。

顾禾咳了一声，假装淡定地走到单杠旁，右手拇指和食指搓着那橘红色的笔盖，漫不经心道："龙同学，你还记得你是怎么进数独社的吗？"

龙琪琪哪怕身体素质再好，一口气做了十个引体向上也有些累了。她停下来休息了会儿，擦了擦额头的汗回道："当然是靠我的实力！"

顾禾："……"

龙琪琪撇了撇嘴，又接了一句："当然，也要谢谢你给我开后门，虽然那门就只开了一道缝。"

龙琪琪伸出两根手指比画出一道窄窄的缝隙。

顾禾又道："咱们数独社的门都是双扇的。"

龙琪琪没明白过来顾禾的意思："活动教室的门不都是单扇的吗？"

顾禾："……"

顾禾用力一捏，险些将把玩着的笔盖给扔出去，他觉得以龙琪琪这种智商，大概是听不懂他的暗示的，索性将话摊开来说："你要是表现好，我可以考虑考虑再给你开一扇后门。"

龙琪琪沉默了。

就在顾禾以为龙琪琪准备讨好他的时候，龙琪琪却冷不丁开口拒绝："不用了。"

在听到龙琪琪这个回答的时候，顾禾不知道自己心里是什么滋味，就像是被一根针轻轻扎了一下，不痛不痒，却让他很不舒服。

不用了？

"不用了"是什么意思？

她的意思是不想再留在数独社了吗？

顾禾想起了下午娃娃脸在微信群里说的那番话，开口了，语气里带着一丝自己都没有意识到的酸溜溜："周霖表现得很好，肯定能够留下来，你难道不想一起留下来吗？"

周霖？这和周霖又有什么关系？

龙琪琪叹了口气："当然想。"

她好不容易才对数独生出了一点信心，当然想要继续留下来和数独社的伙伴们在一起。

可是她的实力，实在是差得太远了，龙琪琪不想拖他们的后腿。

"你果然想和周霖在一起。"

顾禾将这句话说完，才意识到自己情绪的不对劲，他立马调整好自己的心态，将笔盖塞给龙琪琪，不再继续之前的话题："你的东西，落下了。"

顾禾说完扭头就走，颇有些落荒而逃的意思。

龙琪琪奇怪地看着顾禾的背影。

他这是什么意思，大老远跑过来找她就只为了送一个不值钱的笔盖？

顾禾在回去的路上接到了社长的电话。

社长问道："怎么样？说服龙琪琪抱你大腿了吗？"

顾禾一声不吭。

社长一下子就明白了顾禾的意思："哟，瞧这意思，是失败了？唉，早知如此，何必当初？下午也不知道是谁正气凛然地说不能徇私，非要给我们可怜的琪琪出三颗星难度的题。不过她能做出来两道，已经算是进步很快了。"

见顾禾还不说话，社长继续絮絮叨叨："这下可好，周霖留下来了，龙琪琪走了。不在一个社团，他们两个人的见面机会是少了。可是你别忘了，他们两个见面的机会少了，你和龙琪琪见面的机会也少了。都说有共同的话题和共同的圈子，才更容易培养感情呀。"

顾禾终于开口了，声音闷闷的，听不出情绪。

"我和龙琪琪是同班同学。"

"那又怎样？"

顾禾又不吭声了。

是啊，那又怎样？

龙爸觉得自家宝贝女儿的情绪好像不太对劲。

龙琪琪今儿回来得晚，他担心龙琪琪在学校晚饭没吃好，做了份夜宵给龙琪琪送了过去，却瞧见龙琪琪对着一道数独题在发呆。他慌里慌张地离开房间去找龙妈商量，此时龙妈正坐在客厅的沙发上嗑着瓜子看电视，见龙爸过来连忙使唤他："正好我口渴了，给我倒杯水。"

龙爸应了一声，捧着玻璃杯接了杯水凑到龙妈面前，说道："你有没有觉得囡囡最近很不对劲啊。"

龙妈嗑瓜子嗑得起劲，嘴里含含糊糊道："有啥不对劲？难道大学也有期中考？"

龙爸挠了挠头："没听说过啊，不过囡囡最近倒是一直在埋头学习，难道真的是为了应付考试？"龙爸从茶几上抓过一把瓜子，替龙妈剥起瓜子来，边剥边道，"可是不太对劲啊，之前哪怕就是高考，囡囡也没这么勤奋刻苦过，而且就算是考砸了，她也没怎么放在心上，照样该吃吃该喝喝，也不像今天这样……"

龙爸绞尽脑汁地想着词来形容龙琪琪："闷闷不乐，还不爱说话。"

龙妈倒是想起了什么："前几天囡囡倒是跟我提过今天是什么社团的内部考核。"

"社团？"龙爸不以为意，"拳击社团吗？就算有考核对囡囡来说也不是什么难事吧。"

龙妈有些迟疑，从龙爸手中接过剥好的瓜子仁一把往嘴里放："似乎是什么数独社？"

"数独？"龙爸皱了皱眉，"听起来好像和数学有关啊，囡囡又不是想不开，怎么会去参加这种社团？"

龙妈吞掉嘴中的瓜子仁："不是啊，最近囡囡不是一直都在学习吗？我偷看过几次，好像就是在做什么数独题啊！"

夫妻俩对视一眼，心有灵犀地起身朝龙琪琪房间偷偷摸摸走了过去。

龙琪琪正对着数独题发呆。

她这算是退社了？可是为什么心里还有一丝不甘心和不舍得呢？

龙琪琪叹了口气，冷不丁身后就传来熟悉的声音："囡囡啊，你在叹什么气？"

龙琪琪吓了一跳，发现自家爹娘不知何时偷偷站在自己身后，蹑手蹑脚的，也不知站了多久。

对于自己的父母，龙琪琪向来是没有什么隐瞒的，她把玩着手中的笔，转过椅子来面对着龙爸龙妈，愁眉苦脸道："我被社团开除了。"

"开除？"龙爸龙妈挨着床边坐了下来，他们那个年代的大学和现在的大学有太多的不一样，也不太懂现在大学的做派，"社团不就是咱们那时候的兴趣小组吗？怎么，这还能被开除？"

龙琪琪耷拉着嘴角："那不一样啦，我们学校的数独社很厉害的，社团里的人也一个个又聪明又厉害，多少学生眼巴巴地想要进社团，但是都被拒绝了。"

龙妈心直口快："既然是这么难进的社团，你怎么就进去了？"

龙琪琪："……"

知女莫若母，龙琪琪觉得这真是亲妈。

龙琪琪撇了撇嘴："走后门了呗。"

就是因为走了那一次后门，顾禾每次都对她冷嘲热讽的。本来还以为过了这一个多月大家的关系有所缓解，算是朋友了。可是没想到今天顾禾又阴阳怪气，还说什么她的实力差才会觉得卷子难。

龙琪琪也是有脾气的，一想到这一出就觉得委屈。

龙爸接话道："你这么不开心是不是想要继续留在那个社团？既然这样你就继续走后门呗。"

龙爸倒是想得开，一点都不知道要教导女儿为人正直。

龙琪琪哽了哽，也不知道怎么描述自己现在的心情，今天顾禾找她说了那一番话，是不是就是暗示她可以继续走后门？可是龙琪琪并不想。

龙琪琪闷声道："不要。"

龙爸摸着下巴给龙琪琪出谋划策："走后门也不行，你的实力又不够资格继续留在社团，那这样的话……"

龙琪琪打断龙爸的话："只是现在的实力不够，我已经进步很多了！"

龙妈挥了挥手道："有什么大不了的，能进第一次，就能进第二次。

不是说现在大学那些社团每学期都会纳新的吗？囡囡，你现在的实力不够，不代表下一次纳新的时候实力也不行。"

一语惊醒梦中人。

龙妈刚才嗑了太多瓜子，只觉得嘴巴干得厉害，也没什么心情继续坐在这里同龙琪琪说心事，长话短说道："做人呢，最重要的就是开心，坐在这里愁眉苦脸，可没办法解决问题的。"

龙妈说着说着，拍了下龙爸的肩膀："哎呀，说得我口都干了，老公，去给我倒杯水！"

如何快速提高自己的数独水平？

龙琪琪想起了很早之前娃娃脸安利给她的一个在线数独应用，当时她对数独还不怎么上心，注册了一下便将它放在手机的角落里再没打开过了。

龙琪琪还特地咨询了一下周霖。

我爱数独：你有没有听说过合页数独这个应用？

周霖：当然啦，我刚接触数独的时候就一直用这个应用的，这个应用题库很齐全，我现在没什么事也会翻出这个应用做做题。听说最近合页数独好像要搞什么网上比赛，还蛮多人打算参加的。

周霖：说起来，这个应用里蛮多高手的，其中有个叫作"一只菜鸟"的大神非常有名，但是他最近似乎不怎么上线了。之前我还没进数独社的时候，还听说过一个说法，要是能在合页数独应用里赢过"一只菜鸟"一局，进数独社就十拿九稳了。

周霖：你突然问这个做什么？对了，战友，你不是真打算退社吧！

周霖：我知道你今天状态不好，肯定是太紧张了才会发挥失常。

周霖：不如跟副社长好好说一说，让你再回来？

我爱数独：我肯定要回去的。

我爱数独：但不是现在！

龙琪琪打定主意要凭自己的实力进入数独社，并且还抱着一颗要让顾禾刮目相看的心。

赢过"一只菜鸟"就具备进入数独社的实力？很好，她现在的目标就是干掉那个"一只菜鸟"！

合页数独经过几轮的优化改进，各方面的功能都做得十分完善，包括 APP 设计之初没有考虑过的好友模块也被加了上去。

知己知彼，方能百战不殆。龙琪琪的目标是"一只菜鸟"，自然要向"一只菜鸟"看齐。合页数独的好友列表里不仅可以看到好友此刻正在哪个房间做题，还可以观战，甚至还能查询好友之前的战绩。

龙琪琪向"一只菜鸟"发起了好友添加请求，可是等了许久都没有等到通过。

她不想浪费时间，索性去研究合页数独的其他功能。

合页数独添加了排位系统，但是新注册的账号是不能参加排位的，需要积累一定的经验值和做过一定数量的题目才能够参加比赛。在此之前甚至都没办法参加在线 PK，龙琪琪只能先独自做题。

龙琪琪还记得自己刚注册这个 APP 的时候做了一道题，但是花了十几分钟都没能做出来，之后一怒之下就退掉了 APP 再也没有打开过。

现在心境不同，实力也不同了，那道题的记录还在，龙琪琪点开了那道题，发现自己只花了六分钟的时间就解答出来了。

龙琪琪看着手机屏幕跳出来的成功提示，有些唏嘘，放在一个多月前，她大概是想都不敢想吧。

龙琪琪一旦投入到一件事情当中，就会全身心投入进去。数独 APP 的确比用纸笔做题来得方便，龙琪琪抱着手机，连着好几天都沉浸在数独的世界里，只盼着能够早日达到系统要求的经验值开启在线 PK 的模式。

龙琪琪沉迷数独，就连顾禾几次期期艾艾地站在她身边，她都没有察觉到。有好几次龙琪琪抬头都能看见顾禾正在看她，她本以为顾禾有事要找她，开口问顾禾，顾禾却又什么都不说。

龙琪琪嘀嘀咕咕，顾禾最近真的是越来越阴阳怪气了，不仅如此，上课都不挨着她一起坐了。

龙琪琪最近连数独培训班也不怎么去了，顾禾带的那个班本就是针对刚启蒙的小孩子，龙琪琪想要进一步增强自己的实力，再去培训班就是浪费时间。

在经过六天的努力，终于开启了在线比赛模式之后，龙琪琪终于接到了来自"一只菜鸟"的消息。

【系统】【一只菜鸟】拒绝了您的添加好友请求。

龙琪琪："？？？"

这么高冷的吗？

龙琪琪暗自腹诽，正好看见消息列表里滑过去的一条系统开房消息——

【系统】【一只菜鸟】创建标准数独房间，难度三颗星，邀请广大玩家一起在线比赛。【房间地址】

龙琪琪眼明手快，直接戳进房间链接。

"一只菜鸟"创建的房间人数上限为5，龙琪琪进来的时候正好占了最后一个坑。

【房间】【玉门关关】：是菜鸟大神！没想到有生之年我能有幸被菜鸟大神一虐！

【房间】【喂，这是你的9吗】：菜鸟大神请高抬贵手！

【房间】【一只菜鸟】：让你们三分钟。

三分钟？

起初龙琪琪还不明白这个所谓的"三分钟"是什么意思，但是五分钟过后，她看着房间跳出来的恭喜"一只菜鸟"完成挑战的消息，总算明白了。

"一只菜鸟"是在开局三分钟后才开始答题，开局五分钟后结束战斗。

【房间】【一只菜鸟】退出房间。

合页数独的开房设定是这样的，一旦房主率先退出房间，这个房间就会解散，无论房间里是否还有其他的玩家。

龙琪琪看着屏幕跳出的"被移除房间"的提醒，撇了撇嘴。

【系统】【一只菜鸟】创建标准数独房间，难度三颗星，邀请广大玩家一起在线PK。【房间地址】

【系统】【一只菜鸟】：这次让你们五分钟。

龙琪琪想，她终于明白了周霖口中的那句"能从'一只菜鸟'手中赢下一局，就具备了能够进入数独社的实力"并不是空穴来风。

"一只菜鸟"是真的强！

龙琪琪死死盯着世界频道消息，一刷出"一只菜鸟"创建房间的消息，她就戳进房间链接。可是哪怕如此，十次中有四五次她都没能抢到位置，只能用观战模式进入房间观看别人做题的进度。

龙琪琪点了"一只菜鸟"的观战视角，发现他从不食言，说了让别人几分钟，就几分钟后才开始做题。

"一只菜鸟"的做题速度很快，而且龙琪琪发现，"一只菜鸟"并不用系统给的备注功能，即如果觉得一个格子有两三个可能，可以往里面备注两三个选项，等确定了再回头删除。他一道题做得一气呵成，很少有停顿的地方。

这大概就是大佬的实力。

龙琪琪也偷偷想，会不会是"一只菜鸟"提前用纸笔做好了题，等到时间开始的时候他再往空格上填答案。但是转念一想，也不太可能，因为"一只菜鸟"创建房间选取的题目难度都是三颗星以上的，短时间内也不可能做得出来。

龙琪琪能看得出来，"一只菜鸟"在这个应用的人气很高，从他创建的房间几秒钟内便被抢占后就能够看得出来。甚至，还有玩家在世界频道开玩笑说，如果有抢到"一只菜鸟"的房间座位的人能够将位置让出来，他愿意出钱来买。

还有玩家统计了自己和"一只菜鸟"的对战次数，公布出来后引来了一众人的羡慕。

龙琪琪想，她大概还是缺少了一点高手的觉悟，被"一只菜鸟"如此虐了六七次，她再也打不起精神去和大家抢占"一只菜鸟"房间的座位了。

这个世界太疯狂了，她需要冷静一下。

龙琪琪又去和周霖交流心得。

我爱数独：你和"一只菜鸟"比过吗？

那边周霖不知道在忙什么，没有回复，龙琪琪等了一会儿，忍不住又发过去一条消息。

我爱数独：你移情别恋了吗？为什么不秒回？

说来也怪，之前龙琪琪还在数独社的时候，她和周霖的关系其实一般。虽然每次周霖都亲亲热热凑上来一口一个"战友"，一口一个"深厚革命情谊"，但几乎每次都是周霖一头热上赶着贴龙琪琪的冷屁股，两个人聊天的主要话题也是围绕着顾禾。

龙琪琪明白周霖也是为了顾禾的缘故才会千方百计地和自己搞好关系，所以也没有花心血去处理和维护同周霖的这段表面战友情谊。可是有时候人与人的关系就是这么奇妙，龙琪琪离开数独社后，和周霖的关系反而发生了微妙的变化。

至少，她是真的把周霖当成好朋友来对待。

龙琪琪退社后，和数独社的人就很少有联系了。就连顾禾，哪怕平日里上课都能碰到面，但奇怪的是，两个人的关系仿佛绕进了死胡同。顾禾对待龙琪琪阴阳怪气，甚至还唯恐避之不及，龙琪琪也憋着一口气想要在顾禾面前证明自己，所以对他也没有什么好脸色，两人的关系一度陷入僵局。

不过龙琪琪沉迷于数独，并没多少时间去纠结她和顾禾的关系，也只有夜深人静入睡之际，她偶尔想起顾禾，才有那么一点莫名其妙的不甘心。

龙琪琪也不知道自己究竟是为什么不甘心，她思来索去，就把这股不甘心归咎于顾禾不认同她的数独实力。

龙琪琪认识的数独高手也就那么几个，面对顾禾她拉不下脸主动去问，所以只能转而问周霖。一来二去的，两人关系变得更好了，龙琪琪同周霖说起话来也没有顾忌。

而此时周霖正在数独社活动教室，他正和娃娃脸探讨一道数独题，手机调成了静音放在一旁也没有在意。反倒是顾禾路过周霖身边时，余光一瞥，正好瞥见周霖手机屏幕上的那四个关键字——

移情别恋。

消息发送方：龙琪琪。

顾禾停下了脚步。

周霖和娃娃脸探讨完毕，一回头就瞧见顾禾正盯着自己。

崇拜的偶像用如此炙热的目光看着自己，周霖内心汹涌澎湃，觉得自己的努力终于被偶像看到了，偶像终于肯正眼瞧自己了！瞧瞧，这视线多么热烈，多么诚恳！

顾禾看着周霖没有说话。

周霖琢磨着，前段时间顾禾要同自己把酒言欢，现在难道改套路了，想要和自己眉目传"情"了吗？

周霖觉得自己必须要配合顾禾，所以他用更火热的视线看了回去。如果目光可以实质化的话，两人之间大概已经擦出了火花。

顾禾："……"

顾禾很烦躁。

这周霖是想做什么？是在跟他耀武扬威吗？

呵，幼稚！

顾禾收回视线，坐在距离周霖两排的位置上。周霖悻悻地收回视线，正准备拿起手机看有没有消息，而就在他的手刚碰上手机的时候，顾禾一个箭步冲了过来压住了他的胳膊。

周霖兴高采烈："副社长？"

顾禾故作淡定："一个人做题没意思，咱俩来 PK 吧。"

周霖兴奋道："好啊，好啊！"

顾禾看了一眼周霖的手机，冷哼了一声，随手抓起一张纸盖住了手机。

直到晚上，龙琪琪才等来周霖的回信。

周霖："一只菜鸟"？我赢过一次。

我爱数独：？？？

周霖：那次他让了我一分钟，我侥幸赢了。

我爱数独：才一分钟？

我爱数独：对了，你今天怎么这么晚才回我消息！

周霖：今天社团活动呢，社长组织大家一起做题，嘻嘻嘻。

我爱数独：又不是没做过题，为什么这么开心？

周霖：嘻嘻嘻，我今天和副社长一起做题了！虽然一次都没赢过他，可还是好开心哦。

龙琪琪撇了撇嘴，慢吞吞地打下几个字。

我爱数独：那你输了他一晚上，他有没有嘲笑你啊？

周霖：没有呀，副社长还鼓励我呢，说我很不错，让我再接再厉，少玩手机多做题，他一定是对我寄予厚望！

龙琪琪把手机扔到了床上。

呵，顾禾这个人怎么这么双标？

她社内考核考得差的时候，顾禾不仅没有鼓励她，还对她冷嘲热讽，怎么轮到周霖，他反而鼓励周霖了？还嘱咐周霖多训练不要玩物丧志？

顾禾一定是对她有偏见！

龙琪琪气呼呼，完全忘记了当初她刚学数独的时候，每天晚上盯着她督促她完成十道数独题的是谁。

龙琪琪将自己扔到床上，随手扯过枕头尽情蹂躏，心里默默腹诽着顾禾，做人怎么能这样呢？同样都是数独社的新社员，顾禾为什么就不能一视同仁？难道就因为周霖比她实力强，就要区别对待了吗？

这样的人怎么能够担任副社长的重任！

龙琪琪估计是今天做题做晕了，又或者是被气糊涂了，一气之下竟然拿起手机登录了她刚玩微信那会儿注册的小号。这个小号龙琪琪注册后就没玩过，头像是当时随手拍的一处风景，昵称也是乱打的一串数字。

龙琪琪用小号去加社长的微信，却被拒绝了。

她沉默了一会儿，把微信头像改成了热腾腾、香喷喷、好吃看得见的炸鸡腿，昵称改成"我爱炸鸡翅膀"，再发了一次添加好友请求，这次顺利通过了。

大吃四方：你是？

我爱炸鸡翅膀：我是谁并不重要。

我爱炸鸡翅膀：我要实名举报你们数独社的副社长！

我爱炸鸡翅膀：身为副社长他不但不爱护社员，不一视同仁，反而屡次打击社员的自信心。不仅如此，他任性妄为，多方欺压社员，有这样子的副社长还怎么稳固军心！

大吃四方：……

大吃四方：你是谁？

我爱炸鸡翅膀：有这样的副社长，你就不怕底下的社员心怀不满吗！

大吃四方：不满就找他切磋数独啊，赢了他就可以当副社长了。

我爱炸鸡翅膀：……

大吃四方：你到底是谁啊？是我们社团的人吗？

大吃四方：不对，我们社团的人不会这么蠢。

大吃四方：难道是别的学校派来挑拨我和顾禾关系的人！

大吃四方：你是不是温宇飞！

我爱炸鸡翅膀：……

我爱炸鸡翅膀：竟然被你看穿了。

我爱炸鸡翅膀：可恶！

龙琪琪麻利地拉黑了社长退出微信，那边社长连发了几条消息都没有顺利发出去，愤愤然将聊天截图发给了顾禾，以表忠心。

大吃四方：你看看这个温宇飞！

大吃四方：简直太阴险狡诈了！哼，他以为咱哥俩的感情是这么容易就被挑拨的吗？

顾禾：你怎么知道是温宇飞？

大吃四方：除了他还能有谁？而且他最后都承认了。

顾禾："……"

顾禾觉得温宇飞不可能这么蠢。

顾禾：把那人微信号给我一下。

顾禾看着社长发过来的微信号，眯了眯眼，良久竟然笑出了声。

lqq12345？

这么明显的微信号，是怕别人不知道她是谁吗？

还有，他什么时候打击社员自信心了？

龙琪琪这一番举报，就差明目张胆跟社长诉苦，说他顾禾欺压龙琪琪了。

他哪里欺负她了？

顾禾手指在屏幕上滑了几下，点进去一个聊天窗口，好半天才发出去一条消息。

第 13 章
自恋是种病，
得治

　　龙琪琪做贼心虚，拉黑社长后退出微信，但是她刚登录自己的微信大号，正准备约周霖做会儿数独题的时候，冷不丁弹出一条微信消息。

　　顾禾：在？

　　龙琪琪："！！！"

　　难道是社长发现那个小号是她的，所以让顾禾来兴师问罪了？

　　不可能！

　　社长不是还怀疑她是温宇飞来着吗？

　　龙琪琪吓得险些把手机一扔，长吐一口气。

　　她和顾禾最近的聊天记录还停留在她退社的那天上午，她问顾禾她有多大的希望能够通过社内考核，顾禾的回复是"尽人事，听天命"。

　　龙琪琪不想回复顾禾，可是看到了不回复总觉得心慌得厉害，她忍了五分钟，终于还是没忍住拿起手机回了条消息过去。

　　我爱数独：不在！！

　　顾禾：……

　　顾禾：周霖在吗？我找他有事，他没回我消息。

　　龙琪琪："？？？"

　　找不到周霖跑来找她是什么毛病？她又没和周霖住在一起，龙琪琪觉得莫名其妙，想起周霖之前喜滋滋地告诉自己顾禾今天夸赞他一事，又觉得酸溜溜的。

　　龙琪琪斟酌了许久，才慢吞吞回了消息。

我爱数独：他又不是我儿子，我哪知道他干什么去了。

我爱数独：他不想回你，大概就是不想理你了吧。

另一头，顾禾等了半天才等来龙琪琪的消息，他盯着微信聊天界面的那两句话陷入了沉思。

顾禾蹙眉，龙琪琪这是什么意思？他怎么觉得她话里带着火药味呢？

顾禾紧紧抿着唇，心情很不爽。

龙琪琪是不想让他找周霖吗？觉得他占用了周霖的时间？恋爱中的女人都这么不可理喻吗？

顾禾一想到龙琪琪头顶着"恋爱中"这个新标签，就越发觉得不爽。

好好学习不好吗？谈什么恋爱！

他就知道当初周霖约龙琪琪一起做题没安好心！

顾禾觉得，按照自己以前的性子，有人胆敢跟他这样讲话，他一定二话不说就将其拉黑，不给对方再一次朝他扔火药的机会。

顾禾还觉得，或许时间让人成长，他现在的脾气好多了，至少都能忍住不去拉黑龙琪琪了。

寂静的夜里，早已经过了熄灯时间的男生宿舍中，顾禾一个人静悄悄地坐在床上，手机屏幕的光芒照得他那张脸有些发绿。

顾禾一个字一个字慢慢敲了过去。

顾禾：改天一起做题。

顾禾一个激灵，反应过来自己发过去了什么，连忙选择了撤回。

龙琪琪在床上翻滚了一圈，听到手机有新消息的提示音，滑开屏幕去看，只看到"对方已撤回消息"的提醒。

龙琪琪："？？？？"

什么毛病？

不想聊天就不要聊！撤回消息算什么英雄好汉！

我爱数独：浑蛋，没人性，两面三刀！

你撤回了一条消息。

顾禾："……"

顾禾等了五分钟，又发过去一条消息。

顾禾：抱大腿这种事，一回生二回熟，你为什么不抱？

你撤回了一条消息。

龙琪琪："……"

龙琪琪恶狠狠地盯着手机屏幕，有本事发消息就有本事不要撤回啊！

我爱数独：再撤回消息，你就是猪！

你撤回了一条消息。

顾禾等了一会儿，琢磨着龙琪琪应该切出了聊天界面，于是又发过去一条消息。

顾禾：周霖那个家伙不适合你。

你撤回了一条消息。

这次龙琪琪等了十分钟，手机屏幕暗了下去又亮了起来，她十分迅速地滑开了手机屏幕，可仍然只看到了"撤回消息"的提醒。

你不仁，休怪我不义！

龙琪琪瞪着自己和顾禾的微信聊天界面，不切出去，也不发消息，等手机屏幕快要暗了的时候，就滑动一下手机屏幕，确保屏幕长亮。

而另一边，顾禾等了半天也没能等来龙琪琪的消息。

难道睡了？

顾禾没忍住，又发过去一条消息。

顾禾：智商水平差太多的两个人在一起是不会有结果的。

对方已阅读该条消息，撤回失败。

顾禾："……"

饶是聪明冷静如顾禾，遇到这样子的突发情况也呆了。

而此时，对面的舍友被尿憋醒，起床准备去卫生间，见顾禾还对着手机屏幕发呆，他揉了揉眼，拿过手机又看了一眼时间，小声道："顾禾，都两点了怎么还不睡？"

顾禾想，他今晚大概是睡不着了。

睡不着的还有龙琪琪。

龙琪琪没想到自己"守株待兔"等来的是这么一条消息。

顾禾这是什么意思？

什么叫作智商水平差太多的两个人？

直觉告诉龙琪琪，顾禾话中的两个人有一个是她，但另外一个人是谁？而且什么叫作不会有结果？

龙琪琪死死盯着那条消息，直到手机屏幕暗了下去，她脑海里都还在盘旋着这一句话。

顾禾究竟是什么意思？

龙琪琪想了整整一夜都没有想明白，隔天她顶着两个黑眼圈去上课，在教室门口遇到了同样顶着熊猫眼的顾禾。两人狭路相逢谁也不说话，十分有默契地一个往左一个往右拐进了教室。

下课后，龙琪琪下意识地在教室里扫了一圈，却不见顾禾的身影，她神游天外地飘出了教室，在教学楼的走廊巧遇周霖。

周霖同龙琪琪打招呼，却发现龙琪琪眼神迷离、失魂落魄，夸张地大叫道："你该不会昨晚做了通宵的题吧？通宵做题这么刺激的事情怎么不喊上我一起？"

龙琪琪决定求助周霖。

她看着周霖，幽幽开口道："你们两个人是不会有结果的。"

周霖："……"

周霖伸手在龙琪琪眼前晃了晃："所以你昨晚不是去做题了，其实是在通宵看言情小说？"

龙琪琪惊道："什么意思？"

周霖解释道："这句话不就是言情小说里恶毒女配棒打鸳鸯的标准台词吗？"

龙琪琪吓到了："棒……棒打鸳鸯？"

顾禾要棒打鸳鸯？

哪来的鸳鸯！

龙琪琪沉着冷静，动用自己通宵过后仅存的智商去细细品味那句话。

等等，顾禾的原话并不是"你们两个人"，而是"智商水平差太多的两个人"。龙琪琪很肯定，这其中一个人指的是她，那和她智商水平差太多的另一个人是谁？

电光石火之间，龙琪琪脑海里浮现一个可怕的念头。

顾禾一向觉得她笨，难道顾禾说的是他自己和她？

龙琪琪不能冷静了。

所以顾禾的意思是在拒绝她？

开什么玩笑！

他会不会想太多？她到底是做了什么事给他一种错觉，觉得她龙琪琪喜欢他顾禾？

龙琪琪脸色变了又变，看得周霖叹为观止，都说女人变脸如翻书，龙琪琪这翻书的速度有点快啊，几乎是从言情小说翻到了悬疑小说，又从悬疑小说翻到了恐怖小说。

龙琪琪磨着牙道："你觉得我喜欢顾禾？"

周霖一愣："啊？"

虽然不明白龙琪琪为什么突然问出这个问题，他挠了挠头，理智分析道："副社长那么优秀，你喜欢他很正常的吧？"

龙琪琪气愤道："你胡说！"

她喜欢顾禾？

怎么可能！

就算天塌下来了，她也不会喜欢顾禾！

龙琪琪握紧拳头，神情扭曲，字字铿锵有力："绝！对！不！可！能！"

龙琪琪翻出手机，"噼里啪啦"地给顾禾发过去一条消息。

我爱数独：自恋是种病，得治！

龙琪琪顺手将顾禾的微信拉入了黑名单。

而下课的那一瞬间就落荒而逃不敢和龙琪琪碰上的顾禾，刚拐出教学楼就收到了来自龙琪琪的微信消息。

顾禾：？

我爱数独开启了好友验证，你还不是他（她）的好友，请先发送好友验证请求，对方验证通过后，才能聊天。

顾禾：？？？

他只不过是冷静理智地分析她和周霖适不适合在一起，至于恼羞成怒地拉黑他吗？

说一下都不行了？

顾禾很不高兴，他回到宿舍怒做了十道数独题。

龙琪琪也很不高兴，她打开合页应用也怒刷了十道数独题，正准备继续刷第十一道的时候，班级微信群的消息框弹出了提醒消息。

班长在微信群里艾特了所有人，并公布了《高级程序设计》这门课的老师布置的设计作业，要求自行两两组队编写代码达到他给出的三个要求。

作业要求整理成了文档，一并发在了微信群里。

这种课外设计作业，一旦能够傍上一个学霸就能高枕无忧，几乎不用自己怎么动手就能拿到高分。

而顾禾身为学霸中的学霸，自然是最炙手可热的人选，几乎人人都想和他组成一队。学渣祈求学霸能一拖一，而学霸则想要强强联合拿到最高分，毕竟设计作业得分在最终的课程成绩中也占了不小的比例。

一时间，微信群里刷出了几十条艾特顾禾的消息。

顾禾姗姗来迟，在群里发送了一条消息。

顾禾：我这个人比较乐于助人，想和班级倒数第一搭档。

顾禾：我不入地狱，谁入地狱。

离荔栗梨：……

夜空中最亮的星：……

水至清则无鱼：谁是倒数第一来着？

一个网管：我记得学号是按照入学测试的成绩高低来排的。

天蓝：@我爱数独

三缺一：@我爱数独

超过一块钱的活动不要喊我：@我爱数独

……

我爱数独：？

我爱数独：同学爱呢？

汝之蜜糖，彼之砒霜。

在别人眼里看来是天大的好事，落在龙琪琪眼中却是唯恐避之不及的祸事。

她的推卸在别人眼中看来就是得寸进尺，得了便宜还卖乖。

那可是学霸顾禾啊！有他做搭档，课程设计根本不用龙琪琪发愁好吗？简直就是白赚了这个学分。

龙琪琪也想十分有骨气地拒绝和顾禾搭档，可是她点开微信群分享的那个课程设计要求的文件之后，决定忍辱负重。

太难了，她做不到啊！

龙琪琪觉得，这事她不亏，她可是占便宜的那个啊，她为什么要拒绝？

反正她是帮不上什么忙的，这就等于是顾禾一个人做两个人的活嘛。

就当作……当作上天对顾禾自恋的惩罚！

龙琪琪给自己做足了一番思想工作之后，心安理得地接受了这个组队安排。

教高级程序设计的曾老师是计算机学院资历很深的一个教授，就连院长都要敬曾教授三分。曾教授虽然年纪大，但是思想一点都不老旧，反而很喜欢年轻人的东西。他最讨厌学生读死书，鼓励学生创新。碍于学校有硬性规定，每门课期末必须有考试备案，曾教授只得将期末考试成绩加入最终的评分，但是所占的比重只有百分之三十。他带的学生们都明白，想要在曾教授所教的课程中拿到高分，光凭期末考试那一纸试卷的分，是不可能的，最终的大头还是要靠课程设计作业。

所以高级程序设计的课程设计作业也十分有难度，并不会因为龙琪琪他们只是大一学生就降低难度，饶是学霸如顾禾，也得花一番功夫去琢磨研究。

龙琪琪就算再厚脸皮，也做不到什么都不参与，所以每次顾禾去编写代码的时候，她都会过去报个到。

顾禾喜欢安静的地方，自习室人多口杂，哪怕学生们都尽量不说话，也难免会发出磕磕碰碰的声音，时不时地还会有人起身出去，桌椅挪动和教室的门开开合合都会发出不小的声音，所以顾禾并不喜欢去自习室。

好在数独社作为启元大学的王牌社团，有个固定的活动教室，而他们也不会每天都去活动教室参加社团活动，所以趁着没活动的时候，顾禾都会问社长要来备用钥匙，去活动教室编代码。

作为没通过内部考核自行退社的数独社前成员，龙琪琪刚去活动教室也是有些尴尬的，但是后来她发现每次活动教室都只有顾禾和她两个人，不会碰到其他的人，也就放下心来，索性静下心来做数独题。

干净敞亮的活动教室，顾禾和龙琪琪各占一角，一个对着笔记本电脑编写代码，一个静静地做着数独题，安静的教室回响着清脆的敲击键盘的声音，倒也和谐。

两人谁也没有说话，意外地十分有默契，每天到点就到活动教室，到了教室就各做各的，就像是两个哑巴。

龙琪琪不想和顾禾说话，是还记恨着顾禾的那句话，一方面是气顾禾的自恋，另一方面也是觉得有些恼羞。

顾禾也不和龙琪琪说话，原因和龙琪琪差不多。想他堂堂数独社一霸，暗搓搓想要拆散一对小情侣却被正主抓包，这要是传扬出去他颜面何存？

顾禾也不知道那天晚上他是怎么搞的，一时冲动就把那句话发了出去，说出去的话如泼出去的水，尤其是还没办法撤回，实在是让他很没面子。

两人之间表面和谐，实则暗潮汹涌，最终是周霖打破了这场僵局。

周霖是来活动教室找东西的，前几天社团活动，他将一本笔记本落在了教室忘记带回去，这几天想起来了抽空来拿，一开门却看到顾禾和龙琪琪各占着教室的半壁江山。

顾禾和龙琪琪合作一个课程设计这事儿，除了当事人和同班同学是没人知道的，就连社长也只以为是顾禾独自在做作业。

周霖揉了揉眼，对于龙琪琪突然出现在活动教室有些惊讶。

周霖狂喜："战友！难道你又回来啦？"

龙琪琪觉得尴尬，连忙跟周霖解释了一下她会出现在这里的缘由。周霖视线在顾禾和龙琪琪两人身上来回游移着，最终落回了龙琪琪身上，语气羡慕："你能和副社长一起朝夕相处，真好。"

龙琪琪："只是做作业！哪来的朝夕相处？"

顾禾虽然还在很冷静地敲着键盘，耳朵却竖了起来听着那边的动静，两人的对话落在他耳中便变成了周霖因为龙琪琪和他独处而吃醋，龙琪琪则开口解释。

呵，恋爱的酸臭味。

周霖找到了自己落下的笔记本，也不打算走，反正晚饭也吃过了，晚上也没有课，回到宿舍也是跟着舍友一起打游戏，不如就待在活动教室做几道题，顺便还可以向副社长证明自己真的有好好努力。

周霖打定主意，本来想挨着顾禾坐下来，又怕打扰了顾禾，思来索去就挨着龙琪琪坐了下来，两人还可以一块做道数独题，互相鼓励，互相进步。

龙琪琪倒是不介意，她连日苦学，数独实力也进步了不少，干脆打开了合页应用，加了周霖为好友，开了个"好友房"两人来了一场在线比赛。

这幕场景落在顾禾的眼中，便变成了小情侣当众虐狗，腻腻歪歪一起玩手机，瞧，还凑得那么近！

顾禾敲击键盘的声音更大了，然而并没有引来沉浸在比赛中的两人的注意力。

一局结束，周霖险胜。

周霖拍了拍龙琪琪的肩膀，亲昵道："你可千万不要藏拙，手下留情啊！"

龙琪琪："我可是拼尽了十二分全力好吗！"

顾禾："……"

大庭广众，动手动脚成何体统！

很显然，顾禾这个"观众"受到了极大的刺激。

顾禾停止修改代码漏洞，正想要好好教训这对"狗男女"，那边周霖不知道看到了什么，突然惊叫一声："啊！有蟑螂！"

周霖是北方人，见过的蟑螂都是小小一只，而A市地处南方，雨水充沛，气候温暖，在这儿的蟑螂个个肥头大耳，仿佛基因突变，可怜的北方人哪儿见过长得这么大只的蟑螂。当即吓得差点喊妈妈。

活动教室堆放了许多杂物，再加上社长喜欢吃零食，也放了不少零嘴小吃，东西多了自然会引来蟑螂。平日里蟑螂躲在角落大家也不会发现，今儿也不知道是周霖运气好还是不好，竟然有一只蟑螂顺着桌腿爬上了桌面，堂而皇之地在他面前招摇过市。

周霖吓得"花容失色"，下意识就抱住身边的龙琪琪，大喊大叫："啊啊啊，蟑螂啊！"

真正的勇士，敢于直面大蟑螂。

龙琪琪身为勇士中的勇士，自然不会畏惧这区区蟑螂。

说时迟那时快，她迅速扯过手边的一个笔记本，"啪"的一下砸中了那只蟑螂，叫它有来无回。

自打进了大学后，龙琪琪觉得自己一颗"英雄之心"毫无用处，很少有能够让她"英雄救美"的场合。眼下周霖吓得面如死灰，看向龙琪琪的眼神包含着敬佩，让龙琪琪十分受用。

龙琪琪还贴心地拍了拍周霖的后背，软声安慰："别怕！"

顾禾面无表情地看着抱成一团的两人，只恨那只蟑螂怎么就没把周霖吓跑呢？

蟑螂这种生物向来是成群结队地生活，有一便有二。

也许是今天夜色迷人，又或许是活动教室气氛太过"热烈"，引得平常藏得好好的蟑螂一只只出来放风。龙琪琪眼睁睁地看着又有一只拇指般大小的蟑螂顺着排列整齐的桌子边缘直线前进，直朝顾禾的方向进攻。

龙琪琪记得顾禾好像也是个北方人。

龙琪琪刚救下周霖，胸中正豪情万丈，一颗"救美"之心刚热起来，准备顺手再救一个。她一时忘了自己和顾禾之间的芥蒂，开口道："别怕，等我去……"

话音未落，顾禾冷静沉着，手起刀落，一只可怜的蟑螂就丧生在咖啡罐之下。

顾禾："呵，区区蟑螂。"

龙琪琪："……"

周霖："……"

周霖觉得顾禾的话外音是在嘲笑他，区区一只蟑螂就能把他吓成这样。

周霖自觉在偶像面前出了丑，讪讪地松开了龙琪琪，看了一眼顾禾，又看了一眼龙琪琪，垂死挣扎着给自己找回一点颜面，他比出大拇指："你们两个都好厉害哦！"

顾禾："……"

龙琪琪："……"

身为战友，龙琪琪强势挽尊："过奖了。"

周霖只能干笑："呵呵。"

教室里有蟑螂，哪怕自己偶像坐在这里，周霖也是不敢继续待下去了，胡乱编造了一个借口落荒而逃。

教室里只留下顾禾和龙琪琪二人，以及蟑螂尸首两只。龙琪琪找来废纸，将蟑螂的尸体包裹起来，扔进教室外面的大垃圾桶，回到教室却见顾禾没有继续对着电脑，反而目光炯炯地看着她。

顾禾冷不丁开口："周霖被蟑螂吓得不轻，你不需要去安慰一下他吗？"

龙琪琪："？？？"

神经病？

周霖有这么脆弱？

龙琪琪觉得顾禾八成是被那只蟑螂吓疯了，不然怎么会表面淡定，说出来的却全都是糊话？

龙琪琪决定不和这些被蟑螂就能吓哭的北方人计较，怜悯地看了一眼顾禾，开口道："这种大小的蟑螂在南方很常见的，你们要习惯。"

顾禾："？？？"

哪来的你们？

他根本不怕蟑螂好吗！

龙琪琪今天做了一回"护草使者"，心里美得很，连带着看顾禾都顺眼了几分，看向他的眼神带上了几分圣母的光辉，她道："怕也不要紧，只要有我在，肯定不会让蟑螂碰到你们的。"

顾禾："？？？"

所以说，到底哪来的你们？

龙琪琪继续道："你也不要逞强，怕蟑螂也不是一件丢人的事情。"

所以啊，勇敢地展示出自己内心害怕的情绪吧！给她一个英雄救美的机会！

或许是从小的生长环境使然，龙琪琪被培养成了一个见义勇为、乐于助人的好人，她能够从保护弱小当中得到巨大的满足感。只不过等年纪大了，同龄的男孩子也一个接一个地长得比她高大威武了，她再也没了去保护弱小的机会。

这也是为什么她第一次见到程侑，就喜欢得不得了的原因。

今天周霖被蟑螂吓到，她挺身而出，不仅安抚了周霖脆弱的心，也收获了许久没得到的满足感。

龙琪琪贪心，她想从顾禾这里也得到一些满足感。

一想到往日里对她冷嘲热讽的顾禾也会露出害怕的情绪，哭哭啼啼地哀求她帮助，龙琪琪就有一种巨大的愉悦感。

龙琪琪觉得，她这不是变态！

她只是想当个好人！

然而顾禾不打算给龙琪琪这个机会，他用一种看白痴的眼神看着龙琪琪。龙琪琪被看得发慌方才膨胀起来的虚荣心像是被扔入了寒潭之中，剧烈地缩成了指甲盖般大小。

龙琪琪觉得自己膨胀了。

她故作淡定："不怕啊？你很优秀。"她顿了顿，以表强调，又加了一句："你是真的真的很优秀。"

顾禾："……"

顾禾想，世界上怎么会有龙琪琪这种蠢得理直气壮、理所当然的人呢？

顾禾又想，都说"近朱者赤，近墨者黑"，周霖身为数独社的明日之星，社长点名要好好培养的种子选手，可不能被龙琪琪给祸害了。他是为了数独社的未来才阻止这两人在一起的，绝对不是为了自己的私心！

顾禾回去后，思索了一整晚这个问题，回想起先前在活动教室看到的龙琪琪和周霖相亲相爱的那一幕，就觉得心烦意乱，好好一个数独种子选手，怎么可以跟龙琪琪在一起？万一被龙琪琪带歪了，不刻苦学习只知道情情爱爱怎么办？

正所谓"我不入地狱，谁入地狱"。

顾禾决定为了数独社的未来做一回坏人。

但是做数独题顾禾擅长，怼天怼地怼龙琪琪他也擅长，可棒打鸳鸯这活儿他还是大姑娘上花轿——头一回。而这种事情显然也不适合公开求助别人，顾禾思来索去，偷偷摸摸地在自己常玩的一个应用的论坛里匿名发了一个帖子。

论坛里的大部分帖子都是数独技术交流、寻找切磋对手，偶尔会冒出来几个八卦的帖子，比如《扒一扒那个狂虐菜鸟新人玩家的变态》，但是这种帖子顾禾一般都是不屑去看的，放在以前，他是万万想不到自己有朝一日也会来这里匿名发和数独无关的帖子。

帖子主题：为了培养出数独界的未来之星，我决定棒打鸳鸯，怎么打？在线等，挺急的。

一楼（楼主）：社团最近来了一个水平很不错的新人，但是这个新人最近恋爱了。都说谈恋爱会拉低智商，我决定做一回恶人，拆散他们！

二楼：匿名帖？嘻嘻嘻，我最喜欢这种帖子了！

三楼：玩数独的竟然还想谈恋爱？决不允许！大家伙儿，给我上啊！！！

四楼：不是我说，论坛里的各位都是单身多年的老狗，楼主跑到这里来咨询感情问题，跑错地方了吧？

五楼：楼上，你是不是理解错了？楼主明明咨询的是拆散鸳鸯的问题！若说追求女生，我们可能不会，拆别人的话……呵呵，三个臭皮匠赛过诸葛亮，这么多来自单身狗的怨念一定能够帮到楼主！

……

十七楼：都说要因材施教，楼主，你要拆散的一对都是什么样的人啊？

十八楼（楼主）：一个话痨赛唐僧，一个无脑河东狮。

十九楼：听起来绝配！

……

二十四楼（楼主）：绝配？呵。

二十五楼：我从楼主的这个"呵"字闻出了一丝奸情的味道。

……

三十七楼：哪个男，哪个女？以及哪个是楼主社团的新人？

……

四十一楼（楼主）：话痨男 × 暴力女，话痨男是我们社团的新人，虽然人是话痨了点，但是实力真的很不错。

……

五十三楼：无脑暴力女？既然没有脑子，那不是很好拆散吗？都说女孩子容易冲动，谈起恋爱来眼里容不得一粒沙子，楼主就在中间挑拨离间呗。说一些话痨男的坏话，反正从楼主的意思来看，那个暴力女应该挺没脑子很容易挑拨成功的。

顾禾皱着眉，刷着帖子下面的留言。

挑拨离间？

五十八楼：正解！热恋中的女人最受不了自己的男朋友和别的女孩子走得太近了。而且楼主不是说那个男的很话痨吗？应该很喜欢说话吧，找个机会让他和别的可爱的女孩子一起聊天，再把暴力女带过去让她目睹那一幕，想不吵架都难哦！

五十九楼：楼主是男是女？楼主如果是个可爱的妹子可以自己上哦……

……

六十七楼：为什么我觉得楼主蓄意拆散别人是有私心呢……

顾禾关掉了论坛，胸有成竹。

挑拨离间是吧？他会！

身为副社长，顾禾一向只享受自己的权力，却很少履行自己的义务。

社长其实已经做好既当社长又当副社长的打算了，可是他万万没有想到，铁树能开花，顾禾也有良心爆发的一天。顾禾主动找到他，说要关心一下社员，举行活动促进社员之间的感情，甚至连计划书都写好了。

社长惶恐："顾禾，你还是我认识的顾禾吗？"

顾禾决定不同社长计较，理了一下思路，说出自己的大概计划："社团是我家，维护靠大家。既然是家人，那怎么少得了心与心的沟通？所以我决定将这次社团活动的主题定为——说出你的故事！

"活动很简单，就是通过抽签两两组队，在圣诞节之前的这段时间了解自己的搭档。圣诞节的那天呢，按照往常的惯例社团都会聚餐，还有一些抽奖的活动，我们把抽奖改成默契大考验，胜利的那一组就能夺得今年的奖品。"

社长一听急了："顾禾，我们是大学生了，不是小学生了！"

顾禾不理会社长的语重心长，反正他也只是知会一下社长有这么一个活动，并不打算得到社长的认可，他低头看着自己写的简易版计划书，开口道："两人一组，如何搭配我都已经想好了，比如你搭配娃娃脸，周霖和言欢喜一组，大壮可以和陈若风……"

社长打断顾禾的话："不是，之前不是说抽签决定分组的吗？"

顾禾面无表情："哦，计划赶不上变化。"

社长又提意见："欢喜妹妹可是如今咱们社团唯一的女孩子啊，怎么就和周霖组一队了？也太便宜他小子了吧！更何况，周霖最近不是和龙琪琪在谈恋爱吗？不得避嫌？"

社长提到龙琪琪的时候，还朝顾禾挤了挤眼。

顾禾无视社长的眼神暗示，有理有据："言欢喜也是单身，而且她说过，大学期间不想谈恋爱，只想好好搞数独。把她和其他男孩子组在一起，万一一不小心弄成一对，儿女情长岂不是很影响她钻研数独？我看把她和周霖安排在一起就很合适，周霖又不是单身，就算他有心想要纠缠言欢喜，也要看龙琪琪同不同意。"

社长："……"

顾禾说得太过理直气壮，且这个理由真的很有说服力，社长狐疑地看着顾禾："你真的不是出于私心？"

顾禾冷静沉着："我要有私心，应该直接把自己和言欢喜排在一组。"

社长扶额道："你开心就好，那你打算和谁排在一组？"

顾禾把计划书摊在社长面前："社团如今共有二十三人，多一个人，我就不参加这次活动，当个裁判，不和你们争夺奖品了。呵，我要是上场，还有你们拿奖品的机会？"

社长无语道："你还真是牺牲小我，成全大我。"

顾禾十分不谦虚地接受了社长违心的夸奖："过奖。"

不管如何，顾禾拟定的这个看起来很小学生的活动计划得到了顺利推行。毕竟，团宠嘛，大家还是要宠一宠的。

顾禾还特地找到了周霖："听说这次的奖品很丰厚，你可要加油啊！"

周霖得到来自偶像的鼓励受宠若惊："我一定会努力的！"

顾禾意味深长道："默契度要靠平时的培养，你这段时间要多和言欢喜接触接触，聊聊天、喝喝茶什么的。"

周霖握拳："我一定不会辜负副社长的信任的！"

龙琪琪不知道周霖最近在忙些什么，每次她做题做得烦了，想去同周霖聊聊天，周霖都一副十分忙碌的样子，甚至连话都不愿意和她多说。

龙琪琪突然就生出了一种被战友背叛的寂寞感。

龙琪琪的朋友并不多，周一奇算一个，但是周一奇的大学和启元大学分别在 A 市的两头，她也不可能经常和周一奇见面。龙琪琪上了大学之后朋友更少，一方面是因为她身为体育特长生，其他同学不太愿意同她来往，她也懒得拿热脸贴人家冷屁股，更何况，她大部分时间都花在数独上面了。

龙琪琪掰着指头算来算去，自己上了大学之后来往最密切的人竟然是周霖。

至于顾禾？

龙琪琪不承认！

数独社的活动教室里，龙琪琪趴在桌子上胡乱画着鬼画符，长叹了一口气。

高手就是如此寂寞。

正在装模作样敲代码的顾禾耳听六路，眼观八方，立马就察觉到了龙琪琪情绪的不对劲。顾禾的心情有些复杂，说是幸灾乐祸吧，也不全然，高兴中仿佛还带着一丝失落。

顾禾不知道自己为什么会失落，他抿了抿唇，努力调整好自己的心情。

周霖很争气，最近和眼镜娘走得特别近，恨不得一天二十四小时都黏着眼镜娘。眼镜娘对此烦不胜烦，甚至私下和别人吐槽过，怀疑周霖是借活动之名想要追求自己。

不然的话，只不过是区区一个社团活动，奖品的总价值也不过几百块钱，至于耗费这么多心思和时间和她培养默契度吗？

说周霖没有心思，眼镜娘的舍友们都不相信！

眼镜娘觉得很烦，她可是已经做好准备把整个大学生涯都贡献给学习了啊，绝对不容许周霖破坏她的计划。

但周霖是个很有毅力的人，一旦他决定去做某件事情，哪怕天崩地裂也无法阻止他，尤其是这件事情还得到了来自偶像的鼓励。

周霖铁了心要将眼镜娘发展成他的知心好友。

周霖这边进展顺利，顾禾那边时不时地收到来自眼镜娘的投诉，并要求更换她的活动搭档。顾禾对周霖的工作效率感到十分满意，然后驳回了眼镜娘的请求。

顾禾的理由十分冠冕堂皇："不能破坏社团内部的和谐与团结，周霖身为社团未来的接班人，你身为前辈应该悉心教导才对。"

眼镜娘："……"

顾禾试图引导眼镜娘："你要是觉得周霖太烦人，可以跟他聊一聊，让他适当收敛一些。"

眼镜娘抓狂："可是他根本就听不懂人话！"

顾禾委婉含蓄地建议："我记得周霖之前也经常烦龙琪琪，你可以向龙琪琪请教一下，看她有没有什么和周霖相处的技巧。"

顾禾为自己的无耻羞愧了那么三秒。

他安慰自己，一切都是为了社团的未来之星。

眼镜娘不懂顾禾为什么会突然提起龙琪琪。

她和龙琪琪的关系算不上亲近，虽然互相有对方的微信好友，但是从没聊过，只能在彼此的朋友圈点赞列表里看到对方的踪迹，走在路上碰了面也就是点点头，寒暄一句"吃了没"，绝对不会接上一句"不然一起吃吧"。

说起来，周霖是和龙琪琪一起进社团的，同为新人，他们的关系似乎是比较亲近？

周霖实力很不错，算是数独界的一匹黑马，进入大家视野的时间并不长，但是取得的成绩却十分瞩目。虽然这个人脑子似乎有点问题，一进社团就向社长挑衅，但是社长并不会因为这样就给周霖小鞋穿。甚至，眼镜娘能够看得出来，社长是真的打算栽培周霖，有意让周霖接下未来的社长之位。

社长如此看好周霖，眼镜娘当然不可能真的对周霖怎么样了。

她决定接受顾禾的意见，去向龙琪琪取经。

愉快的周日下午，龙琪琪正打算在家度过一个没有拳击校队培训、没有数独训练的美好下午，舒舒服服地看个剧吃个零食，就收到了来自眼镜娘的微信消息。

眼镜娘的聊天方式很特别，开门见山且不带一点拐弯抹角。

子非鱼：顾禾让我来找你。

我爱数独：？？？

我爱数独：顾禾？？？

子非鱼：你和周霖相处，有没有什么特别的小技巧？

子非鱼：他那么唠叨那么黏人，你是怎么做到不痛打他一顿的？

子非鱼：我见识过你的实力，你都能扛着顾禾健步如飞了，对付一个周霖应该不在话下。

子非鱼：不要隐瞒我，你是不是私底下揍过周霖了？

我爱数独：？？？

我爱数独：我不是，我没有，别胡说！

我爱数独：我不是那种滥用暴力的人！

我爱数独：是不是顾禾告诉你的？他净抹黑我！

龙琪琪怒气冲冲地想要去找顾禾算账，却突然想起来自己前几天把顾禾拉黑了，这段时间能够在活动教室里相遇全靠缘分。

龙琪琪想要把顾禾加回来臭骂他一顿，又觉得这样很不解气。

她决定改天遇到顾禾，让他见识一下什么叫作真正的"痛打"。

而那边，眼镜娘还在虚心求教。

子非鱼：教教我，你平常都是怎么和周霖相处的？

我爱数独：这你就不知道了吧，我偷偷告诉你，周霖很讨厌顾禾。

子非鱼：？？？

我爱数独：我能够和周霖愉快共处，那是因为我和他的话题，大多数都是同仇敌忾，一起讨伐顾禾的恶行！

　　子非鱼：受教了。

　　子非鱼：多谢！

　　眼镜娘若有所思，一个共同的话题、共同喜欢的人或者共同讨厌的人，确实更容易拉近两个人的距离。

　　正所谓，敌人的敌人就是朋友。

　　只不过……周霖平日里表现得对顾禾那么殷勤，还真看不出来他很讨厌顾禾啊。

　　这还真是知人知面不知心。

　　眼镜娘觉得自己必须要花一段时间去做好心理准备，才能够坐下来心平气和地和周霖一起说顾禾的坏话……哦，不，是讨伐顾禾。

　　毕竟，顾禾在社团里一向横行霸道，真要讨伐起他的罪行，眼镜娘身为社团资深元老，还是能够细数一二的。

　　过了几天，周霖再次拦住了眼镜娘，正要和眼镜娘交流一下各自的兴趣爱好，眼镜娘先下手为强，率先开口道。

　　"我很能理解你的感受，顾禾真的是太过分了！"

　　周霖："？？？"

　　种下去的种子，顾禾觉得差不多可以收获了。

　　圣诞节的前一晚，也就是平安夜，顾禾决定带龙琪琪去见识一下他种出来的果实。

　　年轻人最喜欢过节，尤其是春心萌动的年轻人，无论是愚人节、情人节还是平安夜，都会被他们看作是各种展现自己爱意、狂撒狗粮的好日子。

　　有对象的呢，欢欢喜喜地在各大社交平台晒着自己和恋人相亲相爱的证明。

　　单身但有暗恋对象的呢，则会借着这个机会向对象表白。

　　顾禾是考虑了许久，才选择在这一天来挑拨离间龙琪琪和周霖之间的关系的。热闹的平安夜，周霖没有陪伴龙琪琪，反而和眼镜娘腻腻歪歪，若是让龙琪琪看到了这一幕，顾禾觉得，她不炸都难。

　　顾禾也不敢肯定平安夜这天周霖会不会和眼镜娘在一起，自从鼓励周霖去参加这个活动并且争取拿下奖品之后，他也没有怎么关注周霖和眼镜娘的动态。

如果周霖在这个特殊的夜晚都在和眼镜娘培养默契度的话……

顾禾觉得，这也就不赖他了。

今年的平安夜是周四，不巧的是，顾禾周四下午有课，等到上完课已经是晚上六点，顾禾在下课的时候拦住了龙琪琪。

他的理由很冠冕堂皇："《高级程序设计》那门课的作业已经快到截止日期了，我也搞得差不多了，今天晚上一起收个尾吧。"

龙琪琪有些犹豫，早上出门的时候，龙妈说晚上会做她最喜欢的水煮牛肉，她还想早点回家吃晚饭呢……

顾禾看到龙琪琪的犹豫，试探着问："约了人？"

难道周霖约了龙琪琪一起过平安夜？呵，顾禾一想到这个可能性，就觉得内心的恶意都快遏制不住了。

龙琪琪犹豫了一会儿，想到这大半个月来，课程设计都是顾禾做的，她似乎除了给予一定的精神支持以外，好像也没有做些什么……

龙琪琪一咬牙，露出"虽然很不想去，但还是答应你吧"的神情："没事，学业要紧！"

顾禾："……"

呵，果然是约好了要去约会的吗？！

龙琪琪低头给龙妈发了条微信，说自己今天不回家吃晚饭了，落在顾禾眼里就变成了告诉周霖约会取消。

龙琪琪发完微信，抬头问顾禾："去哪儿，还去活动教室吗？"

顾禾面不改色，说起谎话来眼睛都不眨："今天社团那里有活动，教室被占用了。"

"那你不用参加吗？"

"学业要紧。"

龙琪琪无语道："行吧！"

顾禾的毛病，龙琪琪也是知道的，对环境的要求到了吹毛求疵的苛刻地步，自习室他们是去不了了，龙琪琪琢磨着今儿晚上学校还有没有清净的地方。

顾禾神情轻松："先吃饭吧，吃完饭绕着学校走一圈看哪里清净。"

虽然不知道周霖和眼镜娘在学校哪里，但是学校总共就这么大，绕着找一圈总能找到的。顾禾还偷偷想，要是真的找到了，那就只能说明周霖和龙琪琪缘尽于此，绝对不是因为他的错！

他已经很手下留情了。

顾禾本来想吃点好的，但是今天这么特殊的日子，学校周围有点名气的小饭馆都人满为患，龙琪琪饿得饥肠辘辘，没办法只能去学校的食堂将就着解决了晚饭。

校园里灯火通明、人来人往，尤其是情人坡那儿，更是人声鼎沸，听说八点的时候情人坡后头的广场还会举行一场喷泉秀。

隔得老远龙琪琪都能看见情人坡那边的盛况，龙琪琪直咂舌："那边怎么这么多人啊？"

顾禾奇怪地看了一眼龙琪琪："今儿平安夜你不知道？"

龙琪琪一愣："平安夜？"

她拿出手机看了一下日期："好像还真是啊！"

顾禾："……"

所以龙琪琪并不知道今天是什么日子吗？

有对象的人怎么会错过平安夜这么好的日子？

顾禾觉得有些奇怪，还没等他品出哪里不对劲来，眼前突然就出现一个人影。

那是一个扎着丸子头的可爱姑娘，松软的围巾将她大半张脸都盖住了，露出小半张脸越发显得楚楚可怜。她水汪汪的大眼睛看着顾禾，似乎有千言万语想要同顾禾讲。

顾禾急着带龙琪琪去找周霖，正打算绕开那个拦路的姑娘时，姑娘开口了："顾禾，你今天有人约吗？"

顾禾并不认识这姑娘，但是这并不重要，重要的是这姑娘认识顾禾，并且看起来情根深种，对顾禾很感兴趣的样子。

一般男孩子都喜欢这一款的女孩子，就连龙琪琪，看着这姑娘娇滴滴的样子都心生欢喜。

顾禾皱了皱眉，错开一步露出自己身后的龙琪琪，努了努嘴："你说呢？"

姑娘的视线在顾禾和龙琪琪之间游移，很显然，她也看过论坛上曾经大火的那个帖子，咬了咬唇道："所以帖子里写的龙琪琪对你心怀不轨是真的？"

莫名其妙就被点名的龙琪琪："？？？"

姑娘急急道："是不是她威胁你了？"不等顾禾回答，她又转头看向龙琪琪："你不要这样，强扭的瓜是不甜的！"

龙琪琪："？？？"

龙琪琪清了清嗓子开口了："不是……你是不是误会了什么？"

龙琪琪想要解释，往前跨了一步。奈何她在学校恶名远扬，那娇滴滴的姑娘唯恐龙琪琪会对她出手，下意识后退了一步，转念又想到顾禾就站在自己的身旁，自己虽然弱小，但也要无所畏惧，守护自己的真爱！

姑娘开口了，她的声音轻柔，再加上或许是紧张，还带上了一丝颤音："我都听说了，前段时间有个女生找了几个人想要教训你，结果你竟然以一敌三……我知道你很厉害，但是你能不能放过顾禾？"

龙琪琪气得跳脚："你真的误会了啊！"

龙琪琪委屈，龙琪琪冤枉，到底什么时候才能洗刷这个冤屈啊！

一切都是顾禾的错！

龙琪琪气呼呼地抬头瞪向顾禾，谁知这一眼落在那暗恋顾禾的姑娘眼里，便是目露凶光。

听说这个体育特长生一不开心就对顾禾动手动脚……

那个可怜的小姑娘二话不说，张开双臂护在顾禾身前，唯恐龙琪琪动手。

龙琪琪："？？？"

还有没有天理了！

一直没吭声的顾禾在这个时候开口了："我说过了，我约了人。"

姑娘难以置信地回头："你一定是被她威胁的！"

顾禾无奈道："不，是我约她的。"

姑娘："……"

可怜的姑娘受到了重击，她难以置信道："怎么可能。"她慌乱无措，没头没脑冒出一句："顾禾，我喜欢你！"

顾禾很冷静，也很干脆："我不喜欢你。"

可怜的小姑娘鼓足了勇气才挑了平安夜这个特殊的日子来向自己心

爱的男生告白，谁知却遭到了残酷的拒绝。

她一向娇生惯养，哪里受过这种委屈，大眼睛里泡着两汪泪，看起来我见犹怜。

顾禾一向是不知道怜香惜玉的那种人，可是在场却有一个以英雄救美为己任的人。龙琪琪跳了出来，也不知道从哪儿掏出了纸巾，小心翼翼地替那个姑娘擦着眼泪。

"哎，你别哭啊，天涯何处无芳草，四条腿的蛤蟆也好找。你干什么就喜欢顾禾呢？这人性格坏嘴巴毒，任性妄为又阴晴不定的，喜欢他干什么啊！"

龙琪琪又回头指责顾禾："还有你，拒绝人就不能委婉一点吗！过来给她道歉！"

顾禾："……"

顾禾觉得自己必须要冷静："龙琪琪，你是猪吗？"

龙琪琪又道："你看这个人性格坏不坏？动不动就骂人！这下你总算相信了吧！喜欢谁不好，偏喜欢他啊！"

顾禾："……"

顾禾觉得自己不能冷静了。

什么叫作喜欢谁不好偏喜欢他？

他有这么不值得人喜欢吗？

姑娘受不了打击，"哇"的一声跑走了。龙琪琪有心想要去追，可是没想到那看起来娇娇弱弱的小姑娘跑起来还挺快，一转眼的工夫就跑得不见人影了。

龙琪琪只能将那一腔还没用完的英雄救美的热情，洒在顾禾身上。

她教训顾禾："你这人怎么能这样呢？人家可是姑娘啊！喜欢你有什么错！被喜欢的人那么干脆地拒绝，你知道有多令人难过吗？我跟你说，这种小姑娘最容易受情伤了，之前我一个朋友，就是因为目睹了自己的男朋友和别的女生出轨，差点得了抑郁症。"

顾禾："……"

顾禾冷哼一声："矫情！"

"爱信不信！"

顾禾撇过头，犹豫了一会儿又转头问龙琪琪："那你呢？"

龙琪琪没好气道："我怎么？"

"你也会受情伤吗？"

龙琪琪跳了起来："我怎么了？我凭什么就不能受情伤？我好歹也是个女孩子啊！"

顾禾抿了抿唇："是吗？"

龙琪琪气呼呼，正要继续教训顾禾，余光瞥过前方，似乎看见了两个熟悉的身影："哎，那好像是周霖和言欢喜啊，他们俩在干什么？"

龙琪琪正要伸手同战友打招呼："周……"

谁知话还没说完，顾禾就捂住了她嘴巴，强硬地拖着她往另外一个方向走："哪有，你看错人了！"

龙琪琪觉得顾禾莫名其妙，她看到的那人明明就是周霖，可顾禾非得说她看错人了，生拉硬拽着把她往相反的方向拖。

龙琪琪觉得顾禾是在借机对之前她教训他一事进行报复。

顾禾心情十分复杂，明明收获在望，他却临阵脱逃，带着龙琪琪飞快地逃离了"大型绿帽子"现场。

他觉得自己一定是疯了，白费了这么一大番功夫。

顾禾拉长着一张脸，苦大仇深。

龙琪琪本来还想继续教训顾禾，可是看顾禾这脸色，就什么都不敢说了。也不知为何，她龙琪琪天不怕地不怕，在顾禾面前却始终觉得气短几分。平常还好，她还敢顶嘴，可顾禾一旦摆着张脸色，她就什么都不敢说了。

龙琪琪决定转移话题："我们还是趁早解决课程设计的收尾吧。"

被这么一折腾，天色越发晚了，眼瞅着已经七点过半了。

龙琪琪也不知道自己被顾禾扯到了哪里，等她反应过来，发现自己和顾禾不知何时到了情人坡对面的广场。

今夜的情人坡尤其漂亮，五光十色，映着那波光粼粼的湖色更加迷人，而那边的人数更是达到了巅峰，龙琪琪远远看去，都是成群结队的人头。

广场这边的人数比情人坡稍少一些，但也并没有少太多，走几步就能撞见一对手牵手的小情侣。

气氛太过暧昧，龙琪琪待在这种地方总觉得哪里怪怪的，她回头去寻顾禾："我们还是找个自习室吧。"

顾禾的面前却站着一个戴着麋鹿发夹的女生，她手里抱着什么东西，正言笑晏晏地对顾禾说着什么。

龙琪琪走近，便能听见那女孩子清脆的声音："我们社团今天举行活动呢，八点时广场上会有喷泉秀哦，八点到十点这段时间这里还会举行假面舞会哦，会有专门的主持人来主持哦，期间还会举行小游戏送出丰厚的奖品哦。"

龙琪琪："……"

龙琪琪被那一句话带一个"哦"字的表达方式给洗脑了，她觉得，这位小姐姐应该在每句话后面再加个"亲"。

小姐姐卖力宣传社团活动："既然是假面舞会怎么可以没有面具呢！同学你是没有提前准备吗？没关系哦！我这里可以提供面具的哦！五块的、十块的都有哦，甚至还有豪华版面具只需要二十块哦，要不要来一个？"

龙琪琪："……"

现在社团为了创收也真是不容易。

龙琪琪连忙挤过去："不用了，我们就是路过！"

还要赶紧去搞设计作业呢，哪儿有时间参加什么假面舞会，看什么喷泉秀啦？

"咦？你们是一起的吗？我们还提供情侣面具哦！买一送一很便宜哦！"

龙琪琪："不好意思，我们真的只是路过……"

顾禾打断龙琪琪的话："来两个。"

顾禾顿了顿，补了一句："最便宜的就行。"

小姐姐："……"

龙琪琪："……"

小姐姐心里嘀咕，长得这么好看还以为是个冤大头呢，她费了这么多口水，竟然只买最便宜的！

小姐姐低头在那一堆面具里挑挑拣拣出一个看起来质量堪忧、一碰就破的面具，面具制作粗糙，勉强能够看得出来是狼。

顾禾用手机扫了二维码转过去五块钱，小姐姐正要转移目标继续兜售，顾禾却拦住了她："说好的买一送一呢？"

小姐姐无语道："买一送一那是豪华版的啊！"

顾禾蹙眉："你只说情侣面具买一送一。"

顾禾指了指自己，又指了指龙琪琪："没看出来吗？"

龙琪琪："？？？"

折寿哦！顾禾为了占便宜，竟然都愿意骗别人跟她是情侣啦！

小姐姐："……"

小姐姐服气，愤怒地挑了一个看起来更破的兔子面具塞给龙琪琪。

小姐姐抱着那堆面具走出两步，又突然回头，视线在顾禾和龙琪琪之间来回打转，语出惊人："你们就是最近论坛上很火的那个 G 和 L 吧。"

龙琪琪："！！！！"

小姐姐露出诡异的奸笑："我就说你们俩肯定有一腿，论坛那些人还喷我！哼！"

龙琪琪急忙道："我不是……"

小姐姐不听龙琪琪解释，抱着面具摇头晃脑地走开，边走边念叨着："世人皆醉，我独醒啊，真理往往掌握在少数人手中……哼，这么小气这么抠门，活该受虐！"

龙琪琪："……"

顾禾："……"

龙琪琪无奈回头，却见顾禾戴上了那个粗制滥造的狼面具。

龙琪琪道："喂，你不是吧，不是说要去做作业？"

顾禾耸肩："买都买了，不能浪费。"

龙琪琪翻了个白眼："那你可以不买的啊！"

顾禾冷哼道："有买一送一的东西，怎么可以放过？"

龙琪琪："……"

说得很有道理，她竟无言以对。

龙琪琪这段时间除了参加校队训练就是做数独题，忙得脚不沾地大脑也很少有放松的时候，既然买都买了，她索性也学着顾禾戴上了面具享受这难得的轻松时光。

舞会定在八点以后开始，现在还是热场阶段，场上放着很嗨的音乐，调动着大家的情绪，有几个像是舞团社团的人，穿着统一的服装，正在场地正中央热舞。

龙琪琪不懂舞蹈，瞧着像是街舞，看着挺有节奏感的。

龙琪琪待了一会儿就觉得浑身不自在，她又不会跳舞，待在这里就是浪费时间。龙琪琪向顾禾提议："不然我们还是去自习室吧，学习要紧！"

顾禾还没来得及回话，场上的主持人就提醒大家，喷泉要开始了。

广场人山人海，喷泉秀自然不可能在这里举行，情人坡的那片湖是经过专业人士设计的，完全可以实现湖面上的喷泉秀。

八点刚过，音乐响起，一道接着一道的水柱从湖面喷了出来，光线打在喷泉上，五光十色十分好看。

其实这场喷泉秀算不上是秀，勉强就是一个小喷泉，但胜在今儿是平安夜，再加上场上的气氛热切，这场喷泉秀让大家看得心满意足。

龙琪琪很冷静："这个喷泉秀很像我家小区广场的喷泉。"

顾禾也很冷静："不如我家小区的喷泉。"

两人对视一眼，而站在他们周围的小情侣，许是热恋中，在喷泉秀进行到高潮的时候，竟然情不自禁地拥吻了起来。

龙琪琪："……"

顾禾："……"

气氛有些尴尬。

两人都从对方的脸上看出了"我们到底是为什么待在这里"的意思。

来这里的人要么是情侣，要么就是朋友以上恋人未满的关系，他们两个站在这里显得格格不入，别的人都是亲亲热热地站在一起，只有他们两个中间还隔着一个人的距离。

龙琪琪叨叨念着："不如回去做数独题。"

顾禾也是这么想的。

两人一拍即合，决定尽早退场。

而这时，假面舞会开场了，临时搭起来的舞台上的主持人正在激情呐喊："下面，我将选择五队情侣上台参与我们的活动！究竟是谁那么幸运能够抢到我们的幸运之球呢？"

主持人奋力将手中的五个小球抛出。

龙琪琪背对着舞台，并不知道发生了什么，只感觉有什么东西不偏不倚正朝着她砸了过来，她下意识伸手一捞，稳稳当当捞到一个写着 3 的粉色小球。

"哇！那边的女同学身手真是敏捷啊，带着你的伙伴上台来吧，最好是男朋友哟。"

这场活动的灯光也很给力，有一道聚光灯"唰"的一下打在了龙琪琪身上。

龙琪琪："……"

现在退场，会不会有些尴尬？最关键的是，她也没有男朋友啊！

场上气氛太过热闹，也不知是谁在龙琪琪后面推了一下，龙琪琪一个趔趄往前扑去，站在她面前的顾禾下意识地伸手接住了她，将她抱了个满怀。

龙琪琪抬头去看顾禾，暖色调的灯光打在他们两人身上，配合着两人此刻的动作，气氛有些暧昧。

周围全是一群看热闹不嫌事大的热血少年少女，看到此情此景，不约而同地起哄，发出带着善意的哄笑声。

龙琪琪："……"

龙琪琪连忙推开顾禾，被顾禾抓着的手臂明明隔着厚厚的衣服，却让她感觉到了强烈的灼热感。

龙琪琪有些不自在地抓了抓自己的手臂。

场上的气氛到达一个小高潮，龙琪琪已经骑虎难下了，看起来必须要抓一个人跟着她一起上台了。

龙琪琪视线在周围扫了一圈，正准备随便抓一个落单的可爱女孩子跟她一起上台，谁知道周围全是成群结队的，竟然没有落单的小可爱。

龙琪琪看见了先前那个兜售面具的小姐姐，决定就是她了，正要开口喊她，一只手又伸了过来，抓着她往舞台的方向走去。

是顾禾。

顾禾抿着唇，面具下滑挡住了他的视线，他索性单手将面具推了上去，露出了脸。灯光勾勒出他俊美的侧脸轮廓，显得他整个人越发英俊。

大家都是看脸的，见有这么帅的小哥哥登场，纷纷发出尖叫声，就连主持人也喜滋滋道："呀，看来今年参加活动的都是俊男美女哟。跟你们待在一个舞台上，我感觉自己都变得更加年轻帅气了呢！"

第 15 章

初雪

和你

我是谁？

我在干什么？

我为什么会在这里？

龙琪琪神情恍惚地站在台上，顾禾还抓着她的手腕，她死死地盯着顾禾抓着她手腕的那只手，仿佛这样就能把顾禾的手盯出一个洞来。

或许是龙琪琪的视线太过火热，顾禾察觉到了，他顺着龙琪琪的视线往下看，抿了抿唇后，快速松开了抓着龙琪琪手腕的手。

所以说，顾禾为什么要把她抓上来呢？

哪怕龙琪琪没有说话，顾禾也能从龙琪琪脸上看出她的质疑。

顾禾恶声恶气："下面人太多，上来透透气。"

龙琪琪："……"

龙琪琪觉得，她大概永远没有办法理解顾禾的脑回路。

既然都已经被拉到台上了，而台下有一百多双眼睛正在盯着自己，这个时候再下台难免有些刻意，龙琪琪叹了口气，决定参加完这个小活动后溜之大吉。

也不知道龙爸龙妈有没有把晚饭都吃完，会不会给她留一点当夜宵。

食堂的晚饭是真的不好吃啊，也不知道是不是食堂大师傅赶着去过节，厨艺发挥失常，竟然比午饭还要难吃。

唉，这个主持人可真能说。

旁边的小姐姐真可爱呀，看着娇娇弱弱的，个子也不高，估计比她还要矮半个头吧。

顾禾偷偷摸摸地斜了一眼龙琪琪，又若无其事地收回了视线。

龙琪琪胡思乱想着，而主持人已经介绍完了游戏的基本规则。

"平安夜、五对年轻男女、舞会"这三个词组凑在一起无疑让人想入非非，增添了几分暧昧的气氛。主持人是个单身狗，可这并不妨碍他对爱情的向往和追求。他倒是想搞点大的，可眼下毕竟是在校园，闹得太过分引起校方注意，那可就不太妙。

主持人只能按捺住自己那颗想搞事情的蠢蠢欲动的心，从几个备选的游戏项目里挑出了一个看起来不那么出格的项目。

活动时间有限，或许还有好几个和观众互动的小游戏以及假面舞会，开场的游戏项目自然不能占用太长的时间，于是主持人挑的这个游戏项目既不需要太多道具又容易上手。

正所谓男女搭配干活不累。

这个游戏项目很简单，就是一人背着另一个人从舞台的一头跑到另外一头，并用嘴咬下悬挂着的苹果，然后原路折回，用时最短的一队就能获胜赢得奖品。

龙琪琪正胡思乱想着呢，主持人就已经在做最后的确认："你们还有什么疑问吗？"

龙琪琪猛地回过神来，她虽然没有注意到主持人说了些什么，但好在舞台上的LED巨屏上显示着本次的游戏规则，她举手发问："那谁背谁有规定吗？"

主持人没有想到龙琪琪会有此一问。

按照常理，不应该都是男生背女生吗？

主持人迟疑了一秒："这倒没有规定。"

龙琪琪目测了一下舞台两端的距离，胸有成竹地弯下腰对顾禾示意道："来吧，让我们一分钟就结束战斗！"

顾禾："……"

而舞台上剩下的四对也纷纷做起准备，但都是男生弯下腰示意女生上来。顾禾磨了磨牙，觉得龙琪琪可真是有本事，随随便便做点什么都能气得他怒火攻心。

顾禾嗤笑道："你是觉得我背不动你吗？"

龙琪琪摇了摇头，一本正经道："你刚刚不是说上来透透气吗？我背着你，上面的空气不是更新鲜？"

顾禾："……"

龙琪琪又道："你是担心我会输？别怕，你忘了和东齐大学比赛的那天，我是怎么把你背到大巴车那里的吗？"

顾禾："……"

龙琪琪继续道："更何况我不喜欢吃苹果，被人背着用嘴去咬苹果肯定特别丑。"龙琪琪想了想，又补了一句："不过没关系，你长得好看，咬苹果肯定也好看。"

顾禾冷笑一声："我倒是不知道，你还这么在意自己的形象。"

龙琪琪一脸无辜："谁让你把我拉上来的。你快点，游戏就要开始了。"

主持人已经开始做最后的倒计时，顾禾还在和龙琪琪僵持着，他倒不是在乎自己的面子，毕竟脸面这种东西，丢啊丢啊就习惯了。更何况，学校的论坛早就疯传 G 和 L 的爱恨纠葛，只要操作得当，顾禾也能化劣势为优势，一切的锅都可以往龙琪琪身上推，他顾禾还是可以当那高智商又善良的小白花学霸。

但是顾禾今天就是想和龙琪琪对着干。

龙琪琪到底能不能把他当成男人来看啊。

主持人已经数到"2"，龙琪琪见顾禾还在和她僵持，索性一不做二不休，直接一伸手强制将顾禾往自己背上揽。顾禾还没反应过来，主持人一挥手，龙琪琪就像离弦的箭往前冲。

年轻人的接受能力总是比较大的。

大家见场上竟然有个女孩子背着男孩子跑都愣了一下，但马上又发出充满善意的哄笑声和鼓励声。

大家总是期待反转的，在场的大多数人竟然希望能够看到龙琪琪获胜，而龙琪琪也不负众望，率先一步到达了舞台的另一头。

龙琪琪示意顾禾去咬苹果。

顾禾过了一开始要和龙琪琪赌气的劲儿，也不知道是不是气糊涂了，竟然迅速调整自己的状态享受起被龙琪琪背着的感觉。他的个头比龙琪琪还要高出一个脑袋，哪怕龙琪琪力气大，但他长手长脚的，龙琪琪要费很大的工夫托着顾禾的腿才不会让他的脚着地。顾禾的手勾着龙琪琪的脖子，下巴抵着龙琪琪的脑袋，他一开口说话，龙琪琪就觉得自己头顶"嗡嗡嗡"地响。

优秀的人总是不要脸的，哪怕一开始要脸也能迅速做好自己的思想工作，让自己变得不要脸。

顾禾从容不迫："我也不喜欢吃苹果。"

顾禾又道："而且我的嘴好像有点痛，不能张太大，咬不动苹果。"

龙琪琪速度虽然快，但是舞台就这么大，并没有八百米的长度让她有足够的时间和别的人拉开距离，不过是一会儿的工夫就已经有人跑到了她身边，正配合着背着的队友仰着脖子去咬苹果。

苹果是用线拴着的，而且都是经过工作人员精挑细选，一个个比成年男子的拳头还要大上一圈，红通通的，好吃看得见却咬不到。

咬不到，好气！

她们此刻都恨自己是樱桃小嘴而不是狮子大口，不然，牙齿尖一点也行啊！

唉，只怪自己嘴巴小。

顾禾优哉游哉，龙琪琪虽然一开始并不打算参加这个游戏项目，但是既然来了，还是她最擅长的力气活儿，怎么着也得拿个第一名啊。龙琪琪很急，但是顾禾不配合，她只能背着顾禾左右乱晃，企图让那个苹果乖乖地掉进顾禾嘴里。

龙琪琪这么一晃，那苹果径直撞上了顾禾的脑袋，好在撞得也不疼。

顾禾："……"

顾禾道："你是想学牛顿吗？"

龙琪琪有点手足无措："啊？"

顾禾愤愤道："站在这里等着苹果掉下来砸自己的脑袋？"

龙琪琪喜出望外："这也可以吗？"

顾禾："……"

顾禾觉得龙琪琪是真的蠢，他和这么蠢的姑娘计较什么呢。

顾禾终于勉为其难地张开自己的嘴，向苹果咬了过去。苹果没有着力点，顾禾的嘴一碰到苹果，它就灵活地往旁边一撇，洗得干干净净的苹果表面没能留下一点牙印。

顾禾："……"

龙琪琪在下面催促："你行不行啊？"

顾禾被这一只苹果激起了好胜心，也想让龙琪琪明白他到底行不行，他磨了磨牙，蓄势待发，张嘴再一次朝着那苹果咬过去。

一击不中。

二击还是不行。

好在并不是顾禾这边不行，另外四对也都拿这个苹果束手无策。

龙琪琪干着急，觉得像顾禾这样子的人大概只擅长做数独题。她将顾禾放了下来，手脚麻利地爬上了顾禾的背。顾禾傻愣愣地站着，龙琪琪双手勾着他的脖子，下面没有手托着她，身体受地心引力的作用往下滑，她急了："你用手托着我啊！"

顾禾迅速动作，手往前一带，勾住了龙琪琪两条腿的膝窝。

龙琪琪用脑袋撞向苹果，苹果被撞得往相反的方向晃去，晃到最高处又晃了回来，她则趁机张开嘴咬住了苹果。

咬到了！

龙琪琪嘴里含混不清，想告诉顾禾往回跑却怕一张嘴苹果就掉下去，只能伸手拍了拍顾禾的胸膛。

顾禾回过神，得到暗示转身往回跑。

龙琪琪没有赢，只得了第二，在主持人遗憾的欢送中下了台。

龙琪琪分析了一下，觉得都是因为顾禾。

她分析得头头是道："开始我跑得很快，比别人都要快两三秒到达苹果那里。我咬到苹果的时候，别人也都没有咬到，那我们为什么输了呢？"

关键在于回程所花的时间。

顾禾这是第一次背着女孩子跑，没有经验，而且他显然低估了对手的实力，高估了自己的体力，竟然在关键的时候被别人反超。

顾禾觉得很屈辱。

虽然他也没有很想要拿到冠军，对冠军拿到的那个一米五高的毛绒公仔奖品一点都不感兴趣，可他还是觉得很屈辱！尤其是龙琪琪掰着指头跟他分析到底输在哪一步的时候。

龙琪琪得出了一个结果："所以你们这些学霸，体力是真的不行啊！"

顾禾："……"

顾禾想向龙琪琪证明自己很行。

但是在身为体育特长生的龙琪琪面前，顾禾那点靠每天从宿舍走到教学楼再走到食堂来锻炼的体力显然是不够用的。

顾禾痛定思痛，决定下次建议社长，把社团的活动换成一千米跑，毕竟，独"乐乐"不如众"乐乐"，顾禾他这个副社长还是很有分享精神的。

龙琪琪对奖品不怎么感兴趣，本来输了就输了，她也不怎么介意，但是难得有个机会可以数落顾禾，她又不舍得错过，絮絮叨叨念了顾禾几句之后，她见好就收，转移了话题。

"都这个点了，我们还去研究课程设计吗？"龙琪琪试探着开口道，"依我看，我就算能提出什么意见，你八成也不会采用。"

龙琪琪的言外之意就是，让顾禾一个人做主了，反正她这个学渣也帮不上忙，更不能提出什么具有建设性的意见。

顾禾哪能听不出龙琪琪的意思，他沉默着没有开口，还沉浸在体力被羞辱的悲伤之中。

龙琪琪不会跳舞，从舞台上溜了下来后，她便和顾禾远离了那片广场。这个点校园的大多数人都聚集在情人坡那儿，其他地方的人倒是并不多，龙琪琪边走边和顾禾说话，不知不觉走到了48号教学楼后面的一小片核桃林。

天气渐渐冷了，核桃树的叶子落了，在夜色里添了几分萧瑟。树木光秃秃的，一片灰蒙蒙的。龙琪琪顺着核桃树之间铺的石子路慢慢往前走着，见顾禾没有说话，她转过身一边倒退着走，一边催问顾禾："你怎么不讲话啦？"

脚下的石子路磕磕绊绊的，还不是一条直路，而是顺着树木的间隙弯弯绕绕。龙琪琪一个没注意，看不到背后，脚下被什么东西绊了一下，眼看就要撞上身后的树。顾禾眼明手快，下意识伸手拉住了龙琪琪的手腕，将她整个人往自己怀里拉。

龙琪琪撞进了顾禾的怀里。

顾禾觉得胸好痛。

他好像有点赞同龙琪琪说的他体力不行。

顾禾觉得这样下去不行，只有跑步是不够的，看来他还需要去健身！

龙琪琪一抬头，脑袋刚好又撞到了顾禾的下巴。

　　顾禾痛得眼泪都快飙出来了。

　　龙琪琪隐隐约约间好像闻到了什么味道，但那股味道很淡，淡得一瞬间又闻不到了。龙琪琪只觉得那味道应该是很好闻的，像是冬天里盛开的花儿的味道。

　　龙琪琪的脑袋撞上了顾禾的下巴，或许因为脑袋比较硬，龙琪琪倒没有顾禾那么痛，她揉着自己的脑袋后退一步，抬头正要对顾禾说些什么，脸上突然落下了什么冷冰冰的东西。

　　龙琪琪眨了眨眼，有那么一瞬间下意识地以为是顾禾的眼泪。但她又觉得不对，眼泪似乎不是这样子的。

　　咦？

　　下雪了？！

　　龙琪琪看见空中飘落下来的白色的雪花，一片又一片，落在顾禾的头顶，落在顾禾的肩膀，落在她的掌心。

　　龙琪琪"哇"了一声，扯着顾禾的袖子大叫道："顾禾你看，下雪了！"

　　顾禾还沉浸在下巴的痛楚之中，努力克制自己不要因为痛流出泪水，他泪眼蒙眬地去看，发现果真是雪，而且瞧着这势头是要越下越大，奔着鹅毛大雪的趋势下了。

　　龙琪琪还在那儿叽叽喳喳叫唤："快看快看，这是雪啊！！"

　　顾禾冷静沉着地想，是不是每个南方人都像龙琪琪这样一见到下雪就咋咋呼呼，就像初次见到南方蟑螂的北方人一样？

　　顾禾想嘲讽龙琪琪，告诉她要淡定，但是看到她这么欢呼雀跃的样子，到了嘴边的揶揄愣是被他咽了回去，话到嘴边便变成了："我当然知道是雪，难不成还能是盐不成？"

　　龙琪琪沉浸在见到大雪的喜悦之中："我在 A 市生活了这么久，还是第一次见到下这么大的雪。以前也是下过雪的啦，不过都是很小很小。"

　　龙琪琪边说边比画着，右手拇指和食指捏在一块摆在自己右眼前方，半闭着左眼，摆出一副试图从拇指和食指中间那微不可见的缝隙里找到夹缝生存的雪花的样子。

　　顾禾想，真是没见过世面的南方人。

　　有点蠢，意外地还有点可爱。

天儿渐渐冷了，一呼气就能够哈出肉眼可见的白色雾气，龙琪琪穿着驼色的大衣，脖子上还围着一条围巾。她手笨，不会弄出那种好看的围法，只是将围巾对折在脖子上绕了几圈，保暖有余而美观不足。围巾很大很厚，哪怕她绕了好几圈也留出一大截，挂在龙琪琪的脖子后面像条小尾巴。

龙琪琪兴奋得眼睛比往常更亮，像个刚尝过棒棒糖滋味的小孩儿又见到比脸还要大的彩虹棒棒糖。龙琪琪在心里暗暗祈祷，雪啊，雪啊，下得更大一点吧，搞不好明天起来就能堆雪人啦。

顾禾看着这样的龙琪琪，也在心里暗暗祈祷，嗯，那就下得再大一点吧。

顾禾是北方人，他的家乡每逢冬天都会下雪，而且积雪都能够没过脚踝的那种，好在北方有暖气，不出门的话倒也不觉得冷。

顾禾其实是很讨厌南方的冬天的，湿冷湿冷的，听说下雪过后会更冷，是那种深入骨髓的冷。

顾禾记得有个说法，如果说北方的冷是物理攻击，南方的冷则是魔法攻击，物理攻击可以靠盔甲来抵御，魔法攻击？嗯，就靠一身正气吧。

顾禾想，他一身正气，大概也是不怕融雪的冷的。

平日教学楼里人多，但是今儿是平安夜，大家大多又去情人坡了，所以这片核桃林倒是没怎么见到人影，龙琪琪和顾禾在这里待了许久也没有见到其他人。

龙琪琪沉迷雪花，没有开口提出要走，而下雪在顾禾看来是习以为常的，放在以前他是绝对不会干出站在这里欣赏雪景的事情来的，可是今天晚上不知道怎么了，顾禾觉得自己的脑袋大概是被那只苹果给砸傻了，竟然也没有开口催促龙琪琪走。

两个人就跟傻瓜一样站在这片核桃林默默看雪。

直到顾禾打了个喷嚏。

龙琪琪回头，恨铁不成钢道："你们北方人竟然还怕冷？"

顾禾："……"

不是，你对北方人是不是有什么误解啊！

龙琪琪继续摇头叹气："真是不行啊。"

顾禾："……"

顾禾面无表情，默默回忆今天龙琪琪统共说了他几次不行。

顾禾正要开口反驳龙琪琪，本来安安静静的核桃林突然传来了吵闹声，似乎是有什么人在吵架。

　　顾禾循着声音看过去，便看见核桃林的那一头走过来两个人，还是两个熟面孔。

　　眼镜娘抱着书走在前头，周霖亦步亦趋地跟在身后。

　　风儿将眼镜娘的声音传了过来，眼镜娘很冷静地说："其实我也觉得顾禾这个人有些时候行为处事不太妥当。"

　　周霖："？？？？"

　　眼镜娘自顾自道："太小孩子气了。"

　　周霖："……"

　　眼镜娘问道："你不这么觉得吗？"

　　周霖义正词严道："不！我不这么觉得！一点都不！"

　　眼镜娘一脸"我都懂"的表情，继续道："哎呀，现在又没有别的人，你想说什么就说什么，我是不会偷偷跟顾禾告状说你说他坏话的。"

　　周霖冤枉："坏话？我为什么要说副社长坏话？你是不是对我有什么误解？不……你对我有什么误解不重要，你不能对副社长有误解啊！"他极力为顾禾辩解，"副社长那么好，你到底为什么要背地里说他坏话啊？而且还要跟我说！你是不是想要陷害我？！"

　　眼镜娘："……"

　　这人是不是有病？

　　眼镜娘不可思议："什么叫我背地里说他坏话？这不是你一直想要说的话吗？"

　　周霖瞪大了眼，一副受到了极大冤屈的姿态："你这人怎么这么坏？竟然还甩锅给我？"

　　眼镜娘："！！！"

　　这人是真的有病吧！

　　而另一边，因为两人激动起来争执的声音也随之变大，偷听墙脚听得清清楚楚的另外两人："……"

　　身为始作俑者的龙琪琪，自然明白周霖和眼镜娘的对话为什么会变成如今这样，她偷偷瞥了一眼脸色比雪花还要冷的顾禾，心有些虚，嘴里嘀咕了一句："这两人为什么会在这里？"

顾禾本来还为周霖二人竟然私底下说他坏话而愤怒，冷不丁听见龙琪琪这句自言自语，打了个激灵。

是啊，特殊的夜晚，周霖和眼镜娘相约在核桃林被龙琪琪撞见了，这对龙琪琪脆弱的心灵是多大的伤害啊。

虽然这两人没有说什么不应该说的，话题却奇怪地一直围绕着他打转。

顾禾决定带龙琪琪离开这个是非之地，让龙琪琪冷静一下："我们先走……"

话音未落，那边正争执的两人光动嘴不够，竟然动起手来了。

周霖一说起顾禾来是滔滔不绝的，眼镜娘说不过周霖，又觉得这人两面三刀着实可恶，明明和龙琪琪说顾禾坏话说得起劲，怎么到她这儿来就变得正人君子起来？莫不是试图在她面前建立一个好形象？

呵，她是不会被骗的！

眼镜娘越想越气，动手推了周霖一下，周霖也没想到眼镜娘说着说着竟然动起手来。

眼镜娘力气不大，根本就没推动周霖，周霖瞪大着眼睛看了眼镜娘三秒，突然"哎哟"一声，往后倒去。

周霖义愤填膺地指责："你打我！"

眼镜娘："？？？？"

这人不仅有病，还碰瓷！

顾禾此时此刻的心情十分沉重。

饶是他天生聪慧、机智过人，机关算尽，也算不到眼前这一幕。顾禾已经不敢看龙琪琪的脸色了，更不敢去想象当场目睹自己男朋友和别的女孩子在平安夜的夜晚散步的龙琪琪此刻是个什么心情。

虽然眼下，男朋友正躺在石子路上，恬不知耻地指着眼镜娘大喊："你竟然推我！"

这架势，瞧着是要将碰瓷进行到底。

顾禾没有侧头去看，自然没有注意到此刻龙琪琪正饶有兴致地当着吃瓜群众。

好像每次看到周霖都能发现他崭新的一面，龙琪琪想，周霖可真是个"宝藏男孩"。

眼镜娘都快被周霖这番厚颜无耻的行为气笑了。

她推他？她才用了三分力气！周霖难不成是玻璃人不成，轻轻一推就倒？而且哪有人被推了几秒钟后才反应过来往后倒去的啊，周霖明摆着是想碰她瓷！

眼镜娘怒火攻心，脸上反而一派冷静，她想，自己今天就要为数独社清理门户。

龙琪琪吃瓜吃得很尽兴，还不忘撞了一下顾禾的胳膊，压低了嗓音道："你觉不觉得眼前这一幕很眼熟？"

龙琪琪口中的眼熟指的是她和顾禾初次见面的那一幕。

顾禾正心烦意乱，没有听出龙琪琪话里的吃瓜味，心里"咯噔"一声，眼熟？龙琪琪莫不是想起了她之前口中所说的那个亲眼看见男朋友劈腿的好朋友？

明明是顾禾一手安排，可是眼下他竟然开口结结巴巴解释道："我……我觉得吧，他们肯定不是你想象的那样，你想嘛，哪有人调情调成这个样子的？"

调情？

龙琪琪不懂顾禾话里的意思。

而那边眼镜娘终于有所行动了，她居高临下地指着周霖开骂了。

"周霖，你就死心吧，像你这样子的人，我是一辈子都不可能喜欢的！你不要再纠缠我了，我明天就去跟顾禾说，这个破活动我不参加了！别拿什么社团内部和谐来威胁我，社团不是正好多了一个人吗？实在不行你就和顾禾组队去，我来当这个活动裁判好了！"

眼镜娘自觉自己这一番话足够重创周霖那颗春心荡漾的少男心，一来，她明摆着拒绝了周霖；二来，她还祸水东引，提议让周霖和他最"讨厌"的顾禾组队参加活动，想必能够恶心到周霖。

谁知眼镜娘话音刚落，周霖不但没有露出她意料之中的悲伤表情，反而喜出望外："当真？！"

眼镜娘："……"

这么开心干什么！

是难过得疯了吗？

眼镜娘想，难不成周霖被自己逼疯了，或者是试图以狂喜的面具来掩盖住他内心的悲伤？

而顾禾听到眼镜娘那一番话，心更凉了，简直比寒冬腊月里泼出去的水更凉。

起初他想出这个活动，并利用职位的便利让周霖和眼镜娘绑到一起，就是想给两人创造见面的机会，他再顺水推舟让龙琪琪见到两人亲昵的场面，以此挑拨两人的感情。

而现在，事情显然已经超出了他的预料。

按照眼镜娘所说，周霖竟然真的对她怀有心思？那龙琪琪怎么办？周霖竟然脚踏两条船，明目张胆地劈腿？

顾禾心凉过后，铺天盖地的愤怒袭来。

他明明是想要挑拨龙琪琪和周霖的感情，让两人分手，而眼下的发展很明显更有利于他的计划，可是不知为何，顾禾就是觉得愤怒。

周霖怎么能这样对待龙琪琪？

他怎么敢？

旁边的龙琪琪不说话了，这在顾禾看来是她目睹男友对别人示爱而心如死灰的表现。

顾禾突然觉得后悔，后悔自己这段日子以来做的这一切，他竟然生出了挑拨龙琪琪和周霖感情的坏心。

他实在是太坏了。

而那边，周霖无疑迎来了意外之喜，冬天晚上地上凉，哪怕他穿着大衣也觉得有些冷了，他从地上爬了起来，想要和眼镜娘确认她方才的那番话。他太过激动，以至于没注意到自己竟然伸手抓住了眼镜娘的手腕，他紧紧地抓着，脸上的开心和兴奋溢于言表："你刚才说的是真的吗？"

他能和副社长一起组队啦？

眼镜娘不懂周霖的喜悦从何而来，她想要挣脱周霖的禁锢，却一时挣脱不了，她咬牙切齿道："当然！"

她是绝对不可能喜欢上周霖的！

周霖被喜悦冲昏了头脑，急于向眼镜娘表达自己的感激之情，一时冲动张开双臂将眼镜娘紧紧抱住："谢谢你，你可真是个大好人！"

眼镜娘："……"

可恶！竟然还对她动手动脚！

而那边，顾禾觉得不能再看下去了。

周霖简直就是个渣男，再看下去他怕自己忍不住要出手了，更怕龙琪琪会冲上去揍周霖一顿。

顾禾伸手抓住了龙琪琪的手："我们走。"

不等龙琪琪回答，顾禾强硬地拽着龙琪琪往相反的方向走去。

周霖眨了眨眼："哎？我刚才好像听到了副社长的声音？"

眼镜娘恨不得磨刀霍霍向周霖："周！霖！你死定了！"

龙琪琪不明白顾禾为什么突然把她拉走，她看八卦看得正起劲呢，可是顾禾一口气将她拉离了八卦现场，竟然将她送到了校门口。

顾禾吞吞吐吐："天很晚了，你早点回家吧。"

龙琪琪还没说话，顾禾又补了一句："别多想啊，周霖是有点太过分了，你好好跟他谈一谈，也没必要动多大肝火，为了这样子的人气坏自己不值得。"

龙琪琪："我跟他谈什么？"

顾禾心想，坏了，龙琪琪连谈都不想和周霖谈了。

顾禾硬着头皮道："那你也别直接动手打他啊……虽然他做出这种事，打他一顿是应该的，但是传扬出去，你校霸的恶名怕是摘不掉了。"

更何况，这事儿顾禾也起到了推波助澜的作用，若不是他起了坏心思，周霖也不会和眼镜娘走得那么近，更不会发生现在的事情。

周霖太过分了，竟然在眼镜娘拒绝了她之后还强抱她！

顾禾抿了抿唇，试探着看了一眼龙琪琪的脸色，在发现龙琪琪脸色一如既往之后，他更慌了。

这该不会是气傻了吧。

龙琪琪一头雾水："不是……我为什么要打他啊？"

顾禾沉默了一瞬，开口问："他和言欢喜那样……你就不生气？"

龙琪琪更莫名其妙了："我为什么要生气？"

顾禾觉得龙琪琪这个恋爱谈得相当佛性了，自己的男朋友和别的女孩子卿卿我我、拉拉扯扯，她这个正牌女友目睹了现场却一点都不愤怒？

顾禾点破："周霖可能喜欢上言欢喜了啊。"

龙琪琪想了想周霖和眼镜娘，完全想象不到这两个人竟然能走到一块儿去，她皱着眉头道："虽然这两人看着完全不像是能走到一块儿的样子，但是感情这回事嘛，还是要看眼缘。如果周霖真的能够追到言欢喜，我们还是应该要祝福他们的。"

前提是，言欢喜能够接受得了周霖的话痨。

龙琪琪想起前阵子眼镜娘似乎找过她，向她请教过如何和周霖相处的法子。

难道……

难道眼镜娘其实也对周霖有感觉？

龙琪琪越想越觉得这两人有戏，眼前落下的雪都抵挡不住她胸膛里的那颗蠢蠢欲动的八卦之心："说起来，欢喜学姐前阵子还找过我呢，问我一些周霖的事情！"

顾禾："……"

顾禾知道，还是他怂恿眼镜娘去找龙琪琪的呢。

顾禾冷静下来觉得有些不对劲，龙琪琪的表情也太过反常了吧，一点都不像是惨遭男朋友劈腿的可怜少女。

不但不难过，好像还有点兴奋。

龙琪琪兴奋地拍掌道："搞不好过几天他们俩就真在一块儿了呢！"

顾禾愣愣地问："你就不难过？"

龙琪琪反问道："我为什么要难过？"

顾禾斟酌着道："周霖明明已经有女朋友了，还这样撩拨言欢喜……"

龙琪琪打断顾禾的话："等等，周霖什么时候有女朋友了？我怎么不知道？"

顾禾："？？？"

龙琪琪："？？？"

两人大眼瞪小眼过后，顾禾率先开口："你和周霖什么关系？"

龙琪琪理直气壮："一起做题的战友关系啊？"

顾禾问："没变质？"

龙琪琪回："不是，这战友关系还有保质期的吗？"

顾禾："……"

顾禾觉得自己有些蠢了。

都是捕风捉影的消息，只不过是娃娃脸看见龙琪琪和周霖一起出现在情人坡而已，再加上两人关系一向亲密，很容易让人浮想翩翩，现在回想，两个当事人没有一个人跳出来承认过他们之间的恋爱关系啊。

难道就不能是约着一起去情人坡做数独题吗？

顾禾觉得自己是真的蠢，更要命的是，他还做出了这么多蠢事。

龙琪琪注意到顾禾的脸色变了好几番，试探着问："你怎么了？脸色不太好。"

顾禾冷静道："天冷冻的，车来了，你快回家吧。"

顾禾将龙琪琪送上了出租车，他站在学校门口没动，任由雪花落了满身。

良久，顾禾低着头，嘴角慢慢勾起。

哦，原来龙琪琪还是个单身狗啊！

嗯，希望龙琪琪和周霖的战友情谊能够长长久久，永不变质。

在今年的第一场雪里，顾禾许下了愿望。

近日社团的气氛很不对劲,哪怕迟钝如大壮也察觉到了这奇怪的变化。

这变化是从圣诞节那天开始的。

顾禾以副社长身份提议的那个考验默契度的活动,社团的大部分人都准时参与,只除了周霖和眼镜娘。那时社长还没有察觉出什么问题,可是从那天之后,周霖和眼镜娘纷纷拒绝参与社团的其他活动,社长催急了,两人甚至放出狠话要退社。

这下子,社长是真的急了。

眼镜娘身为社团里唯一的女性,那可是独苗苗,虽然这根独苗苗平日里在他眼里看来和其他的男孩子没有什么区别,可是她本质上也是个女孩子啊,而且还是个实力很不错的女孩子。

社长并不想看到在他英明神武的带领之下,数独社发展成纯男性社团。

眼镜娘不能退社。

周霖也不能退社。

周霖是今年招募的新生里实力最为强劲的,不是社团吹捧周霖,而是放眼整个社团,也就周霖能有和顾禾一拼的实力。周霖若是走了,那顾禾可真就是数独社一霸了。社长必须留住周霖,用周霖的实力来鞭策顾禾,让两人共同进步,感受到你追我赶的压力。

社长头都大了。

好端端的，这两人怎么都闹着要退社呢？社长几次追问，偏偏两人又死活不给出理由，就是说着要退社。

近几年数独竞技越来越火，大大小小的比赛也如雨后春笋纷纷冒出了头。虽然像中国数独锦标赛这种规模的大型比赛还是比较少，但是一些大品牌赞助的比赛、高校之间的比赛、各个数独组织之间的比赛还是有许多的，为了打响启元大学数独社的名头，以期能够获得更多的社团赞助，参加这些比赛博些知名度也是在所难免的。

更何况，多参加一些比赛也能多认识一些圈内高手，才能以人为镜更加了解自己。

眼瞅着元旦过后就有一个比赛，社长是打算让周霖去参加的，可是这个节骨眼上，周霖竟然闹着要退社，这可怎么办。

社长没办法，只能去找他的狗头军师顾禾求救。

社长给顾禾打电话，顾禾的电话却一直提示关机，他没办法，只得给顾禾宿舍的座机打电话。

启元大学为了方便家长查岗，十分贴心地在每个宿舍都配备了一台座机，家长想要知道自家孩子有没有乖乖地在学校待着，只要给座机打电话就能一抓一个准。

电话响了几下，是顾禾的舍友接了起来，社长麻烦舍友叫顾禾来接电话。

社长等了好一会儿，顾禾才磨磨蹭蹭地过来："喂？"

社长问："你怎么关机了？"

顾禾看了眼自己的手机，睁眼说瞎话道："哦，没电了。"

好在社长也没追问："周霖的事情你清楚吗？"

顾禾不知道在那头忙什么，好半天才回了一句："你是社长，你都不清楚，我怎么会清楚？"

"你不知道你去问他啊！周霖那人是什么样，我还不知道吗？别人问他，他不说，你一问他，他准连自己今天早上吃了什么都告诉你。"

顾禾没吭声。

社长急了，催促道："你在忙啥呢，打电话也不专心？"

顾禾慢悠悠道："我在给我们老师写邮件。"

"啊？"

"我觉得课程设计布置得太少了，我想建议他多布置几次。"

社长："……"

社长觉得，像顾禾这样子的人就应该遭天谴！

社长觉得糟心得厉害，他没什么心情去关爱即将面临多几次课程设计作业的顾禾的同学，他社团内部起火，他还急着灭火呢。

社长问："周霖这个事情，到底怎么办啊？"

顾禾觉得自己再不表态，电话那头的社长就要哭出来了，他这才松了口道："这事情，我来想办法。"

社长放了心。

顾禾既然开口答应了，那就肯定会尽全力去做。

周霖他是管不了了，也就顾禾的话周霖能听得进去，哦，不……是奉为金玉良言。

顾禾挂了电话，双手捧着手机又移回了自己的座位，手机的屏幕上赫然是一道数独题。

顾禾当然不是真的跟老师建议要多加几次课程设计的作业，他还留有一点良心，没有丧心病狂到这种地步，虽然他的确有这个念头……

顾禾将手机调成了飞行模式，就是防止社长打扰他。

顾禾最近在合页数独应用上遇到了一个有点意思的人，起初这人上来就加他好友，他没同意。后来也就没怎么放在心上，可是那次之后，他每次创建公开房间的时候，这人总会第一时间进来。

一次是巧合，二次是意外，可是七八九次，顾禾就记住了这个人的昵称——一条霸王龙。

霸王龙？

呵，这个名字挺适合龙琪琪的嘛。

这条霸王龙锲而不舍，一逮着空子就钻进他的房间。顾禾也是闲来无事，竟然同意了"一条霸王龙"的好友请求，他甚至顺手点开了"一条霸王龙"的最近战绩，发现这人简直勤奋刻苦得可怕，一天工夫就能刷五六十道数独题。

顾禾甚至还想，要是龙琪琪能够有这个"一条霸王龙"的勤奋，搞不好能通过数独社的内部考核呢。

顾禾做完这道题，又成功地虐了一批玩家，刷开好友列表发现"一条霸王龙"竟然不在线，他索然无味地退出了合页数独，开始思考起周霖的事情来。

顾禾想，他大概有些知道周霖和眼镜娘是怎么一回事。

无非与平安夜那一晚发生的事情有关，也不知道他们走后两人之间发生了什么，关系竟然恶化到如今这个地步，甚至都不想再在社团里见到对方。

这事说起来，顾禾也要负一些责任。

自从知道周霖和龙琪琪就只是纯粹的战友关系之后，顾禾看周霖顺眼了几分，觉得这人还是挺有眼光的，没有瞧上龙琪琪。

顾禾手指在手机屏幕上滑了几下，点开了和周霖的聊天窗口。

顾禾：听说你要退社？

周霖：我不是自愿的！

顾禾：那是怎么回事？

周霖：【哭泣】这事儿说来话长……我不是故意不想告诉你的，实在是不能说！不过，副社长你放心，有你在的社团，我说什么也会拼了老命留下来！

顾禾："……"

饶是顾禾再聪明，也看不出来周霖这是什么意思。

什么叫作不能说？

周霖表现得这么为难，顾禾也不想继续追问，他手指在桌子上敲了敲，脑中灵光一现。

顾禾觉得，这事儿他有责任，龙琪琪也有责任啊，怎么可以就让他一个人来解决？不行，怎么着也得拉上龙琪琪一起。

顾禾还觉得，他不是故意拉龙琪琪下水的，只是这个事情确实和龙琪琪有一定的关系。更何况周霖那边他可以想办法解决，眼镜娘是个女孩子，他还是不太容易出手，让同为女孩子的龙琪琪去解决眼镜娘那边的问题，再合适不过了。

顾禾打定主意，隔天上课的时候，久违地坐在了龙琪琪身边。

在龙琪琪开口赶人之前，顾禾拿出手机，点出自己微信二维码的页面，神情自然道："微信扫一下。"

龙琪琪："……"

龙琪琪没记错的话，当初是她一怒之下拉黑顾禾的，如今听顾禾这意思，他拉不下脸把龙琪琪加回来，所以让她主动将他加回去？

虽然平安夜之后，龙琪琪和顾禾的关系有所缓和，再也没有之前那么诡异，但是龙琪琪可没打算就这样原谅顾禾之前对她的冷嘲热讽，她翻了个白眼："对不起，我微信好友满了。"

顾禾："……"

顾禾被龙琪琪拒绝，也不生气，反而同龙琪琪讲起了道理："言欢喜最近和周霖有了矛盾，想要退社，这事儿和你有关系吗？"

龙琪琪下意识道："当然没有！"

话一说完，龙琪琪心里"咯噔"一下，又觉得好像和自己有点关系。

当初是她哄骗言欢喜，说周霖最喜欢和别人一起说顾禾的坏话了。而言欢喜真的被她骗了，跑去和周霖说顾禾的坏话，以周霖对顾禾疯狂膜拜的程度，有人在他面前吐槽顾禾，他还不得气死？

难道是因为这样，这两人吵架了？

龙琪琪一时有些心虚。

顾禾看穿了龙琪琪的心虚，开口道："看来你心里有数了。"

龙琪琪争辩："就算和我有那么一丢丢的关系，我凭什么就要加你为微信好友？"

顾禾理直气壮："不加微信好友怎么沟通？"

龙琪琪不明所以。

顾禾继续道："周霖和言欢喜最近因为感情问题，都闹着要退社，以这样子的状态他们怎么可能好好继续做数独题？1月份我们还有个比赛，社长本来都打算让周霖参加了，若是周霖因为这件事影响了状态，输了比赛谁负责？"

龙琪琪："……"

顾禾继续添油加醋："本来啊，这小两口好好的，可是也不知道是谁在背地里说了些什么，使了损人的手段，愣是让感情很好的两人闹成了这样。都说'宁拆十座庙，不毁一桩婚'，龙琪琪，这事儿你该不会不想认吧？"

龙琪琪："……"

顾禾再下了最后一剂猛药："我听说言欢喜挺喜欢周霖的，两人闹成这样，言欢喜应该是欢喜不起来了。我还听说，她这几天都在宿舍为情所困偷偷哭呢。"

龙琪琪一向有英雄情怀，是见不得言欢喜这样的软妹受委屈的。

龙琪琪立马道："不就是加个好友吗？微信拿来！"

顾禾蹬鼻子上脸："微信好友没加满了？"

龙琪琪无语："我不能删几个吗？"

顾禾得逞地笑了一声："特地删了别人挪个位置来加我，我还真是感动呢。"

龙琪琪觉得自己是个敢作敢当的英雄。

所以在她担下了要和顾禾一起处理周霖和言欢喜之间出现的感情问题的责任时，她绝对不会再生出推脱之心，甚至在加回了顾禾微信之后，她还和顾禾详细请教了一下这个事情。

而事实上，顾禾也说不出个所以然来，他只知道周霖和言欢喜现在都不去社团了，而这个事情肯定与他和龙琪琪在平安夜的核桃林撞见的那一幕有关。

龙琪琪回想自己在平安夜那晚听到的周霖和眼镜娘之间的对话，然而当初她距离那两人有些远，大部分话语听不太清楚，只在那两人偶尔情绪激动提高嗓门时，她才听了个大概。

龙琪琪将自己和顾禾听到的只言片语拼凑在一起，得出了一番结论。

课后的午饭时光，龙琪琪和顾禾相约在学校西门的小饭馆碰面，在等着菜上来的空隙，龙琪琪说出自己的结论："我记得那天晚上欢喜学姐好像说了什么让周霖不要再纠缠她之类的话，而前几天欢喜学姐也问过我如何和周霖更好地相处。我大胆假设一下，欢喜学姐问我怎么跟周霖相处应该是喜欢周霖的，可是平安夜那天晚上又为什么会让周霖不要再纠缠她呢？我看这意思，这两人明明就是互相有好感……我觉得应该是周霖做了什么让欢喜学姐很不开心的事情，所以两人起了别扭闹分手了！"

龙琪琪从来没有觉得自己的大脑转得这么快过，她一边说话，一边在脑子里分析，几乎没有停顿地就提出了一个十分有可能的结论："周霖这人话多，看起来好像很好说话的样子，但实际上他固执得很。本来嘛，热恋中的女孩子是很好哄的，只要花点心思花点时间去哄一下欢喜学姐，欢喜学姐不至于闹到如今这种连社团都不想去的地步。"

顾禾看着龙琪琪眼睛亮亮的，她分析得头头是道，他勾勾唇，没有打断龙琪琪。

龙琪琪喝了一口大麦茶润了润嗓子，继续道："欢喜学姐为什么会想要退社呢？因为周霖也在社团啊，社团是她和周霖共同的回忆啊，她一定是对周霖很失望、很生气，才会想要断掉和周霖所有的联系。周霖这么固执，搞不好是做错什么惹了欢喜学姐生气却不承认，于是两人就一直这么僵持着！"

龙琪琪一拍掌："只要劝劝周霖那个死脑筋去哄哄欢喜学姐，那么一切就顺理成章地解决了。"

龙琪琪说完，又自己给自己"啪啪啪"鼓掌，自我捧场："简直精辟！"

顾禾："……"

顾禾没忍住，翻了个白眼。

他把玩着桌子上的玻璃杯，手指叩着玻璃杯上的透明花纹，言语中带着几分试探："听起来你好像很有经验的样子，你和你前男友也是这样吗？"

龙琪琪："？？？？"

前男友？

不好意思，龙琪琪只是个行动上的矮子、言语上的巨人，简称纸上谈兵。

当然，这一点龙琪琪是不可能承认的，为了加强自己分析的可信度，她模棱两可地应了顾禾这句话："差不多吧。"

在她刚上幼儿园的时候，她和周一奇就是这么相处的。

龙琪琪道："反正要速战速决地解决这个麻烦，最快的办法就是让周霖去哄欢喜学姐。"

事实上，顾禾也觉得龙琪琪这个分析很有道理。

毕竟，年龄相仿又年轻气盛的男女起了矛盾，很容易就让人猜想是感情出了问题，再加上有平安夜那晚目睹的事情做证，顾禾认同了龙琪琪的这个猜测。

龙琪琪向来是行动派，立马拿起手机给周霖打了个电话："约你吃饭！"

那头的周霖有气无力："不想吃……"

龙琪琪笑道："顾禾请客！"

周霖瞬间答道："马上到！"

顾禾："……"

服务员送上来一盘夫妻肺片，顾禾顺手招呼她把菜单送上来再点几道菜。

顾禾装着一派风轻云淡："你还挺了解周霖的哈？"

龙琪琪不好意思地笑了笑："狗养久了还有感情呢，更何况是深夜一起奋战的战友。"

顾禾冷笑道："呵呵。"

顾禾在心里默默祈祷，希望龙琪琪和周霖的战友情谊永不变质，希望言欢喜能和周霖有情人终成眷属！

事实证明，对于周霖来说，"顾禾"这两个字的诱惑力是无穷大的，挂了电话只不过五六分钟的工夫，还不够厨房新烧一道菜，周霖就气喘吁吁地赶到了饭馆。

哪怕是冬天，周霖都跑出了一身汗，他喘着气犹豫着想要坐在顾禾的身边，但不知道想到了什么，脚下一转朝着龙琪琪那边的位置去了。

他们坐的桌子是四人方桌，龙琪琪坐着的是沙发座，而顾禾这边的就是普通的座椅。

周霖屁股还没沾着沙发，顾禾就开口了，敲着桌子示意周霖："坐我这儿吧。"

周霖喜出望外，不再犹豫，很爽快地抛弃了对自己情深义重的战友，转而投向偶像的怀抱。

周霖喝了口水平复了一下自己的心情，说道："怎么突然想起请我吃饭了，嘿嘿嘿，不然这顿饭还是我请吧！"

怎么能让自己的偶像掏钱呢！

龙琪琪并不介意是周霖掏钱，还是顾禾掏钱，反正她就是个蹭吃蹭喝的，她身体微微前倾，做出了一副"不坦白从宽，就'言行'逼供"的姿态，开口问周霖："你最近和欢喜学姐是怎么一回事？"

周霖一听到"欢喜学姐"四个字，表情一僵，讪讪道："没怎么啊，我和她能有什么？"

周霖本来就不擅长说谎，更何况龙琪琪早就推测分析出了他和眼镜娘之间的事情？龙琪琪眯了眯眼，有些恨铁不成钢："欢喜学姐那么柔弱，就算有什么事你就不能让着她吗？"

言欢喜其实并不算太柔弱，她一米六的个子，长得清清秀秀的，一头及肩短发，常年戴着一副黑框眼镜，颇有几分出身书香世家的那种大家闺秀气质。

但是和周霖放在一块儿比，那就必须是很柔弱了。

周霖一听龙琪琪这话就炸了："让她？绝对不行！这件事我说什么都不会让她！绝对不会向她低头！"

周霖说着，还侧头看了顾禾一眼，像是做贼心虚一般，只看了一眼就快速地收回了视线。

周霖的这个反应无疑坐实了龙琪琪先前的那番推测。

果然，就是周霖死犟着，不肯向眼镜娘低头、不肯去哄她，所以两人才闹成如今这个地步。

恋爱最怕的就是两个人都是犟脾气，无论谁都不肯向对方低头，闹到最后落得个形如陌路的下场。

龙琪琪觉得以自己在周霖心目中的地位，怕是说不动周霖，她指向顾禾，将锅顺利甩给他："我说你不听，顾禾说了你还不听吗？"

顾禾："？？？"

周霖："……"

周霖突然有一种像小孩子做错了事情被家长轮番教育的感觉。

一定是错觉！

顾禾觉得没弄清事情的来龙去脉时，不能一味地让周霖去同眼镜娘认错，万一是眼镜娘做错了呢？

顾禾觉得自己很理智，必须给恋爱中的男同胞们争取一点地位，他清了清嗓子，十分公正道："这个事儿吧，得看是什么事儿。周霖，你和言欢喜之间到底发生了什么，说出来让我们给你分析分析。"

周霖不说话了。

龙琪琪觉得稀奇，顾禾都开口追问了，周霖竟然都不回应？这不像是以前的周霖啊！难道这事情麻烦到都让周霖反抗自己的偶像了吗？！

几番追问下，周霖终于开口了，他闷闷不乐道："这是我和言欢喜之间的事情，你们就不用操心了吧。"

周霖脾气倔，一旦他认定的事情，不管别人怎么插手怎么折腾，他都是不会改变主意的。看来这次他是铁了心不告诉龙琪琪他和眼镜娘之间的事情了。

一顿饭吃得不欢而散。

周霖怕顾禾再追问几遍，他就抵抗不住全盘托出了，所以吃完饭他就去前台结账忙不迭跑路了。

龙琪琪看着周霖落荒而逃的背影，陷入了沉思："看来这次事情相当麻烦。"

顾禾在一边说风凉话，仿佛这事儿跟他无关似的："你那么会分析，不能分析一下这两人到底是怎么回事吗？"

龙琪琪觉得顾禾这话说得莫名其妙，她理直气壮道："我是很会分析，但我又不是神仙，什么事情都知道。"

顾禾被龙琪琪呛了一句也不生气，伸了个懒腰慢悠悠走出了饭店。

雪断断续续下了好几天，地上积了一层薄薄的雪，走上去踩出了几个鞋印，顾禾一开口就呵出了一团雾："那现在怎么办？"

没想到有朝一日顾禾竟然还会问自己"怎么办"，龙琪琪有些小得意。

瞧，学霸也不是全能的嘛，遇到这种问题不还是要指望擅长英雄救美的龙琪琪！

"哄人这事嘛，我最擅长！"

顾禾露出怀疑的表情："真的？"

龙琪琪急了："你可以质疑我的智商，但不能质疑我身为'撩妹小能手'的能力！"

龙琪琪还没有厚颜无耻到给自己冠上个"撩妹小能手"的称号，事实上，这个称号是周一奇给她的。

心理上的强大再加上身体上的优势，让龙琪琪从小就是同龄小朋友中的领头羊。而龙琪琪也没有愧对领头羊的身份，对于她喜欢的小伙伴们都是多般照顾，尤其是那种看起来娇娇弱弱的小姑娘；再加上龙琪琪性格豪爽、不拘小节，那些小姑娘也都喜欢和龙琪琪混在一起。毕竟平时总有那么几个喜欢挑逗小姑娘的男孩子欺负她们，龙琪琪总会第一个跳出来教训他们。

娇滴滴的小姑娘嘛，被欺负了总是容易哭鼻子的，而龙琪琪就需要花费一番心思去哄她们。这一来二去，再加上她本身就是女孩子，具有得天独厚的优势，久而久之，对于哄女孩子这件事情她简直就是轻车熟路，以至于周一奇交了女朋友之后，三天两头总要来向龙琪琪请教哄女孩子的小诀窍。

女孩子嘛，只要花心思去哄，总能哄好的。

周霖不肯去哄，龙琪琪就打算借着周霖的名头去哄眼镜娘，等到将眼镜娘哄好了之后再想办法让周霖回心转意。

顾禾对龙琪琪这个计划提出了质疑："言欢喜可不傻，如果周霖从头到尾都不露面的话，她会相信是周霖在哄她吗？"

龙琪琪觉得顾禾真的是不懂女孩子，她语重心长道："你懂不懂什么叫作距离产生美。"

顾禾："？？？？"

这和距离又有什么关系？

龙琪琪说起这方面的道理来简直头头是道："距离呢，这东西说起来很奇妙。见不到一个人你会去想他，可是想他又见不到他的时候，你能怎么办呢？当然是一点一点回味过去的记忆，而这个时候抽调出来的记忆一般都是被美化的，哪怕是对方的一些小毛病在这个时候都会被想象成小情趣。"

"现在网恋为什么会这么火，这么容易就成功呢？就是因为见不到对方，只能凭空去想象对方是怎么样的一个人，而人都是感官动物，这个时候想象出来的都是美好的。"

"再举个例子，我记得我上初中的时候，就很流行写情书。明明就在一个学校甚至一个班级，喜欢对方为什么不当面告白而要去写情书呢？当然，害羞是其中一个原因，另一个原因是当面告白的话，万一对方一个不好意思就拒绝你怎么办？写情书就要保险点，对方看完了情书，就算当时不好意思，但是会有一定的冷静期嘛，也不至于冲动到立马拒绝。"

"周霖和欢喜学姐正闹着别扭呢，这个时候欢喜学姐就算很生气，但应该也在等着周霖去哄她。周霖不需要出面，只需要表现出自己的诚意，再加上欢喜学姐的一番脑补，这就足够了。"

"当然啦，最后肯定还是需要周霖出面的，也不能一直都靠欢喜学姐的脑补。"

顾禾："……"

他心情很复杂。

没想到这个龙琪琪看起来还是个情场高手？听她讲得头头是道，也不知道是积累了多少经验才总结出这么多技巧。

顾禾觉得自己不能认输，他从龙琪琪方才那一通长篇大论里提取出了重点，斟酌着开口道："所以你的意思是想要以周霖的名义给言欢喜写一封情书？"

龙琪琪回了一个白眼："这么老套的法子？"

顾禾："……"

龙琪琪继续道："你看现在还有几个人写情书？当然啦，偶尔写写情书还是一个很浪漫的行为，前提是字要好看。欢喜学姐这个情况是不适合用写情书这个法子的，因为我们也不懂两人之间发生了什么风花雪月的事情，情书里没有内容可以写。"

顾禾虚心求教："那你有什么好办法？"

龙琪琪其实已经很久没有哄过女孩子了，再加上当事人之一周霖不肯配合，另一个当事人眼镜娘龙琪琪也不是很了解，所以这次的"哄人行动"确实有些难办。

龙琪琪开口了："先送送礼物探探路吧。"

没有女孩子是不喜欢花的。

龙琪琪以周霖的名义，给言欢喜订了一束玫瑰花，当然，花是龙琪琪选的，钱是顾禾掏的。龙琪琪还很贴心地让顾禾收好收据，等事成之后让周霖报销。

龙琪琪觉得自己终于在这件事情上全方面碾压了顾禾，有了扬眉吐气的机会，所以她打定主意要把这件事情办得漂漂亮亮，让顾禾心服口服。这样一来，就算以后顾禾再嘲笑她数独玩得不好，她也可以拿出这件事情来怼顾禾。

顾禾在哄女孩子这件事上简直就是幼儿园水平，而龙琪琪还在幼儿园的时候，哄女孩子的水平就比现在的顾禾不知道高出几倍，龙琪琪想到这里默默叹了口气，为顾禾以后的女朋友掬了一把同情泪。

花店的办事效率很高，当天傍晚就把花束送到了女生宿舍楼下。龙琪琪当时留的是言欢喜的手机号，言欢喜接到电话不明所以，还以为就是个普通的快递，下了楼却瞧见一个人抱着一大束玫瑰花等着自己，吓了一大跳。

龙琪琪想要亲眼看一下送花的效果，好为下一步的计划做调整，所以一早就蹲在女生宿舍楼下。

顾禾倒是也想来看看，他这辈子还是第一次干这种事情，奈何他还是要些脸面的，干不出蹲在女生宿舍楼下这种事情来。

花店伙计按照龙琪琪的吩咐说："言小姐是吗？这是周霖先生送给你的花，请签收。"

言欢喜："……"

花店伙计如约将花送到言欢喜手上就"功成身退"，从龙琪琪的角度看过去，正好能看到言欢喜脸上露出了嫌弃而愤怒的表情。

那花落在言欢喜手中就像是烫手山芋，言欢喜大步往垃圾桶走去，一点都不犹豫地将花扔了进去。

龙琪琪："……"

顾禾发来微信询问龙琪琪事情的进展，龙琪琪绝对不承认是自己的失误，她回复了一条语音消息，语气沉重："看来这次欢喜学姐是真的很生周霖的气。"

都气到把花儿给扔了！

言欢喜回到宿舍后，仍觉心中怒气难平，恨恨地给周霖发过去一条微信消息。

子非鱼：周霖，你太无耻了！用心险恶！

周霖：？？？

言欢喜觉得周霖就是存心对付她的，明明之前因为那莫名其妙的社团活动，周霖以培养默契为名问了她许多有的没的的问题，其中就包括她有没有什么过敏的东西。言欢喜记得自己很清楚明白地告诉过周霖，自己对花粉过敏，而现在周霖竟然明目张胆地送了一束鲜花过来？

好啊，敢情当初问了那么多问题，就是为了现在对付她是吧？

言欢喜越想越觉得愤怒，愤怒过后便是一股委屈。

这人，这人怎么能这样子呢？

龙琪琪一计不成，又生一计。

不喜欢花没关系，零食总喜欢吧！

龙琪琪又上网以周霖的名义给言欢喜买了一箱零食，这次言欢喜倒是没扔掉，直接拒签了快递。龙琪琪没办法，只能自己接收了那箱零食。

不喜欢零食，那毛绒公仔？

言欢喜继续拒签，毛绒公仔落到了龙琪琪手里。

数独社的活动教室里，顾禾和龙琪琪两人趁着今天没有社团活动碰了个头，交流一下进展和想法。

顾禾看着龙琪琪一手抱着毛绒公仔，一手吃着薯片陷入了沉思。良久，他开口了："你该不会是打着修复周霖和言欢喜关系的旗号，给自己买的这些吧？"

龙琪琪瞪大了眼，觉得顾禾说出这种话简直就是对她哄人技术的侮辱："你怎么能这么想我呢？这些都是欢喜学姐拒签的！我没办法才接收了！"

顾禾再次提出质疑："言欢喜都不肯收下这些示好的礼物，你的办法该不会不行吧？"

龙琪琪觉得顾禾肯定是报复。

说她笨可以，但绝对不能说她不行。

顾禾又道："其实你要是想要这些东西也可以明说的，我可以买给你。"

顾禾觉得自己已经说得相当直白了。

周霖不肯向言欢喜低头，也不肯采取行动去哄她。但他不一样，他比周霖可优秀得多，最重要的是，他虚心好学，龙琪琪既然喜欢这些东西，他也是愿意买给她哄她开心的！

龙琪琪却觉得顾禾莫名其妙："买给我干什么？"

顾禾被呛了一下，好半天才幽幽吐出一句话："就当救济灾民了。"

龙琪琪直接向顾禾摊开掌心："那你要是真想救济我，直接给我钱不就好啦，实在不行微信转账也行。"

顾禾："……"

顾禾觉得龙琪琪不仅蠢，还很俗。

龙琪琪一边做着数独题，一边思考问题究竟是出在了哪里。

顾禾幽幽道："大概是你送出的礼物，就跟你这个人一样俗吧。"

龙琪琪正划拉着数独题，听到顾禾这句话脑中灵光一现。

是了！她送的礼物都太普通了，普通的女孩子可能会喜欢，但是言欢喜不是普通的女孩子啊，她是个学霸啊！

龙琪琪觉得自己必须送出一件能够唤起言欢喜对周霖爱意的礼物，而这件礼物又必须能够让言欢喜一看见就想起周霖，想起和周霖甜蜜的相处。

龙琪琪的视线落在笔下的数独题上。

龙琪琪开口道："你觉得我送欢喜学姐一套数独题怎么样？"

顾禾："……"

龙琪琪当然不可能真的给言欢喜准备一套数独题。

龙琪琪觉得，既然言欢喜不喜欢寻常普通的礼物，那她就应该从别的角度去考虑送什么礼物，不应该将言欢喜当成普通的娇滴滴的女孩子去哄。

言欢喜是个学霸，还是个喜欢数独的学霸。

龙琪琪面前就有一个喜欢数独的学霸，她决定参考一下顾禾的意见。

所以，龙琪琪又开口问了："如果是你，你会比较喜欢收到什么样的礼物？"

顾禾考虑了几秒，煞有其事地开口："如果是你送的话，一套数独题我也不是不能接受。"

顾禾觉得自己已经暗示得够明显了。然而龙琪琪好像并没有明白他话里的深意，她只觉得顾禾果然是个不太正常的学霸，自己是疯了才会想去参考他的意见。

龙琪琪决定无视顾禾的这句话，自顾自道："我之前认识一个玩数独的人，他家的门锁特别有意思，需要在规定时间内解出一道数独题才能够得到开门密码。"

龙琪琪没有注意到，在她说出这句话之后，顾禾的脸色变了变，但他很快就调整好了自己脸上的表情，漫不经心道："哦，那听起来挺有意思的。"

龙琪琪越想越觉得这个计划可行，她手指敲击着桌面，大脑飞速地运转起来，如何利用这个想法设计出一个能够让言欢喜开心起来的礼物呢？最好是这个礼物还能够起到双倍的效果，不仅能够哄好言欢喜，还能够拿来哄周霖，让两人重归于好就再好不过了。

龙琪琪喃喃自语道："也不知道程侑当初是怎么想的，想出用数独答案来当开门密码这个法子。"

顾禾眸光闪烁，没有说话。

而就在这时，龙琪琪的微信亮了起来，她顺手点了进去，发现是班长在班级群里提醒大家高级程序设计的课程设计作业的截止日期就在今天。

如果说龙琪琪之前还对顾禾的实力水平抱有一定的怀疑，但是自这次课程设计过后，她对顾禾的能力真的是心服口服——数独玩得好，代码也写得那么溜。这次的课程设计作业差不多可以说是顾禾一个人独自完成的，龙琪琪看着那一长串的代码就头晕得慌，她编程基础很差，费了好大的劲儿也只能写出一个冒泡排序之类的简单算法。龙琪琪虽然看不懂，但还是能够看出顾禾在这次课程设计作业中用了许多比较高级的算法。

他们两个人的课程作业顾禾前几天就提交了，龙琪琪没有在意群里班长的提醒，顺手又关掉了微信。在手机屏幕暗下去那一秒，龙琪琪脑中灵光一现，觉得自己想出了一个绝妙的法子。

她虽然编程水平很差劲，可是她可以提出需求让顾禾来实现啊！

程侑家门口那个数独门禁，说白了也是靠着底层程序实现的，她为什么就不能想出一个类似的程序来让言欢喜和周霖和好呢？

龙琪琪兴冲冲地对顾禾说道："我想到了一个绝妙的主意，你听了之后肯定会夸我！"

事实上，顾禾一点都不想夸奖龙琪琪，他只想把龙琪琪按在桌子上打爆她的头。

听完龙琪琪的想法后，顾禾冷笑一声，送给龙琪琪他最诚挚的夸奖："龙琪琪，你可真敢想。"

龙琪琪毫不客气地收下了顾禾的夸奖，摸了摸自己的脑袋笑嘻嘻道："我也觉得自己最近越来越聪明了，可能做数独真的有用哦。"

顾禾不客气道："既然这样，你多做几道数独题，搞不好这个精妙绝伦的主意你一个人就能够实现。"

龙琪琪还是很有自知之明的，她体贴地把剩余的零食一股脑堆到顾禾的面前，眼睛亮晶晶地看着他："这个事情非你不可！"

顾禾突然就觉得，龙琪琪这个人虽然有时候又蠢又俗，但是抱起大腿来的态度还是很不错的。

顾禾应下了龙琪琪的这个要求。

龙琪琪的想法其实很简单，无非就是设计出一个类似于手机病毒之类的东西，当然，这并不是真的病毒，而是暂时封锁言欢喜的手机。

龙琪琪的这个灵感是从程侑的门禁上得来的，大门需要门禁密码，手机解锁不也需要密码吗？龙琪琪想让顾禾设计出一个微型病毒，想办法植入言欢喜的手机当中，想要解锁手机，就必须在规定的时间内做对手机屏幕上的数独题。

龙琪琪的想法很简单，言欢喜的数独虽然也很不错，但是比起周霖还是差了一些，她想让顾禾控制数独题目的难度，让言欢喜做不出来但是周霖却能够做得出来。言欢喜没办法破解手机密码，肯定求助于他人。

而周霖就是不二人选。

顾禾对龙琪琪的这个主意提出了一点小小的质疑："你就这么肯定言欢喜会去求助周霖？"

龙琪琪胸有成竹，在顾禾面前卖弄她那点哄人的小知识："我之前看过一个段子，讲的是一对老夫妻因为一些琐事闹起了矛盾，夫妻俩谁也不肯认输，憋足了劲儿谁也不肯向谁低头，陷入了冷战都不肯开口和对方讲话，结果你猜怎么着？"

顾禾不想猜。

龙琪琪本来也没打算让顾禾去猜，她很快就自己揭露了谜底："结果呀，老公公趁老婆婆做饭的时候，故意将厨房所有调味用品的罐子盖子拧紧了几分，老婆婆要用时，发现盖子打不开，只能去向老公公求救。这样一来两人借坡下驴，打破了冷战的局面重归于好。"

顾禾没忍住，再一次提出了质疑："家里就没别的人吗？夫妻俩的孩子呢？"

龙琪琪："……"

龙琪琪再一次为顾禾未来的女朋友掬了一把同情泪。

龙琪琪道："这是重点吗？重点是冷战中的两个人需要一个台阶来下！而且周霖数独这么强，这个台阶明摆着就是给言欢喜用来去找周霖的。如果言欢喜真的喜欢周霖的话，一旦遇到麻烦肯定第一个想到的就是周霖。"

顾禾还是心存疑虑。

数独社这么多人，就算言欢喜解不出来，她也可以找社长或者找他，不一定就会去找周霖啊。

顾禾不懂。

但他还是按捺住了心中的疑问，决定顺着龙琪琪的意思来。反正这个法子不成，他们有的是时间继续去想新的法子。

顾禾心里有自己的小九九，他并不希望周霖和言欢喜的事情太顺利地解决，不然他又得想新的借口去和龙琪琪见面。

龙琪琪说的这个"病毒"听起来复杂，其实做起来还好，只需要暂时锁住言欢喜的手机，并不需要其他的操作。顾禾效率很快，求助了一个黑客朋友，很快就搞定了这个"病毒"。

如何将这个"病毒"植入别人手机里，黑客朋友也提出了一个路子，最常见的路子就是通过网址，他甚至很好心地替顾禾将这个"病毒"包装成了一个投票页面。"病毒"存在一定的潜伏期，点进网址后并不会立刻就锁住手机，而是在机主自己关掉手机屏幕后，下一次解锁手机时才会生效。

顾禾决定将龙琪琪当成实验小白鼠。

当天晚上，他将这个网址发给了龙琪琪，让龙琪琪给自己投票。

龙琪琪没有怀疑，毕竟现在这年代，一百个微信好友里会有六十个好友让自己投票点赞。

龙琪琪点入了投票页面，网页标题赫然写着——你心目中的顾禾是怎么样的一个人？

龙琪琪："……"

选项分别如下：英俊潇洒、聪明机智、乐于助人、完美男神……以上皆是。

龙琪琪想，一个人怎么能这么不要脸呢？

龙琪琪觉得这个投票简直就是让她抛弃自己的良心，她二话不说就想要关掉这个页面，却发现关不了。

嘿，还是个流氓投票网址？

龙琪琪闭着眼，打算随便瞎选一个，却发现其他的选项都勾选不了，只有最后一个选项才能勾选。

龙琪琪再一次确定了，顾禾是真的不要脸。

龙琪琪暗暗腹诽了顾禾一通，投完票刚好龙妈让她去干点活儿，她放下手机去忙完活儿回来想继续刷会儿数独题，却发现手机解不开了。

手机屏幕上，赫然是一道数独题。

龙琪琪："……"

很好，顾禾完美地完成了任务。

龙琪琪做了一晚上的数独题也没能把手机解开，这个"病毒"完美地实现了龙琪琪所有的要求，包括五分钟内没有解出题就会自动换一道题重新计时。

隔天早上，龙琪琪顶着黑眼圈在教室里找到了顾禾，将手机递给了顾禾，努力地心平气和道："你是真的真的很不错。"

顾禾突然没头没脑冒出一句："我现在相信你之前的那番话了。"

"什么话？"

如果言欢喜真的喜欢周霖的话，一旦遇到麻烦肯定第一个想到的就是周霖。

顾禾耸了耸肩没有回答，顺手接过龙琪琪的手机。五分钟后，龙琪琪的手机被解开了，这"病毒"是一次性的，一旦破解了之后就不会再对手机造成任何影响。

顾禾正要把手机还给龙琪琪，恰好在这时，一条微信消息发了过来。

周一奇：琪琪宝贝！周日我要去看程侑，正好一起吃个饭呀？

顾禾眼睛眯了眯。

琪琪宝贝？

还有……程侑？

周一奇周末要来启元大学这边办点事儿，巧的是，程侑也有事儿要来启元大学附近走一遭，周一奇一合计，干脆三个人凑一起吃个饭。

龙琪琪自然不会拒绝。

自从和东齐大学的比赛结束后，龙琪琪就再也没见过程侑，微信上也几乎没有联系过。一来是龙琪琪沉迷于数独，大部分时间都花在做数独题上了；二是程侑个性内敛不擅长和人交流，龙琪琪又想不出什么话题，哪怕拿出一道数独题来聊了几句也就戛然而止。

一来二去，龙琪琪觉得，像程侑这样子的人还是适合当她心目中的白月光，只可远观不可亵玩的那种。

当然，如果有和程侑见面的机会，龙琪琪也是不会拒绝的。

龙琪琪和周一奇约好了见面的时间地点，一抬头却见顾禾正目光炯炯地看着自己，她这才想起了"病毒"已经做好，只需要将其植入言欢喜的手机中就大功告成。

龙琪琪问："所以你是什么时候把病毒植入我手机里的？"

顾禾心不在焉道："那天晚上给你发的链接。"

"只要让欢喜学姐点开链接就可以了吗？"

顾禾点了点头。

龙琪琪连忙将链接转发给了言欢喜，并套用了顾禾的话，让言欢喜帮忙投个票。那边言欢喜并没有回应，而顾禾眼神闪烁，吞吞吐吐道："那个周一奇……"话到嘴边，他又改口了，"你和程侑很熟？"

龙琪琪不疑有他，老老实实回道："不是很熟吧，但是周一奇好像和他很熟的样子。周一奇之前在国外和程侑是同学，后来一起回国的。"龙琪琪又补了一句："周一奇是我的青梅竹马，我们从小一起长大的。"

青梅竹马啊……

顾禾想起了什么，问道："你刚进社团的那几天……对，就是第一次参加社团活动的那一天，我在食堂遇见你和一个……傻大个聊天，那个傻大个就是周一奇？"

"说周一奇是傻大个也没错。"但龙琪琪还是很护短的，又补了一句，"不过，虽然他的确是傻大个没错，但你也不能这么说他啊！"

顾禾还记得自己偶然间听见龙琪琪和周一奇的那段对话，龙琪琪问的是有关程侑喜欢什么的事情。

顾禾心情有些复杂。

龙琪琪又说："说起来，你认识程侑吗？"

顾禾一愣，好半天才摇了摇头："不认识。"

龙琪琪觉得稀奇："我觉得程侑好像对你挺感兴趣的样子，之前有一次我和他吃饭，他还特地问过我好多关于你的事情呢。"

顾禾语气冷淡了下去："是吗？"

龙琪琪觉得顾禾和程侑挺有缘的。

顾禾的妹妹原初悦喜欢程侑，而程侑和顾禾都是数独高手，两人年纪相仿长得又都挺好看的。龙琪琪甚至在想，如果程侑和顾禾对上，谁会赢呢？

言欢喜的手机中病毒了。

她也不知道自己的手机是怎么染上病毒的，她本来想用手机搜索点东西，点开手机屏幕却发现手机被一道数独题锁死了。

言欢喜试探着去解那道数独题，可是刚解了一大半，手机屏幕一闪，一道新的数独题又出现在屏幕上。

言欢喜研究了半个小时，才发现这病毒的规律，数独题五分钟一换，瞧着像是要在五分钟内解答出数独题才能够解锁手机。

到底是谁那么无聊，给她手机种下这种恶作剧病毒？

言欢喜脑海里下意识浮现出一个名字——周霖。

虽然言欢喜并不明白周霖是怎么把病毒种在她手机里的，不过这也不影响她对周霖的怀疑。

　　言欢喜怒气冲冲去找周霖算账，也是她运气好，竟然在教学楼后面与周霖狭路相逢。仇人见面分外眼红，一碰面两人相当有默契地都冷哼了一声，以表对对方的不屑。

　　言欢喜不想和周霖废话，开门见山道："帮我把我手机上的病毒去了！"

　　言欢喜将手机屏幕展示给周霖看，周霖觉得这个屏幕有些眼熟，想起龙琪琪之前给自己看过的那道门禁，他嘲笑道："怎么，你也学人家用数独答案当解锁密码了？哼哼，实力不如人家就不要这么玩了吧。这下可好，玩砸了，手机解不开了。"

　　"这还不是拜你所赐？！"

　　周霖觉得冤枉："这关我什么事？"

　　言欢喜见周霖竟然不认账，也懒得同周霖多费口舌，只想尽快解决这个病毒，她将手机扔到周霖怀里："你现在就给我解开。"

　　"你这是在求我帮忙？"

　　"我这是在给你赎罪的机会！"

　　见言欢喜这个态度，周霖本来还想帮她的忙，现在也赌着一口气不想帮忙了，他将手机扔了回去："那不好意思，我选择当一个罪大恶极的人。"

　　言欢喜："！！！"

　　言欢喜道："那我去找顾禾帮我解。"

　　周霖听言欢喜这么说，连忙快走几步拦在言欢喜身前，将她的手机抢了回来，急道："你这个人怎么言而无信？我们当时说好的，谁也不许主动找机会接近副社长！"

　　一听到周霖提起这事儿，言欢喜就更是怒火攻心。

　　她一定是疯了，才会和周霖定下那么荒唐的赌约。

　　言欢喜也不想的，可是她气昏了头，平安夜那晚，她本来以为周霖是因为喜欢她才多番接近她了解她，结果周霖竟然说他只是为了不辜负顾禾的期待才花心思和她培养默契度，周霖甚至赌咒发誓，自己对她没有任何非分之想。

言欢喜本来也是不打算和周霖谈恋爱的，可是周霖当着她的面竟然信誓旦旦说绝对不可能喜欢她，言欢喜觉得之前的一切都是自己自作多情了，她面子下不去。

　　对周霖来说，她这么一个水灵灵的大姑娘，竟然比不上顾禾那个矫情怪？

　　言欢喜不服。

　　她和周霖赌气，竟然立下了一个赌约，她和周霖同时表达出要退社的意思，看顾禾会去挽留谁。

　　言欢喜觉得自己一定是疯了，竟然干出这么蠢的事情来，这就好像一对年轻的夫妻闹离婚，逼问孩子究竟是跟爸爸还是跟妈妈。而更要命的是，顾禾"这个孩子"对此一无所知。

　　言欢喜又气又恼，也不知恼的是周霖，还是顾禾。

　　言欢喜气呼呼，又想到前几天周霖对自己又送花又送零食的，就更气了。

　　言欢喜有些后悔和周霖赌气，她喜欢数独，更喜欢数独社，哪怕数独社里有个爱吃又胡闹的社长，有个任性又矫情的副社长，可是她还是喜欢那个数独社。万一事情闹到最后没办法收场，她岂不是要真的退社了？

　　言欢喜不想。

　　可是她更不想拉下面子跟周霖服输。

　　这几天里，言欢喜甚至在想，周霖凭什么不喜欢自己呢？

　　她这么优秀，凭什么呢？

　　周霖唯恐言欢喜真的借此机会去找顾禾，连忙夺过言欢喜的手机认认真真地解起数独题来。

　　顾禾设置的数独题难度都比较高，瞧着和程侑门禁上的数独题难度差不多，当时周霖也是取巧，并没有完全解答出数独题，而是想办法解出门禁所需要的那几个空格的答案。

　　眼下手中没有笔，顾禾设置的这道数独题一旦填入了答案就被锁定，没办法修改，更没办法做备注，周霖绞尽脑汁地研究了十分钟都没有答出来。

　　言欢喜陪着周霖站了十分钟。

　　周霖抿了抿嘴，开口道："有纸笔吗？要么去自习室？这里影响我发挥实力。"

言欢喜："……"

言欢喜难得好好说话了一回，陪着周霖找了个自习室，甚至还贡献出了自己的纸笔给周霖。

周霖心态很好，这点连社长都亲口承认过，他在自习室又花了一个多小时还是没能解答出来。周霖侧头看了一眼言欢喜，言欢喜脸上露出烦躁的神色，他唯恐言欢喜又后悔要去找顾禾，开口安慰她道："别急，我今天一定帮你把这个给破解了！"

言欢喜看了周霖一眼，没有吭声。

周霖又做了半个小时，言欢喜的手机开始因为低电量报警，好在她随身带了充电器，周霖绕着自习室找了一圈，找到了个充电口给手机充上电。言欢喜等着没事，就自己掏出了一本专业课的书来预习。

周霖等着手机充电，想了想又站了起来，跟言欢喜说出去透透气。

言欢喜点了点头。

过了五分钟周霖都没有回来，言欢喜开始怀疑周霖是不是做题做到怀疑人生，想要临阵脱逃了？就在这个念头眼看就要在言欢喜的脑海里生根发芽之时，周霖又回来了，手里还捧着一杯热乎乎的珍珠奶茶。

周霖将珍珠奶茶递给言欢喜，低声道："我估计还要花上好一会儿的工夫，你再多给我点时间。"

周霖压着嗓子说话的时候，语气十分温柔，言欢喜被他温柔的语气安抚得本来有些浮躁的心也沉静了下来。

她神情复杂地看了一眼又坐回去研究数独题的周霖。

没想到，他温柔认真起来的模样还挺迷人的嘛。

言欢喜被自己突然冒出的这个念头吓了一跳，连忙摇了摇头，又喝了一大口珍珠奶茶压压惊。珍珠奶茶是她最喜欢的香草味，言欢喜心里暖暖的甜甜的，她突然又想起来，自己似乎是告诉过周霖自己最喜欢香草味的奶茶。

言欢喜的手机中了数独病毒，如龙琪琪计划的那样气冲冲跑去找了周霖。两人的后续情况，龙琪琪并不知情，她如约到了定好的火锅店。

程侑的口味就和他这个人一样，内敛而淡然，他不吃辣，而周一奇和龙琪琪都是无辣不欢，周一奇本来想丧心病狂到点一个清汤锅，后来在程侑的劝阻下点了个鸳鸯锅。

龙琪琪吃火锅的时候荤素不忌，她又不仔细，夹菜的时候经常把滴下来的辣油落在了另一边锅里。所以在开吃前，周一奇千叮咛万嘱咐，让龙琪琪小心一点，要是让一点辣油落在了清汤锅里，他就要龙琪琪好看。

龙琪琪摸了摸自己的脸，本来想俏皮地回一句"我已经很好看了"，但是看程侑在场，怕程侑不懂她这个幽默风趣的梗，还是忍住了，只是动作更小心了一些。

周一奇跟龙琪琪青梅竹马，跟程侑又是好朋友，自然担当起了活跃气氛的角色。

周一奇将小半盘肥牛往辣锅里放，又贴心地往清汤锅里放了几片，还问程侑："肥牛你吃的吧？说起来，最近原初悦还有没有骚扰你啊？"

程侑笑了笑，道："自从老师回国后，她就没有怎么来找过我了。"

周一奇咂舌："看来还是原先生能压得住她，早知道一开始我就不向琪琪求救了，直接让你跟你老师告状呗。"

龙琪琪听得云里雾里："你们说的老师是谁啊？"

程侑还没有回答，周一奇就抢着回道："你最近不是在玩数独吗？原先生，你都不知道吗？那可是数独界的大佬。"周一奇说着，朝程侑的方向努了努嘴："也是阿侑的老师啦，我虽然不懂数独，但是也知道这个原先生了不得，年轻的时候可是中国数独第一人。"

"那原初悦和他是什么关系？"

周一奇鄙视了龙琪琪一眼："都姓原，你说什么关系，当然是父女啦！"

在这之前龙琪琪可能不认识周一奇口中所说的"原先生"，但是此刻龙琪琪想了起来，之前启元大学和东齐大学比赛的时候，请来的裁判好像就姓原，而且听说是很牛的人物，难道就是同一个原先生？

龙琪琪又看了一眼程侑，程侑默默吃着肥牛不说话。

如果那位原先生是程侑的老师，那这么杰出的人物去当两个高校比赛的裁判就说得过去了。龙琪琪记得社长还提过，这位原先生本来是打算趁着这次比赛看看有没有优秀的苗子可以收为徒弟的，但是比赛到了最后也没有听说原先生有收谁当徒弟的消息。

原来他收了程侑当徒弟啊，不过程侑这么优秀，原先生收他也说得过去。

程侑像是看穿了龙琪琪在想什么，开口解释道："我十几年前就认了老师了，老师一向严格，做人也低调，所以并没有多少人知道这回事。"

原来如此。

龙琪琪又想起来当初是程侑拒绝了让她当护花使者的建议，想来也是顾忌着原先生的面子，毕竟原初悦是原先生的女儿，闹起来也不太好看。不过听周一奇的意思，似乎是原先生出手让原初悦别再缠着程侑瞎闹腾。

龙琪琪依稀记得，那个原先生长得一副不苟言笑的样子，难怪原初悦怕这个爸爸。

龙琪琪胡思乱想着，觉得似乎有哪里不太对劲，可是一时之间又想不出哪里不对劲。

周一奇打断龙琪琪的思考，冲她挤眉弄眼："哎，我还听说你代表启元大学去和阿侑的学校比赛啦，而且还和阿侑对上了，你厉害了！"

龙琪琪："……"

龙琪琪觉得周一奇真是哪壶不开提哪壶，她的确是和程侑对上了，可是人家程侑根本就不屑于和她比好吗？

龙琪琪想起这个，试探着去问程侑："说起来，我能不能问你，那天比赛你为什么不上场啊？"

程侑话少，一般不愿意回答的话题，他都是矜持地笑了笑不会回答。听到龙琪琪的这个问题，他一开始也是笑了笑，看起来不打算回应的样子。龙琪琪本来也就是好奇随口一问，没指望程侑会回答，她转而同周一奇说起了别的。

在等火锅里的午餐肉熟的时候，程侑突然又开口了："我本来以为顾禾会参加比赛的。"

龙琪琪："？？？？"

程侑笑意很淡，没有继续说下去。

龙琪琪却在那一瞬间明白了程侑的意思，程侑本来以为顾禾会参加比赛，所以他想要对战的比赛对手是顾禾，看到她上场之后，他才会拒绝迎战？

这么一解释，似乎就说得通了。

高手总是有那么一点点毛病的，电视剧里的许多高手不是都不屑于和别人出手的吗？如果出手，那必须是他认可的对手。

程侑不认可龙琪琪的实力，龙琪琪也不意外。

她"哦"了一声，夹起一块午餐肉往嘴里塞。

没关系，总有一天她会让程侑认可她的实力的。

在这个微妙的时刻，龙琪琪突然第一次理解了周霖对顾禾的莫名执着，周霖对顾禾的感觉是不是有些类似于她对程侑的感觉呢？

周一奇听着龙琪琪和程侑聊着数独比赛的话题，插了一句："琪琪，你现在在数独社待得怎么样啊，那些学霸现在不欺负你了吧？"

龙琪琪"喊"了一声："什么叫不欺负我了？他们从来就没有欺负我好吗？我是谁？你可别忘了从小到大是谁罩着你的，有谁能够欺负得了我？"

"他们不能在体力上欺负你，但是能够在智商上羞辱你啊。"周一奇不客气地拆台。

龙琪琪撇了撇嘴，眼明手快地从周一奇的筷子下夺走了辣锅里最后一块烫熟的肥牛，裹了一层香喷喷的麻酱往嘴里塞，嘟嘟囔囔道："他们没这个机会了，我已经退社了。"

"退社？为什么啊？你不是那么辛苦才进去的吗？"

程侑也有些惊讶地抬起了头。

龙琪琪满不在乎："我不是跟你说过了吗？这个社团变态得很，每个月都有社内考核，通过不了就不能留下来，我这不是没通过吗？所以在人家赶我走之前，我就自己退社了。"

"呃……你之前那么说，我还以为是开玩笑的。"周一奇表情讪讪，他哪知道一个大学的社团竟然这么严格，还每个月都考试啊。

程侑却点了点头道："启元大学数独社的水准一向很高。"

龙琪琪嘴上说着不在意，其实还是有点在意的，不过没关系，她这阵子勤学苦练，等下次数独社招生她一定能凭借自己的真本事进去，不需要靠顾禾开后门了。

龙琪琪乐于和程侑聊天，程侑虽然话不多，但是别人说话的时候他听得却很认真，这样子的人很容易激起龙琪琪的倾诉欲望。

龙琪琪夹起一个牛肉丸，开口道："不知道你们知不知道一个叫作合页数独的应用啊，我听我朋友讲，这应用上有一个玩家，我只要能赢得过这个人八成就能顺利通过社团的考核。"

周一奇不玩数独，自然不知道有这个应用，但是程侑确实有所耳闻的："我玩过一段时间，确实很不错，最近这个应用好像要举行一场比赛，应该会有蛮多实力不错的数独玩家去参加的。"

国内的数独赛事虽然比前几年多了不少，但分散在全国各地，经济不允许的数独选手去参加比赛还是不太方便。而合页数独虽然设计出来没几年，但是已经得到了许多年轻数独选手的认可，甚至有些人觉得可以通过合页数独上的排位水平来判断一个人的数独水平。围棋都有网上评出来的段位呢，数独自然也可以。

说起来，这次大概是这些年最大型、最正规的网上数独比赛，听说还会有现场直播，能够取得这场比赛的胜利的选手，也是具有一定实力的。

程侑都开口认可了，龙琪琪觉得这个比赛应该值得参加。

当然，以她的水平不一定能够进入决赛呢，搞不好复赛都难，但是龙琪琪决定试一试。

龙琪琪对程侑会不会参加这次比赛很好奇："那你也会参加吗？"

程侑愣了愣，不知道想到了什么，笑了笑才回答龙琪琪这个问题："应该会。"

这个比赛的形式是匿名的，除非程侑自爆马甲，否则龙琪琪还真不知道哪个昵称才会是程侑。程侑没有自爆马甲的意思，龙琪琪自然也不会蠢到去问。

龙琪琪又想起了"一只菜鸟"，这个人以虐菜鸟为己任，不知道会不会参加这次比赛？改天遇到他上线可一定要问问。

程侑看起来弱不禁风，吃得也不多，这顿火锅八成的食物最后都落入了龙琪琪和周一奇的肚子里，两人吃得心满意足。程侑却很克制，只吃了个八分饱就停手了，虽然这个八分饱在龙琪琪看来只能够让她吃到四五分饱。

周一奇摸了摸自己的肚子，问龙琪琪："今天周日，你学校有课吗？要我先送你回家吗？"

龙琪琪正好有一堂选修课改到了今天晚上，她也懒得回家一趟再跑回来，决定去学校图书馆做会儿数独题。

火锅店就在启元大学对面，倒是近得很。

三人出了火锅店，龙琪琪正要同他们告别，余光瞥见路的那头走过来一个熟悉的身影，她话到嘴边，下意识喊道："顾禾？"

程侑耳朵了动，迅速转头朝着顾禾的方向看去。

顾禾先看到了龙琪琪，才看到了龙琪琪身旁的程侑，他愣了愣。在顾禾有所反应之前，程侑已经开口了。

"阿禾，好久不见。"

龙琪琪觉得顾禾跟程侑应该是认识的。

程侑主动同顾禾打招呼，而且称呼亲昵，喊的他"阿禾"。龙琪琪觉得，能让一个个性内敛、不善交际的人主动打招呼的，应该是关系很亲密的朋友才对，但是顾禾的反应却有些令人不解。

顾禾的反应很冷淡，冲着程侑的方向点了点头便掉头就走，似乎并不打算和程侑叙旧。

龙琪琪觉得这两人之间肯定是发生了什么。

先前也没听顾禾提起过程侑，程侑倒是跟她打听过顾禾的事情，但是那时龙琪琪根本就没想到程侑会认识顾禾啊。瞧着顾禾这态度，难道两人之间发生过什么矛盾？

好奇害死猫。

龙琪琪并不是一个好奇心特别重的人，她虽然有那么一点点好奇程侑和顾禾之间的关系，但是看顾禾的态度，用脚指头也能想到顾禾应该是不愿意提起他和程侑之间的事情的。龙琪琪也不会傻到去问程侑，她一个人暗搓搓脑补了许多狗血的剧情，最终按捺住了自己的好奇心。

龙琪琪转而关心起周霖和言欢喜之间的进展，晚上上课的时候，龙琪琪偷偷摸摸和顾禾发微信。

我爱数独：周霖和言欢喜的事情，你那边有没有什么别的消息？

顾禾没有坐在龙琪琪身边，他上课来得晚，几乎是踩着上课的铃声进教室的，随便找了一个靠窗的角落座位坐了下来。

顾禾不知道在想些什么，好半天才回了龙琪琪的微信消息，而且就两个字，极其冷淡。

顾禾：没有。

龙琪琪撇了撇嘴，伸长脖子往顾禾的方向去看，晚上是堂大课，来上课的人多，不大不小的教室坐得满满当当的，龙琪琪左扭右扭才透过层层人头看见另一边的顾禾。

顾禾埋着头在写些什么。

明明没有看见顾禾在写些什么，可是龙琪琪就是很笃定顾禾在做数独题。她想起了之前有一次去数独培训班的时候，顾禾就是在讲台上一道接一道地做着数独题，她为了去看顾禾在写些什么，还利用了严小北呢。

隔着几个月的时光，那时候的顾禾和这个时候顾禾的身影仿佛重叠在了一起。

龙琪琪觉得，顾禾不开心，而且这个不开心还和程侑有关系。

龙琪琪收回了视线，讲台上的老师依旧在激情澎湃地讲着课，唾沫横飞，台下的学生们大多低着头在认真地玩着手机。龙琪琪想，老师都这么敬业，她是不是也应该积极主动关爱同学一点？

龙琪琪又给顾禾发过去一条微信消息。

我爱数独：做数独题呢？这么认真呀？

我爱数独：你看老师讲课讲得这么认真努力，你就不觉得心里愧疚吗？就不能聚精会神听一会儿课吗？

顾禾：那你听到老师刚刚讲了些什么了吗？

我爱数独：……

顾禾：静态存储方式和动态存储方式的区别。

我爱数独：呃……

顾禾：你看老师讲课讲得这么认真努力，你就不觉得心里愧疚吗？就不能聚精会神听一会儿课吗？

龙琪琪收起手机，面无表情地想，所以她到底为什么要想不开，去关爱顾同学呢？

龙琪琪觉得顾同学一点都不需要关爱，真正需要关爱的是她才对啊！

晚上回家后，龙琪琪就收到了来自"一只菜鸟"的"关爱"。

在合页数独中，"一只菜鸟"算得上是人尽皆知的大神，龙琪琪只不过是个初入数独世界的玩家，本来也没指望着"一只菜鸟"能够加自己为好友。毕竟在这个应用里，有的是人想要在"一只菜鸟"的好友列表里占有一席之地。

龙琪琪觉得上天一定是眷顾她，看在她平日里努力做题的份儿上，才让"一只菜鸟"手抖失误点了同意，通过了她的好友申请，而且是因为懒才一直没有删掉她的好友。

　　"一只菜鸟"加了龙琪琪之后，两人也没有什么交流，龙琪琪还是每天勤勤恳恳地刷着题，一有空就盯着世界频道看有没有"一只菜鸟"创建房间的消息。

　　而现在，就在龙琪琪刚做完一道中级难度的数独题后，冷不丁就收到了来自"一只菜鸟"的比赛邀请，这对于龙琪琪来说就是天上掉馅饼了！

　　合页数独里开房比赛有三种模式，一种是系统随机匹配；一种是面对所有游戏玩家的公共房间，系统会在玩家创立房间之后在世界频道发出一条消息，这一种也是"一只菜鸟"最常用的模式；还有一种就是好友房间，顾名思义，好友房间就是私密房间，只有房主动邀请的玩家才能够进入这个房间。

　　龙琪琪想，一定是她的诚心感动了上天！

　　龙琪琪一激动，手一抖，点上了"拒绝邀请"按钮。

　　龙琪琪："啊啊啊，我在干什么！"

　　龙琪琪连忙点开和"一只菜鸟"的好友聊天界面，疯狂地发送消息。

　　一条霸王龙：大神，我点错了！！！

　　一条霸王龙：大神再给我一次机会啊！

　　一条霸王龙：大神，嘤嘤嘤。

　　一只菜鸟：不好意思，刚刚手误才点了邀请你。

　　一条霸王龙：……

　　一条霸王龙：大神，你介意再手误一次吗？

　　龙琪琪再一次收到了来自"一只菜鸟"的比赛邀请，这次她特地擦了擦手，虔诚地点了"同意"那个按钮。

　　龙琪琪进了房间后，发现这次的游戏房间里只有"一只菜鸟"和她两个人，而且"一只菜鸟"这次设置的比赛规则和之前的有些不一样，之前的规则都是他让其他玩家几分钟，但是这次似乎并没有这个规则。

　　龙琪琪心惊胆战地发问了。

　　一条霸王龙：大神，这次就咱俩吗？

　　"一只菜鸟"没有回应，点了开局按钮，用行动回答了龙琪琪这个问题。

　　龙琪琪连忙敛起心神，认真迎战。

　　这次的数独题目是初级难度的，放在以前龙琪琪可能要花个十几分钟才能解答出来，但是今时不同往日，龙琪琪多日以来的努力还是有成效的，这种难度的题目不出意外的话，她五分钟内就能解答出来。

　　然而"一只菜鸟"没有给龙琪琪解答的机会，他用两分零七秒结束了战斗。

　　龙琪琪："……"

　　龙琪琪服气。

　　龙琪琪本来觉得，像"一只菜鸟"这种等级的大神应该是很会做高难度的数独题。她本来还抱有一点期待，希望"一只菜鸟"能够在高难度的数独题上碾压她，但是像这种初级数独题她以为自己或许还有一战之力。

　　龙琪琪觉得自己还是不够强。

　　比赛结束后，"一只菜鸟"再一次发来了比赛邀请，依旧是初级难度的数独题。

　　……

　　龙琪琪连输了十局，然而她却越战越勇，在最后一局，龙琪琪险些赶在比赛结束、房间强制关闭之前就解出那道数独题了。

　　龙琪琪一点输了之后的难过失落也没有，反而有一种充实的喜悦。

　　只要继续努力，搞不好她真的能够赢过"一只菜鸟"呢！

　　"一只菜鸟"向龙琪琪发来了第十一次比赛邀请，龙琪琪继续点了同意，然而这一次龙琪琪等了两三分钟"一只菜鸟"都没有按下开始比赛的按钮。

　　龙琪琪收到了来自"一只菜鸟"的密聊消息。

　　一只菜鸟：一直输是什么感觉？

　　一条霸王龙：嗯……大神你是不是从来没有输过？

　　一只菜鸟：既然一直输，为什么还要接受我的比赛邀请？

　　一条霸王龙：因为我想赢呀。

　　一条霸王龙：如果因为一直输而拒绝比赛，那我岂不是就永远没有赢的机会啦？

　　一条霸王龙：而且，能够和你这种等级水平的高手比赛，这种机会多么难得啊，我怎么可以放过！

　　龙琪琪抓准机会拍了拍马屁，然而"一只菜鸟"显然不打算给龙琪琪继续拍马屁的机会，他迅速解散房间下线了。

　　龙琪琪："……"

　　大神难道是被自己拍马屁拍得吓跑了？

　　龙琪琪开始反思自己拍马屁的功夫是不是太差劲了。

周霖和言欢喜这事儿，闹腾得莫名其妙，和好得也莫名其妙。

周霖和言欢喜闹着要退团这事儿，就这么翻篇了。

社长向顾禾送去了自己的感谢，将顾禾在他这儿的微信备注改成了"社团吉祥物"，并把备注截图发给了顾禾，以表顾禾在他这里的地位高之意。

顾禾都不知道自己做了些什么，这两人就和好了，他也不居功，三言两语就把这个功劳让给了龙琪琪。

社长深受感动，觉得龙琪琪哪怕人不在社团了，心也是在这里的，他都动了给龙琪琪安上一个"特招生"的头衔想把她给重新拉进社团来的念头。

社长：你说现在好多地方都搞什么特长生，什么艺术特长生啦、体育特长生啦，咱们社团要不也搞一个？

社长：龙琪琪不是靠着体育特长生加分考进咱们学校的吗？我觉得她也可以靠特长加分进咱们社团。

社长：你觉得，社团吉祥物的吉祥物，这个特长怎么样？

顾禾：……

顾禾觉得社长想死。

社长最终还是打消了这个念头。

龙琪琪要是真的想继续留下来，顾禾当初坦白了说让龙琪琪抱他大腿的时候，她就应该顺理成章地借坡下驴留下来了，而不是自行退社。社长觉得，龙琪琪这个人还是有点骨气的。

周霖和言欢喜这件事暂时雨过天晴，顾禾减少了找龙琪琪的次数，再也不像以前那样天天都会沟通交流一番。猛地有那么一个人不怎么勤快地找自己了，龙琪琪还有点不习惯。

她觉得顾禾这是在过河拆桥。

龙琪琪气呼呼，可是转念一想，人家顾禾凭什么要天天找她呢，她又不是顾禾的什么人。于是龙琪琪就觉得自己的气生得莫名其妙，一想到这个，她就更生气了。

龙琪琪一怒之下，报名参加了合页数独的比赛，权当练练手。

并不是每个人都能够参加合页数独的这个比赛的，在报名页面有一道中级难度的数独题，只有通过了这个测试的人才能够成功报名。龙琪琪连日以来的努力没有白费，这道中级数独题她靠着一己之力顺利解答，手机页面跳出了"报名成功"的字样。

龙琪琪是在吃过午饭准备找个自习室的路上顺便报名的，她家离学校并不算太远，坐公交车也就二十来分钟的路程，再加上个人的一些原因，龙琪琪并没有在学校寄宿。好在启元大学也没有强制要求学生住校，只要提交书面申请并由家长签名同意就可以不在学校里住。其他同学吃过午饭一般都是回宿舍去歇一会儿的，龙琪琪没地方去，下午又有一堂课，她懒得回家所以打算找个自习室坐会儿，路上想起了比赛报名这事，就边走边点开了报名页面。

龙琪琪也没想到报名还要做数独题，她随便找了张路边的长椅就坐了下来，安安静静地答完题。报名成功之后，她起身正准备继续去自习室，却发现了一个有些熟悉的身影。

启元大学的绿化做得特别好，春夏的时候到处都绿意盎然，现如今冬天了，大多数树木都成了"光杆司令"，但也给这片校园增添了别样的风景。

龙琪琪视线所及有一片人工绿草坪，草坪上栽种着一棵梧桐树，梧桐枯叶落满了草地。那树下放了一块灰色的布，有一只小橘猫正慵懒地躺在灰布上打着瞌睡，午后的阳光落在这里，虽然是冬天但也不算太冷。

龙琪琪看见言欢喜蹲在那只小橘猫面前逗弄着它，她正要打招呼，还没开口就看见周霖从另外一边走过来。

龙琪琪也不知道是怎么想的，等她回过神来时发现自己已经躲了起来，猫着腰躲在角落里看着那边两人的动静。

两人在那边说着什么，声音太低龙琪琪听得不是很清楚，她只看见言欢喜低着头似乎在说些什么，周霖却仿佛受到了什么惊吓，后退一步连连摆手。

言欢喜似乎是恼羞成怒，大吼了一句："我喜欢你，你就这么怕吗？"

周霖没有回应，十分不男人地转头跑了。

龙琪琪："……"

龙琪琪没想到自己会目睹到这样子的一幕，有些尴尬，正打算悄悄离去，却发现言欢喜不知何时已经泪流满面。

她一边无声哭泣着，一边往校外走去。

龙琪琪有些不放心，犹豫了一下，偷偷跟了上去。

龙琪琪跟着言欢喜上了一辆公交车，觉得这事儿自己必须找个战友一起处理，她二话不说就想到了顾禾，所以一股脑将自己看到的和猜到的都告诉了顾禾。

微信聊天界面里，龙琪琪的话刷了整整三页，顾禾才回了一句。

顾禾：为什么要找我？

我爱数独：言欢喜不是数独社的成员吗？你身为副社长不应该关心她一下吗？

顾禾：那你不是更应该去找社长？

对哦，她为什么不找社长，为什么脑海里浮现的第一个人选是顾禾？

顾禾发出那条消息之后就后悔了。

他怕龙琪琪以为自己是在指责她多管闲事。

然而发出去的消息如泼出去的水，顾禾想要撤回也是不太可能了，偏偏他等了半天龙琪琪都没有回复，这场对话戛然而止，聊天界面最新的一条消息就是他发出去问龙琪琪为什么不去找社长的那条。

顾禾死死盯着手机屏幕，有些坐立不安。

他有些懊恼地揪了揪自己的头发，天知道他最近是怎么了。顾禾觉得自己最近情绪起伏比较大，就好像是大姨夫来了，经常不受控制地做出一些莫名其妙的举动，说出一些莫名其妙的话。

顾禾没有蠢到无药可救的地步，虽然他很不想承认，但他还是明白，他喜欢上了龙琪琪，从一开始的戏弄发展到现在的喜欢。顾禾也不想这样的，但是喜欢就是来得这么莫名其妙。

　　之前顾禾误会龙琪琪和周霖是男女朋友关系的时候，他做出了那么多蠢事，甚至将言欢喜牵扯了进来，折腾出了那么多事儿就是为了"拆散"龙琪琪和周霖。那会儿顾禾觉得自己还能勉强说服自己不是因为喜欢龙琪琪才干出这种事儿来的，可是到后来，平安夜那晚他却犯了傻，不想让龙琪琪难过，甚至千方百计不让龙琪琪和周霖见面。顾禾明白，自己说服不了自己了，他是真的喜欢上龙琪琪了。

　　平安夜下雪的那晚，他许下了两个愿望。

　　他不仅衷心地祝福龙琪琪和周霖的革命情谊能够长长久久、永不变质，还很贪心地希望龙琪琪也能喜欢上自己。

　　顾禾没有追过女孩子，毕竟像他这么优秀，向来都是女孩子追求他。

　　顾禾也不知道怎么去追龙琪琪，虽然他有了想要追求龙琪琪的念头，但是多年养成的个性使然，让他对龙琪琪的喜欢也是傲娇而又克制的。顾禾当然不会让自己的喜欢表现得明目张胆，于是他走了暗示的路线。

　　嗯，龙琪琪要是能够看得懂顾禾的暗示，那她也就不是龙琪琪了。

　　事实证明，顾禾的暗示很失败。

　　就在顾禾准备采取进一步行动时，顾禾撞见了龙琪琪和程侑在一起。

　　龙琪琪和程侑认识，而且根据顾禾理智地分析，龙琪琪还喜欢过程侑。

　　意识到这一点的顾禾开始打退堂鼓了，本来他喜欢龙琪琪是很简单的一件事情，可是程侑的横空出现，让他的喜欢变得越发克制起来。

　　顾禾不想做一些会和程侑有所牵扯的事情。

　　而龙琪琪，明摆着和程侑有关联。

　　言欢喜的事情，龙琪琪第一个想到的就是顾禾，说实在的，那一刻顾禾还是有些开心的，但是这一点点开心在顾禾那复杂的心情之中显得有点微不足道。

　　顾禾很惆怅。

　　他甚至想，如果龙琪琪再诚恳地请求他一会儿，他指不定就答应了。

　　可是龙琪琪没有回音了！

　　顾禾忍了好久，才忍住去找龙琪琪的冲动，眼一闭心一狠，索性将和龙琪琪的微信聊天记录全部删除，然后麻利地将手机关机，一把扯过被子盖住了头，睡觉！

而那边，龙琪琪遭受了来自顾禾的拷问，自我怀疑了一会儿，决定不靠顾禾，自己解决这个问题。

龙琪琪跟着言欢喜在距离学校二十分钟路程的一个小区下了车。

这个小区是个中档小区，小区的大门口设置了门禁，需要刷卡才能通行。不过好在眼下进出的人比较多，可以蹭着别人的卡进入小区，再加上门口保安管理得比较松散，只要不是长得太像坏人，保安也就睁一只眼闭一只眼放过了。龙琪琪看着言欢喜进了一栋大楼，琢磨着也许她是回家了，这才放下心来，决定打道回府。

在拐过一个小区自己布置的小型儿童游乐园时，龙琪琪却被喊住了。

"咦？龙琪琪？！"

这声音还有些耳熟……

龙琪琪顺着声音看过去，发现儿童游乐园的滑梯上正坐着一个熟悉的身影，正是她亲爱的同桌——严小北。

龙琪琪没有想到会在这里遇上严小北，她已经很久没有去过数独培训班了，算起来也有两个月没有和严小北见过面了，难得严小北一眼就认出了自己。

严小北也没有想到会在自家小区里遇见龙琪琪。

他欢天喜地地从滑梯上滑下来，奔向龙琪琪，儿童游乐园里还有几个和严小北相熟的小伙伴，见到严小北这样都问他："严小北，你干什么去？"

严小北大声喊道："我看见我同桌啦，过去聊几句！"

龙琪琪："……"

还真是熟悉而又久违的感觉呢。

同桌严小北一溜小跑来到龙琪琪面前，一双大眼睛眨巴眨巴，开口问道："你怎么会在这里呀？你住在这里吗？我以前怎么都没有看见过你？"

龙琪琪总不能说自己是一路跟着别人过来的吧，她挠了挠头，敷衍道："我就偶然路过……"

好在严小北也就是随口一问，并没有继续追问。

严小北还是挺喜欢龙琪琪的，觉得龙琪琪对自己挺好的，哪怕龙琪琪看起来笨笨的，数独也比不过自己，但是这并不妨碍严小北喜欢龙琪琪。

自打龙琪琪开始不上数独培训班的课后，严小北就有些想她。可是他没有龙琪琪的联系方式，有一次他还特地跑去问顾禾知不知道龙琪琪的联系方式。严小北总觉得顾禾和龙琪琪关系很好，而且还是一个大学的，应该知道怎么找到龙琪琪，可是顾禾却告诉严小北，龙琪琪以后再也不会来上课了。

严小北想知道为什么，但是他觉得顾禾的心情并不是很好的样子，也就没有继续追问了。

虽然严小北并不明白顾禾为什么心情不好。

严小北问龙琪琪："那你以后还来不来上课呀？"

龙琪琪摇了摇头："应该不去了吧。"

曾和一群小孩子坐在一起上过课，龙琪琪觉得这应该会成为她这辈子都难以忘记的经历。

严小北有些失落："为什么呢？顾老师也还在继续教课呀，你怎么就不来上课了呢？"

龙琪琪觉得奇怪："这和顾禾又有什么关系？"

严小北吸了吸鼻涕，道："小七说，你是因为喜欢顾老师，想要追求顾老师，所以才会跟我们一起上课的呀。"

龙琪琪："？？？"

小七就是坐在龙琪琪前面、和韩希同桌的女孩，龙琪琪坚持去上课的动力之一就是偷听小七和韩希的嚼耳根。

现在的小女孩，都这么早熟了吗？

严小北说着，又叹了口气："所以，你现在已经是顾老师的女朋友了吗？"

龙琪琪惊讶道："这又是谁告诉你的！"

她要告造谣诽谤者！

严小北一副天真无邪的模样："小七说，你就是因为追到了顾老师，所以才不来上课啦。"

龙琪琪抓狂道："我去不去上培训课，和顾禾没有一点关系啊！"

"那你为什么会来和我们一起课呢？"严小北看着年纪小，说起话来却有理有据，"像你年纪这么大的人还跟我们一起上课，怎么想都不正常吧，肯定是有理由的啦。"

龙琪琪想了想，不对，她去上培训课，好像还真的和顾禾有那么一点关系啊。

当初不就是因为顾禾，她才会和那群学霸打赌要成为体育特长生中的智商担当，所以才会千方百计去学好数独吗？

龙琪琪觉得自己没办法向严小北解释清楚这么复杂的事情。

而就在这时，另一个熟悉的声音响了起来。

"严小北！我来了……咦，怎么这个人也在？"

龙琪琪回头。

哦，是韩希。

韩希身后还跟着言欢喜。

言欢喜收拾过自己，除了眼角还有些红，看不出什么异样。

跟踪别人不成反倒被当场抓包怎么办？

在线等，挺急的。

龙琪琪没想到在自己放弃"跟踪"这个变态的行径时，言欢喜就这么突然地出现在了自己的面前，还带着韩希。

很显然，韩希还记得龙琪琪这个在数独培训班第一堂课上就输给他的手下败将，毕竟还是个小孩子，他问出了和严小北一样的问题："你怎么会在这里？"

龙琪琪："！！！"

这不重要！

龙琪琪垂死挣扎："我就是偶然路过，偶然！"

龙琪琪再三强调了偶然，言欢喜有些奇怪地看了她一眼，大概也是对这个"偶然"抱有怀疑，但也就只是怀疑而已，她再怎么想也想不到龙琪琪会跟踪她。

严小北打岔道："你今天不是有家教课吗？怎么跑出来了？"

严小北这话显然是问韩希的。

韩希虽然还只是个上小学一年级的宝宝，但是他的父母望子成龙心切，早早就给他请了一大堆家教老师，课后时间都被安排得满满的。韩希就算再聪明再好学也还只是个小孩子，他也想要点自己的时间能够和小伙伴们一起出去玩。

韩希语焉不详，含含糊糊道："就取消了呗。"

取消？

怎么可能？

就算韩希想取消，言欢喜也不会同意的好吗？她的家教费是按小时来算的，她大老远从学校跑来这里，怎么可能会让韩希取消今天的家教课，这不等于就是白跑了一趟吗？

没错，言欢喜就是韩希的家教老师。

哪怕是感情受挫，也不能影响她出来赚钱。

韩希虚心好学，也享受因自己多才多艺能够在小伙伴们面前收获一众佩服目光的状态，但是上的课多了韩希也会烦。今儿刚好韩希的家长都不在家，韩希的家长对言欢喜也很放心，所以将韩希和言欢喜两个人留在了家里，韩希觉得这是一个叛逆的好机会，他大声向言欢喜宣布今天不上课了！

言欢喜不干，作势要给韩希家长打电话告状。

一番交涉之下，双方各让一步，言欢喜决定带韩希下来放放风。

这一放风，就遇到了龙琪琪。

严小北没有韩希心里那么多负担，小伙伴不上家教课就能和自己一起玩耍了，严小北自然开心，他指着身后的小型儿童游乐园说："今天多了一个跷跷板，还是变形金刚版的！我们一起去玩吧！"

能够和自己一起玩耍的同龄小伙伴自然要比龙琪琪这个年纪大的同桌要重要得多，严小北郑重其事地记下了龙琪琪的微信号，转头就和韩希手牵手去玩耍了，留下龙琪琪和言欢喜面面相觑。

言欢喜还要等着韩希放风时间结束带他回家去学习呢，她也不放心把韩希一个人留在这里，所以打算坐在这里等。

至于龙琪琪……

龙琪琪有些尴尬，不知道自己是不是该告辞。

就在龙琪琪准备离开的时候，言欢喜皱眉道："你怎么会在这里？"

龙琪琪支支吾吾："呃，这个。"

龙琪琪并不擅长说谎，言欢喜想到了什么，脸色沉了下去："是不是周霖找你的？"

　　言欢喜误以为是周霖找龙琪琪来劝她的，劝她不要再对他抱有不该有的心思。

　　龙琪琪也不知道言欢喜误会了，索性老实交代："你，没事吧？"

　　言欢喜有些恼怒，并不想太纠结这个话题，转移话题道："之前韩希跟我提过他上的那个数独培训班里有一个大学生同学，难道就是你？"

　　龙琪琪："……"

　　所以这事儿还能不能过去了！

　　言欢喜道："看不出来，你还挺好学的。"

　　龙琪琪讷讷道："呵呵，活到老学到老嘛。"

　　"我还听说那个培训班的老师是顾禾？所以你和顾禾到底是什么关系？应该不只是像那个八卦帖子里写的那样吧？"

　　言欢喜打定主意要将话题彻底拉开。

　　言欢喜掰着指头道："就连小孩子都看出来你和顾禾关系不简单了，所以现在的情况是怎么样，是你先喜欢上了顾禾，还是顾禾先喜欢上你的？"

　　龙琪琪瞪大了眼，对于言欢喜的这番话有些不可思议，轻而易举就被言欢喜牵着鼻子走，早就忘了自己来这里的目的。

　　"什么叫谁先喜欢上谁？我和顾禾没有关系！"

　　言欢喜撇了撇嘴："咱俩都是女孩子，我都懂。"

　　龙琪琪："不是，你到底懂什么了？"

　　她和顾禾的关系明明清清白白，怎么落到言欢喜嘴里就变得不三不四……不对，是不清不楚了呢！

　　龙琪琪觉得自己一身正气，不应该害怕言欢喜的猜疑。

　　龙琪琪正要据理力争，跟言欢喜反驳一下她和顾禾的关系，而那边却传来了孩子吵闹的声音。

　　言欢喜反应比龙琪琪要快，一瞬间就听出了那阵吵闹声里有一个是韩希的声音，她快步朝着声音来源的方向跑去。

　　龙琪琪还想着跟言欢喜争一争，下意识也跟着言欢喜跑了过去。

　　而跷跷板那边，严小北一脸茫然地坐在地上，韩希的面前站着两个比他要壮一点的同龄男孩子，韩希正和他们吵着什么。

听他们争吵的内容，大概就是两伙人同时都想玩这个画着变形金刚的跷跷板。韩希和严小北两人先到，后来的两人却仗着自己力气大，强行将他们两个给赶了下来，争执之中，一人竟然将严小北推倒在地。

韩希觉得，严小北虽然有时候傻乎乎的，长得也是一副受气包的样子，但是这并不代表别人就能欺负他啊。

见言欢喜和龙琪琪过来了，韩希狐假虎威，气势更足了："你们必须道歉！看到我身后那个人没有，她可是练拳击的，一拳下去你们两个都得完蛋！"

练拳击的龙琪琪："？？？"

见两个大人过来了，那两个小孩子也有些发怵，但是很快的，其中一个孩子竟然就地一滚，将本来整齐的衣服折腾得脏兮兮的，说哭就哭了出来，一把鼻涕一把泪哭得好不伤心。

龙琪琪："？？？"

不是，她这还没动手呢，这孩子怎么就哭起来了！

"嘤嘤嘤，他们欺负我！"那孩子坐在地上号了起来，对比之下，一旁的严小北的表演就不够生动了。

严小北张大了嘴，家教良好的他显然不知道该怎么应对这样的场景。

他也被欺负了呢，他是不是也要号啕大哭一下？

严小北的反应慢了一拍，还没等他酝酿出哭的情绪来，就有一个温润的女声闯了过来："小武，你这是怎么了？"

"呜呜呜，姨姨，是他们欺负我！"小孩子睁眼说瞎话，随口一句话就将龙琪琪和言欢喜也拉扯进来了，给她们俩盖上了以大欺小的锅。

龙琪琪这辈子还没受过这样的委屈。

那小孩子的小姨已经冲了过来，蹙着眉头一脸不善地看着龙琪琪和言欢喜："你们俩也好意思欺负一个小孩？"

龙琪琪正要开口，却突然觉得这个女孩子有点眼熟。

不只是她这么想，那个女孩子在看到龙琪琪的时候也愣了一下，试探着喊出口："你是……龙琪琪？"

龙琪琪也认出她来了，冷静道："赵静徐，好久不见。"

"姨姨！"身后那小孩子不依不饶，显然很不满意自己的阿姨在这个关键时候不替他出头，还忙着叙旧。

韩希开口了："她们两个都是刚来的，明明是他自己在地上打滚污蔑好人！"

赵静徐神情复杂，好半天才笑了笑，只不过那笑容还带着一丝嘲讽，她开口道："龙琪琪，没想到这么多年没见，你还是这么……喜欢路见不平、拔刀相助啊。"

这一场闹剧飞快地落幕。

事情并没有像小武期待的那般发展：自家小姨能够替自己出头，好好替自己争一口气。赵静徐转头就将小武拎回了家，不准他再在外面闹事。

被这一闹，韩希也没了"放风"的心思，乖乖地跟着言欢喜回家去学习。小伙伴走了，严小北怕小武偷偷回来打击报复，也乖乖地回了家。

龙琪琪心情复杂地告别了众人，回到家后下意识拿出一本数独题来做，可是一个小时过去了，她却连一道题都没能解出来。

龙琪琪心乱极了。

赵静徐的出现勾起了她不想记起的那些回忆，而那些记忆的存在就是在嘲笑着她的自以为是。

龙琪琪一整夜都没有睡好，整整一宿梦里翻涌的都是被妖魔化的那些记忆。噩梦的最后一幕是赵静徐从阴影里走了出来，身后跟着一大群张牙舞爪的妖魔鬼怪，正扑向龙琪琪，想要将她吞噬。

梦里的最后一刻，龙琪琪还听见赵静徐平静地对她说："龙琪琪，没想到这么多年没见，你还是这么喜欢路见不平、拔刀相助啊。"

龙琪琪顶着困意晕晕乎乎上完了早上的一堂课，第二堂课在另外一栋教学楼，龙琪琪打算抄小道去那栋教学楼，却在小道上遇到了一个许久没见的人。

正是关于 G 和 L 的帖子大火的那一天，找了人来打算教训龙琪琪的那个叫作薛彩的女生。

龙琪琪还记得薛彩，多亏了薛彩，她意外得了一笔钱度过了那没有零花钱的艰难岁月。

很显然，薛彩也记得龙琪琪，更记得她花钱雇来的那几个小混混当着她的面喊龙琪琪"大姐大"的那一幕。

薛彩防备地看着龙琪琪："你想干什么？"

事实上，薛彩一直提心吊胆，生怕龙琪琪事后对她打击报复。在她的理解中，能当得起"大姐大"这个称号的人似乎脾气都不是挺好，都是睚眦必较的那种人。

薛彩并不相信今天的相遇只是巧合，她觉得肯定是龙琪琪的蓄意为之。

来了，龙琪琪终究还是要对她打击报复了！

龙琪琪困得迷迷糊糊，只想和薛彩打个招呼就快点去下一堂课上课的教室趴一会儿，趁着老师没来还能眯上一会儿。

谁知龙琪琪这困得迷迷糊糊的状态落在薛彩眼里就变成了不怀好意。

薛彩一直防备地看着龙琪琪，关于龙琪琪的武力值，她虽然没有见识过，但听说过啊。而且她花大价钱请来的那三个大汉都喊龙琪琪"大姐大"呢，由此可见，龙琪琪的武力值肯定不亚于那三个彪形大汉。

薛彩有点慌，还有点后悔，后悔自己一时被顾禾的美色所迷惑而去向龙琪琪挑战。

龙琪琪向薛彩点了点头，自顾自地从薛彩身边擦肩而过。

薛彩浑身的汗毛都竖起来了，她感觉到龙琪琪的肩膀撞了一下自己的肩膀，她吓得不敢动弹，龙琪琪这是要动手了吗？她要不要大喊一声？这条小道虽然人少，但是现在是下课的时间，她要是嗓门够大的话，搞不好也能喊来一些人。

是喊"打人啦"，还是喊"谁丢的钱包"比较有用？

薛彩内心正在交战，而就在这时，龙琪琪脚下一个踉跄，她本来就困，路也没有仔细看，竟被一颗小小的石子给绊了一下，往薛彩的方向倒了过去。

薛彩当了一回龙琪琪的人肉垫子。

薛彩觉得痛，再加上方才紧张的情绪，她一激动，"哇"的一声就哭出来了，再也顾不上形象大喊道："来人啊，校霸龙琪琪打人了！"

龙琪琪："？？？？"

龙琪琪晕晕乎乎，还在想，这个校霸是什么人，怎么还和她同名了？

第一个赶到现场的是顾禾，下一堂课是专业必修课，顾禾也想着抄小道去上课的教室，没想到就目睹了这样的一幕。

顾禾看着龙琪琪压在薛彩身上，而薛彩还在奋力挣扎着，顾禾下意识就上前一步将龙琪琪给拉了起来。他上下打量了一眼龙琪琪，确定龙琪琪表面上看起来并没有任何伤痕，才开口问："这是怎么一回事？"

　　龙琪琪没想到会在这个尴尬的时候遇到顾禾，她脑海里冷不丁想起了昨天言欢喜说的那一番话。

　　到底是你先喜欢的顾禾呢，还是顾禾先喜欢的你？

　　龙琪琪被自己脑海里突然想起的这一句话吓了一跳。

　　她和顾禾之间怎么可能用得上"喜欢"这两个字？！

　　龙琪琪下意识挣开了顾禾，拉开和顾禾的距离，有气无力地解释道："刚刚不小心绊倒了，多亏了她接住了我。"

　　而那边薛彩也挣扎着爬了起来，好在冬天衣服穿得厚，她倒也没磕着碰着。薛彩刚站起来，正准备和顾禾控诉一下龙琪琪的恶行，就见龙琪琪突然转头，无比诚恳地对她道谢："多谢你了，你真是个好人。"

　　突然就被发了一张好人卡的薛彩："？？？？"

　　薛彩觉得龙琪琪是真的恶毒，明明是她想要报复自己，结果顾禾一来，她就表现出一副自己不慎跌倒的样子，简直可恶！

　　薛彩嘟嘟囔囔："明明就不是个好人，装模作样，哼！"

　　龙琪琪听见薛彩的小声嘟囔，这才明白过来薛彩以为自己刚才不小心压倒她是故意为之，龙琪琪耐着性子解释道："我刚刚真的是不小心跌倒的。"

　　顾禾皱了皱眉，没有说话。

　　薛彩其实一直很讨厌龙琪琪，起初是因为不知道从哪儿传出来的龙琪琪欺负顾禾的事情，后来是因为她发现顾禾不但不讨厌龙琪琪，反而好像和她关系很亲密的样子，于是薛彩就更加讨厌龙琪琪了。

　　一个被嫉恨冲昏了头脑的女人，是什么事情都干得出来的。

　　薛彩甚至私底下偷偷调查过龙琪琪，薛彩的八卦能力很强，倒还真的让她调查出了一些东西来。好在她还有那么一点良心，不想把事情做得太绝，没有把这些事情爆出来。

　　薛彩的一个朋友刚好和龙琪琪读一个高中，她从朋友那里得知龙琪琪高一下学期转去了别的高中。薛彩觉得高一就转学这事有蹊跷，所以顺着这件事又去调查了一下。

薛彩虽然讨厌龙琪琪，但她其实人并不坏，不想把这些事情爆出来让龙琪琪难堪，但是眼下这个情况，她堵着一口气想要气龙琪琪一回，于是便张口说："什么不小心，当年你对赵静徐做的那些事儿也是一不小心吗？"

当着顾禾的面薛彩并不想说太多，就只提了一下赵静徐的名字。但就只是这简简单单的一个名字，足够让龙琪琪清醒过来，就好像一盆冷水浇了过来，让本来还挥之不去的瞌睡虫立马消失得无影无踪。

赵静徐……

龙琪琪握紧了拳头，努力让自己冷静下来："你怎么知道这件事？"

薛彩嘲笑了一声："你都敢做出这种事儿了，还怕人不知道？"

顾禾眯了眯眼，总觉得龙琪琪不太对劲。

龙琪琪长吐一口气，显然不想和薛彩多说什么，她扔下一句："我说了，我是真的不小心的。"顿了顿，又补了一句："还有，刚刚谢谢你。"

说罢，龙琪琪也不管顾禾，大步就离开了这里，只不过看她的背影，颇有一丝落荒而逃的意思。

顾禾紧蹙着眉头，他并不想深究龙琪琪的过去，只不过龙琪琪表现出来的样子太过反常。顾禾下意识问薛彩："赵静徐是什么人？"

薛彩犹豫了一下，虽然她并没有私下说别人坏话的习惯，但是顾禾不一样，她想要让顾禾知道龙琪琪并不只是他想象中的那样。

薛彩正犹豫着要不要告诉顾禾这件事，顾禾却又开口了："算了，你不用告诉我，希望你也不要告诉别人这事情，再见。"

说完，顾禾朝着龙琪琪离去的方向追了过去。

薛彩看着顾禾离去的背影，脑海里浮现出一个可怕的念头。她想起了自己看到的那个有关 G 和 L 八卦的帖子，其中有一层说的是怀疑 G 和 L 是传说中的欢喜冤家，一个愿打一个愿挨，所以搞出来这些，只不过是他们的小乐趣。

难道顾禾真的喜欢龙琪琪？

不可能吧？

出了薛彩这档子事儿，龙琪琪也没心思睡了。到了上课的教室，她找了个最角落的位置坐下来就开始发呆。顾禾比龙琪琪晚了一步进教室，看到的就是龙琪琪神游天外的模样。

龙琪琪昨晚没睡好，眼睛的黑眼圈都快拉到下巴了，顾禾在她身旁坐下她也没有反应，他敲了敲桌子，试图将龙琪琪的注意力吸引过来。

　　"喂。"顾禾没话找话道，"你昨晚没睡觉吗？"

　　"做了一晚上的数独题……"龙琪琪幽幽道，不等顾禾露出惊讶的表情，她又自顾自地接上自己的话，"你信吗？"

　　当然不信。

　　顾禾忍住翻白眼的冲动，想了想，挑了个话题重新开始。

　　顾禾道："马上放寒假了，社团每年都会准备年终福利小礼品，可惜了，你没赶上。"

　　龙琪琪并不在意，敷衍道："哦，那还真是可惜。"

　　顾禾继续说："今年的小礼品是手套。"

　　龙琪琪开始胡言乱语："嗯嗯，手套好啊，保暖啊，可以戴着手套去放鞭炮也不怕炸到手指了。"

　　顾禾："……"

　　龙琪琪有些后悔昨天一时想不开去跟踪言欢喜了，如果不去跟踪言欢喜也就不会和赵静徐再次相遇了。

　　那些事情，龙琪琪本来以为自己一辈子都不会再想起来的。

　　龙琪琪收敛心神准备数独大赛，努力让自己从负面情绪里走出来。

　　但是生活有时候就是这么糟心，明明你想方设法绕着麻烦走，麻烦却还是会千方百计地撞上来。

　　龙琪琪努力让自己不去想有关于赵静徐的事情，将全部心神放在备战期末考试和数独比赛这两件事儿上。就连拳击校队的训练她一周都只去参加两次，好在龙琪琪底子好、天赋高，再加上平时在家也会自觉训练，教练睁一只眼闭一只眼，也就不怎么管她了。

　　龙琪琪将生活过成了两点一线，每天不是在家里就是在学校，日子过得极其规律，然而就是这样，学校论坛又暗搓搓冒出了一个帖子。

　　帖子的标题叫作——扒一扒校霸 L 同学。

　　发帖人采用了匿名的模式，声泪俱下地控诉了某位 L 同学的恶劣行径，欺凌某学霸 G 同学还不够，甚至还欺负 G 同学的小迷妹。帖主自称亲眼看见 L 当众殴打 G 同学的小学妹，嗯，压在地上打的那种。

　　这个帖子一出，再一次让 L 同学出名了。

　　帖子里还有一层回复是点赞数最高的，其中有自称是 L 同学的高中同学，爆出了 L 同学高一时欺负同校女生，将同校女生锁在厕所里整整一晚，害得那女生大病一场险些得了抑郁症。L 同学也因为这事被学校记过，兴许是这个事情闹得太大，L同学高一还没念完就匆匆转学。

小说电视里才会有的情节，大家都没想到现实里竟然真的有发生，难怪都说创作源于现实。

L同学过去的校园暴力行径无疑遭到了众人的唾弃。

龙琪琪为了防止自己胡思乱想而一心沉迷学习，好在她是一个比较死心眼的人，没办法做到一心二用，一旦用心去学习就不会有什么心思去想别的乱七八糟的了。也正是因为这样，她连学校论坛都不关注，更不知道论坛里关于校霸L同学的帖子又火了一个，她只是觉得最近去学校的时候，同学们看她的眼神都有些怪怪的。

龙琪琪是个比较低调的人，其他看帖的吃瓜群众并不知道她长什么样，也就只能自己八卦一下，所以这个帖子并没有对龙琪琪的生活造成太大的影响。同班同学倒是心知肚明龙琪琪就是那个L同学，但是顾及着表面的同学情谊，也不会傻到跑到龙琪琪面前问那个帖子说的是不是真的，只能私下偷偷说。

顾禾也看到了这个帖子。

他皱了皱眉，下意识地想起了薛彩。

这个帖子难不成是薛彩发的？而那个所谓的高中同校女生就是赵静徐？顾禾并不知道这件事具体是怎么样，但是他相信事情不会像他们说的那么简单，龙琪琪是傻，有时候做事也冲动，但绝对不会干出将一个小女孩锁在厕所里整整一夜这种事情来。

顾禾觉得这件事肯定另有隐情。

之前高级程序设计的设计作业结果出来，顾禾和龙琪琪的设计作业得到了高分，但是老师觉得他们的程序还有一点小问题，可以再优化一下加快运行速度。

顾禾正愁自己没有合适的机会去找龙琪琪，便借着这个机会再一次将龙琪琪约了出来，地点当然还是数独活动教室。

快要期末考试了，社长考虑到大家都要复习功课，所以暂时停止了社团的一切活动。社团活动教室空置了下来，基本上成了顾禾一个人的自习室。

设计作业本来几乎都是顾禾独自完成的，龙琪琪也就是在最开始提了一点设计上的意见，当然，那个意见还被顾禾给驳回了。而要优化程序，龙琪琪自然也帮不上什么忙，只能坐在顾禾身边给予精神上的鼓励。

顾禾的笔记本电脑没什么电了，而这个活动教室的插座在角落里，所以顾禾坐在角落里一边给笔记本电脑充着电，一边检查代码。

顾禾的位置刚好是个死角，从活动教室的窗户外面看进来看不到他这个人。

龙琪琪一向喜欢坐在靠窗户的座位，所以拣了个靠窗的座位开始做数独题，两人倒也相安无事。

两人正专心致志地做着手头上事情的时候，意外却发生了，也不知道发生了什么问题，一声轻微的响动过后，活动教室停电了。整个教室乌漆麻黑，顾禾的电脑发出莹莹白光，照亮了他的脸庞，龙琪琪一回头就看见一张被照亮的脸，吓了一跳。

怎么会停电？

早些年申请数独社的活动教室的时候，考虑到这个社团的特殊性，再加上大家做题的时候都需要安静，所以活动教室被批在一栋偏僻的老教学楼最顶层角落的一间教室，虽然偏僻，但好在安静而且教室也够大。

顾禾皱了皱眉，拿出手机打开手电筒，想要出去看看是什么情况，推了推门，发现门竟然被堵住了，从里面打不开。

顾禾："？？？？"

龙琪琪问："怎么了？"

顾禾用力推了一下，门还是推不开，他皱了皱眉，有种不祥的预感。

事情不会这么巧吧，前阵子学校论坛上刚出了有关于L同学的帖子，今儿晚上他们就被锁在教室里了？

顾禾道："门被外面的人锁住了。"

顾禾说着，低头去看手机，却发现没有一格手机信号。

看来对方有备而来，还在附近放了信号干扰器，就是为了防止他们打电话求助？

顾禾的心沉了下去，这可就难办了。

龙琪琪显然也注意到手机没信号了，她有些慌张，哪怕她再傻，也意识到事情不对劲了，不然怎么可能会停电、锁门，加上手机没信号，这三件事情都撞一起了？摆明了是有人想要把她锁在这间教室里。

天早就黑了，教室里也停了电，能够发出光芒的除了那台电脑就是两人的手机。

顾禾找来几本书将手机固定起来充当电灯，空旷的活动教室，没了电总觉得教室里冷飕飕的，龙琪琪下意识靠近了顾禾，搓了搓自己的手臂问："现在怎么办？"

顾禾沉着冷静："门被锁住了，我们只能指望外面来个人帮我们把门打开。"

龙琪琪急道："可是手机没信号了，电话也打不出去。"

顾禾冷静道："别慌。"

龙琪琪喜出望外："你有办法？"

顾禾看了龙琪琪一眼说："除了打电话，我们还可以靠别的方式联系别人。"

"什么方式？"

"心灵感应。"

"……"

心灵感应？

龙琪琪觉得顾禾这句话她没法接。

她撇了撇嘴，觉得自己再问下去只会给顾禾羞辱自己智商的机会，所以干脆不说话了，将羽绒服裹得更紧。

寒冷让龙琪琪更加清醒，她开始琢磨起今晚发生的怪事，怎么看都不像是意外，倒像是人为。可是到底是谁那么无聊，大晚上的将她和顾禾关在了这里？

龙琪琪不明所以，她在大学里低调得很，尤其是最近一段时间沉迷学习，乖得不得了，根本就没怎么得罪过人。龙琪琪想着，这个关门的人应该不是为了对付她，难不成是为了针对顾禾？

龙琪琪这么一想，看向顾禾的眼神就不太对劲了。

她这是受了顾禾的连累了吗？

龙琪琪倒没有觉得委屈或者怨恨，反倒有一丝释然和侥幸。龙琪琪以为自己想清楚了事情的来龙去脉，把自己摆在了受牵连的受害者这个身份上，所以她面对顾禾就更加轻松自然了。

哎呀，顾禾怎么这么倒霉，被别人给针对了，还好今天自己在这里，不然顾禾一个人被关在这黑漆漆的教室里该有多害怕呀。

想到这里，龙琪琪甚至安慰起顾禾来："别怕，有我在呢。"

顾禾："？？？"

顾禾觉得龙琪琪是不是被冻傻了？

顾禾今天戴了一条灰色的围巾，当然，不是大壮送给他的那条。顾禾将围巾从自己的脖子上摘下来，探过身子，粗暴地将围巾在龙琪琪脖子上绕了两圈。这条围巾上还带着顾禾的体温，暖暖的，龙琪琪愣了一下，眨巴着眼睛看着顾禾没说话。

顾禾咳了一声道："看什么看，不想戴就还给我。"

龙琪琪当然不会傻到把它还给顾禾，这条围巾暖和得很，龙琪琪觉得自己再也不会被冻得打哆嗦了，唯恐顾禾后悔将围巾抢回去，她身体往后仰了一下："不不不！既然你都给我了，那我就勉为其难地戴着吧！"

顾禾抿了抿唇。

他想得比龙琪琪更多。

顾禾将最近火起来的那个帖子联系上今天晚上发生的事情，脑海里浮现一个猜想，意外地贴合实际。

没错，这个人是针对龙琪琪来的，当时他坐在角落里给笔记本电脑充电，对方没有看见，所以误以为龙琪琪是一个人待在这个教室里。

帖子里说的是，龙琪琪将那个同校女生一个人关在学校厕所里整整一夜，顾禾觉得这个人应该是想效仿这个说法，将龙琪琪关在这个教室里。可是对方完全没想到，这个教室里还有顾禾在。

顾禾又看了一眼龙琪琪，龙琪琪正没心没肺地扯着顾禾的那条围巾，围巾的手感很好，让龙琪琪一时爱不释手。

顾禾觉得龙琪琪的心可真是宽，明明前几天还因为薛彩提到的赵静徐而失魂落魄，只不过几天的工夫，就把那件事情放下了。

顾禾很佩服龙琪琪，不过他也不得不承认，这样子的龙琪琪看起来更快乐一些。

龙琪琪玩了一会儿围巾后又开口了："顾禾，你饿不饿？"

顾禾当然不会傻到以为龙琪琪是在关心他，他翻了个白眼道："你饿了？忍着！"

因为社长的存在，这个活动教室是不可能有存粮的，就算有谁把零食忘在了这里，也会被社长给搜刮一空，绝不会放过。

顾禾默默叹了口气。

还好今天有他在，不然就龙琪琪一个人傻兮兮地被关在这里，想想就觉得可怜。

活动教室里没有电，全靠顾禾的手机照明，龙琪琪倒是想做几道数独题，可是手机电量怕是不足以支撑。她百无聊赖，活动教室里安静起来又有些吓人，她只能没话找话和顾禾聊了起来。

龙琪琪问顾禾："你最近有没有得罪什么人？"

顾禾觉得龙琪琪这话问得莫名其妙，但他竟然还认真思考了一下，才回答道："当然有。"

"谁？"

"远在天边近在眼前。"

龙琪琪："……"

顾禾煞有其事道："毕竟大家都以为我是一个反抗校园恶势力的可怜小白花。"

龙琪琪想了半天才想明白顾禾这句话是什么意思，敢情他是在说他得罪的就是她龙琪琪啊。

龙琪琪"哼"了一声，道："我看是我得罪了你才对吧。"

不等顾禾反应，龙琪琪又边掰着自己的手指头，边自顾自道："我肯定是得罪你了，不然你对我的态度怎么就像孩子的脸，说变就变。"

顾禾心虚，顾禾理亏，顾禾当然不能告诉龙琪琪他对她态度的微妙变化完全是因为他对她的感情变化。

顾禾又觉得是龙琪琪活该。

都怪龙琪琪迟钝，要是龙琪琪看出来了他对她的小心思，他还有对她忽冷忽热的机会吗？

龙琪琪又道："你看你对别人的态度都不一样呀，怎么对我的态度就这么奇怪？"

龙琪琪说着，还拿人来举例："比如周霖，他是话多了点、烦了点，所以你对他的态度一直是爱搭不理。

"再比如社长，我觉得你对他的态度就挺好，有些时候他宠着你，但有时候你也会宠一宠他。"

顾禾被龙琪琪形容得起了一身鸡皮疙瘩。

什么叫他和社长互宠？

龙琪琪又说："再不济，你就不能把我当成普通的同班同学吗？至少遇见了还能给个好脸色看。"

龙琪琪说着，歪着头看向顾禾。

手机发出的光并不强，但顾禾还是看清了光芒中的龙琪琪的脸，无辜又天真，仿佛在质疑着他对她的区别对待。

顾禾一时语塞。

他怎么能把龙琪琪当成普通同学来对待？

他做不到啊！

顾禾不说话，龙琪琪见提出的质疑没有得到回应，觉得没意思，嘟了嘟嘴。两个人谁也没有说话，活动教室再次安静了下来，静得只能听见彼此的呼吸声，还有窗外寒风呼啸而过的声音。

两人都沉寂在自己的世界里没有说话。

不知道过了多久，"嘀——"的一声响起，是手机低电量的报警声。顾禾的手机快没电了，龙琪琪翻出自己的手机，发现自己手机的电量已经快耗完，电池标志已经变红了。

龙琪琪傻眼了。

这可怎么办？

顾禾手机用了很久，电池已经不行了，耗电很快，还没等他们想出解决的办法，顾禾的手机已经自动关机了，教室里最后一束亮光也没了。

黑暗中，龙琪琪和顾禾大眼瞪小眼。

良久，顾禾开口了："我电脑应该还有一些电。"

龙琪琪无语道："那还等什么？"

顾禾起身准备去角落把电脑搬过来，但是这里实在是太黑了，几乎伸千不见五指，他起身的时候不知道踩到了什么，脚下一个踉跄，身体不由自主地往一旁侧了过去。

龙琪琪虽然也看不太清，但是她耳朵好使得很，再加上长年累月的练习让她的反应奇快无比，虽然说做不到听声辨位的地步，但是比一般人还是强得多。

她听到那边顾禾发出的动静，大脑判断出顾禾要跌倒了，身体比大脑更快，伸手去拉顾禾。

黑暗中，也不知是谁拉到了谁。

"哐当"一声响，顾禾和龙琪琪双双跌落在地，顾禾感觉身下软绵绵的，慢半拍才反应过来自己将龙琪琪压在了下面。

黑夜里谁也看不清谁，顾禾感觉到龙琪琪的呼吸扫在了自己的脸上，痒痒的。他眨了眨眼，等眼睛习惯了黑夜，慢慢能够看得清一些东西，他看到了龙琪琪的脸距离他的脸只不过一个大拇指的距离。

顾禾感觉自己的心跳停了一拍，四肢僵硬，明明应该爬起来的，可是身体却动不了。

顾禾甚至还有些口干舌燥，他下意识地咽了咽口水。

龙琪琪也觉得有些不太对劲，气氛变得太奇怪了，她屏住了呼吸，都不敢开口说话了。

就在这个微妙而又暧昧的气氛中，门外传来了脚步声和"哐哐"的砸门声，社长的大嗓门传进了两人的耳中，打破了这尴尬的气氛。

"咦，怎么关灯了？是谁把门从外面给闩住了？"

金属碰撞的声音过后，门被推开了，社长打开了手机自带的手电筒，光照射在活动教室正中央"纠缠"在一起的两人身上。

社长："……"

顾禾："……"

龙琪琪："……"

社长惊道："告诉我，不是我想象中的那样。"

然而，没有人回答受到 9999 点暴击伤害的社长。

十分钟后，活动教室的电路恢复正常，龙琪琪、顾禾和社长各占了一个位置，开始三方会谈。

龙琪琪率先开口："所以你和社长真的有心灵感应？"

顾禾："？？？"

社长："？？？"

顾禾觉得龙琪琪的脑袋一定是刚才撞坏了，他之前只不过就是开玩笑随口一说，哪儿想到龙琪琪会当真？

见鬼的心灵感应。

他只不过是今天晚上本来就和社长商量好了会在这里谈事情！

顾禾没有力气解释了，转而问社长："刚才是怎么一回事，能调查清楚吗？"

社长翻了个白眼："这事儿还用调查吗？随便想一想不是就能猜出来的吗？"

龙琪琪好奇道："哦？是怎么回事？"

顾禾还没来得及阻止，社长就开口道："最近论坛的帖子那么火，肯定是有心人针对龙琪琪你干出来的啦。"

龙琪琪莫名其妙："为什么要针对我……"

社长继续道："还能为什么，还不是因为顾禾喜欢上你，招人妒忌了呗。"

顾禾："……"

龙琪琪："？？？"

龙琪琪："！！！"

龙琪琪："等等，是你说错了，还是我听错了？"

社长用看傻瓜的眼神扫了一眼面前的两人："不是吧，你们俩闹腾了这么久，都没有戳破这层纸吗？到底是顾禾你太逊，还是龙琪琪你太迟钝啊？"

顾禾面无表情道："你话太多了！"

龙琪琪觉得整个世界都魔幻了。

言欢喜问，她和顾禾是谁先喜欢上的谁？

社长也问，到底是顾禾太木讷，还是她太迟钝。

最要命的是，顾禾竟然一点反驳社长的意思都没有，还有几分恼羞成怒的意思。

龙琪琪不知道自己是怎么回到家的，更不知道自己是怎么跟龙爸龙妈解释她为什么回来得这么晚。

她甚至将顾禾的围巾给带了回来，没有还给他。

龙琪琪瘫在床上看着枕边那揉成一团的灰色围巾陷入了沉思。

龙琪琪看那团围巾的眼神就像是在看一个大麻烦。

龙琪琪想了很久都没有想明白，顾禾怎么会喜欢上她呢？而且看顾禾对她的那个态度，像是喜欢她的态度吗？

龙琪琪虽然表现得很会哄女孩子、很懂爱情的样子，但是她的实战经验几乎为零。

龙琪琪不知道是不是现在的男孩子喜欢女孩子都这个样子，还是顾禾这个人比较特立独行。

龙琪琪的心情复杂而又忐忑，短短一周内，继再次和赵静徐相遇后，龙琪琪第二次失眠了，梦里见到的人都会在她耳边叨叨着："顾禾喜欢你，你知不知道呀？"

她知道？

她根本不知道！

好不容易淡下去的一点黑眼圈又冒了出来，龙琪琪早上起得匆忙，连化妆的心思都没有，憔悴地赶去上课，刚好在教学楼门口与顾禾狭路相逢。

两人都有些尴尬。

龙琪琪迟疑了一秒，掉头就走。

顾禾动作更快，直接伸手揪住龙琪琪羽绒服的帽子。

龙琪琪原地踏步，这个姿势太尴尬别扭，龙琪琪只得放弃，转头将自己的帽子从顾禾手里抢出来，窘迫地瞪着他："你干什么？"

顾禾若无其事地将手插回了口袋，没话找话道："我围巾呢？"

"忘带了，回头让周霖捎给你。"

"为什么要让周霖给我？你不能亲自给我吗？"

龙琪琪语气重了几分："不能！"

顾禾撇了撇嘴，饶是他脸皮再厚，昨儿晚上当着龙琪琪的面被社长戳破了他喜欢她的那点小心思，今天见到当事人还是有些尴尬的。

不过让顾禾欣慰的是，至少龙琪琪知道这事儿之后对他的态度有了变化，这说明他喜欢她这件事儿对龙琪琪来说还是有点冲击力的，而且还被龙琪琪放在了心上。试想，如果龙琪琪在经历昨晚之后，还能若无其事得像以前一样对待顾禾，顾禾就真的想掐死龙琪琪的心都有了。

顾禾腹诽了一句，原来龙琪琪也并没有想象中那么没心没肺，对什么事情都可以不在乎。

两人堵在教学楼门口也不是事儿，龙琪琪觉得自己必须要采取措施。

龙琪琪伸手一拦，拦住了从她身边经过的一个同学，这人瞧着有些眼熟，虽然喊不上名字，但龙琪琪还是能够认出来这人是自己的同班同学。

龙琪琪亲热地抱上了她的手臂，说道："哎，待会儿咱俩上课坐一起吧！"

同学甲："？？？"

同学甲内心慌张。

救命，走在路上突然被校园恶势力L同学献殷勤怎么办？

在线等，特别急！

龙琪琪想方设法避着顾禾，奈何大家都在一个学校，还是同班同学，抬头不见低头见的，躲都躲不了。

启元大学计算机系一班的同学们最近都很惶恐，原因无他，班级里有名的体育特长生龙同学最近变得异常热情，明明之前没什么交情，甚至都没有说过话，但是走在路上这位龙同学都会表现得十分自来熟，主动上前与你攀谈。

有细心的同学发现，每次顾禾同学都会在场。

大家都不是傻瓜，这两人最近的表现都太不正常，他们纷纷猜测起龙同学和顾同学最近这是又怎么了。

同学甲：江湖传闻，龙同学不是一直欺负顾同学吗？可是看最近这样子，龙同学根本就不想见到顾同学啊！

同学乙：好吃的麻辣小龙虾天天吃还会腻呢，我大胆猜测一下，龙同学已经在顾同学身上找不到欺负的快感了，所以想转移目标。奈何顾同学喜欢受虐，不肯放过龙同学。

同学丙：楼上的，你脑洞太大了！

同学丁：弱弱举手，只有我觉得最近顾同学看龙同学的眼神很像一个怨妇吗？

......

龙琪琪自然不知道同学们私下里的猜测。合页数独网上大赛会在1月底举行初赛，今天已经1月20号了，距离初赛已经没有几天了，她得做最后的冲刺。

虽然不指望能够拿到什么名次，但是万一呢，人还是要有梦想的。

社长发来微信的时候，龙琪琪正躲在一个自习室的角落做着数独题。

最近为了躲顾禾，她连一些比较好找的自习室都不敢去了，唯恐会遇见顾禾，去的都是比较偏远且大家想不到的自习室。

龙琪琪本来也不想理社长的，奈何社长说他已经将那晚发生的事情调查清楚了，龙琪琪作为当事人之一，社长想把事情给她交代一下。

龙琪琪到达数独活动教室的时候，果不其然，顾禾也坐在那里。

顾禾坐在社长的左手边，龙琪琪犹豫了一下，直接挨着社长的右手边坐了下来。

社长干咳了一声，那天晚上他也是嘴快了一点，直接就将顾禾的小心思给说出来了。可是他哪儿能想到顾禾折腾了这么久，龙琪琪都不知道顾禾喜欢她啊。

社长也是看得干着急，想要顺水推舟一把。

社长的想法也很简单，顾禾人长得帅智商又高，现在的小女孩不是都喜欢这种高智商学霸的男神人设吗？社长觉得龙琪琪应该也是对顾禾有点好感的，小年轻嘛，都喜欢打打闹闹的，而且最近欢喜冤家这种设定也很火啊。

可是他万万没想到，他戳破这件事情后，龙琪琪对待顾禾的态度就急转而下，对顾禾避若蛇蝎了。

社长也很慌啊，他觉得不把这件事情解决，顾禾一定会整死他的。

社长觉得自己必须做点什么，所以他花了很多心思调查那天晚上发生的事情，好在那人做得也匆忙，露出的马脚太多，社长一调查清楚就急着去向顾禾邀功了。

顾禾一琢磨，暗示社长把龙琪琪也喊过来。

毕竟嘛，这事儿还是和龙琪琪有很大的关系的。

社长被夹在龙琪琪和顾禾中间，左右不是人，他觉得自己必须说点什么："这事儿吧，人家姑娘也就是一时冲动做出来的，我看她认错态度也挺好的，所以也没有闹开，就想着问问你们的意思看怎么解决。我已经联系她了，她一会儿就到，到时候你们坐下来好好说一下。"

姑娘？

龙琪琪下意识以为是薛彩。

可是在看到从门外走进来的那人时，她愣住了。

这人龙琪琪见过，是平安夜那晚冲出来向顾禾告白的那个女生，龙琪琪记得自己还安慰了她一下呢。

那女生叫莫西，做了亏心事她也有些愧疚，沉默地坐在了龙琪琪的面前。

莫西长得很可爱，乖乖巧巧的，看着不像是会做出这种事情来的人。她泪眼汪汪地坐在那里一言不发，龙琪琪是最瞧不得这样子的女孩子了，她主动开口："我觉得……我应该没有得罪过你吧，你为什么要把我关起来呢？"

莫西抬头看了一眼顾禾，又收回了视线，声音细若蚊吟："我就是看了那个帖子，觉得你不是好人。"

龙琪琪无语道："所以你这是要替天行道了？"

莫西揪着自己的袖子，没头没脑地问出了一句："你和顾禾真的在一起了吗？"

龙琪琪："？？？？"

社长适时开口解释了："跟我一开始猜测的没错，她就是以为顾禾和你在一起了呢，一时吃醋就干下了这种错事。"

龙琪琪觉得自己真的是躺着也中枪。

龙琪琪无奈道："那你也不能做出这种事儿来啊。"

莫西幽幽道："那你当初为什么会做出那种事儿呢？"顿了顿，她补了一句："赵静徐是我的朋友。"

龙琪琪："……"

龙琪琪心沉了下去，没话说了。

莫西打着赵静徐的旗号来对付龙琪琪，龙琪琪很难对她生起怨恨之心，反而觉得这或许就是报应。

社长喊莫西来是让她对龙琪琪道歉的，他不知道赵静徐这档子事儿，只感觉到莫西说出这个名字后，龙琪琪的表情有些不太对劲。

一直沉默不吭声的顾禾却站了起来，他绕过社长直接抓着龙琪琪的手臂，强硬地扯着她往外走。

社长喊了一声："欸，你们去哪儿呢？"

顾禾回头，脸上面无表情："等她真心实意想道歉的时候，再喊我们过来吧。"

顾禾又看了一眼莫西，替龙琪琪回答了莫西之前的那个问题："我和龙琪琪现在并没有在一起。"

　　莫西眼睛闪过一道亮光，但很快就被顾禾说出的下一句话熄灭。

　　顾禾道："我喜欢龙琪琪，我在追求她，我不希望有人把这个当成理由来对付她。"

　　社长在心里默默替顾禾点了个赞。

第 20 章
你能不能
不要喜欢我

数独社活动教室所在的 12 号楼是启元大学比较老的办公教学楼之一，楼层老旧、地方也偏僻，12 号楼靠阴面的那堵墙上爬满了爬山虎。此时已经是 1 月底，爬山虎枯了，一整面墙看过去都是一片灰色。

一如此刻龙琪琪的心情。

龙琪琪被顾禾拉出来之后，两人就停在这片爬山虎墙前，谁也没有说话。

龙琪琪的心情从一开始的恐慌、愤怒、忐忑，变成现在的茫然。龙琪琪并没有她平日里表现得那么大大咧咧，那么大无畏，在赵静徐这件事情上，她一直处于愧疚而逃避的状态。

当年事情刚发生的时候，她也曾鼓起勇气去找过赵静徐，然而赵静徐只是避而不见。赵家冷处理的这个方式无疑让龙琪琪的勇气全无，龙琪琪退缩了。在赵静徐这件事发生之前，她还是学校最受欢迎的女英雄，大家有什么事情都喜欢找她帮忙，女孩子遇到了问题第一个想到的也都是她；可是这件事发生之后，她便变成了人人喊打的过街老鼠，大家都不愿意和她亲近了，唯恐和她这个新鲜出炉的"校园恶霸"扯上关系。

龙琪琪也会委屈，也会难过。

她不懂，事情怎么就发展成这样的地步了呢？

龙爸龙妈心疼女儿，动作迅速地替龙琪琪转了学。

都说新环境和时间能抹平一切，龙琪琪也是这么想的，而事实证明，转学的确有用。龙琪琪本以为自己能够彻底忘记这件事，可是她万万没想到，那些坎不跨过去，总有一天兜兜转转又会绕回她的脚下。

龙琪琪目前的状态有些恍惚，但是她心里隐隐约约有一种感觉，这件事情，她不能再逃避了，她必须要正面去面对。

吹了一会儿冷风，顾禾开口问："现在清醒点了吗？"

龙琪琪这才回过神来，茫然地抬头看向顾禾，说出来的话却让顾禾想要掐死她。龙琪琪问："你怎么会在这里？"

顾禾愣道："你的脑袋是被冻坏了吗？"

所以他方才在活动教室超水平发挥让社长暗自点赞的那句话，龙琪琪也根本没有听到？

顾禾一口气堵在胸口，觉得面前这个小姑娘怎么这么擅长惹人生气呢？他之前是不是疯掉了才会觉得龙琪琪可爱？

顾禾气糊涂了，觉得龙琪琪怎么能这么不把他放在心上呢？

不只是女孩子在恋爱的状态中智商会降低，男孩子也是，顾禾气得掉头就想走，龙琪琪冷不丁地伸手拽住了他的衣袖。

顾禾扯了扯，没扯出来，他回头，故意恶声恶气道："干什么？"

龙琪琪在这个不该精明的时候突然精明了起来，她眨了眨眼睛，开口道："所以这件事情是你连累了我。"

顾禾不明所以。

龙琪琪继续道："那个女孩子以为你喜欢我，才故意针对我的！所以我是被你连累了！"

龙琪琪再三强调"连累"二字，顾禾气笑了，却还想着纠正龙琪琪的话："不是'以为'，是'就是'！"

所以他到底是有多糟糕啊，糟糕到龙琪琪都不想承认她被他喜欢？

顾禾从来都没受过这种委屈！

听了顾禾这句话，龙琪琪心跳莫名就停了一拍，这种感觉太过陌生，而对于陌生的自己无法掌控的感觉，龙琪琪一向是敬而远之，她努力调整自己的心情，讨价还价道："反正我就是遭到无妄之灾了，你得赔偿我。"

怎么赔偿？

赔一个男朋友行不行？反正都被别人针对了，不如坐实这个误会，这样大家都不亏。

当然，这句话只在顾禾脑海里过了一遍就被他排除掉了，他怕龙琪琪这个死脑筋以为他不正经。

"你要怎么赔偿?"

然而,当龙琪琪下一句话说出口时,顾禾就后悔自己没有这么说了。

见鬼的不正经。

谁规定追求女孩子还要正经地去追求了?!

龙琪琪说:"你能不能不要喜欢我。"

龙琪琪始终觉得,自己没有那么好,顾禾怎么就会喜欢自己呢?这一定是他在开玩笑,龙琪琪不喜欢这种患得患失的感觉。

顾禾深呼吸一口气,他开始思考,自己究竟是哪里做得不对。

就在两人大眼瞪小眼之际,墙壁的拐角处传来熟悉的声音。那声音小小的,如果不是两人正处于相看两无语的状态,是绝对不会注意到那边的声音的。

"凭什么?我这么好你凭什么不喜欢我?"

"言欢喜,你听我说……"

"我不听,我只是来通知你,你喜欢不喜欢我是你的事,但是并不能妨碍我追求你。周霖,你听好了,我,言欢喜,要追你!"

"……"

"喵呜——"

一只小橘猫从角落里钻了出来,奔向了龙琪琪,亲昵地在她脚边蹭着,而紧跟着小橘猫之后的是两张熟悉的面容——

言欢喜和周霖。

一时之间,四人都有些尴尬。

顾禾不知道对方有没有听见他和龙琪琪的对话,也不知道他是不是应该装作没听见周霖和言欢喜的对话。

顾禾看向周霖的眼神有些幽怨。

同样是人,怎么差距就这么大呢?

龙琪琪抿了抿唇,一看见言欢喜,她就想起了那天跟踪言欢喜遇见了赵静徐这件事儿。今天晚上心情实在是不太美妙,她需要时间好好捋一捋这件事情。

龙琪琪率先打破这诡异的气氛,以要回家为由跟三人道别。

龙琪琪走后,言欢喜觉得顾禾的情绪似乎不太对劲。

她并不知道龙琪琪和顾禾之间的感情问题，但是有件事情她犹豫着要不要告诉顾禾。

　　自己感情受挫，言欢喜也不想看见别人跟她一样苦，能帮一点是一点。

　　言欢喜喊住了正要离开的顾禾，委婉地问顾禾："最近那个帖子你有什么想法吗？"

　　在告诉顾禾那件事情之前，言欢喜觉得她有必要看看顾禾的态度。

　　顾禾看了言欢喜一眼，有些疑惑言欢喜为什么会问出这个问题，他闷声道："能有什么想法？我只相信我看到的龙琪琪。"

　　言欢喜这才放下心，看来顾禾并没有受到那个帖子的影响。

　　她斟酌着道："其实前段时间我和龙琪琪在一个小区遇见过，当时还有一个叫作赵静徐的女孩子，我总觉得龙琪琪和那个女孩子之间的气氛不太对劲。"

　　言欢喜很聪明。

　　她觉得那个赵静徐或许就是帖子里说的被龙琪琪校园欺凌的"同校女生"。

　　言欢喜又补了一句："我觉得龙琪琪应该很苦恼赵静徐那个问题，这阵子我去做家教，都能碰到龙琪琪在我做家教的那片小区附近晃悠，赵静徐就住在那里呢。"

　　顾禾决定去赵静徐所在的小区考察一番。

　　主要是，每次提起赵静徐这个人，龙琪琪的状态都很不对劲。顾禾有些担心真让龙琪琪遇上赵静徐了，她会是什么样子。

　　言欢喜猜得没错，龙琪琪最近确实是经常跑来赵静徐所住的小区外晃悠。

　　龙琪琪不是个拖拖拉拉的人，对赵静徐的愧疚已经影响到了她的生活，她觉得自己必须要勇敢地面对这件事。

　　但是道理谁都懂，做起来却十分有难度。

　　龙琪琪做了好久的思想准备工作，仍旧没有做好面对赵静徐的准备，所以她采取了迂回的战术，在小区附近晃悠，能够遇见赵静徐就说明是上天想让她去直面困难，遇不见，那就改天再来！

　　龙琪琪这一天又来小区转悠，她也不进小区，就在小区附近晃悠。

小区后门是一条安静的林间小道，走个十分钟不到就是一个地铁站。

由于地理位置的原因，这条小道人很少，尤其是到了晚上，人就更少了。

龙琪琪最喜欢的就是在这条小道上转悠，她心里明白，能够在这里遇见赵静徐的机会小之又小，这是她留给自己的一点侥幸。

小道旁边栽种着高高的梧桐树，落下的枯叶铺满了整条小路，龙琪琪踢踏着步子在这里徘徊着，心里算着时间，打算待够半个小时就回家。

今天是周末，这个点大家一般都选择在家里待着，要么就是在外面约会还不到回家的点。所以龙琪琪晃悠了十来分钟，小道上连一个人影都没有。

时间一到，小道两旁的路灯亮了，灯光并不亮，就像小时候老旧的台灯洒下的那抹暖黄。

龙琪琪靠着一棵树，翻出手机开始做数独题。

不知过了多久，踢踢踏踏的脚步声传了过来，灯光下，有一个身影被拉得很长很长，影子落在了龙琪琪的面前。龙琪琪小心脏一颤，迎着灯光看过去，发现那边走来的只是一个小孩子。

她松了口气。

小孩子背着重重的双肩包，耷拉着脑袋踢着路上的落叶。

小孩从龙琪琪面前经过，两人相安无事，但在小孩子走到距离龙琪琪五米的地方时，小道旁边的一个拐角突然蹿出了一个黄毛小子。

黄毛小子也只是路过，但在看到小孩子时他眯了眯眼，心中恶意升起，伸出右手按住小孩子的脑袋，仗着自己身高的优势将小孩子控制在自己手下："小孩儿，一个人啊？"

龙琪琪这个时候是靠着树的，从黄毛小子的角度看过去，龙琪琪正好被树干给挡住了。

小孩子显然有些慌："你想干什么？"

黄毛小子"嘿嘿"笑着："听说现在的小孩子零花钱都不少……身上有什么值钱的东西，给哥哥我玩玩？"

龙琪琪听着那边的动静，挑了挑眉，这是遇上打劫了？

被打劫的还是个小孩子，可真不要脸！

不过是哪家家长心这么大啊，让这么小的一个孩子这么晚走这么偏的小道回家。

龙琪琪站直身，决定教黄毛小子好好做人。

龙琪琪一出手，便知有没有。

黄毛小子也就是看着凶，手底下的功夫却弱得很。龙琪琪没花多少工夫就将他打趴下，一屁股坐在黄毛小子的背上，对那小孩儿说："没事吧？"

这个距离足够龙琪琪看清小孩儿的脸，她觉得这小孩儿有点眼熟，好像在哪里见过。

"是那天跟严小北在一起的大姐姐？"

小孩儿却先一步认出龙琪琪来。

龙琪琪眯了眯眼。

这是小武？

龙琪琪心里"咯噔"一下，这个小武好像喊赵静徐小姨啊，难道赵静徐也在附近？

龙琪琪下意识四处看了一下，却没有看到别的身影。

小武之前还很慌张，但是龙琪琪出手很快，根本没有给他太久的慌张时间，他之前的那股害怕很快就被对龙琪琪的敬佩之情替代，像小武这种年纪的小孩最崇拜的就是高手。

小武眼睛亮晶晶的："哇，姐姐你真的好厉害啊！"

许久没有人这么夸过龙琪琪了，龙琪琪干咳一声，站起身来道："一般一般……"

黄毛小子却瞅准了这个机会，他是锱铢必较的性子，刚才被龙琪琪压着打让他很没有面子，现在他抓准了机会，立马爬起来，随手捞起小道旁边不知谁丢下的一块石头砸向龙琪琪。

龙琪琪背对着黄毛小子，只感觉身后有一阵风，她下意识要躲，但是已经来不及了。

而就在这时，一个人冲了过来，直接拉过龙琪琪将她护在自己的怀里，右手手臂则结结实实地接下了石头的那一击。

龙琪琪抬头，正好对上面露痛色的顾禾。

顾禾咬了咬牙，才没有叫出来。

真的痛！

黄毛小子见好就收，他意识到光明正大地较量他是打不过龙琪琪的，现在偷袭不成，而且眼看又多了一个人，他不假思索便想脚底开溜。

龙琪琪下意识想要去追，可是又不放心将受伤的顾禾和小武留在这儿，犹豫再三，她还是留了下来。

"你怎么在这儿？痛不痛？"

顾禾忽略了龙琪琪的第一个问题，犹豫了一下，最终还是没有压抑住痛苦，控制着颤抖的声音道："痛！"

事实证明，在龙琪琪面前适时地示弱卖惨是有用的。

龙琪琪对顾禾的态度好了许多，顾禾难得感受了一次来自龙琪琪的"爱的关怀"。

龙琪琪从小武口中得知他亲爱的小姨赵静徐同志这段日子都住在他家，经过一番思想斗争，龙琪琪将小武送到了他家楼下，便迅速地转身离开，以带顾禾去医院为借口，拒绝了小武的热情邀约。为了以防万一，龙琪琪还嘱咐小武不要将她"英雄救武"这件事说出来。

小武心里有数，这事儿要是让他爸妈和小姨知道了，肯定会数落他一顿，于是便愉快地和龙琪琪达成了协议。

龙琪琪将顾禾送往了最近的医院。

顾禾的右手臂青了一大块，看着有些吓人，但好在并没有伤到骨头，医生给顾禾开了一些活血化瘀的药，便让顾禾回去了。

龙琪琪不放心，再三跟医生确认："真的没事吗？不用打石膏什么的吗？"

医生闻言翻了个白眼道："你这小姑娘怎么就不盼点好的呢？你男朋友要真打石膏了，你不心疼吗？"

顾禾稳坐如山，全程不开口讲话，让龙琪琪和医生交涉，听了医生这句"男朋友"，他的嘴角可疑地上扬了十五度。

龙琪琪纠正："我们就是同学，不是男女朋友关系！"

医生一脸"我都懂"的表情，开口道："现在校园恋爱挺好的，大家都是同学知根知底，挺好的。"

龙琪琪："……"

龙琪琪觉得有些绝望，为什么大家都认为她和顾禾应该是男女朋友的关系呢？

顾禾毕竟是为了保护自己而受伤的，龙琪琪好人做到底，决定把顾禾送回学校之后再回家。顾禾本来想要拒绝，但是转念一想这可是难得的相处机会，他又将拒绝的话咽了回去。

时间有些晚了，龙琪琪决定奢侈一回，打个出租车回去，好在医院离启元大学也不算远，就半个小时不到的路程。

顾禾这回学乖了，路上一直一言不发，垂着眼眸努力让自己看起来像一朵刚经过风霜摧残的可怜小白花。而事实证明，顾禾这个人设走对了，龙琪琪还真就吃这一套。

出租车司机是一个沉默寡言的老实人，除了上车那会儿问龙琪琪他们去哪儿之后就一直安静地开车，一个字也没有说过。

于是一路上都很安静，这安静的气氛让龙琪琪有些不自在了，尤其是一侧头就看见顾禾垂着眼眸，眼睫毛一颤一颤的，脸色还有些发白，似乎在强忍着什么痛苦。她心软了，主动开口和顾禾说话："你还疼吗？"

顾禾在这个时候情商急剧上升，觉得自己必须要把握住每一个机会，他现在说话之前都要在脑海里过一遍分析接下来可能会发生的事情。

之前已经说过痛了，而他现在的人设是强忍痛苦的小白花，顾禾分析了一秒，果断开口："不痛。"

说是不痛，但顾禾还装模作样地摸了一下手臂，嘴角微微抽搐了一下。

龙琪琪心更软了。

她向来就是吃软不吃硬的人，见顾禾这样，她觉得自己必须说点什么分散顾禾的注意力好让他不那么痛，于是开口道："其实刚刚你没必要冲过来的，我能躲得过去。"

就算躲不过去，龙琪琪也知道被砸到哪里对她身体造成的伤害最小。

顾禾强调了一遍："没事，反正我也不痛。"

龙琪琪继续之前的话题："你为什么会出现在那里？"

好几个念头在顾禾脑海里闪过——

说给韩希、严小北做家访？好像太刻意了。

偶然路过，是上天的安排让他和龙琪琪相遇？好像有点油腻。

最终，顾禾决定实话实说，出卖言欢喜："言欢喜告诉我她在这附近遇见过你，我想来试试能不能撞见你。"

龙琪琪没接话了。

出租车里又陷入了安静。

到了学校，龙琪琪本来打算和顾禾道别，顾禾却挽留道："你能送我到宿舍楼门口吗？"

这实在不像一个男孩子应该对女孩子说的话，就连稳重老成的出租车司机听了这句话都诧异地抬头看了顾禾一眼，那眼神就像是看一个吃软饭的小白脸。

让女孩子送你回学校也就算了，竟然蹬鼻子上脸要求送到宿舍楼门口？

现在的年轻人谈恋爱都变成这样子了吗？

没等龙琪琪开口回答，顾禾又开始不要脸地打苦情牌："右手使不上劲。"

龙琪琪看了一眼后座上顾禾还没有拿走的双肩包和一袋药，没有拒绝。

校门口到男生宿舍楼还有点距离，路走到一半，龙琪琪冷不丁又开口了："赵静徐就住在那片小区。"

赵静徐这个事情，龙琪琪没有告诉龙爸龙妈，怕他们俩为她担心。龙琪琪也不想告诉周一奇，但是这种事情闷在心里久了，龙琪琪也想找个人述说一下，听听对方的想法。

或许是今晚的夜色很迷人，或许是顾禾之前替龙琪琪挨了一石头让龙琪琪觉得有些时候也可以等人来保护自己，又或许是顾禾坦诚交代他是专门去小区那里找她的，让龙琪琪突然就控制不住对顾禾倾诉的冲动。

龙琪琪抿了抿唇："我想去找她，可是又不敢。"

龙琪琪这话其实说得不清不楚，她没有说明白她想去找赵静徐做什么，可是顾禾仍然明白了。

顾禾知道龙琪琪是想要他给她一个肯定的答案，找或者不找。但是顾禾却没有这么做，他转而开口提起了很久之前问过龙琪琪的一个问题："你还记得当初我们一起吃小龙虾的时候，我问过你，如果有一个很讨厌的人请你吃饭，去还是不去吗？"

龙琪琪不明白顾禾为什么会突然提起这件往事，但还是很努力地回想了一下，好像还真有这件事。她当初给出的回答似乎是不吃白不吃，不但要去，而且还要多吃。

龙琪琪问："所以你去了吗？"

顾禾垂下眼眸，和龙琪琪肩并肩走在校园的小道上，路灯将他们两个人的身影拉得很长很长，四周很安静，偶尔会有抱着书的学生匆匆走过。

顾禾的声音响起，像这个冬天的夜一样冷："当然去了。"顾禾顿了顿，语气又冷了几分："但是去了之后我又后悔了，哪怕一口气点了他们饭店最贵的十道菜都不能让我的心情好一些。"

顾禾抬起头看向远方的虚空，脚下的步子慢了下来："我发现啊，有些人是真的不适合见面。之前我曾听说过一个说法，这世上有一把剪刀，只要用这把剪刀将一张照片上的两个人剪开，那么这两个人这辈子都不会再有相遇的机会。我就在想，如果这世上真的有那么一把神奇的剪刀该有多好呢！"

龙琪琪不太明白顾禾的意思，她的步伐也跟着顾禾的节奏慢了下来，抬起头去看顾禾的侧脸，皱了皱眉道："所以你的意思是，不要去？"

顾禾停了下来也侧过头去看龙琪琪，龙琪琪鬼使神差地也跟着停了下来，两人对上了视线，路灯将两人的影子拉长，就好像是一对亲密对望的小情侣。

顾禾说出来的话却让龙琪琪更加难以理解："不，我的意思是，去。"

龙琪琪："？？？？"

顾禾道："那把神奇的剪刀是不可能存在的，而有些人无论你多么讨厌，多么不想去见，但始终都没办法躲过去。既然这样，与其让对方在一个你没想过的场合突然出现在你面前，不如主动出击，这样至少你还有一些心理准备。"

被动，始终是不如主动的。

"就像我，去见了，才进一步地肯定自己是真的很讨厌那个人。"顾禾慢慢说着，语调缓慢而又悦耳，"那次见面让我肯定了自己讨厌的心情，这种讨厌是无法避免的。与其说我去见的是那个人，倒不如说我去面对的是我对他讨厌的那种心情。"

顾禾深深地看着龙琪琪："我希望你也一样。"

躲避是没有用的。

306

龙琪琪抿了抿唇，总觉得顾禾话里还有话。

果不其然，顾禾又继续说道："所以，龙琪琪，不要躲着我好吗？知道我喜欢你之后，你是什么心情呢？如果可以，你能不能也像我一样，坦诚地面对这种心情？"

龙琪琪觉得嘴巴有些干。

好在顾禾也没有继续逼迫她，而是又把话题转回到了赵静徐身上，他道："我不知道你和那个赵静徐之间到底发生了什么事情，但是如果你想要知道我的答案，我希望你去见她。"

龙琪琪握紧了拳头。

顾禾继续道："在处理完你和她之间的事情后，你能不能再好好地想一想，如何来处理我们之间的事情？"

顾禾明白，龙琪琪如果没有解决掉赵静徐这件事情，怕是没有多余的心情和脑子来想他的事情了。

虽然很不想承认，但是在眼下这个情况，赵静徐显然比他重要得多。

不过没关系，顾禾能等，只是希望龙琪琪不要让他等太久。

就像言欢喜说的，夜长梦多，那么长一个寒假，什么都有可能发生。

就在龙琪琪还在犹豫去不去见赵静徐这档子事儿的时候，合页数独第一届网络联赛的比赛章程已经出来了。

合页数独经过这几年的发展，在年轻数独玩家中获得了良好口碑，从一个不知名的小应用发展成了如今数独玩家们几乎人手必备的线上练数独工具。第一届联赛举办得可谓是相当成功，从报名人数就可以看得出来。

合页数独网络联赛的报名人数可以从报名页面上看到，截至报名日期，一共有二百五十六名选手报名成功，而且这还是在报名时有一道中等数独题设为关卡和年龄限制为十二岁至二十五岁之间的前提下的最终报名人数。

说句不夸张的话，目前国内稍微有些能力的年轻数独玩家怕是都参加了这次比赛。

当然，报名人数如此之多，这和合页数独网络联赛的获胜奖品有一定的关系。获胜奖品除了丰厚的现金奖励之外，比赛的第一名还可以获得中国数独锦标赛的直升名额，可以跳过初赛直接进入最后一轮决赛。

听说今年的中国数独锦标赛一共有十个直升名额，这些名额一般是留给往年比赛中有杰出表现的种子选手，而合页数独网络联赛的奖品里赫然有这么一个直升名额，由此也可以看出这场比赛已经得到业内人士的认可。

合页数独网络联赛一共分为三轮，也就是初赛、复赛和决赛。初赛日期恰好就在启元大学寒假开始的那一天，也就是2月10号；初赛会筛掉一大半的选手，最终能够进入复赛的只有六十个名额。

为了增加比赛的竞技性，这次网络联赛和一般的比赛有所不同：不再采用大家统一做一样的试卷，得分高者胜出；而是采用两两比赛的形式，胜者得一分，败者不得分。比赛的对手是系统随机抽取，初赛一共比赛十轮，积分靠前的六十名参赛者进入下一轮的复赛。

这种比赛实际上带着一点运气成分，能不能获胜一方面取决于自己的实力，另一方面也取决于系统给你挑选的对手的实力。打个比方来说，倘若按照实力来分胜负的话，一个实力能排在前十一名的选手，如果在这十轮比赛遇到的对手实力都是前十名往上的，那他最终的积分为零；而一个排名为前六十一名的选手，运气好的话，十轮比赛遇到的对手实力都是前六十一名以下的，那就等于他白捡了十分，妥妥地能够进入复赛。

当然，这是极小的概率，而且能够通过报名设置的关卡成功报名的选手，也都是具备一定的数独实力的。

比赛规则刚出来的时候，也曾遭到了许多质疑，但是合页数独的开发者，也就是本次比赛的举办者之一站了出来，几句话就打消了大家的质疑。

他说："运气也是实力的一种，更何况对于数独竞技而言，不是第一那将毫无意义，你能凭运气进入复赛甚至决赛，但是能够凭借运气打败所有的选手拿到第一吗？"

对于数独而言，自己开心最重要。

而对于竞技而言，什么"友谊第一比赛第二"那都是安慰失败者的废话，大家只看得到冠军。

选择来参加比赛的人，谁不想得到冠军？

就连刚接触数独没多久的龙琪琪，心里也有过那么一点的幻想，万一自己就赢了呢。

这就是竞技的魅力。

比赛迫在眉睫，龙琪琪终于下定决心在初赛之前解决掉赵静徐这件心事。

龙琪琪终于决定放弃每天去赵静徐所在的小区晃悠以期来一次命运的相遇这件蠢事了，她联系上了以前的高中同学，拜托同学帮她打听赵静徐的联系方式。

那同学算得上是在当初发生校园"霸凌"事件后，为数不多的还站在龙琪琪这边的一个。

她很爽快地应下了。

就在龙琪琪等着结果的时候，她万万没想到，命运的相遇总是来得如此猝不及防。

小武离家出走了。

别问龙琪琪是怎么知道的，因为小武聪明得很，他找上了严小北，让严小北带着他一起去上数独培训班，然后再通过顾禾找上了龙琪琪。

这小孩看着四肢发达、头脑简单的样子，其实精明得很。

通过第一次见面，他知道严小北认识龙琪琪，所以威胁严小北给他龙琪琪的联系方式。严小北胆子小，觉得自己还是个宝宝啊，哪儿能处理得了别人离家出走这件事？所以索性又将这个锅甩给了顾禾。

顾禾给龙琪琪打电话的时候，龙琪琪正躺在家里沉思人生，听了这个消息连人生都顾不上沉思了，连忙穿好衣服出门打车，直奔数独培训班。

龙琪琪赶到的时候，培训班正好下课。龙琪琪远远地就看着顾禾身边跟着两个小萝卜头，站在大楼门口翘首以盼。

在严小北这个年纪，他觉得敢于离家出走这可是勇士才能干得出来的事儿。在严小北看来小武可是个英雄，严小北眼巴巴地看着小武，问道："你怎么就想着离家出走了呢，是不是你妈妈也嫌你笨了？"

"怎么可能？！"小武对于严小北竟然质疑他的智商这番话很气愤，"我妈说我是这世上最聪明的孩子！"

严小北羡慕："那你还离家出走啊。"

小武气哼哼道："谁让他们说大姐姐坏话。"

顾禾听到这一句，下意识问道："哪个大姐姐？"

"哪，就是前天救了我们两个的大姐姐呀。"

顾禾替龙琪琪挡了石头这件事已经被小武选择性忽略，他坚信是龙琪琪的英武才吓走了坏人，不然顾禾也得跟着一起遭殃。

顾禾眯了眯眼，道："他们怎么说的？"

小武嘟着嘴道："本来我答应大姐姐不将她救了我这件事说出来的，可是我一不小心说漏嘴了，然后我小姨就很生气，还不让我和她一起玩，说她是个坏人。"

小武越说越气，小孩子的世界很单纯，他认为的好人恨不得全世界都认为是好人："大姐姐怎么会是坏人呢，坏人会帮我打跑坏蛋，会送我回家吗？大哥哥，你说对不对？"

顾禾不假思索道："你说得很对。"

龙琪琪赶过来的时候，听到的正是这句："什么对不对？离家出走当然是不对的！小武，你快把你家里人的联系方式给我们，不然我们就送你回家。"

小武一开始还很不乐意，但是他根本没有选择的权利，要么就让家长来接，要么就直接送他回家。

小武嘟嘟囔囔报出了一串号码，说是他妈妈的，顾禾转到一边去给小武妈妈打电话。严小北的爸妈今天临时出差，拜托亲戚来接严小北，亲戚家住得比较远，说会晚一点来接，所以先让顾禾照顾着。

顾禾打电话的工夫，小武还在给自己拉拢队友，问严小北："你觉得大姐姐是坏人吗？"

严小北这才明白小武口中的大姐姐就是龙琪琪，闻言不假思索地摇头："不是！"

龙琪琪被这两个小萝卜头气笑了："我要是坏人，就先揍你们俩一顿！"

顾禾打完电话，小武的家长来得很快，不过十五分钟左右就匆匆赶了过来。龙琪琪远远地看着赶来的人影，心里突然有些慌，那不是小武妈妈，而是赵静徐。龙琪琪低头去看小武，小武心虚得不敢和龙琪琪对视："哎呀，妈妈手机号和小姨差不多，我记错了也是很正常嘛。"

赵静徐心急如焚地赶来，看到龙琪琪的时候愣了一下，脸色冷了下去："你怎么会在这里？"

不等龙琪琪回答，赵静徐又去拉小武，显然不想在这里多待："快跟我回去，小小年纪就离家出走还得了？"

小武灵活地一个转身，绕到龙琪琪身后躲了起来，赵静徐黑着一张脸和小武僵持："你出不出来？"

小武扯了扯龙琪琪的衣服，一副寻求保护的样子。龙琪琪沉默了下，张开口，发现自己的声音有些干涩："赵静徐，我有些话想跟你说。"

顾禾拉着严小北走到了一边，给龙琪琪留下空间，但是他走得并不远，确保一回头就能看见龙琪琪。

严小北不解，抬头去问顾禾："顾老师，我们为什么要走？"

顾禾摸了摸严小北的头，说了一句让严小北这个年纪的人还无法理解的话："有时候，离开也是一种无声的支持。"

那边，赵静徐语气不善："我没什么想跟你说的。"

龙琪琪握紧了拳头，脑海里想起了顾禾那天晚上说过的话，有些事是无法避免的，有些人也是躲不过的，今天这件事是不是就再一次验证了这句话？

龙琪琪抿了抿唇，终于说出了那句话："之前那件事，对不起。"

谁知赵静徐听了这话却挑了挑眉，一脸的嘲讽："对不起？为什么要说对不起？"

龙琪琪闷声道："我没想到你会被关在那里一夜，我本来以为她们会放你出来的……"

赵静徐打断龙琪琪的话："所以你想说什么？害我的不是你，而是她们，一切都是她们的错是吗？"

龙琪琪忍了忍，终于还是没忍住说出口："之前我是真的以为她们是受害者，你欺负了她们。她们求我帮她们出口气，我才这么做的。"

赵静徐脸上的嘲讽更浓："是啊，反正在你看来，我才是欺负人的那个，所以你做的这一切都是对的，你只不过是帮助那些被欺负的人出口气。"赵静徐耸了耸肩："所以现在的你也是这么认为的吗？"

当年那件事发生之前，龙琪琪和赵静徐之间没有过交集，甚至于两人都假装互相不认识。

龙琪琪之所以会去对付赵静徐，只不过是应了别人的请求。那是三个看起来娇滴滴的小姑娘，龙琪琪某天放学看见赵静徐扇了其中一个小姑娘一巴掌，而后她们一脸委屈地来找龙琪琪，说想让龙琪琪帮她们。

龙琪琪对于这种看起来娇弱无害的小姑娘向来是没什么抵抗性的，更何况那时赵静徐处于叛逆期，打扮得跟个小太妹一样，而龙琪琪也亲眼看见赵静徐"欺负"过其中一个女孩子。

　　龙琪琪便应了下来，但她知道分寸，并没有答应对赵静徐做什么，只是将她关进了厕所隔间。

　　龙琪琪本来只想关赵静徐几分钟就将她放出来的，还想着让赵静徐对那三个女孩子道歉，谁知龙琪琪临时有事，那三个女孩子便满口答应等时间一到她们便会将赵静徐放出来，然后跟她好好谈谈。龙琪琪嘱咐她们三个要是赵静徐还执迷不悟可以再来找她，之后便离开了。

　　龙琪琪没有想到的是，那三个女孩子并没有将赵静徐放出来。

　　龙琪琪更没有想到的是，自己会被当枪使。

　　赵静徐没等到龙琪琪的回答，嘲讽道："是啊，你们大概都是这么认为的吧，毕竟那时我长得才像个坏人，她们多娇弱啊，一看就是会受到欺负的那种。"

　　可是事实呢？赵静徐才是受欺负的那个。

　　她虽然有一颗想当小太妹的心，但也是一个正直的小太妹。

　　那三个女孩子个个都是戏精，用现在的话来说就是"白莲花""绿茶婊"，赵静徐因为一点小事得罪了她们，结果被她们处处针对、多次戏弄，赵静徐一时气不过动了手，不巧就被龙琪琪看见了。

　　赵静徐继续道："所以你对不起的是什么呢？是当时没有及时将我放出来，还是根本就不应该对我做出那种事？"

　　赵静徐这句话戳中了龙琪琪的小心思。

　　的确，她一直对赵静徐心怀愧疚。年轻的龙琪琪并不擅长以理服人，对付欺负别人的人，龙琪琪只有一招，就是欺负回去。

　　小武躲在龙琪琪的身后眨巴着大眼睛，听着两个大人打哑谜一般的对话。

　　龙琪琪压抑住内心的情绪，再一次开口："对不起。"

　　赵静徐却明白了龙琪琪的意思，冷笑了一声："不好意思，我需要的不是你这句对不起。"顿了顿，她又补了一句："你也不用来找我，更不用说这些没必要的废话，咱们俩两清了。你对我做的那些，你自己也经历过了不是吗？"

第21章
你爱数独,
我爱你

　　顾禾并没有听到赵静徐和龙琪琪说了些什么,但是赵静徐带着小武走后,从龙琪琪的表情可以看出来,这场对话进行得并不是很开心。

　　严小北的亲戚在这时也匆匆赶了过来,对顾禾千恩万谢,将严小北接了回去。

　　顾禾看了看龙琪琪的脸色,觉得追女孩子可真难,在女孩子心情不好的时候还得想着法子哄她。顾禾其实并不擅长哄人,他想了想开口道:"请你吃个夜宵?"

　　都说对女孩子来说,食物是最好的开心果,顾禾决定给龙琪琪一个化悲愤为食欲的机会,而龙琪琪显然也没有拒绝。

　　冬天有些冷了,显然坐在外面吃烧烤不是一个明智的选择。顾禾带着龙琪琪去了一家火锅店,虽然已经九点多了,但是这家火锅店还是很热闹,两人等了十来分钟才等到空出来的一桌。

　　照旧点的鸳鸯锅,在等待上菜的工夫,顾禾却突然接到了一个电话。

　　顾禾接通了电话,表情有些奇怪,他看了看龙琪琪,将手机递给她:"找你的。"

　　龙琪琪:"???"

　　找她的为什么会打给顾禾?

　　龙琪琪接过手机,听到手机那头传来有些熟悉的稚嫩童声:"大姐姐,是我,离家出走未遂的小武!"

　　龙琪琪本来还奇怪小武怎么会打电话给顾禾,就看见顾禾在那边做了个打电话的手势，这才想起来之前顾禾给赵静徐打过电话通知她来接小武，想来是小武从赵静徐手机的通话记录里拿到了顾禾的手机号码。

从小武和赵静徐的关系来看，龙琪琪实在是提不起什么劲儿应付小武，她敷衍道："你找我有什么事儿吗？"

小武在那边吞吞吐吐，好半天才表达清楚他的意思。

"其实吧……这场离家出走是有预谋的。"

"那啥，也不算离家出走啦，因为我爸我妈都不知道咧。"

"我就是故意的，想要去找你，然后让你和我小姨见个面哦。"

"其实这段时间我经常能看见你啦，看见你在我家小区附近转悠。"

"我虽然是个小孩子，但我妈妈夸我说我是这世界上最聪明的小孩子。你和我小姨以前肯定认识吧，你们两个之间是不是发生了什么事情，所以你一直有话要跟我小姨说呀。"

"就跟我读幼儿园的时候，我抢了我前排女生的饼干，剪了她的小辫子，我一直想跟她道歉，可是她就是死活不肯听，后来还转学了咧。"

"我好想跟她说对不起呀，可是我找不到她了。"

"妈妈说，知错就改还是个好孩子。虽然我不知道你是抢了我小姨的零食还是干了什么，但是我听见你跟她道歉啦。"

"你也不要难过哦，我觉得我小姨也并没有很讨厌你啦。"

"小姨一直说我是她的贴心大棉袄，我说的话肯定没错啦。"

"哎呀，我妈妈来查岗了，我要去睡觉了哦，大姐姐拜拜！"

小武根本没有给龙琪琪说话的机会，颠三倒四地说了一大堆就匆匆挂断了电话。

龙琪琪的表情出现了一瞬间的空白，顾禾接手机的工夫问了一句："怎么了？"

龙琪琪心情有些微妙："现在的小孩子，都懂得这么多吗？"

顾禾又问："他说了什么？"

龙琪琪迟疑道："他让我知错就改。"

顾禾顺口说了一句："那你这不是知错了吗？"

龙琪琪却犹豫了。

她真的知错了吗？

隔天，龙琪琪接到了高中同学的回复。

这位同学是一个性子泼辣开朗的女同学，电话刚一接通，她就在手机那头连珠炮似的说了一大通："哎，你之前让我找的那个赵静徐的联系方式，我找到了，我把她手机号码、微信和微博都发给你了啊。"

这位女同学办起事来还是十分有效率的，龙琪琪只是要一个联系方式，谁知对方把赵静徐的微博都给扒拉了出来。不仅如此，她还顺手调查了一下赵静徐。

"我又顺手帮你调查了一下她的事迹。啧啧，真是没想到啊，她现在看起来文文静静的跟个大家闺秀似的，高中那会儿竟然还是个叛逆少女，打扮得跟个小太妹似的。不过她好像也没干出什么事儿来。我还听说她高一那会儿，因为一点小事和同班女生闹得不是很愉快，还一度被同班同学孤立了呢，其中有三个女生还特别针对她。"

"说起来还真巧啊，你退学了之后没多久她也退学了，估计也是因为被孤立得受不了了吧。"

龙琪琪当初读的高中对于学生的隐私保护还是做得很到位的，龙琪琪和赵静徐闹出那一档子事儿来，大家只知道龙琪琪做了点校园欺凌的坏事儿，但不知道具体对象是谁。

龙琪琪听了女同学这一番话，愣了愣，突然有些明白昨天赵静徐跟她说的那番话了。

三个女生……

事情不会这么巧吧？

龙琪琪依稀记得其中一个女生的名字，因为实在是很好记，她急忙开口问："那你知道那三个女生叫什么吗？里面是不是有一个叫'——'的？"

"好像是有这么一个。"

龙琪琪心沉了下去。

她终于明白赵静徐为什么不接受她的道歉了，还说什么"反正我遭受的你也经历过了不是吗"之类的话。

龙琪琪真的不是故意欺负赵静徐，她那时年轻无知，以为自己只是做了一件惩奸除恶的好事儿，却几乎被全校学生孤立误解。

原来，赵静徐根本就不是像她想象的那样欺负了那三个女生，事实的真相，可能是恰好相反。

龙琪琪一时有些心惊肉跳。

所以后来她找那三个女生，她们口中所说的"打开了隔间的门，估计是门坏了赵静徐才没能出来"的措辞，也是骗她的？

或许她们就是故意将赵静徐关在那里不放出来的。

所以赵静徐才不接受她的道歉。

因为她自以为自己做错的是没能及时将赵静徐放出来，而实际上，她做错的就是一开始不应该对赵静徐有那样的误解，还助纣为虐帮那三个女生对付赵静徐。

从始至终，赵静徐才是其中的受害者。

她犯的错就是"她以为"。

知道了事情的真相之后，龙琪琪并没有放松，心情反而比之前更复杂。

虽然她之前对赵静徐有些愧疚，但是这份愧疚的前提是她以为赵静徐做过错事，只不过是因为她的缘故，对赵静徐的惩罚不小心被放大了。而现在她才发现，这所谓的惩罚对赵静徐来说只不过是无妄之灾。

赵静徐是彻头彻尾的受害者。

龙琪琪明白了为什么当初转学后，父母对自己耳提面命，让自己不要再仗着自己的拳脚功夫，做一些所谓的"替天行道"的义气事，而且开始对她严加管教，不准她再闹出事情来。

姜还是老的辣。

或许龙爸龙妈当初就从这件事情上看出了一丝端倪，而这件事情的真相太过沉重，龙爸龙妈并不想说出来打击龙琪琪的那颗赤诚之心。

想要做好事，想要帮助弱小，这颗心是没错的，而龙琪琪最缺的，就是一颗明辨是非的心。

但是这世上最难得的就是辨别人心。

龙爸龙妈自己尚且做不到，更不可能强求自家七窍只开了六窍的女儿。

龙琪琪再一次给赵静徐打了通电话，真心实意地道歉。

或许是这次龙琪琪认错的点终于对了，那边赵静徐的态度终于有所缓和，她沉默了会儿，才轻声道："我说过了，这件事情已经过去了，以后你也不用再找我了。"她顿了顿，补了一句："今天你的道歉我就收下了。"

赵静徐的态度突然变得这么好，龙琪琪反倒有些不习惯了，她期期艾艾道："那什么……替我向小武说声谢谢。"

"嗯……"赵静徐不知道想起了什么，"有件事情，我本来不打算告诉你的。但是既然你今天打电话过来了，我就顺便说一下吧。"

"什么？"

"那天和你在一起的男生，他后来有打过电话给我。"

顾禾？

顾禾打电话给赵静徐做什么？

赵静徐道："他也没说什么，就说了几句你的坏话。"

龙琪琪："？？？？"

赵静徐道："说你太笨了，有些事情不说开你可能根本不会明白。我一想也对，就拿咱俩这件事情来说，虽然我不明白你现在是怎么想明白的，但是之前你肯定不知道自己被别人当枪使了。"

龙琪琪："……"

赵静徐又说："我还听说你现在还去玩数独了？看来玩玩数独还是有用的，至少智商能提高一些。"

龙琪琪不知道该怎么接赵静徐这番话。

赵静徐继续道："最后，谢谢你和那个男生，嗯，救了小武。龙琪琪，其实这么多年过去了，我觉得你还是没变，还是那么爱多管闲事。"

龙琪琪不知道怎么接："呃……"

赵静徐又道："我其实很羡慕你。"

多少人能够保持初心不变？

赵静徐当初也曾想当一个江湖电影中那样仗剑走天涯的女侠，然而现实磨平了她的棱角，她现在变成什么样了？

小心翼翼，路上遇见一点不平之事都不敢出头。

赵静徐很羡慕龙琪琪，也希望龙琪琪不要再做当初那样的事。

赵静徐最后丢下一句："对了，也不知道是傻人有傻福，还是好人有好报。那个男生还跟我说，如果我原谅你了，让我帮他给你带一句话。"

"什么话？"

赵静徐模仿着顾禾的语气道："龙同学，这件事情解决了，那么是不是应该好好考虑我这件事情了？"

龙琪琪：“……"

或许是因为冰释前嫌，本来就没多少交集的两人却在这个时候亲近了起来。年轻的女孩子话总是多的，赵静徐竟然有些舍不得挂掉电话，八卦之心熊熊燃烧，她说："龙琪琪，这个男孩子是不是在追你啊？"

龙琪琪结结巴巴道："没有的事！他……他怎么可能会喜欢我！"

顾禾是高高在上的学霸男神，而她是声名狼藉的校园恶霸。

赵静徐一语惊醒梦中人："怎么不可能呢？你当初还以为我不是个好人呢。"

对于顾禾的喜欢，龙琪琪其实始终处于不敢相信的惶恐状态。

顾禾怎么就喜欢上她了呢？这件事情完全没有一点征兆啊，就好像前一天顾禾还和她相看两生厌，一觉醒来，顾禾就直接抱着花儿出现在她面前向她求婚了。

当然，这是夸张了，后面这件事可能对龙琪琪造成的冲击更大。

总而言之，龙琪琪一直觉得她和顾禾是两个世界的人，哪怕她之后接触了数独加入了数独社，还打算正经地进入数独这个圈子，她也觉得自己和顾禾中间还隔着一条鸿沟。

喜欢什么的，也太魔幻了吧。事实上，在社长戳破这件事情之后，龙琪琪还觉得是顾禾故意恶搞她的。

毕竟，两个人的认识就是一场意外的恶搞。

第一次见面，顾禾莫名其妙就在她面前晕倒，害得她成了众矢之的，也恶化了学霸团和体育特长生们之间的关系。

第二次见面，顾禾更是过分，竟然直接在她面前装晕倒，吓得她背起他就往校医院冲。

再后来，哪怕进了数独社，两人的关系也依旧不平等，龙琪琪对顾禾敢怒不敢言。

这样的关系，顾禾怎么可能就突然喜欢上她了呢？龙琪琪始终觉得，这是顾禾的一场恶作剧。

而赵静徐扔下那句话之后，让龙琪琪又动摇了起来。

如果说真的是恶作剧，那顾禾的牺牲也太大了吧，甚至还动摇了周围这么多人陪着他一起捉弄她？

有了赵静徐这个前车之鉴在，龙琪琪再也不敢"自以为是"了。

龙琪琪觉得顾禾和赵静徐一样，都是躲不过去的人，她必须勇敢地去面对。然而道理谁都懂，真正做起来的时候，龙琪琪又退缩了。

龙琪琪觉得顾禾这个麻烦比赵静徐还要命。

顾禾却不给龙琪琪这个机会，距离学校放寒假只有一个星期了，顾禾决定要把握这一个星期的时间，让他和龙琪琪的关系发生质的飞跃。他为此列出了一份缜密的计划，而寒假开始之前的目标就是必须让龙琪琪正视他要追求她这件事。

只有正视起来，龙琪琪才会将他放在心上，两人的关系才能发生改变。

社长作为顾禾的狗头军师，积极地出谋划策，从自己这二十年来看过的言情小说里提取出了精华，献给了顾禾最厉害的一计——强吻！壁咚！把龙琪琪压在墙上，用气势征服她！

顾禾面无表情地驳回了狗头军师的提议："你觉得龙琪琪会给我壁咚她的机会？"

社长脑补了一下，觉得龙琪琪可能会直接扭断顾禾的胳膊。

言欢喜作为爱情顾问还是十分靠谱的，她循循善诱："具体情况具体分析，我们必须要针对龙琪琪这个情况做出能够俘获她芳心的计划。我和龙琪琪不是很熟悉，但你们熟啊，你们想想，有什么能过打动龙琪琪的呢？"

顾禾沉默了一会儿，语气沉闷："不好意思，我和她也不是很熟，想不出来。"

社长又出点子："她不是想来咱们数独社吗？让顾禾再给她开一次后门？"

言欢喜决定无视社长："行了，这事就我和顾禾谈吧，社长你哪儿凉快哪儿待着去。"

顾禾思考了一下，转头找来了龙琪琪的革命战友周霖，三人聚集在了学校西门的咖啡厅。

周霖虽然对顾禾喜欢上龙琪琪这件事也表示很吃惊，但是一方面是他的偶像，一方是他的革命战友，这两人如果真的能在一起，周霖也是乐见其成的，而且周霖觉得这是一个很好地为偶像的爱情贡献一份力量的机会。

他回想了一下自己和龙琪琪的对话，依稀记得自己曾经和龙琪琪谈论过他为什么会这么沉迷顾禾的话题。

周霖翻出了那一天的记录。

三人看着微信聊天记录陷入了沉默。

不热衷化妆，没有偶像……看起来并不是寻常的女孩子，完全找不到突破口！

场外援助选手周霖，无能为力。

言欢喜绞尽脑汁道："我觉得吧，估计是你之前对龙琪琪的态度太像逗小孩的'怪叔叔'了，你现在必须转变你的形象，展现你的诚意，让龙琪琪相信你是真的喜欢她。唉……可是我周围也没有像龙琪琪这样的朋友，根本不知道她吃什么套路。"

顾禾脑中灵光一闪，想起了什么，开口道："如果我知道她哄别人的套路，是不是有一定的参考价值？"

言欢喜眼前一亮："有有有！一般来说，她应该也会吃这种套路的。"

顾禾成竹在胸，拍了拍旁边正为自己不能为偶像的爱情提供有效援助而懊恼的周霖："多亏你了。"

周霖："？？？"

可是他什么都没做啊！

顾禾决定采用龙琪琪上次帮周霖哄言欢喜的套路。

龙琪琪自己说的嘛，女孩子都喜欢收到花或是小礼物什么的，还喜欢在冷战的时候对方能给一个台阶下。

顾禾综合了一下龙琪琪的那些套路，决定一步到位。

顾禾列出了自己的计划，言欢喜等人都觉得可行，实在是棒呆了，于是大家分头行动。

大一上学期的最后一星期已经没课了，按照启元大学的传统，最后的两周基本上都是考试周。龙琪琪今天上午有一门考试，考完以后今天一整天都没事儿了，她琢磨着回家也是待着，而学校图书馆的学习氛围还浓厚一些，所以打算考完试在学校图书馆泡一天，做做数独题，顺便复习一下明天的考试内容。

龙琪琪结束考试，刚从考场走出来打开手机，就看到了周霖不要命的连环微信。

周霖：战友！很急！

周霖：帮我点下这个链接投个票！

周霖：很急很急！

为了表达自己的急切，周霖还一口气打了三个微信电话给龙琪琪，可惜那时候龙琪琪还在考试，手机处于关机状态。

我爱数独：……

我爱数独：等等啊。

龙琪琪点了进去，就是一套平平无奇的大学生问卷，她随意勾选了几下退出来，告诉周霖自己做完了。

周霖：嘻嘻嘻。

周霖：爱你哟……

周霖：……

周霖：嗯，这个爱是大爱！战友的那种大爱！

龙琪琪觉得周霖奇奇怪怪的，不过周霖一向如此，她也没有在意，随手关掉手机屏幕直奔图书馆而去。

龙琪琪到了图书馆，正准备打开合页数独做几道题，谁知手机屏保上却跳出了一个熟悉的画面——一道数独题。

龙琪琪："……"

好熟悉的屏保。

只不过这一次和上一次有点不同，屏保的最下面还有一行小字——解不出来，来活动教室找我。

龙琪琪没有想太多，联想起刚才周霖催着她点链接投票的事情，以为这是周霖对她的报复。

毕竟，当初这个病毒曾用在周霖和言欢喜身上。

龙琪琪有些头疼，手机被锁住了她解不开也无法联系别人，她耐着性子看了一会儿专业课的教材，但一天不做数独题她就手痒痒，迫不及待地想弄点数独题来做一做。

龙琪琪试着去解手机屏保上的数独题，却发现这道题的难度好像比之前用在言欢喜手机上的还要难。

龙琪琪花了半个多小时也没能解出来。

她坐不住了，收起书包匆匆赶往数独社活动教室。

而活动教室里，大家都已经准备妥当，言欢喜作为顾禾爱情顾问团里的唯一女性，担任起了购买小礼物的重任，她还拉来了大壮当苦力。社长因为刚好有一门考试撞了时间，并没有参与今天的计划。

活动教室里，大壮一脸的欲言又止，言欢喜并没有注意到大壮的脸色，摆弄着自己刚从花店拿来的鲜花，这可是她自己挑选包装的呢！

言欢喜觉得同为女孩子，龙琪琪肯定也会喜欢。

言欢喜还问大壮："好看吗？"

大壮吞吞吐吐："好……好看。"

顾禾和龙琪琪一样，今天上午也有一门考试，他就比龙琪琪快一分钟赶到活动教室，刚一进教室言欢喜就将花塞给他，鼓励道："待会儿好好表现！"

说完，言欢喜决定将这里留给顾禾，带着大壮一溜烟跑走了。

顾禾看着手中的鲜花陷入沉默，不知道现在临时改变计划还来不来得及；但显然是已经来不及了，走廊里已经响起了龙琪琪的脚步声。

龙琪琪一边推开活动教室的门，一边嘟嘟囔囔："周霖！你要是不能在半个小时内给我解决掉这道数独题，我就要让你见识一下什么叫作拳击手的报复！"

龙琪琪一抬头，正看见顾禾抱着一束色彩斑斓的鲜花沉默地看着自己。

那鲜花，色彩斑斓是真的。

难看也是真的。

气氛一时有些尴尬。

龙琪琪还能透过顾禾看到他身后的那一堆摆在桌子上的零食，甚至还有一个一米八高的公仔，公仔是沙皮狗的模样，而且还是最丑的那种沙皮狗。

龙琪琪不解地看着顾禾："嗯？"

顾禾顺着龙琪琪的目光，视线也落在了那只奇丑无比的沙皮狗公仔身上，又陷入了沉默。

他错了，他就不该把这事交给言欢喜来办，哪怕是社长来选，恐怕都比言欢喜选的好啊！

顾禾觉得这是他的失误，从大壮的围巾、帽子、手套上，他难道还没有看出言欢喜的审美有问题吗？

龙琪琪问："这些东西……"

顾禾下意识接了一句："言欢喜买的。"顿了顿，他又补了一句："我出的钱。"沉默了一秒，顾禾又加了一句："送给你的。"

说着，顾禾将手中的鲜花也往前一送。

都这样了，只能硬着头皮上了！

龙琪琪愣了："你送我这些干什么？"

"哄你。"

龙琪琪愣住："呃……"

事先想好的台词在言欢喜的审美冲击下忘了个精光，顾禾决定临场发挥，一股脑将鲜花塞进龙琪琪怀里，真挚而又诚恳地说道："当初你不就是这样帮周霖哄言欢喜的吗？"

是这样没错……

可是轮到自己身上，怎么就感觉怪怪的呢？

龙琪琪想起了什么，一只手抱着那一大束花，一只手费力地掏出自己的手机："所以周霖故意给我发病毒链接，也是你指使的？"

顾禾沉默地应了。

龙琪琪将手机塞给顾禾："那你帮我把屏保给解了，我还要去做题呢，距离比赛没几天了。"

顾禾："……"

不是，虽然言欢喜的审美很有问题，但是气氛还是有的吧，现在这个场合，重要的是数独题吗？难道不是他做出这些举动的原因？

哪怕顾禾再淡定，此刻也忍不住抓狂："龙同学，请问你到底知不知道现在站在你眼前的这个人喜欢你啊？"

龙琪琪一个哆嗦，手里拿着的手机差点掉下去，幸好她眼明手快稳住了，她抓紧了手机，故作镇定地收了回来。龙琪琪将那束丑得惊天地泣鬼神的花束放到一旁，若无其事地想要离开这里。

顾禾看穿了龙琪琪的企图，先一步绕过龙琪琪，堵在了活动教室门口，将门从里面锁住，顺手将钥匙顺着窗户扔了出去。

自从上次顾禾和龙琪琪被关在活动教室的事情发生后，社长重新给活动教室换了把锁，但是社团经费有限，社长又贪图小便宜，所以这次的锁很不经用，锁是能够锁住的，但是门一旦关上，不能从里面拧把手打开，只能通过钥匙把门锁给打开。

换而言之，没了钥匙，这活动教室是进也进不来，出也出不去。

顾禾弯腰看向龙琪琪，龙琪琪被吓得往后退了一大步拉开和顾禾的距离。

顾禾开口道："龙同学，请问你从我的眼睛里看到了什么？"

龙琪琪犹犹豫豫："看到了黑色的瞳孔，还有你的眼白，哦，还有一点血丝……"

顾禾："……"

顾禾觉得自己一定是被气疯了，才会在这个时候冒出前几天社长在他耳边念叨的那些话。

龙琪琪完全不按套路走，顾禾有些气馁："不是，以前你也这样对追求你的男生吗？"

龙琪琪："……"

嗯，这是一个问题。

事实上，没有人表达过对龙琪琪的喜欢，更准确地说，就算有，但是龙琪琪也没有察觉出来。

少年的喜欢总是含蓄的。

龙琪琪的神经又总是很大条的。

顾禾连抓狂都没有力气了："全世界都知道我顾禾喜欢你龙琪琪了，你怎么就还能假装不知道呢？"

龙琪琪沉默了好久好久，才小心翼翼开口，话里带着一丝不确定和一丝她自己都没有察觉到的期待。

"那你……为什么喜欢我呢？"

事实上，这个问题龙琪琪曾想过自己很多次，如果顾禾真的是喜欢她，那喜欢她哪里呢？龙琪琪想了好久，自己究竟有什么优点值得别人去喜欢？

力气大，假如两个人出去玩的话，顾禾累了她可以背着顾禾走。

吃得多还不挑食，如果两个人出去吃饭，顾禾吃不下的她都可以解决，杜绝浪费行为。

长得好看……嗯，反之是没顾禾好看。

性格好，如果两个人冷战的话，她很擅长哄别人的！

……

龙琪琪在心里列出一长串，抬着头期待地看着顾禾，希望顾禾能够说出一些她自己都没有发现的闪光点。

如果她不好，顾禾怎么会喜欢她呢？

肯定是因为顾禾发现了她的好，才会喜欢上她吧？

龙琪琪这么想着，就听见顾禾恶声恶气地回答道："为什么喜欢你？我怎么知道？我要是知道我究竟喜欢你哪里，肯定会劝你改掉！"

龙琪琪："……"

理想是美好的，现实总是残忍的。

龙琪琪想了很多种答案，唯独没有想到这一种。

顾禾又反问龙琪琪："那你呢，为什么就以为我喜欢你是假的呢？"

那当然是因为顾禾太好了啊。

龙琪琪随便一数，就能数出顾禾的很多优点。

长得好看啦，智商又高啦，数独还玩得好；虽然平常喜欢捉弄她，但真到关键时刻还是挺靠谱的；有时候会犯傻但是傻得还挺可爱；还会安慰小孩子，虽然举的例子让她很郁闷……

当然，这些优点龙琪琪是绝对不会当面告诉顾禾的。

顾禾太容易膨胀了，她不会给他膨胀的机会。

龙琪琪给不出回答，顾禾又不肯放过龙琪琪，两人一度陷入了僵局。

在门外偷听的言欢喜抓心挠肝，恨不得冲进来推两人一把。社长不知何时也加入偷听墙脚的队伍，嘴里小声嘀嘀咕咕："要我说，还是壁咚强吻最有用！"

两人像个傻瓜一样干站着，顾禾没办法，只能又开口："你现在到底想干什么？"

龙琪琪老老实实回道："想做数独题。"

比赛快到了，她还想临阵多磨磨枪呢。

顾禾："……"

或许是顾禾脸上的表情太过懊恼沮丧，又或许是一旁虽然很丑但是味道很好闻的花香引发了龙琪琪那沉浸了十几年的少女心，龙琪琪一时冲动又开口了："如果我能进入这次网络大赛的复赛，我就答应你。"

答应？

答应什么？

当然是答应在一起啦！

龙琪琪也就是一时冲动，话说出口就有些后悔了。她甚至都想到顾禾在听到这句话之后会做出什么反应，肯定是用看白痴的目光看着她，然后吐槽："你能过复赛？你还不如直接说不想和我在一起。"

还没等龙琪琪想好补救的措辞，顾禾已经向她伸出了手。

龙琪琪还以为顾禾是恼羞成怒想要动手揍她，谁知顾禾只是拿走了她的手机，专心地研究起屏幕上的数独题来。

龙琪琪没忍住问："你干吗？"

"嘘！"顾禾找了个座位坐了下来，让龙琪琪安静，"别吵，我先做完这道数独题。"

这道数独题有些难度，顾禾第一遍也不知道是不是太激动竟然没有解出来，第二遍在五分钟的时间快到的时候他才将它解出来。

顾禾将解开屏保的手机还给龙琪琪，一脸严肃："快做题！不许偷懒耍滑！"

龙琪琪："……"

门外，社长悄悄问言欢喜："你听见了吗？里面怎么没声了？"

言欢喜分析道："或许是龙琪琪太感动了，正抱着顾禾，两人安静地享受温情时刻？"

两个好奇宝宝没忍住，探出头透过窗户去看里面的情形，发现龙琪琪正专心致志地玩着手机，而顾禾在一旁严肃地盯着她。

呃……

这是什么意思？

正在两人一头雾水的时候，顾禾不知什么时候出现在窗前，冷冷地看着他们，朝他们伸出了手。

"钥匙捡过来给我，还有，离开这里。"

言欢喜："……"

社长："……"

这算成功了吗？

事情发展到最后，龙琪琪被顾禾困在活动教室做了大半天的数独题。甚至在晚上离开的时候，顾禾郑重其事地给龙琪琪留了十道数独题的作业，让龙琪琪晚上回去做完后把答案发过来让他检查。

龙琪琪一度有了穿越时光回到刚进入数独社的错觉。

那时候她还想方设法地偷懒，甚至还因此和周霖培养出了革命情谊呢……

龙琪琪心情有些微妙，回家的路上手机弹出了来自周霖的微信消息。

周霖：［图片］

周霖：你们之间发生了什么？

周霖：这是你们以后要用的情侣头像吗？

周霖发过来的图片是顾禾一个小时前发的朋友圈动态，是一行文字配着两张图。文字内容很简单粗暴——转发这两条锦鲤，所有的数独比赛都能顺利通过！

配图龙琪琪也很熟悉。

是曾经顾禾发的那条P上了她脸的锦鲤图，以及后来她加工P成顾禾脸的锦鲤图。

龙琪琪："……"

龙琪琪抿了抿嘴，嘴角情不自禁地微微上扬。

周霖：为什么不理我？

龙琪琪：不好意思，我刚看见了一个笨蛋。

周霖：比你还笨吗？

龙琪琪：……

龙琪琪：你是不是跟顾禾学坏了？怎么说起话来跟他一样？

周霖：嘻嘻嘻？有吗？你是说我现在和副社长越来越像了吗？

周一奇很久之前曾给龙琪琪发过一张新闻的截图，顺带还夹枪带棒地嘲讽了龙琪琪一通。

周一奇原话是这样子的："我仿佛从他们身上看到了你未来的影子，龙琪琪，你以后如果真谈了恋爱的话，每天的约会日常不会是拉着你的男朋友去擂台打拳吧。"

不等龙琪琪回答，周一奇就自顾自回道："哦，不对，我犯蠢了，按照你现在的这种状态发展下去，根本就不会有恋爱的机会。"

那张新闻的截图上是对一对学霸情侣的采访段落，当记者问到这对情侣一般都怎么约会的时候，小情侣不约而同地给出了同样的回答——相约图书馆学习。

很好，这很符合他们学霸的人设。

龙琪琪尤记得自己当初对周一奇的这番话很是嗤之以鼻。

拜托，没吃过猪肉，还没见过猪跑吗？她龙琪琪哄起女孩子来一套一套的，还怕对付不了一个男孩子？不就是一个约会吗？她龙琪琪分分钟就能想出三百六十五种浪漫的约会内容，保管哄得男朋友心花怒放。

龙琪琪万万没有想到，周一奇竟然一语成谶……嗯，周一奇说得也不全然对，至少她没有拉着顾禾去打拳。

明媚的冬日下午，龙琪琪看着堆在自己面前的厚厚一沓数独题，陷入了深深的沉思。就算顾禾是个名副其实的学霸，可她还没和顾禾确认关系成为情侣呢，就一起做这种传闻中只有学霸情侣才会做的事情，会不会不太合适！

安静的社团活动教室，温暖的冬阳透过窗户洒了进来，偌大的教室里只有顾禾和龙琪琪正面对面坐着，挂在黑板上的挂钟尽忠职守地走着，发出细微的指针挪动的声音。

顾禾转了一下手中的钢笔，笔头落到桌面上，发出敲击碰撞的声音。

"这道题，你试试三分钟内做完。"

龙琪琪乖乖道："好的，顾老师。"

自从五天前顾禾戳破了那层纸，当面跟龙琪琪告白之后，这样子的场景，几乎每天都会在活动教室上演。寒假将至，社团成员大多都忙于准备考试，很少会有人来活动教室，就连每周固定的社团活动都取消了。当然，最主要的原因，还是因为在某位以权谋私的副社长的暗示下，大家心知肚明不再来活动教室报到。

毕竟，再也没有比活动教室更合适的两人世界了。

那天在活动教室里，龙琪琪和顾禾之间究竟发生了什么，除了两位当事人之外并没有其他人知道。社长打着"关爱社员感情大事"的旗号，操着一颗八卦之心，起初还热忱于每天蹲在活动教室外面偷窥两人在做什么，久而久之，他发现这两人在教室里真的就一门心思学习，社长就愤怒了。

社长疯狂对周霖吐槽："除了做点数独题，他们竟然什么都不干！对得起这大好的青春吗？"

周霖眨巴眨巴眼，天真纯洁："教室不应该就是用来学习的吗？"

社长哽了哽："活该你单身！"

"社长你不也是单身吗？"

"……"

两位当事人并不知道社长的"怒其不争"，一心一意在学习的海洋中畅游。

事实上，起初龙琪琪一时鬼迷心窍给出"进入复赛就交往"的答案之后，她还是有些忐忑的，倒不是后悔，人类对于未知的无法掌控的事物总是抱有不安的。龙琪琪还没有做好改变她和顾禾之间关系的心理准备，好在顾禾对待她的态度倒没有发生太大的改变，并没有龙琪琪想象中的那种"要亲亲给抱抱"的事情发生，龙琪琪那颗因为被告白而晃晃悠悠的心也就安定了下来。

当然，龙琪琪也无法想象，顾禾对着她噘着嘴"要亲亲给抱抱"的场面……

龙琪琪觉得，顾禾现在的角色，与其说是"预备男友"，倒不如说是"严厉老师"。

是的，相比之下，龙琪琪才明白过来，顾禾之前对待她的态度是多么如沐春风、和蔼可亲。

"这么简单的题，给你三分钟都做不出来？"

"你要是拿出吃九宫格火锅的热情，这些题恐怕早就做完了吧？"

"十分钟做完这三道题，做不完今晚不用走了。"

"龙琪琪，这就是你做数独题的态度吗？你该不会是后悔答应我了，不想通过复试了吧？"

龙琪琪急了。

顾禾这是拿天才的标准来要求她啊？虽然她也曾幻想过自己指不定真的是个数独天才，但是龙琪琪做人还是有几分自知之明的。

龙琪琪反驳顾禾："以前我五分钟做完一道简单难度的题，你都会夸我的，顾禾，你变了！"

虽然那个夸奖是夹着刀子的反话，但那也是夸奖啊！

顾禾理直气壮："那是因为当初我没想到你会是我女朋友啊？"

龙琪琪怒："哼，那这就是你对待女朋友的态度吗？"

龙琪琪话说完觉得有些不对劲，画蛇添足又补了一句："不对，我现在还不是你女朋友呢！"

顾禾内心狂喜，表面却不动声色，冷静沉着道："早晚会是的，有我的悉心教导，再加上你的勤奋好学，想要进入网络大赛的复赛并不是什么难事。"顾禾说着，眯了眯眼："龙琪琪快做题，你现在还不是我女朋友呢，不许偷懒。"

龙琪琪反驳："我就算要偷懒，和是不是你女朋友又有什么关系？"

顾禾意味深长道："如果是女朋友的话，适当撒撒娇，我也不是不可以放水。"

龙琪琪："……"

龙琪琪涨红了脸："谁……谁撒娇了！"

龙琪琪恼羞成怒的表现，就像一拳捶中了顾禾的胸口。顾禾没有防备，险些被捶得一口老血喷出，他紧咬牙关发出细微的呜咽声。

不能输，这是预备女朋友撒娇的表现呢，他不能打消龙琪琪撒娇的积极性！

顾禾想起社长之前语重心长教给他的"你不可不知的恋爱情话一百句"，忍住内伤还不忘嘴贱道："就算你用小拳拳捶我胸口，该做的题也还是要做的！"

龙琪琪："……"

顾禾："……"

气氛冷场。

顾禾决定再相信社长一回："或者你可以试试'嘤嘤怪'攻击。"

龙琪琪："……"

龙琪琪埋头做题，一副"我爱学习，不让我做题我就跟你急"的全身心投入的姿态。

顾禾抽了抽嘴角。

他一定是脑袋坏掉了，才会相信华擎天那头猪！

说起来，大家都是"母胎单身"，华擎天到底是哪里来的底气教他恋爱啊！

顾禾面无表情地想，一定是和龙琪琪待久了，被她拉低了智商，看来是时候去买点核桃补补脑了，也不知道一天要吃多少核桃才能扛得住龙琪琪带给他的负状态。

他垂下眼眸看了龙琪琪一眼，龙琪琪刚好被题难住，愁得抓了抓头，本就毛毛躁躁的头发被抓得翘起来。阳光洒了进来，那根翘起的呆毛就像是发着光，让顾禾不由自主地注意到它。

顾禾咳了一声，突然觉得有些手痒，呆毛还在他面前晃着，他一时没忍住，等回过神来，就发现自己的手已经放在了龙琪琪的脑袋上，掌心下是蓬松的头发，摸着还挺舒服，顾禾恍惚地想着。

龙琪琪正专心做题呢，冷不丁脑袋上就多了一只手，她正要开口问，活动教室的门却从外面被打开，发出不小的动静。

顾禾突然有一种做贼心虚的感觉，他一慌，手臂一用力，就将龙琪琪的脑袋按了下去，让龙琪琪的脸和数独题来了一次亲密接触。

龙琪琪："……"

闯进来的娃娃脸："……我刚考完最后一门考试，想过来拿点东西回家，打扰了！"

说着，娃娃脸甚至顾不上本来要拿的东西，转身落荒而逃。

娃娃脸内心疯狂自言自语：我看见了什么！马上就要被心狠手辣的副社长杀人灭口了！天哪，我竟然看见副社长和龙琪琪在打情骂俏……等等，副社长打情骂俏的姿势似乎有点与众不同啊。

顾禾讪讪地松开手，试图解释自己的行为："……拍拍脑袋，兴许就能聪明了。我爷爷家之前的电视机坏了的时候，我瞅着他也是这么修电视机的。"

龙琪琪怒道："你是说我的脑子坏了吗？"

顾禾淡淡地道："我可没这个意思。"

娃娃脸的突然闯入让龙琪琪想起了什么。

合页数独网络大赛的初赛定于2月1号，正好是启元大学正式放寒假的第一天。当然，学校是这么规定的，但是对于大多数学生来说，寒假什么时候开始完全取决于最后一门考试的结束时间。事实上，龙琪琪这个专业的最后一门考试在昨天就结束了，顾禾却只字不提回家的事，照旧约龙琪琪来活动教室做题。

龙琪琪做完手头的数独题，趁着顾禾检查的工夫，试探着问道："你什么时候回家？"

顾禾意有所指："等某人参加完初赛吧，万一某人临时怯场，放弃比赛了呢？"

"我是那种人吗？"

2月1日，宜出行嫁娶，忌破土。

学生们纷纷打包行李回家过年，校园变得冷清起来，就连清洁工也有些懈怠，枯黄的落叶堆了一地也没有及时来清扫。龙琪琪踩在门口的落叶上，发出"咯吱咯吱"的声音，她呵了口气，走进有些破旧的大楼，沿着楼梯上了四楼，推开角落里的那间活动教室的大门。教室里坐着一个人，听见开门的声音转过头来去看龙琪琪，表情淡淡："来了？"

龙琪琪本来就是抱着试一试的态度参赛，可临到赛前，她却没来由地有些紧张，龙琪琪走到顾禾的面前，僵硬地坐了下来。

顾禾问："充电器带了吗？"

龙琪琪愣住："呃……"

顾禾掏出充电宝和数据线："抱歉，你不能用'手机没电无法比赛'这个借口了。"

初赛定于下午三点开始，龙琪琪需要在三点前登录合页数独应用，进入比赛大厅，等着系统匹配对手，此时距离三点还有三分钟，龙琪琪的心却怎么也静不下来。

顾禾正埋头从包里找着什么，龙琪琪看着顾禾的侧影，没忍住问出口："要是我没通过初赛怎么办？"

顾禾终于从包里掏出了东西——那是一把棒棒糖，还是草莓味的。

顾禾剥着棒棒糖的糖纸，漫不经心道："没通过就没通过呗，比赛有输有赢再正常不过。"

龙琪琪说不清心里是什么滋味，她以为顾禾应该比她更紧张这场比赛的结果才对啊。

顾禾将棒棒糖塞进了龙琪琪的嘴里，突然就笑开了，眼底仿佛绽开了无数烟花："这场比赛不行，那就等下场比赛。我别的没有，就是信心特别足，有我这么优秀的老师，一定能把你调教成数独高手。"

顾禾顿了顿："当久了数独高手，我也想体验当数独高手男朋友的滋味。"

龙琪琪："……"

龙琪琪的心突然就定了下来，嘴里是浓郁的草莓香味，她有点怀疑这棒棒糖是不是被顾禾下了什么魔法，不然她怎么会觉得连心里也甜滋滋的呢。

黑板上的挂钟"嘀嗒嘀嗒"地走着，时针终于指向了"3"的刻度。

龙琪琪低下头，手机屏幕上的比赛大厅弹出了"是否参加比赛"的按钮，一只手伸了过来，替龙琪琪按下了那个按钮。

顾禾无声地冲龙琪琪做了个口型——加油，我的女朋友。

窗外，阳光明媚，大树枝头的最后一片叶子落下，风儿打着转吹起了那片叶子，叶子晃晃悠悠，悄无声息地落入了那片落叶堆中。

"嘀——正在为你匹配对手。"

龙琪琪失恋了。

接到第一个慰问电话的时候，龙琪琪正在排队，放眼过去，整个队伍基本都是爷爷奶奶带着孙子孙女的组合，唯独龙琪琪一个年轻靓丽的美少女夹杂在其中，还有几分鹤立鸡群的味道。

电话是言欢喜打过来的，龙琪琪刚一接通电话，言欢喜就在那边咋咋呼呼道："龙琪琪，你是不是又和顾禾闹别扭了？"

龙琪琪认真地强调道："我龙某人的词典里就没有'闹别扭'这么娘们唧唧的三个字，我要是不开心了，一般就是直接动手，打一顿就好。"

电话那头的言欢喜沉默了会儿，改口道："那顾禾是不是又和你闹别扭了？"

龙琪琪这次不答反问："你是怎么知道的？"

言欢喜叹了口气，语气里满是浓浓的惆怅："刚刚他们数独社团活动结束，顾禾拉着我家周霖不肯走，非要再战个三百回合。算我求你了，我和周霖晚上还有约会呢，你就行行好，把你家'顾别扭'带走行不行？"

龙琪琪一口拒绝言欢喜的哀求："这回恐怕不行，我跟他分手了。哦，是我先提出来的。"

龙琪琪将"分手"说得漫不经心，言欢喜却听得惊心动魄："不是……你们干什么分手啊！我家周霖都说了，顾禾和你谈恋爱的时候春风细雨，每次跟你闹别扭的时候却狂风暴雨，这要分手还得了，数独社的那群人还要不要活了？"

龙琪琪撇了撇嘴："不为什么，他说人生短暂，人应该把时间花在应该花的事情上，我不应该只顾着做数独题而忽略了他。我一琢磨，觉得他说得挺对，我还有那么多数独题没做完，怎么能浪费时间谈恋爱呢，所以我就分手了。"

言欢喜苦口婆心劝道："数独社的那些人都是疯子，一个个恨不得和数独过一辈子。我家周霖也是这样嘛，有好几次我跟他约会约到一半，他转头就去做数独……"言欢喜话说到一半，回过味来："等等，你是说，他嫌弃你只顾着做数独题不陪他？"

"对啊。"龙琪琪答得理直气壮，"数独多好玩啊。"

言欢喜："……"

龙琪琪颇有骨气："你别劝我了，我已经放下大话了，除非我拿到数独大赛的冠军，否则我是绝对不会吃这株回头草的。"

言欢喜大惊："不是，你这是铁了心不想复合啊！"

龙琪琪怒道："你这什么意思？"

眼看着就要排到自己，龙琪琪匆忙挂了电话："不说了，回头再聊。"

"嘟嘟——"

电话那头，言欢喜拿着手机，讪讪地看着站在自己面前一脸冷色的顾禾："我觉得龙琪琪就是一时冲动……"

顾禾冷笑一声："呵。"

"你肯定比数独好玩啊，对不对……"

"呵呵。"

"顾大神，你得对自己有信心，你堂堂数独社小霸王，怎么能被数独抢走女朋友是不是？这说出去简直就是奇耻大辱啊……"

"呵！呵！呵！"

言欢喜偷偷跟男朋友嘀咕道："我觉得龙琪琪这回还真挺有骨气的，顾禾这么傲娇的性子就该磨磨他！"

而那边，一眼看不见尽头的队伍终于排到了龙琪琪，负责登记资料的中年人一边在电脑上敲着什么，一边问道："来参加比赛？"

"对。"

"叫什么名字？"

"龙琪琪。"

"年龄呢？"

"十九岁。"

中年人敲键盘的动作一顿，终于抬头看了一眼龙琪琪，又看了一眼电脑上那一长溜的五、六、七、八岁："我是问参赛者的年纪。"

"十九岁。"

中年人："……"

中年人觉得龙琪琪可能是来捣乱的："我们这儿是幸福小区数独大赛的报名现场，你是不是走错地方了？"

龙琪琪眨了眨眼："没走错啊，小区数独大赛也没规定年纪吧。"

是没这个规定，但是一般这种社区性质的数独大赛，都是默认面对小区里的小孩子开放的，也没见哪个成年人来报名啊。

中年人决定含蓄地提醒一下龙琪琪："你的对手都是一群小学生哦。"

龙琪琪比了比拳头："放心，我这次一定不会再输给小学生的！"

中年人："？？？"

他不是这个意思啊！

龙琪琪信心满满。

社区数独大赛也是个正规的数独比赛嘛，等她拿下了这个大赛的冠军，她就去吃顾禾那株回头草！

启元大学校园论坛常年置顶着一个帖子，其火热程度前无古人后无来者，帖子名字叫作——《扒一扒女霸王 L 某对学神白莲花 G 某因爱生恨的那些年》。

帖子里细数了 L 某十大罪状，条条令人发指、人神共愤，而现如今，崭新出炉的第十一条罪状，无疑引起了众怒。帖子里飞快地建起了回帖高楼，每一条都带去了吃瓜群众对 L 某最诚挚的"问候"——垃圾 L，竟然始乱终弃！G 神不哭！请给我一个接盘的机会！

有细心人士发现，在一众请求当接盘侠的回复中，G 某真身上阵，对于大家爱的关怀回了两个字——呵呵。

广大吃瓜群众一致觉得，G 某一定是被 L 某伤透了心。

龙琪琪还不知道自己身上背负的罪状又多了一条，她报完名回到学校，就感觉周围同学们看她的眼神怪怪的。

不过龙琪琪并没有多想，无论是她和顾禾刚结仇那段时间，还是她和顾禾确认恋爱关系之后，学校里总有那么一大批人看她不顺眼。不过基于龙琪琪的武力值，这些人也就只能"看看"而已。

看不惯但又打不过，说的大概就是龙琪琪这种人了。

龙琪琪没想到这么快就和顾禾狭路相逢，她在教学楼的走廊里拐了个弯儿，脚下一个趔趄就撞上了一个人。顾禾像个门神一样黑着脸站在那里，揉着胸口虎视眈眈地看着龙琪琪，还不忘空出一只手捞了一把龙琪琪。

龙琪琪怀里本来还抱着几本书，被这么一撞，书洒了一地，夹在里面的报名表也飘了出去。

龙琪琪弯腰去捡书，顾禾先她一步捡起了那张报名表，皱着眉头问："这是什么？"

还能是什么，是她前往幸福恋爱的通行证啊！

都说冲动是魔鬼，她当初一个想不开气势如虹地提了分手，总不能转头又灰溜溜去求和吧，就算吃回头草也得带份大礼不是？

龙琪琪稳了稳心神，冲顾禾摊开手心，紧抿着唇，表情还挺严肃。

电光石火之间，顾禾想起了社长苦口婆心地对他说的那番话。

"女人啊，就是要哄。怎么哄？嗐，这不是手到擒来的事儿吗？你去微博随手一搜，都能搜出好几十个哄人的招式。喏，别说兄弟我不帮你，最近微博有个挺火的小视频，就是这个，我觉得吧，只要学会这一招，再加上你的美颜盛世，应该没有哪个女生能挡得住你的攻势。"

顾禾想起了那个视频对他造成的冲击，一时有些犹豫。

见顾禾还不把报名表还给她，龙琪琪眯了眯眼，表情越发严肃。

顾禾："……"

拼了！

顾禾视死如归，后退一步拉开和龙琪琪的距离，弯腰将自己的下巴搁在龙琪琪摊开的掌心上。

龙琪琪："……"

顾禾："……"

偶然路过的吃瓜群众："……"

窗外的云彩正非常合时宜地散开，阳光洒了进来，顾禾整个人就像是镀了一层金边，尤其是那张脸，近距离瞧着，越发光彩夺目、秀色可餐。

龙琪琪感觉掌心热热的，愣了三秒才明白过来顾禾这是在干什么。看着顾禾乖巧的模样，她的心跳仿佛停跳了一拍，但接下来一个瞬间就像是有一只凶神恶煞的野猫闯进了她的心房，二话不说撩起爪子就一顿乱挠，挠得龙琪琪一个激灵，整个人像是触电一般缩回了手："干什么，干什么！这位顾同学，请你注意一下行为举止好不好！"

龙琪琪握了握拳头，指尖碰到掌心，温温的，仿佛还残留着顾禾下巴的温度，接着她又补了一句："我的前男友，你这样子，放在以前我是会给你一个过肩摔的！"

顶着崭新出炉的前男友标签的顾禾难以置信道："我都做到这地步了，你只想给我一个过肩摔？"

不是亲亲，不是抱抱，而是过肩摔？难道龙琪琪是铁了心要和他分手？

龙琪琪火急火燎地抢过顾禾手中的报名表，屁股着火似的跑出老远，直到确定顾禾再也不会跟上来她才停了下来，伸出手拍了拍自己的脸。

冷静！千万不能被美男计迷惑！哪怕……哪怕这样子的顾禾是真的很可爱！

龙琪琪低头看了一眼手中的报名表，越发斗志满满。

这个比赛，她无论如何也要得冠军！

身后，顾禾深呼吸一口气，冷静地给社长打了一个电话。

"怎么样？和好了吗？"

顾禾冷酷道："天凉了，华擎天该以死谢罪了。"

手机那头传来社长撕心裂肺的哀号声："不，你再给我一次机会！我刚刚又刷到了一个哄人的小视频，这个绝对有效！"

角落里，目睹了全程的吃瓜同学，眼看着顾禾"背影萧瑟"地离去，拿出手机偷偷摸摸回了一条帖子，还附上了她偷拍的顾禾将下巴放在龙琪琪掌心的照片。

5987L（匿名）：我实名举报L！她冷血，她无情，她无理取闹！G神找她复合，她竟然拒绝了！G神这么帅气可爱、英俊无敌，她怎么能拒绝得了！嘤嘤嘤，可怜弱小又无助的G神，想要众筹打L……[图片]

5988L（我的目标是暴富）：楼上的，你忘了上一个众筹打L的人是什么下场吗？

"听说你卖萌被拒了？"

顾禾一到数独社团活动室，就收到了来自大壮的安慰。顾禾一个眼刀子甩向社长，社长缩了缩脖子，垂死挣扎："我不是，我没有，不是我说的！都是那群无聊的人在帖子里扒出来的！"

顾禾内心毫无波澜，甚至还想"呵呵"冷笑。

社长凑上前来，讨好道："你放心，像你这么帅气聪明又体贴的男朋友，打着灯笼都难找。龙琪琪她又不傻，怎么可能真的跟你分手呢？不过……"社长说起这个也有些纳闷，忍了又忍，终于还是没忍住问出口："她怎么就跟你提分手了呢？要是我能有你这样完美的男朋友，每天恨不得供起来，哪儿还舍得分手啊。"

社长拍了一通彩虹屁，其狗腿程度让其他社员纷纷侧目不忍看。

顾禾沉默了一瞬，面无表情，只不过耳后根有一抹红晕偷偷爬了上去，出卖了他此刻的心情。

"我做了个计划，她觉得这个计划不太可行，我们两个人之间产生了一点小小的争执。"

社长不耻下问："什么计划？"

顾禾瞥了社长一眼，显然不想继续这个话题，没想到社长打破砂锅问到底，说出来的话还有据令人信服："不是，你不能讳疾忌医啊，这谈恋爱呢，和看病是一样的，得原原本本说出你的症状，大家才能替你想办法呀。"社长说着，还摊了摊手："当然，你要是不想和龙琪琪和好，那就当我什么都没说。"

不想和龙琪琪和好？开什么玩笑，他连"下巴放掌心"这么羞耻的动作都做了好吗？这些人根本不知道他有多努力！

数独界的上者，恋爱圈的菜鸟，顾禾就这么轻易地被社长给说动了，交出了自己精心列出的恋爱计划。

社长看了看那列得条理分明的计划，抽了抽嘴角，有些无语道："不是……一天牵手累计时长一个小时，超时奖励一根棒棒糖，累计不足明天继续完成……这种计划也要写上去吗？"

顾禾轻飘飘地瞥了一眼社长，社长打了个哆嗦，立马改口道："这个计划简直列得完美，方方面面都考虑到了。顾禾同志，你不介意的话，我想把这份计划书发到学校论坛上去，让那些恋爱中的小菜鸟好好学习一下，相信能有效地降低咱们学校情侣的分手率。"

社长摸了摸自己的良心，觉得还有点剩，于是心安理得继续道："我觉得这计划挺好的啊，够腻歪，怎么就不可行了呢？"

顾禾表情有那么一瞬的游离："按照计划，周末应该去游乐园约会的，可是她觉得，约会地点应该改成图书馆。"

"去图书馆干什么？"

顾禾咬牙切齿："做数独！"

社长："……"

顾禾又道："她还建议重新设立奖惩措施，每天必须凭借前一天完成的数独题量来领取约会时长。"

社长听了想扶墙。

社长决定将自己压箱底的法子掏出来："顾禾啊，别说当兄弟的我不帮你，不是我吹，这个法子可真是绝了。我本来是打算留以后哄我女朋友用的，但我女朋友现在还没着落，所以忍痛拿出来给你先用着，你听我说……"

顾禾站在人来人往的操场里，一瞬间有那么一丝茫然。

他是谁，他在哪儿，他在干什么？

顾禾低头，入目的是一片毛茸茸的黄色绒毛，耳边还时不时地能听见路过的女孩子轻声欢呼："哎呀，好可爱的布朗熊！"

顾禾："……"

顾禾又想冷笑了。

他到底是哪根筋没搭对，竟然听了华擎天的馊主意。要知道，华擎天他可是母胎单身，到底是哪里来的底气替他出谋划策哄女孩子！

顾禾正犹豫着要不要临阵脱逃，但余光瞥见操场那边，言欢喜正拉着龙琪琪往他这边走。这下他进退两难，干脆阴沉着一张脸站在了原地，反正穿着布朗熊的人偶服，别人也看不清他此刻的表情。

今天是启元大学六十周年校庆，社团联合部征用了南操场，组织了一次小型庆典，为了烘托气氛，还特地请来了几个人穿着可爱人偶服来活跃气氛。龙琪琪本来是不想来的，明天就是幸福小区的数独比赛了，她还想多做几道题。虽然对手是小学生，而她也有着丰富的应战小学生的经验，但龙琪琪也不敢大意。奈何架不住言欢喜的软磨硬泡，龙琪琪只得跟着米凑凑热闹。

言欢喜看见那边的布朗熊眼前一亮，拉着龙琪琪就要往顾禾那边走，距离目的地只有五步的时候，旁边却突然又冒出一只布朗熊，憨态可掬地撞了一下顾禾。顾禾被撞得猝不及防，一个踉跄就往后倒去，好在人偶服厚实，也没有摔疼，但是穿着这么厚的人偶服动作十分不便，顾禾费了好大的力气才爬了起来，在心里默默又念了一遍"天凉了该拿华擎天去祭天了"。

两只布朗熊的互动落到旁人的眼里，简直萌化了一众少女心，很快就有好几个女同学围了上去要求合照。

身负重任的言欢喜看到多出来的一个布朗熊有些犹豫，这和她拿到的剧本不太一样啊，就在她犹豫的工夫，其中一只布朗熊突破重围朝龙琪琪这边奋力扑了过来。龙琪琪眼睛一眯，条件反射地伸手扯过言欢喜，将她护在身后，一个扫堂腿过去，布朗熊英勇扑街。

顾禾："……"

他就知道，这是个馊主意！

龙琪琪本来只是下意识的动作，等她回过神来，那只可怜的布朗熊四肢着地像只可怜的乌龟一样扑腾着，周围的女同学瞬间用一种看渣男的眼神谴责龙琪琪。龙琪琪有些不好意思，弯腰去扶那只布朗熊，布朗熊蹬鼻子上脸，像一个灵活的胖子一样翻身一把抱住了龙琪琪的大腿。

顾禾："！！！"

本来萌生退意的顾禾瞬间被激起了斗志。

干什么？那是他的女朋友！

龙琪琪今天打扮得青春靓丽，穿着米白色的套头卫衣，下面是一条紧身的牛仔裤，她个头一米六五，腿不算细，但胜在笔直且没有多余的赘肉，线条看上去十分优美。而如今，那一双大长腿上挂着一个碍眼的腿部挂件，顾禾怒火攻心，他都还没有抱过女朋友大腿呢！

顾禾冲了上去，那只布朗熊就势一滚，伸出一条短腿绊倒了顾禾，顾禾一个踉跄扑倒在龙琪琪面前。

就在这时，言欢喜在一旁进谗言："你不觉得布朗熊很可爱吗？"

龙琪琪摸着下巴，觉得自己要是说出一个"不"字，就会受到布朗熊迷妹团的毒打，她敷衍道："有那么一点吧。"

顾禾一不做二不休，干脆一闭眼手一伸，抱住了龙琪琪的另一条大腿。今儿无论如何，他也不能当众脱掉这件布朗熊人偶服，不然，他高冷男神的人设算是崩了。

有些底线一旦突破，就会变得毫无下限。

顾禾并不想和别人分享他的女朋友，哪怕只是抱大腿，他利用身体的灵活优势，快速踹掉另外一只布朗熊，趁龙琪琪还没反应过来，飞快地将她公主抱起来，往前跑了几步。

龙琪琪鼻尖闻到一股淡淡的熟悉香味，脑海里闪过一个念头，她双手一用力，就轻易地从顾禾怀中跳了下去。只不过三秒的工夫，两人姿势对调，穿着布朗服的顾禾已经被龙琪琪公主抱了起来。

龙琪琪还掂量了一下，很好，这个手感很熟悉。

顾禾："……"

顾禾又想起了和东齐大学进行友谊赛的那天早晨被龙琪琪支配的恐惧。

龙琪琪低头看向顾禾，语气里带着那么一丝匪夷所思："你喜欢布朗熊？"

不等顾禾回答，龙琪琪就已经将他放了下来，她想象了一下人偶服下面的那张脸，抿了抿唇，努力克制着上扬的嘴角，眼睛里却满是藏不住的笑意。

龙琪琪踮了踮脚，费力地拍了拍顾·布朗熊·禾的脑袋，真情实感夸赞道："还挺可爱的。"

顾禾："……"

女朋友表现得比他还有男友力，怎么办？

好想抱！

顾禾向来不会亏待自己，脑海里刚闪过这个念头，就付诸了行动，双手一伸，将龙琪琪捞进自己怀里。

顾禾个头刚好比龙琪琪高出一个头，人偶服的下巴正好抵着龙琪琪的脑袋，顾禾觉得这个姿势十分舒服。

顾禾紧紧地抱着龙琪琪，龙琪琪的脸被强行埋在布朗熊的胸膛，有些不舒服，她双手一撑，托着人偶服的头套，微微一用力，顾禾被当众扒掉了"马甲"。

顾禾第一次穿人偶服，并不熟练，头套也是匆忙之间就戴上了，并没有固定好，所以才被龙琪琪轻而易举就给摘掉了。

谁也没想到事情会发展到如今这个地步，顾禾眼前的视线豁然开朗，他愣住了。龙琪琪趁机离开了他的怀抱，手里托着布朗熊头套，也有些发愣。

顾禾下意识伸手想要去拉龙琪琪，围观群众却率先回过神来，一拥而上。

G神当众卖萌求复合，惨遭L冷酷无情拒绝。

冲呀，守护我们最好的G神！不能再给L伤害G神的机会！

一瞬间，大家众志成城，不约而同地冲了过去，利用人海战术组建了一堵人墙，将顾禾和龙琪琪隔离开来。

"守护世界上最好的G神，G神不哭！"

顾禾："……"

没拉到女朋友小手的顾禾，十分想哭。

顾禾坚强地拿起手机拨了一个电话。

"华擎天，出来受死。"

谁也没有注意到，角落里的另外一只捧着部手机的布朗熊，瑟瑟发抖。

龙琪琪迫切地想要去吃顾禾这株回头草。

龙琪琪站在幸福小区的社区大堂里，看着一个个的小学生选手依次入场，只觉得豪情万丈。

顾禾，你看，这片江山都是我即将替你打下的！

龙琪琪的一腔热血，在看见最后一名登场选手时化为灰烬。

这次数独比赛地点定在社区大堂，大堂后面还打扫出了一个房间用来当作备战室，专门给各位参赛选手休息。备战室被收拾得宽敞明亮，这次比赛共有四十六人参加，大家待在一个房间里也不会显得太过拥挤。

龙琪琪坐在角落的座位，如坐针毡。旁边有个舔着棒棒糖的小姑娘，扎着一对羊角辫十分可爱，她天真地歪了歪脑袋看着龙琪琪，又侧过身子同另一边的小朋友说着悄悄话："这个人看着跟我们不太一样，待会儿我们先把她给打败吧。"

不太一样的龙琪琪："……"

无独有偶，另一边和龙琪琪隔着茫茫人海相望的顾禾也受到了周围一众小朋友的瞩目。

有个胖乎乎的小姑娘咬着指头："这个哥哥长得真好看。"

一旁的胖小子气呼呼："你们女孩子真肤浅！"

小姑娘不理他，继续对着顾禾看："漂亮哥哥，要是待会儿咱们两个对上的话，你能不能放放水呀，我妈妈答应我，如果我拿了冠军就带我去迪士尼玩！"

顾禾瞥了小姑娘一眼，十分冷酷无情："不行。"

"为什么呀？"

"因为你不叫龙琪琪。"

顾禾和龙琪琪两人丝毫没有一点身为大人的廉耻心，对付起小朋友来一点都不手下留情，两人过五关斩六将，很快就在最后的决赛中对上。

无论是台下的观众，还是台上的评委都一脸木然。

虽然这次数独比赛并没有明确规定参赛者的年纪，可是历年来不都是一些小学生来参加比赛的吗？今年怎么突然冒出两个大学生？

呵呵，现在的大学生，真会玩。

台上的评委助手正在准备决赛题目，顾禾和龙琪琪面对面站着，顾禾冷不丁开口道："你说过，想要吃回头草，除非拿下数独大赛的冠军。"

龙琪琪噎住："呃……"

"你想赢吗？"

当然想！

龙琪琪眨巴眨巴眼，却没有说出口。

顾禾漫不经心道："刚刚有个小姑娘拿着棒棒糖求我放水让她赢，我没有答应。你要是求我一下，我还能考虑考虑。"

龙琪琪脑子一时没有拐过弯来："怎么求，我又没有棒棒糖？"

顾禾不知道想到了什么，咳了一下，慢吞吞地伸出右手，掌心朝上，抬眸看了一眼龙琪琪，眼底藏着一丝期待。

龙琪琪："……"

龙琪琪觉得自己的拳头蠢蠢欲动。

顾禾又开口了，说出来的话题与之前风马牛不相及："我前段时间买了一本新出的数独题库，有这么厚。"

顾禾比画了一下半截大拇指长的距离："我花了三天的时间将那本题库做完了，大概也就一千多道题吧。"

顾禾抿了抿唇，表情突然有些紧张："你之前说的奖惩制度，还算数吗？"

龙琪琪眨了眨眼，看到这样子的顾禾，心里软成了一片。

她为什么会那么冲动地就提出了分手呢？

大概是因为所有人都对他们的爱情不看好，四肢发达、头脑简单的体育特长生与得天独厚、才貌双全的校园男神，任谁看，都不是合适的一对。

她可是天不怕地不怕的霸王龙呀，怎么遇上了顾禾，就变得畏首畏尾、患得患失呢？

她的男朋友，这么可爱，又这么努力，那么她是不是也应该勇敢自信一点呢？

龙琪琪握紧了兜里揣着的手机，一条微信消息进来，手机屏幕亮了一下，屏保赫然是论坛里疯传的顾禾卖萌的照片。

他郑重其事地将自己的下巴搁在了龙琪琪的手中，那一刹那，龙琪琪觉得自己手里捧着全世界。

龙琪琪想，反正自己的罪行已经这么多了，再多加一条"厚颜无耻吃回头草"也不算什么。

龙琪琪眨巴眨巴眼："顾禾同学，你知道的，我有时候说话不算数的。"

顾禾听着这话，心里一紧。

龙琪琪这是什么意思？奖惩制度不算数吗？那他辛苦攒出来用来兑换约会时长的数独题量怎么办！

龙琪琪叹了口气，轻轻抓住顾禾的手，将他的掌心掰开，一边动作一边轻声道："吃回头草这种事，一回生二回熟嘛。"

龙琪琪将下巴抵上了顾禾的掌心。

"顾同学，如果这场比赛输了，你还愿意让我吃回头草吗？"

校园论坛置顶的那个帖子，再度引来了一拨热度。

6489L（龙琪琪）：我实名举报 L 同学，G 神这株回头草，啃得真香！

·QING CHUN·